Saya Ingin
Tumbuh Dewasa
Sekali Lagi

Bangkitkan Potensi Terbaik Anda Dengan Mengubah Persepsi dan Membangun Pola Perilaku Baru

"Buku Sumit Goel sangat berkaitan
dan menghubungkan kita
dengan diri dalaman kita;
membawa kita dalam perjalanan
evolusi kita sendiri."

– Anupam Kher

Dr. Sumit Goel

Ukiyoto Publishing

Semua hak cipta dunia dipegang oleh
Ukiyoto Publishing
Diterbitkan pada tahun 2023

Hak cipta konten © Sumit Goel
ISBN 9789358461138

Seluruh hak dilindungi undang-undang.

Tidak ada bagian dari publikasi ini boleh direproduksi, dipindahkan, atau disimpan dalam sistem pencarian dokumen, dalam bentuk apa pun dan dengan cara apa pun, elektronik, mekanik, fotokopi, rekaman atau yang lainnya, tanpa izin tertulis dari penerbit.

Hak moral penulis telah diakui.

Buku ini dijual dengan syarat bahwa tidak boleh dipinjamkan, dijual kembali, disewakan, atau disebarluaskan dengan cara apa pun tanpa persetujuan tertulis dari penerbit, kecuali dalam bentuk dan sampul yang sama dengan yang diterbitkan.

www.ukiyoto.com

Untuk Dr Sunil dan Madhur Goel
… Siapa yang memulakan perjalanan dan pertumbuhan saya
… Awak tinggal dalam ingatan saya
Untuk Anamika, Mohit, Samreedhi, Samidha dan Sparsh Goel
… Siapa yang menyumbang kepada pertumbuhan saya
… Awak tinggal di hati saya
Untuk Namrata Jain, Preksha Sakhala, Niyati Naik, Komal Ranka
… Siapa yang menyokong pertumbuhan saya
… Awak menerangi hidup saya
Untuk Anda Semua
… Kita akan berkembang bersama

Anupam Kher Bercakap...

"Saya menulis buku mengenai bimbingan hidup kerana hidup saya menjadi titik rujukan saya sendiri tentang cara hidup."

Persepsi kita menentukan kita. Persepsi kita menentukan corak kehidupan kita. Cuma, ubah persepsi anda tentang diri anda dan kehidupan, anda akan memecahkan corak tingkah laku anda dan akan mencipta kehidupan yang anda pilih untuk diri anda sendiri.

Tanya diri anda - Apakah yang saya pelajari daripada situasi ini? Bagaimanakah ia mengubah saya? Bagaimanakah ia telah membentuk semula tujuan saya? Apa yang ia mengajar saya tentang kehidupan?

Apabila anda mencuba, anda berisiko gagal. Apabila anda tidak mencuba, anda memastikannya.

Ingat, kesedihan dan kesusahan bukanlah untuk dihina atau sesuatu yang perlu ditakutkan; mereka memperkayakan watak manusia. Mereka memberi inspirasi kepada kita dengan ketabahan dan menjadikan hidup bernilai hidup. ' Hidup bukan tentang mengharungi badai, ia tentang menari dalam hujan .' Dalam mengharungi setiap detik, kita seharusnya mengalami kesedihan di kala sedih dan kebahagiaan di kala gembira.

Temui diri anda dan ikuti kata hati anda. Jangan putus asa, tetapi terinspirasi oleh kehidupan. Dan lihat dalam diri anda untuk percikan inspirasi itu. Jangan pinjam. Sedikit introspeksi akan membawa anda jauh ke arah penemuan diri. Sebaik sahaja proses bermula, anda akan mula mencari jawapan kepada kebanyakan masalah anda, bukannya berasa teraniaya.

Lihat masa sukar sebagai keluk pembelajaran dalam hidup anda. Kesediaan untuk belajar dari sebaliknya itulah perbezaan kritikal antara orang yang berjaya dan orang yang tidak begitu berjaya.

Saya Mahu Membesar ... Sekali Lagi!

Kehidupan tidak seperti yang kita fikirkan dan tidak selalunya mengikut rancangan kita. Hidup adalah apa yang kita buat. Setiap ujian memberi kita pelajaran berharga. Pemikiran dan pemikiran kita banyak membentuk cara kita melihatAnupam Kher apa yang ada di hadapan. Jadi, berikan diri anda peluang ini. Jadikan ia seperti yang anda mahukan. Jangan biarkan ketakutan menguasai ruang fikiran anda. Lagipun, kita adalah tuan kepada diri kita sendiri.

Daya tahan kita dalam hidup hanya boleh bertambah kuat apabila kita menerima perubahan dan mengurus cabaran ini secara positif, dan bukannya menyembunyikan dan mengabaikan peluang yang boleh dibawa oleh perubahan dalam hidup kita.

Belajar dari masa lalu, menyesuaikan semula, menilai semula dan menyesuaikan diri dengan yang baharu, akan sentiasa membawa kita ke hadapan dengan semangat yang diperbaharui dan menanam semangat baru untuk hidup. Kita semua ingin hidup bahagia, memuaskan, dan berjaya. Untuk mencapai matlamat ini, kita perlu memahami secara aktif bagaimana dan bila untuk menyesuaikan diri, perkara yang perlu dilepaskan, dan pengajaran yang boleh dipelajari, untuk membuat perubahan yang diperlukan.

Oleh itu, ubah persepsi; pecahkan corak!

Buku Sumit Goel ialah buku yang sangat berkaitan yang menghubungkan kita dengan diri dalaman kita. Ia membawa kita dalam perjalanan evolusi kita. Dengan nafas pertama, tangisan pertama kita memulakan perjalanan panjang yang besar yang dipanggil Kehidupan . Apabila kita membesar , kita cuba memahami kehidupan kita, diri kita sendiri, dan dunia di sekeliling kita. Pemahaman ini adalah persepsi kita . Persepsi kita menjadi realiti bagi kita dan kisah hidup kita. Persepsi kita membawa kepada corak tingkah laku kita. Dan kebanyakan masa, corak tingkah laku ini adalah sesuatu yang sukar untuk kita patahkan. Oleh itu, kami mengikuti kehidupan rutin yang sama hari demi hari. Kami mendapati diri kami terperangkap dalam gelung, dalam kehidupan. Cerita berbeza, situasi berbeza, tetapi corak kami tetap sama.

Apabila kita melihat kembali kehidupan kita, kadang-kadang kita ingin menjalaninya sekali lagi. Buku ini membawa anda melalui perjalanan transformasi melalui tiga langkah kesedaran, penerimaan dan tindakan.

Saya fikir jika anda mentertawakan masalah anda dan memberitahu seluruh dunia apa yang salah, anda tidak boleh takut dengan apa-apa . Apabila anda melakukan perkara yang anda suka dan mempunyai minat yang mendalam untuknya, setiap hari kelihatan seperti percutian dan hari yang dihabiskan dengan baik.

"Mari kita jatuh cinta dengan proses menjadi versi terbaik diri kita."

Seperti yang selalu saya katakan…

Perkara Terbaik tentang Anda ialah ANDA!

Hari Terbaik Anda ialah Hari Ini!

Saya sangat mengesyorkan…

Saya Mahu Membesar … Sekali Lagi!

Tukar Persepsi dan Pecahkan Corak

Anupam Kher

Pelakon Antarabangsa,

Pengarang, Penceramah

Motivasi

Biarkan Perjalanan Bermula

"Dalam kehidupan yang tidak terhingga di mana saya berada, semuanya sempurna, utuh, dan lengkap.'

– Louise Hay Kita semua mahu mewujudkan impian kita dan mencipta kehidupan yang kita inginkan.

Tetapi adakah ia berlaku seperti yang kita mahu?

Sebagai kanak-kanak, kami mempunyai begitu banyak cita-cita. Praktikal atau tidak praktikal tidak penting bagi kami. Kami seronok memainkan peranan tersebut secara menyeluruh. Kami boleh bermain siapa yang kami idamkan.

Tetapi, semasa kita membesar, tidakkah kita merasakan ... bahawa sekiranya mungkin ... jika kita boleh memutar balik kehidupan kita dan memberitahu diri kita – Saya Mahu Membesar ... Sekali Lagi!

Lalu apa yang menghalang kita sekarang?

Seram untuk memikirkan apa yang akan berlaku jika kita mengikut kata hati sedangkan ia tidak begitu praktikal. Adalah menakutkan untuk melepaskan kewujudan kehidupan rutin yang selamat dan boleh diramalkan. Adalah menakutkan untuk melakukan apa yang kita fikir kita tidak boleh lakukan. Adalah menakutkan untuk berfikir bahawa kita mungkin gagal. Ia menakutkan apabila kita tidak pasti di mana untuk bermula.

Kita sering mempersoalkan makna atau tujuan hidup kita. Kami mempunyai pemikiran 'mengecewakan' yang nampaknya entah dari mana. Kita rasa lain dari orang lain. Kekurangan hubungan dengan perasaan kita membezakan kita dan memisahkan kita. Apabila emosi kita ditolak, kita rasa kekosongan seolah-olah ada sesuatu yang hilang dalam diri kita, tetapi tidak dapat mengenal pasti apa itu dan sukar untuk disambungkan. Kami cuba berhenti menjadi diri sendiri, untuk dimasukkan ke dalam kumpulan, dalam masyarakat umum. Kami ingin berkawan, menjadi sebahagian daripada kalangan sosial. Tetapi kita akhirnya merasa sendirian.

Di sebalik ketersambungan kita melalui Internet, ramai di antara kita secara paradoks berasa lebih terasing daripada yang pernah kita alami. Jalan menuju pemenuhan, kepuasan, dan pemerkasaan tidak semudah membaca beberapa perkara positif fikiran. Bagi kebanyakan daripada kita, walaupun mereka yang telah membaca semua buku bantuan diri, menghadiri seminar, dan mempraktikkan teknik-teknik tersebut, merasakan ada sesuatu yang tidak kena.

Ini kerana kita melihat ke luar untuk mendapatkan bantuan.

Beginilah cara kita hidup: Pergi ke sekolah, pergi ke kolej, buat kerja yang kita tidak suka, berkahwin, mempunyai anak, menabung untuk persaraan, dan perlahan-lahan berputus asa. Kami boleh bermain dengan selamat. Tetapi itu bukan kehidupan, itu hanya wujud. Tetapi kami tidak mahu hidup seperti ini.

Kita semua dahulunya kanak-kanak, dan masih mempunyai anak itu tinggal di dalam kita. Kami mengumpul kesakitan, trauma, ketakutan, dan kemarahan zaman kanak-kanak kami. Adalah penting untuk diingat bahawa ibu bapa kita telah melakukan yang terbaik dengan tahap maklumat, pendidikan dan kematangan emosi yang mereka ada. Namun, di bahagian paling dalam dalam diri kita, kita rasa ' Sesuatu tidak OK '. Apabila kami membesar, kami fikir kami telah meninggalkan beban emosi kami. Kami fikir kami sudah matang, kami sudah dewasa. Tetapi, pada bila-bila masa dalam hidup kita, suara dalaman kita masih memberitahu kita - saya mahu membesar ... sekali lagi!

Buku ini boleh menjadi hadiah terbaik untuk kanak-kanak. Tetapi, sayangnya, masih terlalu awal untuk mereka menyerap niat buku itu.

Buku ini ditujukan untuk remaja dan dewasa muda, yang berada pada saat yang sesuai untuk menjalani kehidupan dan 'membesar' menjadi apa yang mereka pilih.

Buku ini ditujukan untuk semua 'kita yang matang', yang merasakan kita telah menjalani kehidupan kita. Takpelah, perjalanan kita masih jauh.

Ini adalah untuk kita semua ... 'kita manusia!'

Buku ini adalah ' perjalanan ke dalam' tentang bagaimana kita menjalani kehidupan kita sehingga sekarang ... dan bagaimana kita memilih untuk hidup dari sekarang!

Semasa kita memilih untuk mengembara melalui buku ini, kita perlu mengambil masa untuk berhenti seketika dan merenung.

Kali pertama buku ini dibaca, ia akan membuatkan kita melihat ke dalam. Akan ada satu titik dalam buku itu, di mana setiap seorang daripada kita akan merasakan ... Ini adalah kisah saya! Niatnya adalah untuk mewujudkan Kesedaran.

Apabila kita sedar tentang persepsi dan corak kita, akan ada dorongan dalaman untuk membaca buku ini semula. Niatnya ialah Penerimaan.

Niat terakhir ialah Tindakan.

Kita tidak perlu mencari jalan kita 'di luar sana'. Ia sudah menunggu di dalam diri kita, menunggu untuk terungkap. Apa yang perlu kita lakukan ialah mengambil langkah pertama.

Kami memilih untuk bermula sekarang .

Seperti yang dikatakan oleh Anupam Kher ... Hari terbaik anda ialah hari ini!

Adakah anda akan mengambil langkah pertama?

Keseorangan

Saya keseorangan, terdampar di sebuah pulau

Rasanya orang yang saya sayangi akan meninggalkan tangan saya, saya keseorangan, sesat di dalam hutan yang gelap

Rasanya emosi saya ditahan

Aku keseorangan, mengembara di lautan biru yang dalam Terasa hati dan jiwaku terputus hubungan Aku keseorangan, duduk merenung langit

Rasanya sudah menjadi hobi saya untuk menangis saya sendirian, berdiri di tengah-tengah orang ramai

Rasa macam nak tegur diri sendiri dengan kuat

Saya sendirian, hairan dengan teka-teki pemikiran

Rasanya saya keliru dengan pelbagai gangguan. Saya keseorangan, hati saya sakit dengan kesakitan

Terasa motivasi diri saya sia-sia Saya keseorangan, kelopak mata bengkak saya kering Rasanya saya tidak akan kembali walaupun saya mencuba.

Saya keseorangan, harapan saya telah hilang

Terasa aku berada dalam terowong gelap tanpa sinaran mentari Aku keseorangan, membawa hati yang hancur.

Rasanya keruntuhan saya akan bermula

Saya keseorangan, tiada alasan mahupun alasan. Rasanya saya seorang yang teruk

Saya selamanya akan bersendirian

Saya harap, **saya mahu membesar ... sekali lagi**

Ucapan terima kasih

Kisah setiap seorang daripada kita adalah kisah manusia.

Sesetengah jiwa hanya memberi inspirasi kepada kita dengan kewujudan mereka.

Saya mengakui semua orang yang saya temui dalam kehidupan yang indah ini, setiap kisah yang memberi inspirasi, setiap situasi yang mematahkan saya untuk membantu saya membina semula diri saya. Saya merakamkan terima kasih kepada anda semua dan amat berharap agar buku ini memenuhi tujuan yang penuh dengan jiwa.

Anupam Kher ialah sebuah institusi dalam dirinya - berbakat dan pelbagai rupa, seorang pelakon, pengarang, dan motivator sejati, yang memberi inspirasi melalui tindakannya. Sokongan beliau menggandakan semangat saya.

Kashvi Gala dan Niyati Naik telah bersusah payah menjadi tonggak sokongan dari penubuhan buku ini sehingga penciptaannya. Saya mengiktiraf sumbangan sastera mereka dalam buku ini.

Komal Ranka telah menjadi rakan, motivator dan pengkritik yang tulen, membuatkan saya sentiasa fokus.

Aditi Rane, Namrata Jain, Preksha Sakhala, Krisha Pardeshi atas sokongan tulen anda, apabila ia amat diperlukan.

Parizad Damania, Jenil Panthaki, Divya Menon, Roopali Dubey, Vipin Dhyani, dan kepada ramai orang yang telah memberkati saya dan mendoakan saya, serta berkongsi kehidupan dan pengalaman mereka!

Tanpa mengira sumber, saya mengucapkan terima kasih kepada mereka yang telah menyumbang secara tanpa nama kepada kerja ini melalui nasihat, pengajaran, artikel, blog, buku, laman web dan pengalaman.

Team Ukiyoto Publishing patut mendapat tepukan kerana profesionalisme, kepantasan, disiplin, organisasi dan kepositifan mereka!

Danke! Dhanyavad! Terima kasih! Merci! Terima kasih!

Kandungan

Bahagian 1: Persepsi	**1**
Membesar…	2
Persepsi	15
Persepsi Kesunyian - "Psych-Alone"	21
Psych-Alone: 'Saya' Ribut	27
Psych-Alone: Saya Baik	33
Psych-Alone: Saya Tidak Boleh Katakan Tidak	38
Psych-Alone: Saya Tidak Cukup Baik	44
Psych-Alone: Saya Seorang Gagal	57
Psych-Alone: Saya Maaf	66
Psych-Alone: Saya Penipu	71
Bahagian 2: Corak	**81**
Corak	82
Corak Dalaman Anak	86
Corak Corak Dalaman Anak	94
Dialog Dalaman dan Lompatan Masa	97
Penyimpangan Fikir	112
Kesesatan Adil	122
Pemutusan sambungan	129
Herotan	133
keistimewaan	137
Ciri-ciri Anak Batin	142
Menyelidik Corak kami	149
Bahagian 3: Tukar Persepsi, Pecah Corak	**160**
Alam Semesta adalah Pemikiran!	161
Perjalanan Transformasi	167
Pencetus	175
Kenapa Kita Tidak	186
Bertahan … Lepaskan	198
Corak Pecah	217
Buat sahaja …	223

Pelakon – Pemerhati – Pengarah – Penerbit	233
Kesedaran: Kehidupan dalam Nafas	242
Mengubah Persepsi dan Memecah Corak	251
Semua OKEY!	257
A Baru Permulaan	258

Bahagian 1: Persepsi

Membesar…

"Sebab pada setiap orang dewasa ada tinggal seorang kanak-kanak yang telah ada, dan pada setiap kanak-kanak terdapat orang dewasa yang akan ada."

"Zaman kanak-kanak tidak pernah kekal. Tetapi setiap orang berhak mendapatnya."

"Lebih mudah untuk membina anak yang kuat daripada memperbaiki lelaki yang rosak."

"Kita semua adalah produk zaman kanak-kanak kita."

– Michael Jackson

Membesar … Tahun Pertama

Masa kanak-kanak adalah seperti cermin, yang mencerminkan di akhirat imej pertama yang ditunjukkan kepadanya. Perkara pertama berterusan selama-lamanya dengan kanak-kanak itu. Kegembiraan pertama, kesedihan pertama, kejayaan pertama, kegagalan pertama, pencapaian pertama, kemalangan pertama melukis latar depan hidupnya.

Meluahkan emosi adalah alat pertama yang tersedia untuk bayi untuk berkomunikasi dengan kami. Mereka meluahkan emosi mereka melalui postur, suara, dan ekspresi muka mereka sejak lahir. Sikap ini membantu kita menyesuaikan tingkah laku kita dengan keadaan emosi bayi. Apabila seorang kanak-kanak membesar, dia berkembang melalui beberapa peristiwa penting emosi dan sosial. Dari kehidupan di dalam rahim ibu hingga proses bersalin dan bermula sebagai bayi baru lahir yang mengantuk, kanak-kanak itu segera menjadi peka, responsif, dan berminat untuk berinteraksi dengan orang sekeliling.

Keupayaan bayi untuk membezakan ekspresi emosi berkembang dalam enam bulan pertama kehidupan. Dalam tempoh ini, mereka mempunyai keutamaan untuk wajah tersenyum dan suara gembira. Sebelum enam bulan, mereka boleh membezakan kegembiraan daripada ungkapan lain seperti ketakutan, kesedihan, atau kemarahan. Dari tujuh bulan dan seterusnya, mereka mengembangkan keupayaan untuk mendiskriminasi beberapa ekspresi muka lain.

Bulan 1

Bayi yang baru lahir menghabiskan banyak masa mereka untuk tidur. Mereka suka dijemput dan menjadi teruja kerana dipeluk. Mereka melalui pelbagai keadaan berjaga-jaga. Keadaan berjaga-jaga yang tenang ialah apabila kanak-kanak itu peluk dan diam apabila mereka melihat ke dalam mata kita, mendengar suara kita, mengambil kira persekitaran mereka, dan membiasakan diri dengan persekitaran. Keadaan amaran aktif ialah apabila bayi kerap bergerak, melihat sekeliling, dan mengeluarkan bunyi. Keadaan berjaga-jaga yang lain ialah menangis, mengantuk, dan tidur. Menangis adalah satu-satunya cara kanak-kanak berkomunikasi pada mulanya. Tangisan secara beransur-ansur meningkat pada minggu pertama kehidupan.

Bulan ke-2

Kanak-kanak mula menunjukkan kegembiraan, minat, dan kesusahan melalui ekspresi muka. Mereka menggerakkan mulut, kening, dan otot dahi mereka dengan cara yang berbeza. Ekspresi wajah kanak-kanak mencerminkan emosi yang mereka rasai pada masa ini dan tidak pernah disengajakan. Dalam beberapa bulan pertama, kanak-kanak menunjukkan minat yang besar terhadap wajah penjaga. Keupayaan mereka untuk mengekalkan hubungan mata meningkat secara berterusan. Mereka mempunyai keutamaan yang ketara untuk melihat wajah berbanding objek tidak bernyawa. Kanak-kanak itu mungkin cuba meniru gerak isyarat muka penjaga mereka atau membuka mulut mereka dengan sangat luas. Ini bermakna kanak-kanak itu menyedari terdapat persamaan antara mereka dengan orang lain di sekeliling mereka. Apabila mereka semakin tua, peniruan menjadi alat penting untuk mempelajari tingkah laku baharu. Mereka melihat kita dan belajar daripada apa yang kita lakukan. Mereka juga mula berminat dengan perbualan orang, dan cara orang bergilir-gilir mendengar dan bercakap. Mereka mengeluarkan bunyi apabila kita bercakap dengan mereka, dan mereka menunggu untuk kita membalas. Malah, jika anak menangis, kita boleh mengalih perhatian mereka dengan hanya bercakap dengan mereka. Ia berkemungkinan masanya mereka memecahkan senyuman "sebenar" pertama mereka! Mereka kini tersenyum sebagai membalas senyuman kami. Ini memulakan komunikasi bersemuka.

Bulan ke-3

Tangisan kanak-kanak itu kini mula pudar. Sesi senyuman menjadi semakin bersemangat dan menggembirakan. Apabila keadaan menjadi terlalu sengit secara emosi, mereka berhenti merenung dan mengalihkan pandangan untuk beberapa saat. Ini adalah keengganan pandangan dan menunjukkan tahap keghairahan kanak-kanak adalah tinggi. Mereka mula membuat bunyi apabila gembira dan berpuas hati. Mereka suka meniru kita dan meminta kita meniru mereka.

Bulan ke-4

Kanak-kanak menjadi lebih baik dalam berkomunikasi apa yang mereka perlukan. Mereka mengangkat tangan ke udara untuk memberitahu kami bila mereka mahu dijemput. Kami pula semakin pandai memahami maksud tangisan mereka. Pada masa ini, kanak-kanak melihat paparan emosi kita, seperti nada suara, ekspresi muka dan bahasa badan kita. Mereka meniru paparan emosi yang mereka lihat. Jika kita menunjukkan emosi negatif, mereka mungkin bertindak balas dengan cara yang berbeza. Sebagai contoh, jika kita menunjukkan kemarahan, mereka menjadi kecewa; jika kita menunjukkan kesedihan, mereka mengalihkan pandangan dan kurang berinteraksi; dan jika kita menunjukkan ketakutan, mereka menjadi takut. Jika orang di sekeliling mereka bertengkar atau bergaduh, mereka mula mengambil alih emosi yang menyedihkan di sekeliling mereka.

Bulan ke-5

Satu lagi peristiwa penting mula berlaku bulan ini: ketawa pertama kanak-kanak itu. Mereka juga mula menunjukkan perbezaan dalam cara mereka bertindak balas terhadap orang yang tidak dikenali. Mereka mungkin bertolak ansur dengan orang yang tidak dikenali tetapi mungkin bertindak senyap di sekeliling orang itu. Mereka lebih suka berada di sekeliling orang yang mereka kenali. Kanak-kanak itu kini mampu menunjukkan kemarahan dan kekecewaan melalui mimik muka. *Mereka marah "pada masa ini" dan tidak marah kepada kita*. Jika kita tawarkan kepada mereka sesuatu untuk dimakan yang mereka tidak mahu, mereka memalingkan kepala mereka dengan muka jijik. Kanak-kanak itu berkomunikasi dengan kita apabila mereka menunjukkan perasaan mereka. Jika mereka menyampaikan kesedihan atau kekecewaan, kita perlu menyelesaikan masalah untuk mereka. Jika kita berasa kecewa dengan kesusahan mereka, kita perlu menenangkan diri dahulu dan kemudian menenangkan mereka dengan lebih berkesan. Jika kita peka terhadap perasaan mereka, dalam jangka masa panjang, mereka akan lebih mampu menangani emosi negatif, berkelakuan lebih bekerjasama, dan lebih sihat dari segi mental.

Bulan ke-6

Kanak-kanak meniru tindakan dan emosi kita dengan lebih ketara. Jika kita bertepuk tangan, mereka cuba melakukannya juga. Jika kita senyum, mereka tersenyum. Jika kita bermasam muka, mereka kelihatan sedih, atau mungkin mula menangis. Mereka seronok menjelirkan lidah apabila kita berbuat demikian. Kanak-kanak itu mula menoleh apabila kita memanggil namanya. Mereka mula mengikut pandangan kita dan memerhatikan apa yang kita lihat. Ini adalah permulaan perhatian bersama, iaitu keupayaan kanak-kanak untuk menyelaraskan perhatian mereka dengan perhatian kita. Apabila keadaan menjadi terlalu emosi, mereka melakukan banyak tindakan selain mengalihkan pandangan. Mereka mungkin menoleh, melengkungkan punggung, memejamkan mata, terkejut, melihat sesuatu yang lain, menoleh kepada kita, mula menghisap, menguap, tanda, atau mula menangis. Ini adalah petunjuk bahawa kanak-kanak itu terjejas.

Bulan ke-7

Pada bulan ini, kanak-kanak mula menunjukkan satu lagi emosi penting - ketakutan. Mereka mungkin menjadi marah jika mereka melihat orang yang tidak dikenali menghampiri atau jika mereka mendengar bunyi yang kuat secara tiba-tiba. Kita pula mungkin menjadi agak melindungi dan menunjukkan penjagaan terhadap kanak-kanak itu jika kita melihat mereka menjadi takut. Cara yang baik untuk mereka menarik perhatian kita ialah dengan membuat sedikit bunyi. Peek-a-boo menjadi permainan yang hebat untuk dimainkan dengan kanak-kanak itu!

Bulan ke-8 hingga ke-10

Kanak-kanak itu kini menunjukkan ekspresi muka yang sesuai dengan semua emosi asas: minat, kegembiraan, kejutan, kemarahan, kesedihan, rasa jijik, dan ketakutan. Emosi ini boleh dialami satu demi satu, tetapi lebih kerap ia bercampur dalam pelbagai kombinasi yang berbeza. Contohnya, jika mereka mendengar bunyi yang kuat dan tiba-tiba, mereka mungkin menunjukkan kejutan dan ketakutan dengan terkejut dan kelihatan takut. Sehingga usia ini, kanak-kanak boleh berasa marah tetapi tidak boleh "marah kepada seseorang". Sekitar sembilan bulan, mereka baru mula dapat mentafsir tindakan orang. Mereka selaras dengan emosi orang lain. Mereka kini boleh membaca wajah mereka dan memikirkan perasaan mereka. Mereka terus seronok meniru gerak isyarat dan emosi orang lain. Perhatian bersama mereka terus bertambah baik, dan pada masa ini mereka boleh menunjuk ke objek dan memastikan kami memberikannya kepada mereka. Perhatian bersama adalah penting untuk sosial perkembangan dan pembelajaran bahasa. Sesetengah mungkin kelihatan lebih serius atau kurang santai dengan orang yang tidak dikenali, yang lain menunjukkan ketidakselesaan. Kebimbangan orang asing berkembang kerana kini mereka bukan sahaja dapat membezakan antara orang yang biasa dan tidak dikenali tetapi juga telah mengembangkan rasa takut. Ketakutan mungkin mengaktifkan sistem lampiran mereka, dan mereka menunjukkan ini dengan cuba untuk kekal rapat secara fizikal dengan kita. Mereka tidak akan mudah dihiburkan oleh orang lain. Jika mereka tidak pasti apa yang mereka lakukan, mereka akan mencari kami untuk mendapatkan jaminan.

Bulan ke-11 dan ke-12

Menjelang penghujung tahun pertama kanak-kanak, mereka menjadi lebih berdikari. Mereka mahu makan sendiri dan melakukan perkara lain sendiri. Pada 12 bulan, mereka masih mengalami emosi sepenuhnya dan dengan intensiti yang hebat. Walau bagaimanapun, apabila mereka semakin tua, mereka belajar untuk mengawal emosi mereka. Ini bermakna mereka akan mula mengalami emosi mereka dengan lebih ringan. Mereka akan mencari cara untuk mengatasi perasaan mereka secara membina. Sebagai contoh, jika mereka takut, mereka mungkin tidak menangis dan menjadi terharu seperti yang mereka alami ketika mereka masih muda. Sebaliknya, mereka berpaling kepada penjaga yang dikenali untuk mendapatkan jaminan.

Pada satu ketika dalam dua bulan terakhir, kanak-kanak itu mungkin akan menyebut perkataan pertama mereka. Apabila masa berlalu, dan memasuki tahun kedua dan seterusnya, mereka mula berkomunikasi secara lisan. Ini adalah tahap komunikasi baharu, dengan kata-kata. Dengan kanak-kanak menuturkan perkataan pertamanya, ia sudah mempunyai kesedaran sekitar 15000 perkataan!

Memahami Hubungan Ibu Bapa-Anak

Hubungan antara ibu bapa dan anak adalah ikatan unik yang memupuk pertumbuhan dan perkembangan holistik kanak-kanak. Ia meletakkan asas untuk tingkah laku, keperibadian, sifat, dan nilai mereka. *Ibu bapa yang penyayang melahirkan anak yang penyayang* . Kanak-kanak belajar dan berkembang dengan baik apabila mereka mempunyai hubungan yang kuat, penyayang, positif dengan ibu bapa dan penjaga lain. Hubungan positif dengan ibu bapa membantu kanak-kanak belajar tentang dunia.

Tiada formula untuk mendapatkan hubungan ibu bapa dan anak ini dengan betul. Tetapi jika hubungan kita dengan anak kita dibina atas dasar mesra, penyayang, dan interaksi responsif pada kebanyakan masa, kanak-kanak akan berasa disayangi dan selamat. Daripada menyelidik pelbagai gaya keibubapaan hinggalah mencuba cara keibubapaan yang berbeza, kami sentiasa berusaha untuk memastikan kami membesarkan anak-anak yang ceria dan berjaya. Tetapi tidak kira apa gaya yang kita pilih untuk digunakan, pada penghujung hari, ia masih bermuara kepada jenis hubungan setiap ibu bapa dengan anak-anak mereka. Lebih kukuh hubungan ibu bapa dan anak, lebih baik didikan.

Peranan Keibubapaan

Melalui perhubungan awal ibu bapa-anak yang menyayangi dan menyokong asas-asas untuk hubungan sihat masa hadapan terbentuk. Dinilai hanya untuk siapa mereka, membantu membina harga diri anak-anak kita.

Memupuk Peranan

Asuhan adalah menjaga keperluan asas kanak-kanak, seperti makanan, kesihatan, tempat tinggal, pakaian, dan lain-lain, dan juga memberi kasih sayang, perhatian, pemahaman, penerimaan, masa, dan sokongan.

Melalui kata-kata dan tindakan kita, kita menyampaikan kepada anak-anak kita bahawa mereka disayangi dan diterima. Adalah penting untuk memahami bahawa ibu bapa perlu menikmati dan menerima mereka seadanya. Biarkan mereka menjadi apa adanya dan bukan seperti yang kita mahukan. Asuhan yang sihat menjadikan kanak-kanak berasa baik tentang diri mereka sendiri, berasa disayangi dan layak untuk dijaga, berasa didengari, berasa bahawa mereka difahami, dan menjadi dipercayai. Mereka merasakan bahawa mereka boleh menangani situasi sukar dan menghadapi cabaran kerana kami berada di sana untuk menyokong mereka.

Terlalu mengasuh adalah terlalu melindungi dan terlalu terlibat dalam kehidupan mereka. Kanak-kanak menjadi bergantung dan kehilangan kemahiran mengatasi. Kurang asuhan adalah menjauhkan diri dari segi emosi dan tidak terlibat dengan secukupnya dalam kehidupan mereka. Kanak-kanak berasa tidak disayangi dengan isu kepercayaan.

Peranan Struktur

Penstrukturan adalah untuk memberi arahan, mengenakan peraturan, menggunakan disiplin, menetapkan had, menetapkan dan mengikuti akibatnya, meminta kanak-kanak bertanggungjawab terhadap tingkah laku mereka, dan mengajar nilai.

Objektifnya adalah untuk membantu kanak-kanak mengembangkan tingkah laku yang sesuai dan peningkatan pertumbuhan, kematangan, dan keupayaan. Penstrukturan yang sihat membuatkan kanak-kanak berasa selamat bahawa peraturan akan ditetapkan apabila mereka tidak dapat mengawal impuls mereka. Mereka belajar untuk mengendalikan kekecewaan dan kekecewaan, mendapati bahawa dunia tidak berputar sepenuhnya di sekeliling mereka, belajar tingkah laku yang bertanggungjawab, belajar daripada kesilapan mereka, memperoleh pengalaman membuat keputusan dan menjadi lebih berdikari dan berkebolehan.

Penstrukturan berlebihan adalah bersifat tegar dan menggunakan disiplin yang keras. Kanak-kanak mungkin menjadi pasif atau mereka mungkin memberontak. Kurang penstrukturan menjadikan jangkaan dan peraturan kami tidak jelas dan tidak konsisten. Kanak-kanak berasa keliru dan tidak belajar untuk bertanggungjawab.

'Membesar' yang sihat melibatkan menjalankan kedua-dua peranan dengan keseimbangan yang betul antara mereka pada masa yang sesuai dengan cara yang betul.

Corak Keibubapaan

Keibubapaan yang baik adalah tanggungjawab setiap ibu bapa dan hak setiap anak. Terdapat pelbagai sebab mengapa ibu bapa mungkin mengabaikan emosi, bermula daripada tidak mempunyai model yang lebih baik dari zaman kanak-kanak mereka kepada tidak mempunyai sumber emosi yang mencukupi kerana terlalu banyak bekerja atau terlalu sarat, kepada bergelut dengan kesedihan mereka atau pelbagai senario lain. Ibu bapa kita mungkin mengikut corak tertentu atau mungkin gabungan banyak dan mungkin terdiri daripada sangat sihat dan penyayang pada satu masa hingga tidak berfungsi.

Ibu Bapa yang Autoritarian

Semua ibu bapa autoritarian mengabaikan emosi, kerana mereka sentiasa memilih peraturan dan garis panduan mereka daripada mencari, mengetahui dan memahami anak mereka.

• Tertumpu pada peraturan, bersifat menyekat dan menghukum.

• Besarkan anak-anak mereka dengan sedikit fleksibiliti dan permintaan yang tinggi.

• Mahu kanak-kanak mematuhi peraturan, tetapi tidak cenderung untuk mendengar perasaan dan keperluan mereka.

• Jangan bertolak ansur dengan sebarang penyelewengan daripada peraturan, piawaian dan cara mereka melakukan sesuatu.

• Tuntut pematuhan yang tidak berbelah bahagi dan tidak dipersoalkan.

Anak-anak Ibu Bapa Autoritarian

• Kanak-kanak yang dibesarkan oleh ibu bapa yang berwibawa mungkin sama ada memberontak terhadap pihak berkuasa atau menjadi terlalu tunduk kerana takut akan kesan, malu atau ditinggalkan.

Ibu Bapa Perfeksionis

Ibu bapa perfeksionis amat percaya anak-anak mereka harus sentiasa melakukan yang lebih baik. Mereka menganggap anak-anak mereka sebagai cerminan diri mereka sendiri.

• Menjadi sangat menuntut anak-anak mereka.

• Didorong oleh lebih daripada sekadar persepsi sosial terhadap mereka dan keluarga.

• Ramai kanak-kanak yang terlalu berjaya mempunyai ibu bapa yang perfeksionis.

• Ibu bapa sebegini tidak pernah berpuas hati, sentiasa mendesak dan banyak kali di luar potensi mereka.

Anak-anak Ibu Bapa Perfeksionis

• Kanak-kanak sebegini sering membesar menjadi perfeksionis sendiri.

• Mereka menetapkan jangkaan yang tidak realistik tinggi untuk diri mereka sendiri.

• Mereka mempunyai kecerdasan emosi dan kematangan yang lemah.

• Mereka juga bergelut dalam menangani kegagalan dan bergelut dengan perasaan cemas kerana tidak cukup baik.

• Ibu Bapa Sosiopati

Ibu bapa sosiopat adalah lebih biasa dan selalunya samar-samar dan kurang jelas. Mereka cenderung mempunyai pekerjaan yang baik, keluarga yang kelihatan sempurna, dan bertanggungjawab.

• Nampak seperti biasa, tetapi kurang hati nurani dan empati.

• Mungkin secara lisan dan fizikal kesat.

• Mengalami kesukaran untuk mengakui kesilapan dan dengan itu menyalahkan segala-galanya kepada anak.

• Memanipulasi emosi dan menyakiti kanak-kanak secara lisan dan emosi dan berkelakuan seolah-olah tiada apa-apa yang berlaku.

Anak-anak Ibu Bapa Sosiopati

• Kanak-kanak cenderung menjadi takut, cemas, dan keliru.

• Mereka menghadapi kesukaran untuk melindungi diri mereka dan menetapkan sempadan yang sesuai kerana takut akan tindakan balas.

• Mereka membawa banyak rasa malu dan rasa bersalah serta berasa cemas, tidak selamat, dan takut.

Ibu Bapa Permisif

Apa yang gagal dilihat oleh ibu bapa Permisif ialah kanak-kanak memerlukan beberapa struktur, beberapa peraturan, dan beberapa sempadan di mana, dan menentangnya, untuk menentukan diri mereka.

• Mempunyai sikap yang lebih pasif tentang pemeliharaan anak.

• Dianggap sebagai ibu bapa yang "sejuk".

• Hampir tidak menguatkuasakan peraturan dan batasan ke atas anak-anak mereka.

Anak Ibu Bapa Permisif

• Kanak-kanak tidak dapat mempelajari mekanisme daya tindak yang sihat, disiplin, dan ketabahan untuk menghadapi keperluan dunia sebenar.

• Mereka mempunyai masa yang sukar untuk menetapkan sempadan dan had untuk diri mereka sendiri atau orang lain pada masa dewasa.

• Sebagai orang dewasa, mereka menghadapi kesukaran untuk melihat diri mereka dengan tepat, kekuatan mereka, kelemahan mereka, dan apa yang harus mereka perjuangkan.

Ibu Bapa Narsis

Ibu bapa yang narsis merasakan dunia berputar di sekeliling mereka. Ia biasanya mengenai keperluan ibu bapa dan bukannya anak.

• Nampak megah dan yakin, tetapi mudah terluka dan lemah emosi.

• Lihatlah anak sebagai lanjutan dari diri mereka sendiri.

• Boleh menjadi toksik kepada perkembangan kanak-kanak dan dialami sebagai menyakitkan, menuntut dan sukar untuk disenangi.

• Boleh menjadi agak berdendam apabila dicabar atau terbukti salah dan memberikan penghakiman dan hukuman yang keras kepada anak-anak mereka.

Anak Ibu Bapa Narsis

• Sebagai orang dewasa, mereka menghadapi kesukaran untuk mengenal pasti keperluan mereka dan memastikan bahawa mereka dipenuhi.

• Mereka merasakan bahawa keperluan mereka tidak layak dipenuhi, berlebihan, atau terlalu menuntut orang di sekeliling mereka.

• Mereka berasa tidak senang dalam hubungan rapat.

Ibu Bapa Tidak Hadir

Ibu bapa yang tidak hadir adalah mereka yang tidak ada dalam hidup anak. Ini mungkin disebabkan oleh pelbagai sebab, seperti kematian, sakit, waktu kerja yang panjang, perjalanan yang kerap untuk bekerja, atau perceraian.

• Ibu bapa tunggal, balu atau terbeban kerana menjaga ahli keluarga lain menjadi tidak tersedia kepada anak.

- Sumber kewangan yang terhad boleh menyebabkan ibu bapa terlalu banyak bekerja atau bekerja di luar rumah, walaupun selama berbulan-bulan dan bertahun-tahun, di mana anak itu perlu menjaga dirinya sendiri.

- Ibu bapa sedemikian mungkin sedih kerana kehilangan seseorang yang penting dan tidak dapat memberi tumpuan kepada apa-apa selain kesakitan mereka.

Anak Ibu Bapa Tidak Hadir

- Mereka akhirnya membesarkan diri mereka sendiri. Anak sulung juga boleh membesarkan adik-adik.

- Mereka tidak membincangkan perasaan mereka yang menyakitkan kerana mereka tidak mahu ibu bapa terbeban lagi dengan nasib mereka.

- Mereka menjadi terlalu bertanggungjawab. Sebagai kanak-kanak, mereka kelihatan seperti orang dewasa, terbeban dengan kebimbangan dan kebimbangan tentang keluarga mereka.

- Mereka sangat pandai menjaga orang lain di sekeliling mereka. Tetapi mereka mempunyai kesukaran yang besar dengan penjagaan diri.

Ibu Bapa Tertekan

Ibu bapa yang tertekan seperti ibu bapa yang tidak hadir. Mereka begitu tersesat dalam keadaan kegawatan emosi mereka sehinggakan mereka tidak ada untuk kanak-kanak itu.

- Tidak dalam keadaan mental untuk ibu bapa anak mereka dan peka dengan perasaan anak.

Anak-anak Ibu Bapa Tertekan

- Kanak-kanak membesar dengan perasaan seperti mereka mesti berkelakuan sempurna untuk tidak membuat ibu bapa mereka berasa lebih teruk.

- Mereka meletakkan terlalu banyak tuntutan kepada diri mereka sendiri dan tidak dapat memaafkan kesilapan mereka sendiri.

- Mereka tidak tahu bagaimana untuk mendapatkan perhatian dengan cara yang positif, kerana tingkah laku mereka yang baik sering tidak disedari. Tingkah laku buruk mendapat perhatian, walaupun negatif, ia lebih baik daripada tiada.

- Mereka tidak pernah belajar cara menenangkan diri dengan betul dan menderita akibatnya dan mungkin bertukar kepada tingkah laku ketagihan.

Ibu Bapa Ketagih

Ibu bapa yang ketagih kebanyakannya hilang dalam keadaan ketagih mereka - mungkin alkohol, narkotik, kerja, media sosial, perjudian dan lain-lain.

- Abaikan anak mereka apabila mereka memuaskan ketagihan mereka.

- Hampir tidak memberi perhatian, apabila kanak-kanak memerlukannya.

- Secara tidak langsung menghantar mesej yang mengelirukan kepada anak kerana tingkah laku mereka yang berubah-ubah.

- Boleh mementingkan diri sendiri dan lalai dan ini mungkin bergantian dengan mengambil berat dan menyayangi detik seterusnya.

Anak Ibu Bapa Ketagih

- Kanak-kanak berasa tidak senang dan gementar.

- Mereka cenderung cemas, takut akan perubahan dan masa depan, tidak yakin dengan diri sendiri dan kesan yang mereka ada pada orang lain, dan secara amnya tidak selamat.

- Mereka lebih cenderung untuk mengembangkan ketagihan mereka sendiri.

Apabila dibesarkan dalam keluarga sebegitu, kanak-kanak itu tidak mempunyai pilihan lain selain ibu bapa sendiri dan sering adik-beradik mereka. Keluarga mungkin menghadapi kesukaran dan sumber yang terhad dan kanak-kanak itu tidak dijaga dengan baik. Mereka mungkin terlalu bertanggungjawab dan mengalami kesukaran memahami apa yang mereka mahu atau perlukan. Ini meninggalkan mereka dengan ***persepsi dan corak perasaan keseorangan, kosong dan terputus hubungan.*** Mereka menghadapi kesukaran untuk bercakap untuk diri mereka sendiri, bercakap tentang topik yang sukar kerana takut menyusahkan keluarga, dan sering mengalami kesukaran untuk menjaga diri mereka sendiri atau merasakan bahawa keperluan mereka adalah sah dan layak.

"Seorang kanak-kanak jarang memerlukan perbualan yang baik seperti mendengar dengan baik."

"Saya menghabiskan seluruh zaman kanak-kanak saya berharap saya lebih tua dan sekarang saya menghabiskan masa dewasa saya berharap saya lebih muda."

"Sebagai manusia, kita semua matang secara fizikal dari zaman kanak-kanak hingga remaja dan kemudian menjadi dewasa, tetapi emosi kita ketinggalan."

Persepsi

"Tiada kebenaran. Yang ada cuma persepsi."

"Ada perkara yang diketahui dan ada perkara yang tidak diketahui, dan di antaranya adalah pintu persepsi."

"Apabila kita mengubah persepsi kita, pengalaman kita berubah." "Persepsi awak tentang saya adalah cerminan awak."

"Bukan apa yang anda lihat yang penting, tetapi apa yang anda lihat."

Persepsi adalah proses di mana segala sesuatu di dunia ini ditafsir dan difahami. Persepsi kita adalah berdasarkan pemikiran dan kepercayaan kita, yang kemudiannya menentukan cara kita berfikir, dan oleh itu cara kita bertindak.

Persepsi ialah bagaimana sesuatu dianggap, difahami, atau ditafsirkan. Ia adalah satu set proses yang kita gunakan untuk memahami semua rangsangan yang diberikan kepada kita. Persepsi kami adalah berdasarkan cara kami mentafsirkan sensasi yang berbeza itu. Proses persepsi kita bermula dengan menerima rangsangan daripada persekitaran kita dan berakhir dengan tafsiran kita terhadap rangsangan tersebut.

Apabila ia datang kepada diri kita sendiri, terdapat dua jenis persepsi: *cara kita melihat diri kita dan dunia kita* dan *cara orang lain melihat kita*. Satu-satunya persepsi yang kita ada kawalan adalah persepsi kita sendiri. Cara kita melihat dunia kita mempengaruhi sikap kita, yang seterusnya mempengaruhi apa yang kita tarik. Jika kita melihat dunia yang penuh dengan kelimpahan, tindakan dan sikap kita menarik kelimpahan. Jika kita menganggap hidup kita kekurangan apa yang kita perlukan, kita lebih bimbang tentang memelihara apa yang kita ada daripada mencapai perkara yang kita mahu dan perlukan. Otak kita memproses secara automatik apa yang kita bimbang sebagai ancaman. Ini, kemudian, mengubah persepsi kita dan juga kimia badan kita.

"Saat anda mengubah persepsi anda adalah saat anda menulis semula kimia badan anda."

Persepsi bukan tentang apa yang berlaku, ia adalah tentang apa yang kita beri perhatian dan kemudian cara kita mentafsirkannya dan akhirnya bagaimana kita bertindak atau bertindak terhadapnya.

Lengkapkan pernyataan - Life is

Kehidupan boleh menjadi cabaran, pengembaraan, pahit, membosankan, mengerikan, penyeksaan, indah, atau apa sahaja. Terpulang kepada kita bagaimana kita mengisi tempat kosong itu. Persoalannya ... adakah kehidupan sebenarnya adalah cabaran atau pengembaraan atau apa sahaja yang kita fikirkan. Realitinya tiada realiti. Ia adalah mengenai persepsi kita tentang apa itu kehidupan untuk kita. *Persepsi kita menjadi realiti bagi kita.* Dan kita membentuk persepsi kita, persepsi itu menjadi versi sebenar kita dan itu menjadi kisah hidup kita.

Gembira atau sedih, mengujakan atau membosankan, mencabar atau kalah, kita mentafsir setiap detik yang kita habiskan di dunia ini. Dan dunia kita adalah apa yang dikatakan oleh fikiran kita. Jadi akhirnya pemikiran, kepercayaan, dan tingkah laku kita semuanya memberi pengaruh yang paling kuat pada persepsi kita tentang kehidupan kita.

Jika kita menganggap kehidupan kita seperti yang kita inginkan, jika persepsi kita memberi kuasa, itulah yang akan kita nyatakan. Tetapi, jika tidak, persepsi itu perlu diubah. Apabila kita telah memutuskan untuk mengubah pemikiran kita, maka kita perlu membuat keputusan untuk mengambil langkah-langkah tindakan untuk mewujudkannya. Jadi, jika kita mendapati diri kita menghadapi situasi yang mencabar pada zaman kita, tanya - *adakah saya melihat penyelesaian dan kejayaan, atau adakah saya merasakan masalah dan kegagalan?* Pilihan sentiasa milik kita.

Peringkat Persepsi

Sensasi dan persepsi hampir mustahil untuk dipisahkan kerana ia adalah sebahagian daripada satu proses yang berterusan. Persepsi memproses rangsangan deria dan menterjemahkannya ke dalam pengalaman. Proses persepsi tidak sedarkan diri dan berlaku ratusan ribu kali sehari. Persepsi berlaku dalam lima peringkat: rangsangan, organisasi, tafsiran-penilaian, ingatan, dan ingat kembali. Seperti yang kita anggap,

otak secara aktif memilih, mengatur dan menyepadukan maklumat deria untuk membina sesuatu peristiwa.

Pemilihan Rangsangan

Setiap saat dalam hidup kita, kita terdedah kepada jumlah rangsangan yang tidak terhingga. Tetapi otak kita tidak memberi perhatian kepada mereka semua. Langkah pertama persepsi ialah keputusan sedar atau tidak sedar tentang rangsangan yang perlu diberi perhatian. Kami memberi tumpuan kepada rangsangan, yang menjadi rangsangan yang dihadiri.

Pemilihan ialah proses di mana kita menghadiri beberapa rangsangan dalam persekitaran kita dan bukan yang lain dan dipengaruhi oleh motif, insentif, impuls, atau dorongan kita untuk bertindak dengan cara tertentu. Pemilihan sering dipengaruhi oleh rangsangan yang sengit.

Kesan pesta koktel: Ini adalah fenomena apabila kita secara selektif memfokuskan pada rangsangan tertentu dan menapis rangsangan lain dengan cara yang sama seperti pengunjung parti boleh memfokuskan pada satu perbualan dalam bilik yang bising atau melihat nama mereka disebut dalam perbualan lain. Perhatian terpilih muncul pada semua peringkat umur. Bayi mula menolehkan kepala mereka ke arah bunyi yang biasa mereka dengar. Ini menunjukkan bahawa bayi secara selektif menerima rangsangan tertentu dalam persekitaran mereka.

Organisasi

Organisasi, peringkat kedua proses persepsi, ialah bagaimana kita menyusun maklumat secara mental ke dalam corak yang bermakna dan mudah dihadam. Keupayaan untuk mengenal pasti dan mengenali adalah penting untuk persepsi normal. Tanpa kapasiti itu, orang tidak boleh menggunakan deria mereka dengan berkesan. Organisasi membantu melihat sesuatu sebagai satu unit.

Sebaik sahaja kita memilih untuk mengikuti rangsangan, ia mencetuskan satu siri tindak balas dalam otak kita. Otak membina perwakilan mental rangsangan, dipanggil persepsi. Rangsangan yang samar-samar boleh diterjemahkan ke dalam pelbagai sila, dialami secara rawak. Walaupun kecenderungan kita terhadap rangsangan berkumpulan membantu kita mengatur sensasi kita dengan cepat dan cekap, ia juga boleh membawa kepada persepsi yang sesat.

Skema persepsi membantu kami menyusun tanggapan orang berdasarkan penampilan, peranan sosial, interaksi atau sifat lain, manakala stereotaip membantu kami mensistemkan maklumat supaya maklumat lebih mudah untuk dikenal pasti, diingati, diramal dan bertindak balas.

Tafsiran-Penilaian

Selepas peringkat pemilihan rangsangan dan organisasi maklumat, langkah seterusnya dan penting ialah tafsiran dengan cara yang masuk akal menggunakan maklumat sedia ada kami. Ini bermakna kita mengambil maklumat yang dirasai dan tersusun dan menukarkannya kepada sesuatu yang boleh dikategorikan. Ini berlaku secara berterusan dan tidak disedari. Dengan meletakkan rangsangan yang berbeza ke dalam kategori, kita boleh lebih memahami dan bertindak balas terhadap dunia di sekeliling kita.

Sebaik sahaja maklumat disusun mengikut kategori, kami memasukkannya ke dalam kehidupan kami untuk memberinya makna. *Tafsiran rangsangan adalah subjektif, yang bermaksud bahawa individu boleh membuat kesimpulan yang berbeza tentang rangsangan yang sama.* Tafsiran subjektif terhadap rangsangan dipengaruhi oleh nilai individu, keperluan, kepercayaan, pengalaman, jangkaan, konsep kendiri dan faktor peribadi yang lain. Pengalaman terdahulu memainkan peranan utama dalam cara seseorang mentafsir rangsangan. Individu yang berbeza bertindak balas secara berbeza terhadap rangsangan yang sama, bergantung pada pengalaman mereka sebelum rangsangan tersebut.

Harapan dan jangkaan seseorang individu terhadap sesuatu rangsangan boleh mempengaruhi tafsirannya.

Jika saya percaya diri saya seorang yang menarik, saya mungkin mentafsirkan tatapan daripada orang yang tidak dikenali (stimulus) sebagai kekaguman (tafsiran). Walau bagaimanapun, jika saya percaya bahawa saya tidak menarik, saya mungkin mentafsirkan pandangan yang sama sebagai pertimbangan negatif.

Ingatan

Peringkat rangsangan, organisasi, dan penilaian-tafsiran diikuti oleh penyimpanan maklumat yang ditafsir dan dinilai, yang dikenali sebagai ingatan. Ia adalah penyimpanan kedua-dua persepsi dan penilaian tafsiran. Fikiran kita 10% sedar dan 90% bawah sedar. Ini minda bawah sedar adalah bank memori yang menyimpan semua ingatan positif dan negatif.

Ingat kembali

Pencetus tertentu mungkin mengingatkan ingatan yang disimpan dalam minda separa sedar kepada keadaan sedar. Apabila rangsangan serupa berlaku, keseluruhan kitaran pemilihan rangsangan, organisasi, dan penilaian-tafsiran, berdasarkan peristiwa lampau yang serupa berlaku. Ini menambah memori yang telah disimpan untuk peristiwa sebelumnya. Ini menguatkan ingatan peristiwa serupa, yang akhirnya menjadi corak. Pencetus kemudiannya boleh dengan mudah mengingat kembali kenangan, peristiwa sebelumnya.

Kajian kes

Rahul berusia 5 tahun. Pada suatu hari, bapanya memarahinya di hadapan beberapa tetamu di rumah kerana terlalu malu dan tidak dapat mendeklamasikan sajak yang diketahuinya. Dia mengurung diri di dalam biliknya, tidak makan makanan, dan menangis. Lama kelamaan, dia kembali ke kehidupan normalnya dan mungkin juga melupakannya.

Dia mula membesar menjadi pelajar yang bijak dan menjadi haiwan peliharaan gurunya. Tetapi suatu hari, dia hanya kelu lidah apabila diminta menerangkan sesuatu di dalam kelas. Dia berasa malu, pulang ke rumah, mengurung diri, dan menangis. Apabila dewasa, dia mula mengelak daripada perhimpunan dan pesta sosial. Dia tidak akan menyukainya dan dia tidak tahu mengapa. Dia akan diam dan akan memberitahu dirinya sendiri - saya tidak cukup baik. Saya seorang yang gagal. Saya tidak boleh hanya menyatakan diri saya di hadapan orang lain.

Marilah kita memahami perkara ini berdasarkan pemahaman persepsi.

Apa yang berlaku – Rahul disuruh mendeklamasikan sajak di hadapan tetamu. Ini adalah rangsangan. Rangsangan ini disusun dan diproses oleh otak. Dia tidak boleh mengaji. Ia ditafsirkan oleh Rahul sebagai malu, di hadapan orang lain. Ini disebabkan oleh sifat semula jadinya yang pemalu serta sensitif terhadap kemarahan.

Apa yang sebenarnya berlaku ialah bapa Rahul menyuruhnya mendeklamasikan sajak yang dia tidak boleh.

Apa yang diproses ialah dia dimarahi *di hadapan orang lain* . Ini tersimpan dalam minda separa sedar Rahul. Lain kali kejadian atau rangsangan yang sama berlaku, di hadapan guru atau majlis keramaian, teringat masa lampau di bawah sedar dan persepsi yang sama berlaku bahawa dia malu dan kelu di hadapan orang ramai.

Apa yang sebenarnya berlaku kemudian menjadi tidak penting. Apa yang dilihat oleh Rahul menjadi realitinya. Dan apa yang dilihat oleh Rahul selepas beberapa siri peristiwa sedemikian ialah - saya tidak cukup baik. Saya seorang yang gagal.

"Kami tidak melihat sesuatu sebagaimana adanya, kami melihatnya sebagaimana adanya."

"Orang ramai melihat apa yang mereka mahu lihat dan apa yang orang mahu lihat tidak selalunya benar."

"Realiti akhirnya adalah tindakan selektif persepsi dan tafsiran."

"Peralihan dalam persepsi dan tafsiran kami membolehkan kami memecahkan tabiat lama dan membangkitkan kemungkinan baharu untuk keseimbangan, penyembuhan dan transformasi."

Persepsi Kesunyian - "Psych-Alone"

*"Apa yang berlaku **dalam** diri kita lebih penting daripada apa yang berlaku **kepada** kita."*

Adakah ibu bapa kita dilatih untuk menjadi ibu bapa apabila mereka membesar?

Adakah mereka cuba mengimbangi masa lalu dan masa depan mereka, keluarga dan masyarakat mereka, baik dan buruk mereka?

Adakah mereka cuba menjadikan kita sebagai replika mereka atau sebaliknya?

Adakah kita saluran untuk matlamat, cita-cita dan keinginan mereka yang tidak tercapai?

Adakah mereka sembuh secara dalaman apabila mereka memutuskan untuk membawa kita ke dunia ini?

Semasa kita membesar -

Adakah ibu bapa kita tidak menyayangi kita? Adakah mereka tidak mengambil berat tentang kita?

Adakah mereka mengabaikan kita?

Jawapannya ialah – Tidak, atau mungkin Ya – kita tidak tahu, kita tidak boleh menilai, kita tidak boleh mengesahkan atau mengesahkan niat, tindakan atau versi realiti mereka.

Mereka mungkin mengabaikan kita atau tidak.

Tetapi kami boleh berasa diabaikan. Dan itu penting. Semuanya bermula dengan perasaan diabaikan apabila kita amat memerlukannya.

Ini semua tentang persepsi kita semasa kita membesar. Persepsi Kesepian adalah perasaan keseorangan, perasaan yang tiada siapa yang dapat memahami saya, tiada siapa yang dapat melihat kesakitan saya, saya keseorangan.

Kesepian bukan bersendirian, ia adalah perasaan yang tiada siapa yang peduli. Ia adalah perasaan sunyi apabila seseorang yang anda sayangi menjadi orang asing.

Saya runtuh dan tiada siapa yang tahu, saya tidak mempunyai sesiapa untuk bercakap dan saya sendirian.

Saya cuma nak rasa yang saya penting untuk seseorang.

Saya menyebutnya sebagai "Sindrom Psych-Alone".

Ia adalah Siklon yang wujud dalam diri dalaman kita.

Siklon yang wujud dalam persekitaran di luar ialah jisim udara berskala besar yang berputar mengelilingi pusat kuat tekanan atmosfera rendah, yang mempunyai angin berpusing ke dalam.

Begitu juga, "Psych-Alone" wujud dalam persekitaran kita, sekitar persepsi kita tentang keseorangan, mengumpul pengalaman dan membuat persepsi, berputar di sekeliling kita sepanjang hidup kita

Apa yang sebenarnya berlaku apabila kita berasa keseorangan ialah kita telah meninggalkan diri kita sendiri. Kita telah berhenti menjaga keperluan asas kita sendiri, kita tidak menghargai diri kita sendiri, kita tidak mendengar fikiran kita sendiri, dan kita tidak menjaga diri kita dari segi fizikal, emosi atau rohani. Ini adalah Sindrom Psych-Alone. 'Saya' telah meninggalkan 'saya'.

Perasaan Psych-Alone sebenarnya adalah pengalaman zaman kanak-kanak yang tidak dapat dilihat, halus dan tidak dapat diingati.

Ia dialami apabila kita merasakan bahawa ibu bapa kita gagal memberi respons yang mencukupi kepada keperluan emosi kita semasa kita sedang membesar. Ibu bapa kita mungkin telah mencuba yang terbaik, dalam persepsi mereka. Ia bukan tentang apa yang betul dan apa yang salah, bukan tentang apa yang baik dan apa yang buruk. *Ia adalah persepsi dan jangkaan kita.*

Pengalaman pengabaian berbeza dengan pengalaman penderaan. Penderaan adalah perbuatan ibu bapa; Pengabaian adalah kegagalan ibu bapa untuk bertindak.

Mereka mungkin gagal menyedari dan bertindak balas dengan sewajarnya terhadap perasaan kita. Ia adalah tindakan peninggalan, ia tidak kelihatan, ketara, atau diingati. Pengabaian adalah latar belakang dan bukannya latar depan. Ia adalah berbahaya dan diabaikan semasa ia melakukan kerosakan senyapnya. Ironinya, ibu bapa pun mengeluh - Kami melakukan segala yang kami mampu untuk anak-anak kami, menyediakan untuk mereka. Tetapi kita tidak dapat memahami apa yang salah.

Ini kerana mereka mungkin mengalami perasaan yang sama semasa mereka membesar.

Ini berlaku di kebanyakan rumah, kepada kebanyakan kanak-kanak, setiap hari. Banyak rumah seperti itu menyayangi dan mengambil berat dalam setiap cara. *Ramai ibu bapa yang mengabaikan emosi biasanya bukan orang jahat atau ibu bapa yang tidak menyayangi. Memang ramai yang cuba sedaya upaya untuk membesarkan anak dengan baik* . Kegagalan ibu bapa untuk bertindak balas bukanlah sesuatu yang berlaku kepada kita sebagai seorang anak. Sebaliknya, ia adalah sesuatu yang *gagal berlaku untuk kita* sebagai seorang kanak-kanak. Lama kemudian, apabila kita dewasa, kita rasa ada sesuatu yang tidak betul, tetapi tidak tahu apa itu. Kita melihat masa kanak-kanak kita untuk jawapan, tetapi kita tidak dapat melihat yang tidak kelihatan. Jadi, kita dengan mudah menganggap dan membuat kesimpulan bahawa ada sesuatu yang salah dengan kita - *ini adalah salah saya, saya berbeza, saya tidak cukup baik.*

Perasaan Sindrom Psych-Alone

- Kita tidak tahu apa yang kita mampu, kekuatan dan kelemahan kita, apa yang kita suka, apa yang kita mahu, dan apa yang penting bagi kita.

- Kami merasakan rasa kosong atau kebas.

- Kita sukar untuk menyatakan apa yang kita rasa.

- Kami hanya tidak dapat bercakap tentang masalah kami.

- Kita mula menyalahkan diri sendiri. Kami malu dengan diri sendiri. Kemarahan timbul dan kita mula rasa bersalah tentang segala-galanya. Kami secara langsung melompat ke rasa bersalah dan malu setiap kali peristiwa negatif berlaku dalam hidup kita.

- Kita selalu merasakan ada sesuatu yang salah dalam hidup kita, tetapi tidak dapat menentukan apa itu.

- Kita mengabaikan diri kita sendiri.

- Kami berasa sunyi dan keseorangan, walaupun dikelilingi oleh orang lain.

- Kami rasa kami bukan milik, walaupun kami bersama rakan dan keluarga.

- Kami merasakan kami tidak akan dapat mencapai potensi kami, di tempat kerja atau kehidupan peribadi.

- Kita takut menjadi bergantung kepada orang lain.
- Kami mengelakkan konflik.

Pada usia yang lebih kecil, kita tidak cukup matang untuk memahami dan tidak dilatih untuk menyatakan diri. Jadi, secara tidak sedar dan tidak sedar kita menolak emosi kita ke bawah. Kanak-kanak yang berasa diabaikan dari segi emosi mengalami kesukaran untuk memahami emosi mereka sendiri apabila dewasa. Ini meninggalkan kekosongan, yang membawa kepada perasaan terputus hubungan, tidak dipenuhi, atau kosong.

Cara kita melihat diri kita sebagai seorang kanak-kanak menentukan cara kita memperlakukan diri kita sebagai orang dewasa. Jika kami menerima pengesahan emosi daripada penjaga kami pada zaman kanak-kanak, kami secara amnya dapat memberikannya kepada anak-anak kami sendiri. Mereka yang tidak cukup menerimanya sendiri, berjuang untuk menyediakannya sebagai ibu bapa.

Bagaimana ini berlaku?

Apabila kita berasa keseorangan dan diabaikan, otak muda kita membina dinding untuk menyekat perasaan kita. Dengan cara itu kita boleh mengabaikan dan menyekat mereka. Dengan cara itu kemarahan, sakit hati, kesedihan, atau keperluan kita tidak akan mengganggu ibu bapa atau diri kita sendiri. Sekarang sebagai orang dewasa, kita hidup dengan perasaan kita di seberang dinding itu. Mereka disekat, dan kita dapat merasakannya. Di suatu tempat jauh di lubuk hati kita merasakan ada sesuatu yang tidak betul. Ada yang hilang. Ini membuatkan kita berasa kosong, berbeza daripada orang lain, dan entah bagaimana, sangat cacat.

Setelah pergi kepada ibu bapa kami untuk sokongan emosi dan pengesahan sebagai seorang kanak-kanak, kami sering pulang dengan tangan kosong dan bersendirian dengan menyakitkan. Jadi sekarang sukar untuk kami meminta sesiapa sahaja untuk apa-apa, dan kami takut untuk mengharapkan sokongan dan bantuan daripada sesiapa sahaja. Oleh kerana kita dibesarkan dengan sedikit kesedaran tentang emosi, kita kini tidak selesa pada bila-bila masa; perasaan yang kuat timbul dalam diri kita atau orang lain. Kami melakukan yang terbaik untuk mengelakkan perasaan sama sekali, mungkin juga yang positif.

Merasa cacat, kosong, dan bersendirian dan tidak tersentuh dengan perasaan kita, kita merasakan bahawa kita tidak berada di mana-mana.

Sukar untuk mengetahui apa yang kita mahu, rasa, atau perlukan. Sukar untuk mempercayai bahawa ia penting. Sukar untuk merasakan bahawa *kita* penting.

Sindrom "Home Alone" - Kanak-kanak Halimunan

Kadang-kadang ibu bapa terlalu sibuk dalam rangkaian perjuangan mereka sehingga mereka tidak dapat melihat apa yang dirasai oleh anak. Ia adalah apabila ibu bapa tidak memenuhi keperluan emosi anak. Ini termasuk tidak menyedari perasaan kanak-kanak dan mengesahkannya, tidak menunjukkan kasih sayang, dorongan atau sokongan. Kanak-kanak kemudian menyesuaikan diri dengan situasi dengan menyembunyikan perasaan, kegagalan, dan pencapaian dan cenderung menjadi tidak kelihatan. Ini adalah sindrom 'Home Alone'. Kanak-kanak sebegini lazimnya tidak berkongsi apa-apa dengan ibu bapa mereka, baik yang baik mahupun yang buruk, cenderung perahsia dan pendiam, dan biasanya tidak mempunyai kawan rapat. Kanak-kanak yang tidak kelihatan itu berasa sunyi, walaupun dikelilingi oleh orang ramai.

Mereka adalah orang yang sering menggambarkan zaman kanak-kanak mereka sebagai "baik" dan tidak dapat menentukan sebarang defisit atau trauma yang teruk yang boleh menyebabkan kesedihan mereka, kemurungan mereka, kebimbangan mereka atau mana-mana aduan lain.

Pengelakan konflik menjadi alat mudah untuk kekal tidak kelihatan. Ia adalah keengganan untuk berdebat dan bergaduh dan boleh merosakkan hubungan dalam jangka masa panjang. Bukan sahaja kita dan mereka yang rapat dengan kita tidak dapat menyelesaikan masalah dengan mengelakkannya; di samping itu, kemarahan, kekecewaan dan kesakitan akibat isu-isu yang tidak dapat diselesaikan akan menumpuk dan menyumbat, untuk meletus secara besar-besaran di kemudian hari. Kami sangat tidak selesa dengan pergaduhan atau pertengkaran sehingga kami menyapu masalah di bawah permaidani dan bukannya membincangkannya.

"Kami mahu orang lain mendengar kerana kami mahu didengari dan difahami.

Apabila orang lain tidak mendengar, kita rasa kita keseorangan, tidak layak diberi perhatian, dan ia menyakitkan.

Lebih teruk lagi, kajian telah menunjukkan bahawa kesakitan berasa sendirian adalah lebih teruk daripada dibuli."

Pemimpin rohani Buddha Thich Nhat Hanh berkata "seruan yang kita dengar dari lubuk hati kita datang dari kanak-kanak yang cedera di dalam."

Psych-Alone: 'Saya' Ribut

"Perkataan 'Saya' adalah kuat.
Kami mengisytiharkan siapa kami kepada alam semesta."
"Saya adalah orang paling bijak yang hidup,
kerana saya tahu satu perkara, dan itu ialah saya tidak tahu apa-apa."

– Socrates

"Masa anda terhad, jadi jangan sia-siakan kehidupan orang lain.
Jangan terperangkap dengan dogma – iaitu hidup dengan hasil pemikiran orang lain."

– Steve Jobs

"Hidup bukan tentang mencari diri sendiri. Hidup adalah tentang mencipta diri sendiri."

– George Bernard Shaw

Saya tidak sepatutnya mempunyai pendapat saya sendiri.

Saya dihukum apabila cuba bercakap atau bertindak secara berbeza.

Saya diberitahu bahawa menunjukkan emosi seperti kerengsaan, kemarahan, dan kebimbangan adalah tidak baik.

Saya tidak sepatutnya menangis kerana hanya orang yang lemah yang menangis.

Saya dimarahi, dihukum, atau dikurung kerana tidak patuh. Saya bertanggungjawab untuk ibu bapa saya dan kebahagiaan mereka.

Saya tidak pernah bernasib baik untuk mendapat pelukan dan ciuman.

Membesar... Dengan Badai

Proses 'pembesar' anak jarang seperti yang ibu bapa rancang atau impikan. Kami tidak pernah selesa dengan masa lalu kami, tidak pernah berpuas hati dengan cara kami dibesarkan. Oleh itu perasaan - *saya mahu membesar sekali lagi!*

Proses pembesaran ini mencetuskan badai dalam kehidupan anak yang sedang membesar, yang mengalami dan merasakan di luar tahap pemahamannya dan di luar kawalannya. Didikan yang mengawal selalunya melibatkan hukuman dan ganjaran yang aktif (pendekatan "lobak merah dan tongkat"), penolakan, "cinta" bersyarat, pembebasan kanak-kanak, piawaian yang tidak adil dan banyak lagi.

Infantilisasi

Orang yang dianak-anakkan ialah orang yang telah diperlakukan sebagai kanak-kanak, walaupun umur dan keupayaan mental mereka bukanlah seperti kanak-kanak. Rawatan ini dipanggil infantilization. *Ia adalah apabila ibu bapa melayan anak mereka lebih muda daripada umur sebenar mereka atau bertindak dengan kritikan yang keterlaluan apabila melibatkan kebolehan anak mereka* . Mereka melayan anak mereka seolah-olah mereka tidak mampu mengendalikan tanggungjawab yang bersesuaian dengan usia. Kanak-kanak yang sedang membesar mula berasa kurang berkemampuan, cekap, dan berdikari daripada yang sebenarnya. Ini lebih biasa daripada yang kita bayangkan. Ini berlaku dengan ibu bapa yang terlalu risau dan mereka yang tidak mempercayai anak-anak mereka.

Ini menyebabkan anak kekal bergantung, pasif, dan tidak bermotivasi, walaupun ibu bapa melakukannya dengan niat yang baik. Kanak-kanak yang "dijaga" sebenarnya berada di bawah tahap kematangan.

Lakukan dengan betul. Anda boleh memecahkannya. Awak patut makan ini dan buat itu. Anda tidak akan dapat mengendalikannya. Kami tahu apa yang terbaik untuk anda.

Anak yang sedang membesar, malangnya, belajar terlalu bergantung pada orang lain. Apabila mereka membesar menjadi hubungan dewasa, mereka cenderung untuk bergantung dan cenderung untuk dimanipulasi.

Penolakan

Cara ibu bapa memandang anak dan soalan yang mereka ajukan boleh menyampaikan ketidaksetujuan. Apabila ibu bapa cenderung untuk tidak bersetuju dengan sebarang keputusan yang dibuat tanpa input atau kelulusan mereka, mereka cuba melatih anak-anak mereka untuk menjalankan setiap keputusan oleh ibu bapa terlebih dahulu. Ini mewujudkan dan mengukuhkan kepercayaan bahawa kanak-kanak tidak boleh membuat keputusan sendiri.

Gangguan

Sesetengah ibu bapa percaya bahawa mereka mempunyai hak untuk campur tangan dalam kehidupan peribadi anak-anak dewasa mereka. Gangguan ini juga boleh termasuk mensabotaj perhubungan anak-anak mereka atau memberitahu mereka dengan siapa untuk bertemu dan pilihan kerjaya yang perlu dibuat. Bagi kanak-kanak ini, gangguan ini mewujudkan konflik dalam semua bidang kehidupan mereka apabila ibu bapa mereka mencampuri persahabatan dan perhubungan percintaan.

Kritikan Berlebihan

Komen yang menyakitkan hati digunakan untuk menjejaskan keyakinan diri kanak-kanak, selalunya dengan berselindung untuk membantu mereka. Pilihan pakaian, penambahan berat badan, pilihan kerjaya atau pasangan, dan aspek kehidupan yang lain semuanya tertakluk kepada mata kritikal ibu bapa.

Hukuman

Kanak-kanak secara rutin dihukum kerana melakukan kemungkaran, tidak mematuhi, bercakap bohong, atau bercakap benar yang menyebabkan ibu bapa tidak selesa. Pukul, tampar, kurung, hukuman fizikal tidak berfungsi dengan baik untuk membetulkan tingkah laku kanak-kanak. Perkara yang sama berlaku untuk menjerit atau memalukan kanak-kanak. Hukuman, demi pembetulan atau disiplin, adalah cara yang keras untuk membesarkan anak. Kanak-kanak mungkin melakukan sesuatu yang ibu bapa tidak suka, jadi anak itu dihukum kerana "buruk".

Kanak-kanak itu, kemudian, tidak mempunyai pilihan lain selain dihukum. Kanak-kanak itu secara beransur-ansur mula percaya bahawa mereka pasti jahat, walaupun mereka mungkin tidak melakukan apa-apa kesalahan. Secara tidak sedar dan senyap, kanak-kanak itu menginternalisasi dan belajar menyalahkan dirinya sendiri, mengakibatkan rasa bersalah yang kronik. Mereka percaya bahawa mereka "buruk" dan layak menerima hukuman.

Ganjaran

Walaupun ganjaran dianggap menarik, ganjaran mungkin bertindak sebagai rasuah dengan kesan negatif dalam jangka masa panjang. Ibu bapa mungkin kelihatan 'memotivasikan' anak dengan memberi ganjaran kepada mereka untuk apa yang mereka mahu anak lakukan. Tetapi ia tidak begitu. Kanak-kanak mungkin tidak memahami kepentingan tugas itu tetapi didorong untuk melakukannya sebagai balasan untuk ganjaran.

Ibu bapa mungkin 'memberi ganjaran' kepada anak dengan sebatang coklat untuk tugasan rutin yang dilakukan oleh anak. Kanak-kanak belajar bahawa dalam hidup, apa-apa sahaja tanpa ganjaran tidak berbaloi dengan usaha. Ibu bapa mesti menerangkan perkaitan tugas dengan cara yang mereka fahami, dan bukannya rasuah cepat untuk menyelesaikan kerja.

'Syarat Terpakai'

Ini adalah hukuman pasif. Kanak-kanak itu dihukum dengan tidak diendahkan. Apabila anak itu akur dan penuhi serta memenuhi kehendak ibu bapa, barulah mereka mendapat kuota kasih sayang dan perhatian. Keperluan, emosi dan pilihan sebenar kanak-kanak adalah tidak sah dan kanak-kanak belajar untuk tidak menjadi diri mereka sendiri.

Jangkaan yang tidak realistik dan piawaian yang tidak adil

Ia adalah perkara biasa bagi kanak-kanak untuk menghadapi jangkaan yang tidak realistik dan jauh melebihi kemampuan mereka. Kadangkala kanak-kanak itu dijangka menjaga ahli keluarga atau adik yang sakit. Di sini anak menjadi ibu bapa, anak yang belum pun merasai keseronokan zaman kanak-kanak dibuat menanggung bebanan dewasa. Ini adalah pembalikan peranan. Kanak-kanak ini kelihatan lebih matang daripada kanak-kanak lain, berdikari, seorang yang membesar terlalu awal. Ini mengakibatkan kanak-kanak itu mengorbankan impian dan keperluan dan mula berasa keseorangan dan terlalu bertanggungjawab.

Kesan Ribut... Di Dalam

- Terasa keseorangan dan tiada siapa yang perlu dijaga.
- Membangunkan nilai diri dan harga diri yang rendah.
- Perasaan hilang arah, keliru, tidak bermatlamat, ragu-ragu dengan diri sendiri.
- Tiada matlamat, minat, cita-cita dan dorongan yang tulen.
- Rasa kosong tanpa sesiapa di sekeliling untuk mengesahkan kewujudan kita.
- Kurang rasa diri yang teruk.
- Penjagaan diri yang buruk, mencederakan diri sendiri, memadamkan diri, menyenangkan orang, mencari kelulusan.
- Tiada motivasi intrinsik untuk melakukan kebanyakan perkara atau apa-apa.
- Demotivasi untuk melakukan perkara-perkara yang pada masa lalu membawa kepada rasa sakit hati.

- Pasif dan pergantungan.
- Keperluan untuk motivasi.
- Mengabaikan keperluan emosi kita.
- Berbohong, berdiam diri, tersenyum palsu, kecewa, marah.
- Ketagihan dan neurosis.
- Penyakit psikologi dan/atau fizikal.
- Kesukaran mengekalkan hubungan yang sihat.
- Pengabaian fizikal, gangguan makan (anoreksia, obesiti), mengekalkan diet yang tidak sihat, masalah tidur, dan mimpi buruk.

"Saya sihat"

"Saya tidak boleh berkata Tidak"

"Saya tidak cukup baik" "Saya yang bersalah"

"Saya gagal" "Saya minta maaf"

"Saya penipu"

Kesamaan dalam pernyataan di atas ialah mereka semua berada dalam orang pertama iaitu "Saya".

Semuanya berkaitan dan berkaitan dengan saya, saya sendiri.

Ini adalah persepsi yang telah kita bentuk dari diri kita sendiri. Ini semua tentang perasaan dalam diri.

Ini semua tentang 'Saya' ribut, ribut yang terus berputar dan berpusar dalam diri kita sendiri dan menentukan kita, diri teras kita, cara kita melihat dunia dan orang dan kejadian di sekeliling kita dan reaksi kita terhadap perkara yang sama.

Cara saya melihat diri saya adalah apa yang saya percaya orang lain fikir tentang saya. Ini semua tentang persepsi yang kita fikir adalah realiti!!!

Anehnya, kita mungkin tidak menyedari ribut di dalam diri semasa kita membesar, sama seperti mata ribut. Kita sering tidak dapat mengiktiraf didikan kita sebagai bermasalah, walaupun sehingga dewasa. *Jadi, kita tidak dapat memahami asal usul 'I' ribut!*

Memetik puisi oleh *TCA Venkatesan, Ph.D.*

Dia melangkah keluar dan merenung, Wajahnya tenang,

Fikirannya terbakar, Mengamuk di dalam, ribut.

Mata batinnya di tengah, Menyembunyikan kemarahan dari semua orang, Mata luarnya menyala,

Dengan kuatnya angin ribut, Sedia menerbangkan segalanya. Dia memerlukan saluran keluar,

Untuk membiarkan emosinya mencurah-curah, Untuk membiarkan kata-katanya bercakap benar, Fikirannya mengalir keluar. Cuba untuk membuat dirinya didengari,

Kata-katanya hanya menghalang, Bagaimana dia memberitahu dunia, Tanpa menyesatkan mereka.

Untuk membuat mereka faham, Bahawa dia hanya bermaksud baik,

Jika kata-katanya adalah sesuatu yang lain, Itu bukan yang dia pilih untuk memberitahu. Kata-katanya bukan miliknya,

Dengan peristiwa yang tidak terkawal, Mereka dibentuk oleh orang lain, Yang telah mengambil tol mereka. Hanya perasaannya yang mendalam,

Fikiran dalaman itu adalah miliknya, Tetapi apabila ia keluar,

Mereka berubah menjadi sesuatu yang lain. Dia telah mengambil banyak,

Tetapi telah berkorban begitu banyak, Siapa yang melihat apa yang dia ambil,

Bolehkah mereka melihat apa yang dia berikan kembali? Siapa yang akan memahaminya,

Siapa yang akan berdiri di sisinya, Siapa yang akan mengharungi badai, Siapa yang akan berlayar bersamanya?

Siapa yang akan masuk ke dalam, Siapa yang akan melihat ke dalam, Siapa yang akan melihat ketenangan,

Apabila ribut mengamuk di luar. Muka tenang, fikiran terbakar,

Dia melangkah keluar dan merenung, Dia masih mencari,

Agar kedamaian dia dikongsi.

Psych-Alone: Saya Baik

"Senyuman tercantik menyembunyikan rahsia terdalam. Mata yang paling cantik telah paling banyak menangis. Dan hati yang paling baik telah merasakan yang paling sakit.

"Senyuman boleh bermakna seribu perkataan, tetapi ia juga boleh menyembunyikan seribu air mata."

"Anda boleh membuat senyuman palsu, tetapi anda tidak boleh memalsukan perasaan anda."

"Suatu hari, saya mahu seseorang melihat senyuman palsu saya, tarik saya rapat dan berkata - Tidak, awak tidak okay."

"Saya Baik-baik saja" dan senyuman menyediakan perlindungan yang sempurna untuk seseorang yang menghidap Sindrom Psik-Alone.

Apa khabar?

Fikiran tertentu terlintas di fikiran saya. Adakah orang yang bertanya kepada saya ini, benar-benar berminat untuk mengetahui keadaan saya? Adakah ia akan memberi apa-apa perbezaan kepadanya mengetahui keadaan saya? Jadi, tidak ada gunanya saya memaparkan keadaan fikiran dan emosi saya. Jadi, saya hanya tersenyum. Saya tidak mahu merosakkan moodnya dengan masalah saya. Jadi, saya hanya akan berkata - saya baik-baik saja. Sebenarnya, saya kehilangan kata-kata di luar ketiga-tiga ini.

Saya harap orang faham apa yang saya maksudkan apabila saya mengatakan saya baik-baik saja. Saya baik bermakna saya tidak mempunyai keberanian untuk menyatakan perasaan saya.

Saya takut saya akan dihakimi. Anda mungkin fikir saya lemah. Saya tidak pasti jika anda benar-benar mengambil berat.

Ya, anda akan cuba memotivasikan saya dan memberi komen bahawa kita semua berasa begitu.

Tetapi ini berlaku kepada saya sepanjang masa. Adakah anda mempunyai masa untuk memahami saya ... sepenuhnya? Saya dipenuhi dengan fikiran dan emosi negatif. Jadi, adakah anda benar-benar ingin tahu – Bagaimana saya?

"Saya baik-baik saja" sebenarnya bermaksud "Saya benar-benar tidak baik".

Ini bermakna bahawa kita memerlukan seseorang untuk membantu kita keluar dari keadaan fikiran kita. Ini mungkin bermakna kita memerlukan bantuan. Sebahagian daripada kita mengatakan bahawa kita baik-baik saja dan sebahagian daripada kita menjerit meminta pertolongan. Ini adalah perasaan yang tidak boleh kita ungkapkan dengan kata-kata. Hanya mereka yang mengenali perasaan ini benar-benar dapat memahami kesakitan di sebalik "Saya baik-baik saja." Naluri kita membuat kita melindungi diri kita daripada penolakan atau kita hanya takut.

Senyuman dan senyuman tersenyum menyembunyikan perasaan kami daripada semua orang. Senyuman bukan sahaja menyamarkan perasaan sebenar kita daripada orang lain; ia membolehkan kita menyembunyikan perasaan kita daripada diri kita sendiri.

Dari senyuman sebenar kepada senyuman palsu

Bayi baru lahir menyatakan diri mereka dan tidak menekan perasaan mereka. Mereka tersenyum dan menangis, ketawa dan menangis untuk menyampaikan apa yang mereka rasa. Jika mereka gembira, mereka tersenyum, ketawa kecil, berseru dalam kegembiraan yang murni, dan berasa teruja, bermotivasi, ingin tahu, dan kreatif. Jika mereka terluka, mereka menangis, melepaskan diri, marah, mencari pertolongan dan perlindungan, dan merasa dikhianati, sedih, takut, kesepian, dan tidak berdaya. Mereka tidak bersembunyi di sebalik topeng. Apabila mereka semakin dewasa, mereka mula menyatakan diri mereka dengan kata-kata. Kanak-kanak bercakap tanpa penapis. Apa yang ada di dalam, dizahirkan secara zahir. Tetapi, jika apa yang diungkapkan secara zahir tidak disedari, diakui, dan difahami. Bayangkan pergi kepada ibu bapa kita untuk mendapatkan bantuan, tetapi, atas sebab apa pun, mereka tidak berada di sana.

Apa yang berlaku kepada awak?

Apa yang berlaku di sekolah hari ini? Apa yang kamu mahu?

Apabila tidak berhadapan dengan soalan-soalan prihatin ini, kanak-kanak mula menganggap bahawa perasaan peribadi, kehendak dan keperluan tidak penting. Selepas beberapa lama, kanak-kanak itu berhenti mengharapkan dan berhenti meluahkan. Tiada siapa yang benar-benar peduli! Satu-satunya ungkapan yang seolah-olah menyelesaikan segala-galanya ialah I am Fine, dengan senyuman 'manis'. Kanak-kanak, apabila mereka membesar, memahami secara lalai dan mengalami bahawa pembohongan, ketidakjujuran, tidak ikhlas, ketidakaslian adalah perkara biasa.

'Saya baik-baik saja' ialah jawapan paling selamat yang biasanya tidak menimbulkan soalan atau ulasan lanjut. Kebanyakan kita berjalan-jalan mengatakan bahawa kita "baik" setiap hari.

Saya hanya bersikap sopan

'Apa khabar' ialah soalan lalai yang ditanya dan 'Saya tidak apa-apa' ialah balasan lalai yang diberikan apabila dua orang bertemu antara satu sama lain. Ia adalah pertukaran budi bahasa. Kedua-duanya tidak bermaksud apa yang mereka katakan atau melampirkan sebarang pemberat padanya.

Saya tidak pasti perasaan saya sebenarnya

Sering kali, kita sukar untuk memahami dan menggambarkan perasaan kita. Jadi, kami berkata "baik" untuk mengelakkan soalan lanjut atau membuat penanya berasa tidak selesa.

Tiada siapa yang akan memahami perasaan saya sebenarnya

Kebanyakan daripada kita tidak mahu menunjukkan rasa sakit kita kepada orang lain. Kemurungan dan kesakitan sering datang dengan rasa malu. Untuk bercakap tentang perkara ini akan menunjukkan kelemahan kita yang boleh berasa tidak selesa dan mengancam.

Saya tidak mahu bercakap mengenainya

Bercakap tentang perasaan mungkin terasa seperti pembukaan luka. Berkongsi dengan seseorang yang kurang empati atau pemahaman adalah mengecewakan dan seterusnya memberi kesan kepada perasaan malu.

Membesar terlalu cepat

"Membesar terlalu cepat" atau "Menjadi matang untuk usia anda" sebenarnya tidak membesar. Dan pastinya ia bukan cara yang betul untuk membesar.

Apabila kita berasa keseorangan, apabila kita berasa diabaikan secara emosi, apabila kita diberitahu untuk membesar dan memiliki, dengan sedikit atau tanpa bimbingan atau sokongan, atau apabila kita terlibat dalam pembalikan peranan, kita berkembang menjadi "orang dewasa kecil" yang, bukan sahaja boleh menjaga diri kita sendiri, tetapi juga menjaga ibu bapa, adik beradik, rakan atau ahli keluarga kita yang lain.

Anak yang sedang membesar tersenyum. Dan ibu bapa merasakan bahawa anak mereka cukup matang untuk menangani perkara yang lebih sukar dalam hidup. Mereka mengaitkan tanggungjawab yang tidak adil dan piawaian yang tidak realistik kepada kanak-kanak itu. Kanak-kanak itu dijangka melakukan sesuatu tugasan tanpa sesiapa yang benar-benar mengajar mereka bagaimana untuk melakukannya atau mereka dijangka sempurna, dan jika, secara semula jadi, mereka tidak sempurna, mereka kemudian menerima akibat negatif yang keras untuknya.

Saya perlu kuat. Bertopengkan sebagai kuat, kelemahan sebenar terletak di dalam diri. Ini memisahkan kita dari keadaan sebenar kita. Kami cuba untuk kelihatan kuat dari segi emosi dan seseorang yang boleh "diharapkan". Kita tidak sedar bahawa kita memerlukan bahu untuk bersandar.

Saya perlu melakukan semuanya sendiri. Kami menganggap bahawa adalah tanggungjawab kami untuk menjaga orang lain dan tiada siapa yang akan berada di sana untuk membantu kami. Kami tidak mahu meminta bantuan dan cuba melakukan perkara di luar kemampuan kami. Kami akhirnya menjadi gila kerja dan berasa kesunyian, terpencil, tidak semestinya tidak percaya, dan bahawa "kami bersendirian menentang dunia."

Apa yang kita sembunyikan di sebalik senyuman ialah

• Penjagaan diri yang lemah atau bahkan mencederakan diri sendiri.

• Workaholisme.

• Cuba untuk menjaga orang lain.

• Disenangi orang.

• Isu harga diri.

• Sentiasa cuba melakukan lebih daripada yang kita mampu secara fizikal.

• Mempunyai standard yang tinggi dan tidak realistik untuk diri kita sendiri.

• Tanggungjawab palsu.

• Tekanan dan kebimbangan kronik.

• Kurang keakraban dalam perhubungan.

saya sihat

Dan anda bertanya kepada saya bagaimana keadaan saya. Dan anda ingin mendengar bahawa semuanya baik-baik saja. Dan bagaimana saya mahu.

Betapa saya berharap saya boleh mengatakan bahawa saya tidak. Tetapi saya berpegang kepada pepatah lama.

"Saya sihat".

Seorang rakan meminta saya menerangkan perasaan saya dengan bantuan warna.

Saya harap ia mudah.

Untuk memberitahunya bagaimana warna telah pudar dan

bagaimana mereka semua kelihatan sama.

Dari hitam legam kepada merah terang,

mereka semua adalah sama.

Saya harap saya boleh bercakap dengan awak. Lama-lama.

Tetapi kemudian, saya rasa saya tidak sepatutnya.

Lagipun, kita semua mempunyai kehidupan yang perlu dilalui.

Saya mendengar lagu untuk zon keluar. Saya bercakap. Dan saya sedar.

Betapa teruknya saya berpura-pura. Kamu cuba.

Untuk membicarakan saya, beritahu saya untuk berhenti berfikir, tertanya-tanya, dan lain-lain.

Tetapi anda tahu apa?

Bukan mudah untuk diungkapkan dengan kata-kata setiap masa.

Bukan mudah untuk membina metafora daripada cerita yang sedang nazak.

Bukan mudah untuk menyelitkan segala yang difikirkan oleh fikiran ini. Dan kadangkala,

anda menyedarinya. Tetapi anda masih bertanya. "Awak okay tak"?

Dan saya masih akan berkata "Saya baik-baik saja".

Psych-Alone: Saya Tidak Boleh Katakan Tidak

"Perkataan tertua, terpendek – 'ya' dan 'tidak' – adalah perkataan yang memerlukan pemikiran yang paling."

"TIDAK adalah ayat yang lengkap. Ia tidak memerlukan penjelasan untuk diikuti.

Anda benar-benar boleh menjawab permintaan seseorang dengan Tidak mudah." "Kebebasan sebenar adalah berkata 'tidak' tanpa memberi alasan." "Nada adalah bahagian yang paling sukar untuk mengatakan tidak."

"Separuh daripada masalah hidup ini boleh dikesan dengan mengatakan ya terlalu cepat dan tidak mengatakan tidak segera."

" NO-O-PHOBIA "

Tidak – Dua huruf kecil.

Sering kali, kita berfikir "tidak", tetapi secara mengejutkan berkata "ya." Bilakah kali terakhir kita berkata "tidak" kepada seseorang?

Saya tidak ingat!

Oh ya, saya masih ingat mengatakan Ya - di tempat kerja, di rumah, kepada rakan-rakan, kepada jiran saya, kepada jemputan sosial!

Bagi sesetengah daripada kita, mengatakan 'ya' adalah kebiasaan, tindak balas automatik. Bagi yang lain, mengatakan 'ya' menjadi satu paksaan.

Mengapa begitu penting untuk kita menggembirakan semua orang, sehingga kita membenci diri sendiri dan berasa 'pengecut'?

Mengatakan Tidak tidak bermakna anda seorang yang jahat.

Mengatakan Tidak tidak bermakna kita bersikap kasar, mementingkan diri sendiri, atau tidak baik hati. Tidak – Satu perkataan yang kuat.

Tidak, saya mahu mainan itu.

Tidak, saya tidak mahu makan sayur-sayuran itu.

Sebagai seorang kanak-kanak, sangat mudah untuk mengatakan TIDAK. Kemudian, apabila kita membesar, entah bagaimana kita kehilangan kuasa untuk mengatakan tidak. Kita mengiyakan perkara yang kita tidak mahu lakukan, menghabiskan masa dengan orang yang menguras tenaga kita, dan nikmat yang kita tidak mahu lakukan, dan sebagainya.

Sebagai kanak-kanak, kami tidak ditapis. Apa yang ada dalam diri, diluahkan secara lisan. Tetapi apabila kami membesar, kami telah belajar bahawa mengatakan tidak adalah tidak sopan atau tidak sesuai. Jika kita berkata tidak kepada ibu, ayah, atau guru, ia dianggap kurang ajar, kerana ia akan menjejaskan ego mereka.

'Ya' adalah perkara yang sopan untuk dikatakan.

Sebagai orang dewasa, kita berpegang teguh pada didikan zaman kanak-kanak dan terus mengaitkan tidak dengan sikap tidak disenangi, tidak sopan atau mementingkan diri sendiri. Mengatakan Tidak akan membuat kita berasa bersalah, atau malu, dan akhirnya kita berasa ditolak dan keseorangan.

"Pendapat mereka tentang saya lebih penting daripada pendapat saya tentang diri saya sendiri."

Jika kita menjalani hidup kita bergantung pada persetujuan orang lain, kita tidak akan pernah berasa bebas dan gembira.

Mengapa Kita Tidak Boleh Katakan Tidak

Ketakutan terbesar kita ialah penolakan. Jika kita berkata Tidak, kita akan mengecewakan seseorang, membuat mereka marah, menyakiti perasaan mereka, atau kelihatan tidak baik atau kasar. Mempunyai orang berfikir negatif tentang kita adalah penolakan muktamad. Sama ada orang lain berkata, apa yang mereka fikir tentang kita sangat penting bagi kita. Ketidakupayaan untuk mengatakan tidak secara langsung dikaitkan dengan keperluan untuk mendapatkan kelulusan daripada orang lain. Oleh itu, kami merasa sukar untuk mengatakan tidak.

Satu lagi sebab penting kita tidak boleh mengatakan tidak adalah kerana kita tidak tahu apa yang kita mahu dari kehidupan. Kami tidak tahu apa barang kami. Perkara yang benar-benar membuatkan kita 'gembira'. Perkara yang memberikan kita rasa kepuasan yang mendalam. Perkara yang memberi makan jiwa kita. Jadi, kami mengiyakan segala-galanya.

- Kami mahu mengelakkan Konflik.
- Kami tidak mahu kelihatan kurang sopan.
- Kami berasa bangga kerana diberi peluang istimewa itu.
- 'Jika saya katakan tidak, siapa yang akan melakukannya?'
- 'Tiada sesiapa yang boleh melakukannya dengan sempurna

seperti saya, jadi saya harus melakukannya.'

- Kami mahu dihargai.

Ia berakar pada zaman kanak-kanak di mana kita tidak merasakan kita boleh mendapat cinta hanya dengan menjadi diri kita sendiri. Kami terpaksa memperolehnya dengan menggembirakan orang lain.

- Keibubapaan yang ketat di mana kami diberi ganjaran kerana memenuhi jangkaan ibu bapa kami dan dihukum kerana enggan.

- Keibubapaan yang samar-samar, 'sejuk' sekejap, kemudian 'kurang ajar' detik seterusnya, di mana kami memutuskan adalah yang terbaik untuk mengatakan ya.

- Keibubapaan yang terganggu di mana ibu bapa mempunyai hubungan yang sukar atau tertekan, di mana bersetuju adalah cara terbaik untuk mengurangkan beban mereka.

- Keibubapaan yang tidak selamat adalah di mana ibu bapa menggunakan anak untuk meningkatkan harga diri mereka, di mana kanak-kanak itu ditekan untuk membuat ibu bapa berasa baik.

Kebanyakan kanak-kanak mencari kasih sayang dan perhatian ibu bapa mereka dan menolak apa yang diminta oleh ibu bapa bukanlah cara untuk mendapatkannya. Tidak melakukan apa yang diminta oleh ibu bapa menyebabkan keistimewaan diambil alih yang berterusan hingga ke usia remaja.

Apabila kita mencapai usia dewasa, kebanyakan kita mengalami kebimbangan dengan hanya memikirkan "tidak". Adakah kita akan kehilangan kenaikan pangkat di pejabat? Adakah kita akan keluar dari kumpulan sosial yang keren? Jawapannya sudah tentu "tidak."

Tidak Boleh Katakan Tidak ... Pada Berapa Kos

Tidak pernah mengatakan tidak datang pada harga yang sangat tinggi.

- Mengatakan ya boleh menjadi satu bentuk pengorbanan diri yang menjauhkan kita daripada mengetahui kehendak dan keperluan kita.

- Mengatakan ya selalu mungkin kelihatan mengukuhkan hubungan. Tetapi dalam jangka masa panjang, kita akan mula merasa dimanipulasi, mengakibatkan hilang rasa hormat dan melemahkan ikatan.

- Apabila kita mula menumpukan lebih banyak masa dan tenaga kepada orang lain daripada diri kita sendiri, kita akan cepat habis.

- Kekecewaan berlaku apabila kita menjauhkan diri daripada mencapai matlamat kita dan mencipta kehidupan yang kita impikan.

- Lebih banyak masa yang kita luangkan untuk melakukan sesuatu untuk orang lain, lebih sedikit masa yang kita ada untuk diri kita sendiri, dan kurang masa untuk melakukan apa yang kita mahu. Ini membawa kepada ketidakseimbangan dalam memberi keutamaan.

- Kekurangan komunikasi yang tegas menyebabkan kita berasa buruk tentang diri kita sendiri dan membawa kepada harga diri yang rendah.

- Pada akhirnya, adalah mungkin untuk akhirnya tidak tahu apa yang kita mahu. Kita menjadi kebas kerana melakukan apa yang orang lain mahu. Malah kita lupa apa yang kita suka dan benci serta lupa siapa diri kita sebenarnya.

Menjadi Asertif

Apa yang berlaku apabila kita terlalu pasif?

- Kita berkata 'ya' apabila kita tidak mahu.

- Kita tidak menjaga diri kita kerana kita terlalu sibuk menjaga orang lain.

- Kita letih secara emosi untuk memberi dan tidak menerima.

- Kami tidak dihargai.

- Orang ramai mengambil kesempatan daripada kebaikan kita.

- Kami memohon maaf atas perkara yang tidak kami sebabkan.

- Kami rasa bersalah.

- Kita menghabiskan masa dengan orang yang kita tidak suka.

- Kami mengelakkan konflik.

- Kami berkompromi dengan nilai kami.

Untuk membantu orang lain adalah perkara yang baik. Tetapi sesetengah daripada kita melakukannya sehingga memudaratkan diri sendiri, hanya kerana kita tidak tegas. Kami memerlukan pengisian bahan bakar emosi dan rohani. Apabila kita memberi atau membiarkan orang mengambil daripada kita tanpa mengisi semula tangki kita melalui penjagaan diri dan hubungan yang memuaskan, kita akan menjadi letih dan marah.

Apa yang menghalang anda untuk bersikap tegas?

Apakah ketakutan yang menghalang kita untuk menjadi lebih tegas? Apakah hasil yang tidak menyenangkan yang boleh berlaku jika kita lebih tegas?

Kita takut menyakiti perasaan orang, kita takut ditolak atau orang berjalan keluar dari hidup kita, kita takut konflik, kita takut dilihat sukar, kita takut keperluan kita tidak akan dipenuhi walaupun kita meminta.

Halangan kepada komunikasi asertif ialah kekeliruan antara ketegasan dan pencerobohan. Ketegasan bukan menjerit atau berbalah. Komunikasi asertif mempunyai asas dalam komunikasi hormat. Ia jelas, secara langsung, dan dengan hormat menyampaikan fikiran, perasaan, dan keperluan kita, tanpa bersikap kasar.

Kita membuat kesilapan dengan mengharapkan orang tahu apa yang kita mahu dan apa yang kita tidak mahu. Adalah tidak adil untuk mengharapkan mereka mengetahui perkara ini. Kita kena cakap. Ketegasan adalah kemahiran. Lagi banyak kita amalkan, lagi mudah.

Komunikasi asertif menggalakkan rasa hormat. Mereka menghormati mereka yang membela diri dan meminta apa yang mereka mahu atau perlukan sambil juga menghormati orang lain. Ketegasan juga meningkatkan maruah diri. Kita akan mula menghargai perasaan dan keperluan kita daripada mengabaikannya. Ia meningkatkan peluang untuk memenuhi keperluan kita. Ia meningkatkan kemesraan dalam hubungan.

Bagaimana Untuk Katakan Tidak

Kita cenderung untuk memberi tumpuan kepada orang lain dan masalah mereka sehingga ke tahap obsesi. Daripada fokus pada perkara yang kita tidak boleh kawal, kita perlu fokus pada apa yang kita boleh kawal dan belajar menerima apa yang kita tidak boleh Dengan memfokuskan pada perkara yang boleh kita lakukan, kita boleh menjadi lebih berkesan, melakukan lebih banyak perkara dan berasa lebih berpuas hati dalam kerja dan kehidupan peribadi kita.

- Bersikap tegas, langsung, dan tidak jelas. Katakan – "Tidak, saya tidak boleh, saya tidak mahu".

- Bersopan santun - "Dihargai, Terima kasih kerana bertanya."

- Elakkan berkata - "Saya akan memikirkannya" jika anda tidak mahu melakukannya. Ini hanya memanjangkan keadaan, menyebabkan lebih banyak tekanan.

- Tegasnya, jangan berbohong. Berbohong membawa kepada rasa bersalah dan memburukkan hubungan.

- Jangan minta maaf dan beri alasan dan alasan.

- Berlatih berkata tidak.

- Lebih baik berkata tidak sekarang daripada marah di kemudian hari.

Nilai diri kita tidak bergantung pada seberapa banyak yang kita lakukan untuk orang lain.

"Anda mengajar orang bagaimana untuk melayan anda dengan memutuskan perkara yang anda akan dan tidak akan terima."

"Kadang-kadang "tidak" adalah perkara yang paling mulia dan terhormat yang boleh anda katakan kepada seseorang."

"Saya belajar untuk berkata TIDAK. Sekarang saya tidak rasa terperangkap, marah, atau bersalah lagi. Sebaliknya, saya berasa diberi kuasa dan bebas."

"Ingat, apabila anda berkata tidak kepada orang lain dan perkara yang anda tidak mahu, anda berkata ya kepada sesuatu yang lebih baik – diri anda sendiri."

Psych-Alone: Saya Tidak Cukup Baik

"Anda telah mengkritik diri sendiri selama bertahun-tahun, dan ia tidak berjaya. Cuba meluluskan diri anda dan lihat apa yang berlaku."

- Louise Hay

"Tiada sesiapa boleh membuat anda berasa rendah diri tanpa persetujuan anda."

- Eleanor Roosevelt

"Kenapa saya tidak cukup baik?" kita menangis kepada diri kita sendiri selepas apa yang kita panggil kehilangan - hati yang patah, ujian yang gagal, penolakan terhadap apa yang kita inginkan atau patut. Tidak ada manusia yang 'terlalu baik' untuk orang lain. Kita melalui pengalaman dalam kehidupan seharian apabila kita merasakan kita telah memberikan kehidupan yang terbaik, bekerja keras, berusaha keras, tetapi masih merasakan bahawa kita tidak cukup baik. Kami sentiasa mengalahkan diri sendiri memikirkan bahawa kami masih perlu menjadi lebih, melakukan lebih, menjadi lebih baik, melakukan lebih baik. Kami tidak mengambil pemikiran negatif, memahaminya secara realistik, dan mengubahnya menjadi pemikiran yang memperkasakan. Kami mengambil pemikiran negatif, membesarkannya dan melihat senario terburuk. Kami menghulurkannya hingga ke tahap di mana ia merasakan kehidupan seperti runtuh.

Sangat mudah untuk diseret oleh pemikiran kita sendiri. Tidak cukup baik sebagai anak kepada ibu bapa kita. Tidak cukup baik sebagai ibu bapa kepada anak-anak kita. Tidak cukup baik dalam perhubungan. Tidak cukup baik dalam apa yang kita lakukan. Tidak cukup baik untuk kerja kami. Tidak cukup baik dalam apa-apa.

Kita tidak perlu menjadi orang yang paling menarik, paling bijak, paling cergas, atau paling kreatif di dunia untuk layak. Bukan kita seorang sahaja yang merasai perasaan ini. Kita semua meragui harga diri kita lagi dan lagi. Fikiran sedemikian digabungkan dengan tekanan dan tekanan dunia hari ini boleh merobek keyakinan dan harga diri kita.

Saya rasa saya tidak cukup baik ... Saya tidak mencapai piawaian ...

Saya rasa orang lain jauh lebih baik daripada saya...

Kejadian "Saya tidak cukup baik"

Ia berakar sangat dalam di dalam diri kita sehingga kita tidak boleh menggoyahkan perasaan itu. Seperti sistem kepercayaan mengehadkan diri yang lain, ini juga berakar umbi dalam tahun-tahun pertumbuhan kami.

Bayi sangat mudah terpengaruh dan mudah menyerap persekitaran di sekelilingnya. Satu-satunya emosi yang penting ialah mendapatkan cinta dan kasih sayang daripada orang di sekeliling mereka. Sebarang emosi lain masih asing bagi mereka. Mereka hanya mahu disayangi, dipedulikan dan dibelai. Mereka tidak mempunyai pemahaman, kematangan, dan kesedaran kognitif tentang perbalahan yang berlaku antara ibu bapa, persekitaran yang mengelilingi anak. Dalam keluarga yang tidak berfungsi, kanak-kanak tidak memahami mengapa orang dewasa berkelakuan seperti yang mereka lakukan.

Secara tidak sedar, kanak-kanak yang sedang membesar menghayati pemikiran – 'Ibu bapa saya tidak menyayangi saya, kerana saya tidak cukup baik. Sekiranya saya lebih baik, ini tidak akan berlaku.' 'Jika gred saya lebih baik, ibu bapa saya akan berasa sangat bangga dan tidak akan bergaduh.' 'Jika saya mematuhi mereka, mereka akan kurang tertekan.' 'Jika saya membantu ibu saya, dia akan sangat gembira.'

Kanak-kanak, tanpa disedari merasionalkan dan memusatkan isu-isu dalam persekitaran mereka kepada diri mereka sendiri. 'Jika saya cukup baik, dunia saya akan menjadi lebih baik.' Mereka menyedari bahawa tidak kira apa yang mereka lakukan, mereka tidak dapat menyelesaikan masalah ibu bapa mereka. Mereka adalah kanak-kanak, dan ini bukan masalah mereka untuk diperbaiki, tetapi mereka tidak tahu lagi. Jadi, mereka terus mencuba. *Malangnya, ibu bapa dalam keluarga yang tidak berfungsi menyalahkan anak-anak mereka atau menunjukkan kepada anak-anak mereka perasaan buruk yang ibu bapa rasai pada masa ini.* Malah mereka mengutuk kehadiran anak mereka sebagai punca malang mereka. *Kanak-kanak itu akhirnya membawa beban emosi keluarga.*

Kami ibu bapa anak-anak kami, dengan cara yang sama, kami dibesarkan. Perasaan dalaman bahawa 'saya tidak cukup baik,' menjadi lebih kuat. Kanak-kanak itu, yang kini telah membesar menjadi ibu bapa, kini berkata – 'Saya bukan ibu bapa yang cukup baik.' Mesej negatif tidak boleh 'dibatalkan' dengan pengakuan mudah atau meyakinkan diri kita bahawa kita baik-baik saja. Kita perlu mendedahkan trauma yang lebih mendalam yang tertanam dalam diri kanak-kanak, kini dewasa, dan melepaskannya.

Atelophobia

Atelophobia adalah ketakutan untuk tidak melakukan sesuatu dengan betul atau takut tidak cukup baik.

Dalam kata mudah, ia adalah ketakutan terhadap ketidaksempurnaan. Perkataan atelophobia terdiri daripada dua perkataan Yunani: Atelo bermaksud tidak sempurna dan fobia bermaksud ketakutan. Orang yang mengalami atelophobia biasanya mengalami kemurungan atau kebimbangan apabila jangkaan tidak sepadan dengan realiti.

- Atelophobe bimbang bahawa apa sahaja yang dia lakukan adalah tidak baik, tidak boleh diterima atau salah sama sekali. Tugasan seharian seperti kerja rutin mereka, pelajaran mereka, membuat panggilan, mengarang e-mel, bercakap di hadapan orang lain boleh menjadi pahit. Mereka takut mereka membuat beberapa jenis kesilapan dan gagal dalam tugas mereka. Ini adalah tempat pembiakan untuk kesedaran diri yang melampau dan perasaan sentiasa dinilai dan dinilai.

- Atelophobes secara tidak sedar menjadikan kesempurnaan sebagai matlamat mereka. Matlamat ini kebanyakannya sukar difahami dan jarang dicapai. Ini menyebabkan orang itu sengsara, tidak berguna, dan tidak berkesan dalam kehidupan. Dia secara beransur-ansur kehilangan lebih keyakinan diri dan harga diri, mengukuhkan kepercayaan bahawa dia tidak boleh melakukan apa-apa dengan betul.

- Orang yang mempunyai perasaan sedemikian mungkin pintar dan berbakat seperti orang lain, tetapi potensi mereka ditutupi oleh perasaan tidak cukup baik. Mereka memilih untuk tidak bersaing dengan sesiapa, dan tidak menerima cabaran.

- Pelajar, walaupun mereka telah menamatkan pengajian mereka untuk peperiksaan, terus menyemak dan menyemak dan menjadi kecewa. Mereka percaya bahawa mereka tidak 'sempurna' dan tidak pernah berpuas hati. Ketakutan terhadap ketidaksempurnaan ini boleh menghalang orang daripada melakukan sesuatu yang produktif kerana mereka takut bahawa mereka mungkin tidak melakukannya dengan betul dan mengecewakan serta mengecewakan orang di sekeliling mereka serta diri mereka sendiri.

- Sesetengah atelophobes takut ketidaksempurnaan pada tahap yang mereka rasa bahawa mereka mesti memastikan bahawa setiap tugas yang mereka lakukan dilakukan mengikut tahap kesempurnaan yang mereka anggap. Ini menampakkan dirinya dalam perfeksionisme dan kecenderungan OCD. Orang-orang ini penuh dengan kebimbangan, ketakutan, dan kebimbangan.

Punca Dan Corak

Kami secara semula jadi tidak rasional, dan kami adalah hasil daripada semua pengalaman yang membentuk kami. Adalah penting untuk mempertimbangkan punca utama tingkah laku dan pemikiran yang tidak rasional ini untuk dapat mengatasinya.

Pengalaman zaman kanak-kanak

Pengalaman yang kita ada pada zaman kanak-kanak membentuk cara kita berfikir tentang diri kita dan dunia di sekeliling kita. Mungkin kita diberitahu atau disedarkan bahawa kita tidak cukup baik. Penjagaan, kasih sayang dan kelulusan yang diperlukan dan diharapkan oleh kanak-kanak kadangkala hilang. Bukan selalu kerana ibu bapa tidak memberi, tetapi kebanyakannya kerana mereka mempunyai definisi yang berbeza tentang perkara yang sama. Mungkin ibu bapa kita tidak pandai menyayangi kerana masalah mereka sendiri yang tidak dapat diselesaikan. Kehadiran adik beradik dan cinta berbelah bahagi boleh memburukkan lagi perasaan. Untuk tujuh tahun pertama kehidupan seorang kanak-kanak benar-benar memerlukan kasih sayang tanpa syarat dan boleh mempercayai penjaga utama. Jika ini tidak berlaku, kita berakhir dengan 'keterikatan cemas', yang melibatkan tidak pernah mempercayai diri sendiri atau orang lain dan kurang keyakinan.

Takut ditolak

Kami membina tembok di sekeliling kami kerana kami takut kami akan ditolak dan tidak dihargai kerana cara kami. Oleh itu, tidak cukup baik untuk seseorang menjadi alasan. Kami takut membiarkan orang masuk ke dalam kehidupan dalaman kami.

Pengalaman yang tidak menyenangkan sebelum ini

Perasaan tidak cukup baik boleh disebabkan oleh pengalaman, terutamanya dalam hubungan terdahulu. Sering kali, penjagaan, cinta dan kasih sayang kita tidak dibalas, mungkin itu adalah jangkaan berat sebelah. Ini boleh disebabkan oleh kekurangan keyakinan diri dan kepercayaan, tetapi boleh juga kerana pasangan kita tidak melakukan bahagian mereka untuk membuat kita berasa selamat. Kadang-kadang, pasangan kita mungkin tidak memberi kita sokongan emosi dan jaminan yang diperlukan dalam perhubungan. Daripada mengharapkan lebih daripada mereka, kami menyimpulkan bahawa punca masalah terletak dalam diri kita. Ini digeneralisasikan berbanding hubungan kita yang lain pada masa kini dan akan datang. Semuanya kerana – saya tidak cukup baik.

Generalisasi perasaan kita

Kesakitan atau perasaan tidak mencukupi dalam satu bidang kehidupan kita diperluaskan ke kawasan dan perhubungan yang lain. Kita mungkin mengalami kerugian kewangan dan kita mula merasakan bahawa kita tidak cukup baik untuk perniagaan. Secara beransur-ansur ia digeneralisasikan kepada tidak cukup baik dalam mana-mana usaha yang kami usahakan. Kemurungan dalam kewangan memberi kesan kepada kita secara emosi dan emosi yang mengganggu mengganggu hubungan kita. Hanya kerana satu pengalaman buruk.

Sistem kepercayaan teras

Nilai diri yang rendah dikaitkan dengan kepercayaan teras bawah sedar kita yang mendalam, persepsi kita tentang dunia dalaman dan luaran kita, yang kita silap sebagai fakta. Kepercayaan teras ini terbentuk semasa kita kecil dan membesar, dengan sedikit kesedaran dan perspektif pada usia kecil kita. Anehnya, kita mendasarkan keputusan hidup kita di sekeliling mereka.

Persekitaran negatif

Kadangkala perasaan tidak cukup baik boleh dicetuskan dan diperkuatkan oleh syarikat yang kami simpan, yang terus mengingatkan dan menolak kami ke bawah. Persahabatan dan hubungan toksik kami menguatkan perasaan tidak cukup baik.

Apa yang boleh dibuat
Berhenti membandingkan

Kita membandingkan apa yang kita lalui di dalam dengan apa yang kita lihat dari luar orang lain. *Keburukan kita akan sentiasa membuat kita berasa tidak cukup baik berbanding dengan kebaikan orang lain.* Jadi, abaikan apa yang orang lain lakukan dan capai. Kami hidup adalah tentang melanggar had kita sendiri dan menjalani kehidupan terbaik kita. Jadilah baik, tanpa tunduk. Jangan bersetuju dengan sesuatu hanya untuk mengelakkan konflik dan diterima dalam hubungan.

Kegagalan adalah perlu untuk hidup

Kegagalan adalah bahagian penting dalam kehidupan. Ia membawa keseimbangan. Melalui kegagalanlah kita belajar pelajaran terbesar yang boleh diajar oleh kehidupan kepada kita. Kegagalan menempa kehebatan. Kegagalan yang kita alami membolehkan kita menghargai kejayaan kita.

saya dan saya

Jika kita selalu tertanya-tanya, 'mengapa saya tidak cukup baik?' ingatlah kita yang menentukannya. Terpulang kepada kita untuk menentukan sejauh mana kita baik, apa yang kita mahir, sejauh mana kita mahu menjadi. Jika seseorang tidak menyukai sesuatu tentang kita yang kita suka tentang diri kita, kita tidak perlu berubah. Kita tidak perlu memberikan kawalan jauh hidup kita kepada orang lain. Kita tidak memerlukan sijil tentang siapa kita daripada orang lain. Tiada siapa yang lebih memahami saya daripada saya. Saya paling rapat dengan I. Jadi, mengapa kita menimbang nilai kita tentang apa yang kita lihat di sekeliling kita, daripada meraikan apa yang ada dalam diri kita? Saya harus belajar untuk gembira dan berpuas hati dengan saya. Mulakan lebih banyak mendengar tentang siapa kita dan kurangkan apa yang dunia katakan kita patut, mahu atau lakukan. Saya adalah saya dan saya adalah pusat alam semesta saya . Kita tidak disayangi kerana apa yang kita lakukan. Kita disayangi kerana siapa kita. Berhenti mencari pengesahan dan kelulusan daripada orang lain.

Sayangi diri sendiri

"Jika saya meminta anda menamakan semua perkara yang anda suka, berapa lama masa yang diperlukan untuk menamakan diri anda?"

"Jika saya tidak boleh mencintai dan menghargai diri sendiri, bagaimana saya mengharapkan orang lain mencintai dan menghargai saya."

Berhenti fokus pada kekurangan dan mula fokus pada positif. There is no person on the planet today who has the uniqueness that we individually possess. And there never will be. So, we should love ourselves the way we are, and this starts with acknowledgment and acceptance.

"Pada masa paling baik Anda, Anda tetap tidak akan cukup baik untuk orang yang salah."

"Anda tidak bisa membenci diri Anda untuk bisa mencintai diri sendiri."

"Mengatakan kepada diri Anda bahwa Anda tidak berharga dan tidak layak dicintai tidak akan membuat Anda merasa lebih berharga atau layak dicintai."

"Ini adalah kehidupan di mana aku berjalan sendiri, Penuh harapan yang hancur dan remuk, Selalu marah tanpa alasan sama sekali, Terus-menerus ingin mengakhiri pertarungan ini. Bertarung dengan diri sendiri lagi dan lagi, Terkadang aku ingin kehidupan ini berakhir.

Ibu sedih tapi memilih untuk menyembunyikan, Mengeluarkan kemarahannya pada mereka yang berada di sisinya, Tidak mengerti bahwa aku berusaha membantu.

Dia menyingkirkan diriku dan benci sebagai gantinya. Nenek sedang menanggung nasib yang tak terhentikan. Penyakit telah menempatkannya di atas piring.

Sedih melihat seseorang yang begitu tulus Menjadi korban kanker lainnya.

Terlalu banyak teman yang terluka juga Memikirkan bahwa hidup mereka adalah neraka.

Terlalu banyak teman yang ingin berhenti, Memikirkan bunuh diri adalah satu-satunya pilihan. Tapi di dalam diriku ada yang terburuk dari semuanya.

Aku tidak tahu berapa lama aku bisa tegak berdiri. Kenangan kebahagiaan disingkirkan, Tapi pikiran mengerikan yang terus tinggal.

Tidak ada yang bisa kulakukan untuk membuatnya bangga. Tidak ada sinar perak di awan-awannya.

Aku adalah badai hujan yang penuh langit hitam gelap Dan hujan yang menghantui penuh kebohongan.

Aku hanya berharap aku bisa membuatnya melihat Aku berusaha keras agar aku bisa menjadi

Seseorang yang bisa dia percayai dan cintai. Sebaliknya, dia memberitahuku bahwa aku tidak cukup baik. Segala sesuatu yang kulakukan adalah keputusan yang salah.

Dia terus-menerus memberitahuku bahwa aku tidak menjalani Jalur yang dia benar-benar inginkan aku tempuh, Tapi aku hanya satu kesalahan besar.

Jika bisa, aku akan menghapus diriku dari sini, Aku tidak akan harus hidup dalam ketakutan ini.

Aku juga berharap aku bisa kurus Dan selalu bahagia, menyenangkan, dan cantik. Sebaliknya, aku melihat diriku di cermin, Kecewa dengan pantulan yang muncul.

Sulit untuk hidup ketika Anda tidak mencintai diri Anda, Mengharapkan bisa mengubah semuanya.

Setiap hari aku membuat catatan mental. Berapa banyak yang akan aku rindukan jika aku memutuskan untuk pergi?

Dan berapa banyak rasa sakit yang membuatku miring ke tepi Sedikit demi sedikit merayap ke pagar.

Berapa lama lagi aku bisa bertahan Sebelum hidupku menjadi masa lalu?" Sumber: www.familyfriendpoems.com

Psych-Alone: Saya Bersalah

"Saya adalah setiap kesilapan yang pernah saya lakukan. Saya adalah setiap orang yang pernah saya sakiti. Saya adalah setiap perkataan yang pernah saya katakan. Saya terbina daripada kelemahan."

"Untuk mencari kesalahan itu mudah; untuk melakukan yang lebih baik mungkin sukar."

"Kau kena lepaskan. Anda boleh berpegang pada kebencian dan cinta dan juga kepahitan, tetapi anda harus pergi dari kesalahan. Yang disalahkan ialah apa yang meruntuhkan awak."

"Memikul tanggungjawab bermakna tidak menyalahkan diri sendiri. Apa-apa sahaja yang menghilangkan kuasa atau kesenangan anda menjadikan anda mangsa. Jangan jadikan diri anda mangsa kepada diri sendiri!"

"Anda tidak boleh terus menyalahkan diri sendiri. Salahkan diri sendiri sekali, dan teruskan."

Perasaan tanggungjawab, rasa bersalah, atau malu menghalang kita daripada menyakiti orang lain dan membolehkan kita belajar daripada kesilapan kita. Ia membantu kita menjadi lebih empati antara satu sama lain. Ia mengekalkan kita sebagai manusia.

Salah satu ciri yang paling biasa apabila berada dalam keadaan mentaliti mangsa adalah menyalahkan diri kita sendiri. Ia menjadi masalah apabila kita menyalahkan diri sendiri atas perkara yang tidak kita lakukan atau tidak sepatutnya berasa bertanggungjawab atau malu. Menyalahkan diri sendiri menjadi pembelaan terhadap ketidakberdayaan dan ketidakberdayaan yang kita rasakan.

" *Saya Bersalah* " – Malu ialah perasaan bersalah, menyesal atau sedih apabila kita rasa kita telah melakukan sesuatu yang salah. Ia adalah perasaan bersalah, menyesal, malu, atau terhina. Ia adalah perasaan bahawa kita buruk dan tidak bernilai. Rasa bersalah sangat mendalam dalam diri kita sehingga ia menentukan cara kita berfikir tentang diri kita sendiri, dan kita merasa bahawa kita tidak baik. Ia adalah keadaan emosi yang berasa buruk, tidak bernilai, rendah diri, dan pada asasnya cacat.

Ia berkembang kerana penjaga kami secara rutin memalukan, atau menghukum kami secara pasif atau aktif. Trauma dialami pada zaman kanak-kanak kita dan zaman remaja. Trauma ini dialami dan berulang lagi dan tidak pernah sembuh. Kami dikondisikan ke dalam perasaan malu secara rutin apabila tiada apa-apa atau sangat sedikit untuk dimalukan. Jadi, kami menghayati kata-kata dan tingkah laku yang menyakitkan dan tidak benar itu, dan ia menjadi pemahaman kami tentang siapa kami sebagai seorang manusia.

Kejadian 'Saya Salah'

Dalam keluarga yang tidak berfungsi, apabila kanak-kanak mengalami beberapa bentuk trauma - emosi, pengabaian, penderaan fizikal atau seksual - perasaan mereka cenderung untuk ditindas. Mereka tidak dibenarkan untuk meluahkan perasaan mereka, sakit hati, kesedihan, kemarahan, penolakan, dan sebagainya. Lebih-lebih lagi, emosi ini tidak pernah difahami dan diselesaikan.

Kita diajar bahawa menunjukkan kemarahan adalah salah dan berasa marah kepada orang yang menyakiti kita - ahli keluarga kita, adalah satu dosa. *Kanak-kanak itu perlu bergantung kepada orang yang sama yang menyebabkan trauma.* Kanak-kanak itu tidak tahu mengapa semua ini berlaku. Bagi kanak-kanak kecil, dunia adalah rumah di mana mereka membesar dan satu-satunya manusia yang penting adalah mereka yang berada di sekeliling mereka. Oleh kerana jiwa kanak-kanak masih berkembang, bagi mereka, mereka adalah pusat dunia mereka. Jadi, jika ada sesuatu yang tidak kena, minda mereka yang halus cenderung berfikir bahawa semuanya berkaitan dengan mereka, itu semua salah mereka.

Perasaan bahawa 'saya yang bersalah' ini disahkan untuk kanak-kanak itu, kerana mereka dapat mendengarnya daripada ibu bapa - kanak-kanak itu sering dipersalahkan. Isu-isu yang ditindas, tidak diselesaikan dan tidak dikenal pasti ini kemudiannya dibawa ke dalam kehidupan dewasa.

Kritikan diri

Apabila kita dikritik secara berlebihan, dipersalahkan secara tidak adil, dan dipegang pada piawaian yang tidak realistik, kita menghayati penghakiman ini dan menyalahkan serta mengkritik diri sendiri pada satu ketika - 'Saya jahat.' 'Saya tidak berharga.' 'Saya tidak cukup baik.' Mereka sering muncul dalam pelbagai bentuk perfeksionisme, seperti mempunyai standard yang tidak realistik dan tidak dapat dicapai.

Pemikiran hitam-putih

Pemikiran hitam-putih ialah apabila kita berfikir secara melampau – sama ada ini atau itu. Tidak boleh ada pemikiran lateral. Berhubung dengan diri sendiri, orang yang selalu menyalahkan diri sendiri mungkin berfikir, 'Saya *selalu* gagal.' 'Saya *tidak* boleh melakukan apa-apa dengan betul.' 'Saya *sentiasa* tidak betul.' 'Orang lain *sentiasa* tahu lebih baik.' Jika sesuatu tidak sempurna, *semuanya* dianggap buruk.

Keraguan diri yang kronik

'Adakah saya melakukannya dengan betul? Adakah saya melakukan cukup? Adakah saya akan dapat melakukannya? Saya gagal berkali-kali. Bolehkah saya benar-benar berjaya?'

Penjagaan diri yang lemah dan mencederakan diri sendiri

Orang yang menyalahkan diri sendiri telah dilihat tidak menjaga diri mereka sendiri, kadang-kadang sehingga mencederakan diri sendiri. Orang sedemikian tidak pernah dilatih untuk menjaga diri mereka sendiri - mereka tidak mempunyai penjagaan, kasih sayang dan perlindungan apabila membesar. Oleh kerana orang seperti itu cenderung untuk menyalahkan diri sendiri, kecederaan diri dalam minda bawah sedar mereka seolah-olah hukuman yang sesuai untuk 'berbuat jahat', sama seperti mereka dihukum semasa kanak-kanak.

Hubungan yang tidak memuaskan

Menyalahkan diri sendiri boleh memainkan peranan besar dalam perhubungan. Di tempat kerja, kita mungkin memikul terlalu banyak tanggungjawab dan cenderung untuk dieksploitasi. Dalam perhubungan romantik atau peribadi, kita mungkin menerima penderaan sebagai tingkah laku biasa, tidak dapat menyelesaikan konflik secara membina atau mempunyai pemahaman yang tidak realistik tentang rupa hubungan yang sihat.

Rasa malu, rasa bersalah, dan kebimbangan yang kronik

Emosi dan keadaan mental yang paling biasa adalah rasa malu, rasa bersalah, dan kebimbangan, tetapi ia juga boleh menjadi kesunyian, kekeliruan, kekurangan motivasi, tidak tentu arah, lumpuh, terharu, atau sentiasa berwaspada. Perasaan dan mood ini juga berkait rapat dengan fenomena seperti terlalu banyak berfikir atau malapetaka, di mana kita hidup dalam kepala kita lebih daripada hadir secara sedar dalam realiti luaran.

Fikiran menyalahkan diri yang tidak ditangani dan tidak dapat diselesaikan berterusan ke dalam kehidupan kita kemudian dan menunjukkan diri mereka dalam pelbagai masalah emosi, tingkah laku, peribadi dan sosial. Ini termasuk harga diri yang rendah, kritikan diri yang kronik, pemikiran yang tidak rasional, keraguan diri yang kronik, kekurangan kasih sayang dan penjagaan diri, hubungan yang tidak sihat, dan perasaan seperti rasa malu toksik, rasa bersalah dan kebimbangan.

Apabila kita mengenal pasti dengan betul isu-isu ini dan asal-usulnya, kita boleh mula berusaha untuk mengatasinya, yang membawa lebih banyak kedamaian dalaman dan kepuasan keseluruhan dengan kehidupan.

Malu dan Bersalah

Perasaan malu selalunya disertai dengan perasaan bersalah. Kita bukan sahaja berasa malu tetapi juga bersalah atas perkara yang kita tidak bertanggungjawab. Kita berasa malu dan bersalah apabila orang lain tidak berpuas hati.

Tingkah laku yang salah

Perasaan ini berubah menjadi tingkah laku yang tidak sihat, termasuk bertindak, menyakiti orang lain, berasa bertanggungjawab terhadap orang lain, mensabotaj diri sendiri, mempunyai hubungan toksik, penjagaan diri yang lemah, terlalu sensitif terhadap persepsi orang lain, mudah terdedah kepada manipulasi dan eksploitasi, dan lain-lain lagi.

- Oleh itu, kita mengalami rasa rendah diri dan rasa jijik pada diri sendiri, dimanifestasikan dalam penjagaan diri yang lemah, mencederakan diri sendiri, kurang empati, kemahiran sosial yang tidak mencukupi, dan banyak lagi.

- Terdapat perasaan *kosong dan keseorangan* yang kronik.

- Menyalahkan diri sendiri mungkin cenderung kepada kesempurnaan.

- Menyalahkan diri sendiri membawa kepada hubungan yang tidak sihat, kerana kita tidak mampu membina dan mengekalkannya.

- Kita boleh dengan mudah diambil kesempatan dan cenderung untuk dimanipulasi secara emosi.

Tabiat menyalahkan diri sendiri dan perasaan malu dan bersalah sering menjadi penghayatan pengalaman zaman kanak-kanak. Ini berlaku banyak kali dalam keluarga itu, di mana kanak-kanak itu dijadikan kambing hitam untuk masalah di dalam rumah. Ia membuatkan ibu bapa percaya bahawa keluarga sebaliknya baik-baik saja dan sihat, hanya anak yang bermasalah itu yang harus dipersalahkan, yang mengacaukan keadaan dan menyusahkan hidup. Jika kanak-kanak diberitahu berulang kali bahawa segala-galanya sentiasa salah anda, kanak-kanak itu sebenarnya percaya ia adalah benar dalam setiap situasi. Ia adalah penghayatan yang tertakluk kepada kritikan berterusan.

Apabila kita menyalahkan diri sendiri, kita akan terputus hubungan daripada realiti dan terperangkap dalam cerita yang dibina secara mental kita sendiri. Kami mula percaya bahawa ada sesuatu yang salah atau hilang apabila perkara tidak berjalan seperti yang dirancang. Kepercayaan seperti 'Saya tidak cukup bijak, saya tidak layak, dan saya tidak dicintai' semakin tertanam dalam jiwa kita.

Kehidupan kita adalah kerana kita berulang kali memberitahu diri kita siapa kita. Mengapa kita berpegang pada ribut dalaman kita dan rasa bersalah kita? Kita harus faham bahawa kita tidak boleh menyalahkan diri kita sendiri untuk penambahbaikan. *Menyalahkan diri sendiri adalah salah satu bentuk penderaan emosi yang paling toksik.* Ia membesarkan dan melipatgandakan kelemahan yang kita anggap, dan melumpuhkan kita sebelum kita boleh mula bergerak ke hadapan. Ia boleh menghalang kita daripada mengambil tugas, membuat kita terperangkap dalam apa yang kita lakukan secara rutin, dan yang paling penting menghalang kita daripada berkembang menjadi makhluk yang lebih baik.

Anda, diri sendiri, sama seperti orang lain di seluruh alam semesta, berhak mendapat cinta dan kasih sayang anda.

– Buddha

Saya tahu bahawa saya bersalah

Saya tahu bahawa saya telah melampaui batas

Adalah kesilapan saya kerana saya tidak mempercayai awak Jadi saya minta maaf atas apa sahaja yang saya lakukan

Saya minta maaf hanya yang saya boleh beritahu awak

Saya harap anda akan melihat saya dan melihat, saya harap anda akan memahami.

Saya rasa ini semua salah saya...

Saya harap awak akan menjadi orang yang memegang tangan saya... Ada kalanya saya berasa sangat kehilangan dan malu

Perasaan ini adalah salah saya sendiri, saya hanya perlu dipersalahkan. Saya sangat terperangkap dalam emosi saya.

Jantung saya berhenti berdegup, hidup saya tidak bergerak. Saya tidak makan lagi; Saya tidak boleh tidur pada waktu malam.

Fikiran saya sangat kosong, hanya kesalahan saya yang kelihatan. Siapa di dunia ini yang mahu saya?

Saya tidak cukup baik dan sebodoh yang boleh. Apa yang boleh saya lakukan ialah menangis sendiri hingga tidur.

Saya sangat rosak, emosi saya lemah.

Saya melayan diri saya seperti hantu, seperti bayangan mati, saya menangis kerana saya tidak mempunyai perlindungan.

Saya takut untuk kembali — kembali ke zaman dahulu, saya bersalah atas semua cara saya yang ganjil.

Psych-Alone: Saya Seorang Gagal

"Kejayaan bukanlah muktamad; kegagalan tidak membawa maut. Keberanian untuk meneruskan yang penting."

- Winston churchill

Perasaan gagal lebih bergantung pada apa yang berlaku dalam diri kita daripada apa yang sebenarnya berlaku kepada kita.

Ada di antara kita sesekali merasa gagal. Orang lain berasa seperti kegagalan setiap hari dalam hidup mereka.

Saya gagal total.

Saya tidak boleh berbuat apa-apa dengan betul.

Tiada rakan. Tiada kerja. Tiada kemahiran. Saya seorang yang gagal dalam hidup. Tiada siapa yang mencintai saya. Saya seorang yang gagal.

Perasaan kegagalan mungkin tidak selalu dicetuskan oleh peristiwa hidup yang penting. Kadangkala pencetus boleh semudah dimarahi kerana isu kecil atau terlupa membayar bil tepat pada masanya, atau terlambat untuk temu janji. Tetapi, jumlah kecederaan yang kita biarkan diri kita alami akibat kegagalan adalah lebih banyak daripada peristiwa gagal itu sendiri. Kita rasa gagal, walaupun orang lain nampak potensi dalam diri kita.

Setiap orang gagal pada satu peringkat dalam kehidupan - dalam perhubungan, dalam kerjaya, dalam kehidupan peribadi kita, dalam memenuhi jangkaan. Pada satu ketika, ia menjadi perasaan kegagalan yang kronik. Perasaan ini menjadi sangat besar sehingga kita dibutakan dari apa-apa yang positif. Kegagalan menjadi sinonim dengan identiti kita. Perasaan seperti kegagalan semalam dan hari ini membawa kepada meramalkan kegagalan pada masa hadapan.

Apa gunanya? Saya selalu kacau keadaan.

Mengapa memohon pekerjaan itu? Saya pasti tidak akan terpilih.

Saya tidak akan melamar gadis yang saya suka. Saya akan ditolak.

Saya seorang yang gagal dan akan sentiasa gagal. Mengapa perlu bersusah payah untuk mencuba untuk berjaya dalam apa sahaja?

Menjadi v/s Melakukan

Berat yang datang dengan perasaan gagal bukan disebabkan oleh realiti kegagalan itu sendiri, tetapi oleh persepsi peribadi tentang kegagalan itu, dan apa ertinya kepada kita.

Terdapat perbezaan antara perasaan seperti gagal dan sebenarnya gagal dalam sesuatu.

Marilah kita memahami ini -

Saya berasa seperti gagal kerana saya tidak menyiapkan kerja saya. Saya gagal menyiapkan kerja saya.

Perasaan seperti gagal datang dari tafsiran kita tentang siapa kita . Sebenarnya, gagal hanyalah gagal. Sebenarnya saya tidak menyiapkan kerja saya - tiada makna lain yang disertakan. Tidak menyiapkan kerja saya tidak mempunyai kaitan dengan personaliti atau identiti saya. Perasaan seperti gagal adalah mengenai persepsi. Ia adalah mengenai 'menjadi vs. melakukan'.

Dalam kehidupan rutin harian - kami tidak dapat mematuhi jadual dan tarikh akhir, kami gagal mengingati tempat kami menyimpan telefon bimbit kami, merosakkan hidangan, dsb. Ia tidak dapat dielakkan dan benar-benar baik. Tetapi pada masa ini, kita membuat generalisasi dan sebenarnya mula berasa seperti gagal, iaitu apabila kita benar-benar gagal. Di sinilah kita mula berfikiran negatif tentang diri kita. Secara beransur-ansur, perasaan kegagalan menjadi tertanam dalam minda bawah sedar kita dan menjadi sebahagian daripada sistem kepercayaan kita. Perasaan gagal membawa kepada kekecewaan yang akhirnya membawa kepada perasaan kegagalan lagi. Ini menimbulkan perasaan putus asa, tidak bernilai, dan tidak berguna. Kami berasa malu dan teruk. Kita mula mempersoalkan tujuan kewujudan kita.

Kejadian Perasaan Gagal

Cuba, cuba, cuba sehingga anda berjaya.

Kita semua telah dewasa dengan pepatah ini. Di satu pihak, ia mendorong kita untuk tidak berputus asa. Tetapi sebaliknya, ia membuatkan kita percaya bahawa kejayaan mesti dicapai. Oleh itu, untuk berjaya sudah sebati sejak kecil. Tetapi adakah terdapat bukti saintifik bahawa kegagalan berturut-turut adalah positif dan mendorong inovasi ke hadapan?

Akar zaman kanak-kanak

Perasaan seperti kegagalan adalah berakar pada zaman kanak-kanak kita.

Kita diajar bahawa kita mesti mencapai ketinggian tertentu untuk dilihat, layak, dan disayangi. Walaupun ibu bapa menyayangi anak-anak mereka tanpa syarat, secara praktikalnya tidak begitu. Ramai ibu bapa menarik perhatian dan kasih sayang apabila anak-anak mereka melakukan kesilapan, kegagalan disambut dengan teguran dan kemarahan, walaupun kesilapan yang dirasakan itu kecil.

Sejak awal zaman kanak-kanak kita, perkara-perkara tertentu telah secara sistematik, dan sering kali, tanpa disedari oleh ibu bapa dan masyarakat kita secara amnya - Kejayaan dan Kegagalan. *Dunia di luar sana penuh dengan persaingan yang sengit, anda perlu berjaya.* Sebenarnya, tidak berjaya tidak semestinya gagal. Tetapi kami telah dibesarkan dengan falsafah hidup yang tidak logik ini - jika anda berjaya, anda akan terus hidup; jika tidak, anda gagal. Kepercayaan yang mengehadkan diri sedemikian adalah punca utama perasaan kronik seperti kegagalan.

Kami juga membawa perasaan gagal sejak kecil jika guru atau rakan sebaya memperlakukan kami dengan cara yang menunjukkan kami gagal. Guru yang menghukum kanak-kanak yang bergelut boleh memberi kesan yang kuat, menyakitkan dan traumatik pada pembentukan otak dan keadaan emosi kanak-kanak, begitu juga dengan penghakiman dan buli rakan sebaya. Jika semasa kecil kita diejek, dilayan dengan buruk, berbanding pelajar lain, atau dimalukan di tengah-tengah kelas, kita membawa perasaan gagal sehingga dewasa. Jika kita ditertawakan kerana penampilan kita, atau selera fesyen yang kita miliki, atau kerana pandangan yang kita pegang, dibandingkan dan dikutuk untuk gred kita, mengejek cara kita bercakap, teragak-agak, atau tergagap-gagap, pengalaman seperti itu akan dihayati. Perihalan negatif tentang diri kita dan keadaan kita, semakin bertambah apabila kita memasuki kehidupan dewasa.

Kanak-kanak mesti dibenarkan melakukan kesilapan. "Asuhan berlebihan" mempunyai kesan berbahaya. "Kelebihan keibubapaan" ialah percubaan sesat ibu bapa untuk meningkatkan kejayaan peribadi dan akademik semasa dan masa depan anak mereka. Ia boleh merosakkan keyakinan kanak-kanak. Pelajar perlu mengalami kemunduran, untuk mempelajari kemahiran hidup yang penting seperti tanggungjawab, organisasi, adab, kekangan, dan pandangan jauh. Membiarkan kanak-kanak bergelut adalah satu hadiah yang sukar untuk diberikan – tetapi ia adalah hadiah yang penting.

"Adalah tugas kita untuk menyediakan anak-anak kita untuk jalan raya, bukan untuk menyediakan jalan untuk anak-anak kita."

Persepsi diri

Perbualan kita dengan diri kita sendiri boleh membuatkan kita berasa gagal. Cara kita bercakap dengan diri sendiri dan cara kita merangka kehidupan kita adalah sangat penting dalam menentukan cara kita menangani halangan, cara kita menangani kekecewaan dan kesakitan, dan sejauh mana kejayaan kita dalam bergerak ke hadapan, dan membuat pilihan yang lebih baik. Cara kita bercakap dengan diri sendiri adalah bagaimana kita mencipta identiti kita. Oleh itu, *kita merasakan kegagalan, kerana kita menganggap diri kita sebagai seorang yang gagal.*

Perbandingan dan Persaingan

Jika anda selalu membandingkan diri anda dengan orang lain, anda akan menderita sama ada cemburu atau ego.

Apabila kita melihat sekeliling dan melihat bintang filem atau bintang sukan yang berjaya, yang mempunyai wang yang bertimbun-timbun, pujian yang bertimbun-timbun, dan peminat yang tidak terkira banyaknya, atau dalam hal ini apabila kita melihat orang di sekeliling kita atau di media sosial – kita berasa agak tidak mencukupi, tidak layak, dengan rasa kegagalan. Kita lihat bagaimana orang sekeliling kita berjaya dalam perhubungan, berkahwin, beranak pinak, berkeluarga bahagia, sedangkan kita bermasalah dalam perhubungan. Kita akan sentiasa berasa gagal jika kita menumpukan perhatian kita pada apa yang kita kurang. Hubungan tidak mudah untuk dijaga, dan pergaduhan berlaku dalam setiap keluarga. Perbandingan bukanlah cara yang berkesan untuk mengukur nilai diri. Setiap manusia yang hidup dan yang pernah hidup adalah unik. Kami sentiasa merasakan bahawa *rumput sentiasa lebih hijau di seberang.*

Kejayaan maya

Kita semua mahukan sesuatu untuk diri kita sendiri. Sesetengah daripada kita mungkin ingin memulakan keluarga atau perniagaan kita sendiri; yang lain mungkin ingin melanjutkan pelajaran tinggi atau menurunkan berat badan. Impian dan matlamat kita memerlukan kegigihan setiap hari dan keinginan dalaman untuk berusaha mencapainya. Setiap kali kita mencapai apa yang kita inginkan, otak kita mengeluarkan dopamin. Itulah sebabnya ia berasa sangat baik untuk melakukan sesuatu. Kami menipu otak kami untuk mengeluarkan hormon dopamin dengan "kejayaan *maya* " - kemenangan permainan mudah alih, suka media sosial, dsb. Kami menipu otak kami untuk mempercayai bahawa kami menjalani kehidupan yang bermanfaat, tanpa benar-benar menjalaninya. Tetapi sesuatu memberitahu kita - ini bukan apa yang saya inginkan dalam diri, ini bukan kejayaan yang saya impikan.

Apakah Kegagalan...

- Kegagalan menjadikan matlamat yang sama kelihatan kurang dapat dicapai. Ia memesongkan persepsi matlamat kita. Pada hakikatnya, matlamat kita boleh dicapai seperti sebelum kita fikir kita gagal; hanya persepsi kita sahaja yang berubah.

- Kegagalan memesongkan persepsi kita tentang kebolehan kita. Ia membuatkan kita berasa kurang mampu untuk melaksanakan tugas tersebut. Sebaik sahaja kami merasakan diri kami gagal, kami secara salah menilai kemahiran, kecerdasan dan keupayaan kami dan melihat mereka sebagai jauh lebih lemah daripada yang sebenarnya.

- Kegagalan membuatkan kita berasa tidak berdaya. Ia menyebabkan luka emosi. Kita berputus asa kerana tidak mahu terluka lagi. Cara terbaik untuk berputus asa adalah berasa tidak berdaya. Kami merasakan bahawa tiada apa yang boleh dilakukan untuk berjaya, jadi kami tidak mencuba. Dengan cara ini kita mungkin mengelakkan kegagalan masa depan tetapi kita akan dirompak kejayaan juga.

- Satu pengalaman kegagalan boleh mewujudkan "takut kegagalan" bawah sedar. Kami tidak membincangkan cara untuk meningkatkan kemungkinan kejayaan kami; kita hanya cuba untuk mengelak daripada berasa buruk jika kita gagal.

- Takut kegagalan membawa kepada sabotaj diri tanpa sedar. Untuk mengelakkan kegagalan dan melindungi diri kita daripada kesakitan kegagalan masa depan, kita "cacat" diri kita sendiri. Kami mencipta alasan, sebab dan situasi yang mewajarkan mengapa kami gagal. Tingkah laku sedemikian sering berubah menjadi ramalan yang memenuhi diri kerana ia mensabotaj usaha kita dan meningkatkan kemungkinan kegagalan kita.

- Ketakutan kegagalan boleh disebarkan daripada ibu bapa kepada anak-anak. Ibu bapa yang mempunyai ketakutan kegagalan tanpa disedari menyampaikannya kepada anak-anak mereka dengan bertindak balas dengan kasar atau menarik diri secara emosi apabila anak-anak mereka gagal. Ini menjadikan kanak-kanak lebih cenderung untuk mengembangkan ketakutan terhadap kegagalan mereka sendiri.

- Tekanan untuk berjaya meningkatkan kebimbangan prestasi.

Kebimbangan, seterusnya, melemahkan usaha kita, yang sekali lagi membawa kepada perasaan gagal.

- Kegagalan membuatkan kita berasa rendah diri dalam apa jua yang kita lakukan. Kami percaya bahawa kami tidak cukup baik dan mengembangkan rasa rendah diri. Kehidupan diambil dengan sangat kritikal sehingga daripada memikirkan bagaimana untuk mengatasi kegagalan, kita terus memikirkan keadaan yang memecah belah kita.

Faktor-faktor tertentu mendorong kita kepada perasaan gagal

- Corak dari zaman kanak-kanak.
- Berlengah-lengah.
- Rasa rendah diri atau keyakinan diri.
- Perbandingan.
- Perfeksionisme.
- Tidak berdisiplin.
- menyalahkan diri sendiri.
- Terlalu mengambil berat tentang pendapat orang lain.

Kami cuba memberi tumpuan kepada keadaan yang ideal untuk mencapai jangkaan kami, tetapi lupa untuk bersedia untuk kegagalan yang tidak dapat dielakkan yang menyukarkan kami untuk menerima kegagalan. Memang dalam satu kehidupan ini kita mahukan yang terbaik untuk diri sendiri tetapi kita mesti melihat kedua-dua belah syiling.

Akhirnya, kita menjadi terdedah kepada disfungsi psiko-sosial seperti isu perhubungan, masalah kebimbangan, fobia, tahap toleransi yang rendah, rasa bersalah, rasa malu, obsesi dan paksaan, yang membawa kepada perasaan tidak cekap. Kritikan dan penolakan yang berterusan mungkin membawa kepada kecenderungan untuk membunuh diri.

Apa nak buat

Tiada mantera atau guru atau khutbah atau buku bantuan diri yang boleh membuat kita berhenti berasa seperti gagal – melainkan kita mengenal pasti dan memahami persepsi dan corak kita.

Bekerja pada diri dalaman kita membawa kepada transformasi. Ia bermula dengan peningkatan kesedaran diri - mengiktiraf kepercayaan mengehadkan kita sebagai berasingan daripada identiti kita. Proses itu tidak boleh diteruskan dengan jayanya sehingga kita menerima kepercayaan yang mengehadkan sebagai milik kita pada masa kini, walaupun ketika kita diliputi oleh negatif masa lalu. Mengehadkan pemikiran telah diserahkan apabila kita tidak mampu menolaknya, tetapi kini, kita boleh memilih untuk menolaknya. Walaupun kegagalan boleh berasa seperti lubang benam yang mustahil untuk keluar, kita boleh memperbaiki cara kita melihat dan merasakan diri kita, dan berusaha untuk mengurangkan perasaan kegagalan ini.

Balikkan frasa

Pada kali seterusnya kita merasa atau berfikir atau berkata, "Saya gagal," ... berhenti ... gantikan frasa dengan "Saya telah membuat kesilapan," atau "Saya gagal pada masa ini, kali ini." Ini memberi kita ruang untuk berasa sedih atau kecewa dengan kesilapan tanpa menghayatinya dan menjadikannya sebahagian daripada keperibadian kita.

Kemudian -

- Jujurlah dengan perasaan anda.

- Lihat apa yang menyebabkan tergelincir dan cari cara untuk memperbaiki diri anda.

- Terimalah hakikat bahawa akan ada musim dalam hidup kita akan berasa kecewa, bahawa ia adalah sebahagian daripada kehidupan, sebahagian daripada manusia.

- Lihatlah keadaan dari sudut pandangan "luar". Belajar untuk mengamalkan penerimaan.

- Kehidupan adalah kerja yang sedang berjalan - Jadilah pemaaf dan anggun.

- Jadilah fleksibel.

- Tetapkan matlamat kecil dan raikan pencapaiannya.

- Ambil masa yang diperlukan untuk pulih dan mulakan semula. Ia bukan akhir dunia; paling banyak ia adalah satu kemunduran kecil yang akan kita atasi.

Cuba tentukan apa yang menyebabkan kegagalan - adakah ia peribadi? Situasi? Adakah ia berkaitan dengan kemahiran? berkaitan masa? Dengan berbuat demikian, kami membuat kegagalan berasa kurang peribadi dan mengubahnya menjadi peluang menyelesaikan masalah. Walaupun kita tidak boleh melakukan apa-apa untuk membatalkan keadaan, kita mempunyai pengalaman tentangnya. Lain kali kita mengalami kegagalan, kita akan rasa lebih terkawal kerana kita tahu cara menanganinya secara logik dan mental.

Ingatlah petikan kuno dari Lao Tzu: "Awasi fikiranmu, ia menjadi kata-katamu; perhatikan kata-kata anda, ia menjadi tindakan anda; perhatikan tindakan anda, ia menjadi tabiat anda; perhatikan tabiat anda, ia menjadi watak anda; Perhatikan watak anda, ia menjadi takdir anda.

Jaga fikiran yang kita fikirkan dan kata-kata yang kita ucapkan. Sebaik sahaja kita mengajar diri kita untuk mula melindungi apa yang keluar dari mulut kita, kita akan melihat bahawa tindakan, tabiat, dan keseluruhan watak kita perlahan-lahan berubah menjadi lebih baik. Sebaik sahaja kita menguasai seni jatuh tanpa tetap ke bawah, jatuh dengan melantun ke belakang, kita tidak akan takut atau mengelak atau menyalahkan diri sendiri kerana jatuh.

Kita perlu fokus pada menghargai siapa kita, bukan apa yang kita lakukan. Apabila kita melihat kepada pencapaian kita untuk mengesahkan bahawa mereka layak, perasaan gembira tentang diri kita bergantung pada pencapaian tersebut. Jadi, jika kita beraksi dengan baik, kita akan berasa baik tentang diri kita sendiri. Jika prestasi kita kurang baik, kita rasa kurang layak.

Kegagalan harus dilihat sebagai penghalang dan bukannya penghalang jalan. Kegagalan adalah cabaran yang perlu diatasi, ujian untuk menentang kehendak kita, dan peluang pembelajaran. Bagi yang lain, kegagalan dipandang negatif sebagai peluang untuk berasa menyesal dan mengeluh sebagai alasan untuk memperkecilkan diri sendiri, dan alasan untuk menyerah terlalu cepat. Sebenarnya, perbezaan antara batu loncatan dan batu penghalang adalah bagaimana kita mendekatinya. Kegagalan boleh menjadi rahmat atau kutukan. Ia boleh menjadi guru yang hebat, menjadikan kita lebih kuat, dan memastikan kita tetap kukuh, atau ia boleh menjadi punca kematian kita. Ia adalah pilihan kita. Pandangan kita tentang kegagalan menentukan realiti kita.

"Umur mengecutkan badan. Berhenti mengerutkan jiwa." "Ingat bahawa kegagalan adalah peristiwa, bukan seseorang." "Kegagalan hanya akan kekal jika kita tidak mencuba lagi." "Saya bukan seorang yang gagal, saya cuma perlukan masa."

Tidak berguna apa yang saya telah menjadi, hanya zarah yang terapung di udara. Saya menyediakan diri saya untuk berjaya... tetapi tidak pernah... tidak pernah gagal.

Tiada siapa yang memberitahu saya perasaan kegagalan;

Saya rasa anda perlu belajar itu sendiri.

Saya tidak tahu saya begini, Apa yang saya tahu saya keseorangan.

Jika anda ingin berjaya, ada kemungkinan anda akan menemui kegagalan. Saya pernah gagal dan kini saya menjadi pendorong diri saya sendiri!

Psych-Alone: Saya Maaf

Saya minta maaf kerana tidak sempurna

Dan kerana tidak dapat memecahkan ketakutan anda.

Saya minta maaf kerana mengacau Dan menyebabkan semua air mata awak.

Saya minta maaf saya tidak dapat membetulkannya Dan membuatkan awak mahu kekal.

Saya minta maaf saya tidak cukup baik Dan sekarang saya perlu membayar.

Dari kecil, kita diajar bahawa apabila kita melakukan kesalahan, kita harus meminta maaf.

Untuk meminta maaf dengan tulus apabila kita melakukan kesilapan adalah baik.

Tetapi permintaan maaf mungkin tidak selalu membantu dan kadangkala boleh berlebihan.

Meminta maaf secara berlebihan adalah mengatakan 'Saya minta maaf' apabila kita tidak perlu. Ini adalah apabila kita tidak melakukan apa-apa kesalahan atau apabila kita bertanggungjawab atas kesilapan orang lain atau masalah yang tidak kita sebabkan atau tidak dapat dikawal. Ia adalah corak tabiat interpersonal yang berakar pada rasa hormat diri yang rendah, perfeksionisme, dan takut terputus hubungan.

Kami dihantar dengan item yang salah dan kami berkata, "Saya minta maaf tetapi ini bukan yang saya pesan."

Dalam mesyuarat, kami berkata, "Saya minta maaf mengganggu anda. Saya ada satu soalan."

Dalam perbualan, kami berkata, "Saya minta maaf. Saya tidak mendengar awak. Bolehkah anda mengulangi apa yang anda katakan tadi?"

Dalam situasi ini, kami tidak melakukan apa-apa kesalahan dan oleh itu sebenarnya tidak perlu meminta maaf. Tetapi, ramai di antara kita mempunyai tabiat ini untuk meminta maaf. Kenapa begitu?

Harga diri

Ramai daripada kita berfikir bahawa kita tidak layak atau cukup baik. Kita bersangka buruk tentang diri kita sendiri. Kami sebenarnya percaya bahawa kami telah melakukan sesuatu yang salah, atau menyebabkan masalah, tidak munasabah, terlalu banyak bertanya, dan oleh itu merasakan keperluan untuk meminta maaf.

Ketegaran piawaian tinggi

Ada di antara kita yang rajin dan menetapkan matlamat, nilai dan standard yang tinggi untuk diri kita sendiri. Selalunya, kita tidak dapat memenuhi piawaian kita sendiri. Kami merasakan bahawa terdapat kekurangan dalam diri kami, berasa tidak mencukupi dan oleh itu keperluan untuk memohon maaf atas segala-galanya dilakukan secara tidak sempurna.

Daripada kesopanan

Sesetengah daripada kita mahu menonjolkan diri kita sebagai baik dan sopan. Kita cenderung untuk menggembirakan semua orang di sekeliling kita. Kita risau tentang apa yang orang fikir tentang kita. Kami memohon maaf kerana kami tidak mahu menyusahkan atau mengecewakan orang lain.

rasa tidak selamat

Kadang-kadang, kami meminta maaf kerana kami berasa tidak selesa atau tidak selamat dan kehilangan kata-kata tentang apa yang perlu dilakukan atau dikatakan. Jadi, kami memohon maaf untuk cuba membuat diri sendiri atau orang lain berasa lebih baik.

menyalahkan diri sendiri

Ramai di antara kita berasa bertanggungjawab terhadap kesilapan atau tingkah laku orang lain. Kami merasakan bahawa kami bertanggungjawab terhadap ledakan emosi orang lain, dan berasa kasihan untuknya. Seorang ibu boleh memarahi anaknya dan anak itu mungkin mula menangis. Si ibu menyalahkan dirinya sendiri dan meminta maaf. Seorang bapa mungkin mengambil kesalahan dan meminta maaf kepada jiran-jiran atas kemungkaran yang dilakukan oleh anak itu. Mengambil kesalahan dan pemilikan serta meminta maaf kepada orang lain sebenarnya tidak membetulkan masalah.

Kami memohon maaf atas tindakan orang lain

Ini berlaku apabila kita mengunjurkan tanggungjawab orang lain ke atas diri kita sendiri, seolah-olah kita rasa perlu untuk meminta maaf, mereka sepatutnya membuat diri mereka sendiri. Kami belajar tabiat meminta maaf pada zaman kanak-kanak. Wanita dalam banyak komuniti dibesarkan untuk bertanggungjawab dan bertimbang rasa terhadap orang lain dan kadangkala terlalu bertanggungjawab dengan membuat permohonan maaf. Ini menyebabkan sesetengah orang cenderung untuk meminta maaf atas tindakan orang lain.

Kami memohon maaf atas situasi harian

Beberapa bahagian kehidupan adalah perkara biasa, perkara biasa yang kita lalui setiap hari. Kita tidak perlu meminta maaf kerana bersin dalam kumpulan, tetapi masih ramai yang melakukannya.

Kami memohon maaf kepada objek yang tidak bernyawa

Sesetengah daripada kita mempunyai tabiat berkata 'Saya minta maaf' selepas secara tidak sengaja terlanggar kerusi atau terpijak buku. Tabiat tindakan refleks ini juga telah tertanam dalam diri kita sejak zaman kanak-kanak.

Kami berasa gementar apabila kami meminta maaf

Sekiranya kebimbangan dirasai semasa meminta maaf, kami telah membangunkan tabiat meminta maaf secara berlebihan sebagai cara untuk mengatasinya. Meminta maaf terlalu banyak boleh menjadi tanda kebimbangan. Ia menjadi cara kita menguruskan ketakutan, kegelisahan dan kebimbangan. Kita cenderung untuk menahan emosi ini dengan meminta maaf.

Kami memohon maaf apabila kami cuba bersikap tegas

Sesetengah daripada kita mempunyai ketakutan untuk dianggap sebagai agresif apabila bersikap tegas - jadi sebaliknya kita terpaksa meminta maaf. Apabila kita berulang kali meminta maaf, nampaknya kita berulang kali berbohong dan orang lain berhenti mempercayai apa yang kita katakan. Permintaan maaf yang tidak wajar menjejaskan kejelasan mesej.

Secara beransur-ansur, ini menjadi kebiasaan dan dilakukan secara tidak sedar. Kami tidak memikirkan atau menganalisis corak tingkah laku kami dan ia menjadi tindak balas automatik.

Kami melakukan kesilapan. Kami menyedarinya. Kami memahami dan mengakuinya. Kami mengumpulkan keberanian dan kerendahan hati dan kami memohon maaf untuknya. Meminta pengampunan yang tulus adalah kekuatan.

Apabila kita terlebih meminta maaf, kesungguhan perbuatan itu hilang. Perbuatan meminta maaf tidak dirasai oleh orang lain. Hilang tujuan. Ia adalah tanda kelemahan. *Apabila kita berulang kali meminta maaf untuk sesuatu yang bukan salah kita, ia memberi kesan salah bahawa kita sebenarnya salah*.

Saya minta maaf ... berulang kali – mencerminkan harga diri yang rendah dan ketakutan terhadap konfrontasi, konflik dan pertengkaran. Kami bertanggungjawab untuk cuba membetulkan atau menyelesaikan masalah orang lain. Kami memaafkan kelakuan mereka seolah-olah kami sendiri. Kami merasakan segala-galanya adalah salah kami - kepercayaan yang bermula pada zaman kanak-kanak - apabila kami berulang kali diberitahu bahawa kami adalah beban atau masalah. Kami takut akan penolakan dan kritikan, jadi kami memohon maaf.

Meminta maaf secara berlebihan boleh membawa kesan negatif

- Orang hilang rasa hormat pada kita. Kami sebenarnya menghantar mesej bahawa kami kurang keyakinan dan tidak berkesan. Ia juga boleh membenarkan orang lain memperlakukan kita dengan buruk.

- Ia mengurangkan kesan permohonan maaf di masa hadapan. Jika kita berkata 'Saya minta maaf' untuk setiap perkara kecil sekarang, permohonan maaf kami akan mengurangkan beban di kemudian hari, apabila terdapat situasi yang benar-benar memerlukan permintaan maaf yang ikhlas.

- Ia mungkin menjadi menjengkelkan selepas beberapa waktu. Kadangkala, meminta maaf apabila membatalkan rancangan, berpisah dengan seseorang boleh menyebabkan orang lain berasa lebih teruk.

- Ia boleh menurunkan harga diri kita.

Meminta maaf atas alasan yang munasabah – menyakiti perasaan, melakukan sesuatu yang salah, menggunakan bahasa yang tidak sesuai, tidak menghormati atau melanggar sempadan adalah dihargai dan sihat serta menjaga maruah dan rasa hormat kita serta mengekalkan ikatan dengan orang lain. Tetapi kita pasti tidak perlu berasa kasihan untuk

- perasaan kita.

- Penampilan kita.

- Apa yang tidak kami lakukan.

- Apa yang kita tidak boleh kawal.

- Perkara yang orang lain lakukan.

- Bertanya soalan atau memerlukan sesuatu.
- Tidak mempunyai semua jawapan.

Muhasabah diri

Kesedaran - Kita perlu merenung pemikiran, emosi dan pertuturan kita. Perhatikan secara sedar apa yang kita lakukan secara tidak sedar. Perhatikan bila, mengapa, dan dengan siapa kita terlalu meminta maaf. Ia juga boleh membantu untuk menyimpan pengiraan berapa kali kita meminta maaf dalam sehari dan atas sebab apa.

Bertanya kepada diri sendiri - Adakah permohonan maaf itu benar-benar perlu? Adakah kita melakukan sesuatu yang salah? Adakah kita bertanggungjawab atas kesilapan orang lain? Adakah kita berasa buruk atau malu apabila kita tidak melakukan apa-apa kesalahan? Mengetahui apa yang patut dan tidak patut kita minta maaf adalah langkah penting seterusnya.

Balikkan frasa - Penyelesaiannya terletak pada cara kita menyatakan diri kita dalam komunikasi yang sama. Mengubah pilihan perkataan boleh mengubah keseluruhan persepsi diri kita dan perasaan orang lain tentang kita. Jika rakan membetulkan kesilapan kita - terima kasih bukannya meminta maaf. **'Saya minta maaf' boleh menjadi -**

Terima kasih atas kesabaran anda. Malangnya, ini bukan yang saya maksudkan. Maaf, saya ada soalan.

"Satu-satunya tindakan yang betul adalah tindakan yang tidak memerlukan penjelasan dan tidak meminta maaf."

"Jika permohonan maaf disusuli dengan alasan atau alasan, ini bermakna mereka akan melakukan kesilapan yang sama sekali lagi yang mereka minta maaf."

Psych-Alone: Saya Penipu

"Jika anda bercakap benar, anda tidak perlu ingat apa-apa." Mark Twain *"Apabila kebenaran digantikan dengan diam, diam itu adalah pembohongan."*

"Manusia bukanlah apa yang dia fikirkan, dia adalah apa yang dia sembunyikan."
"Apabila seorang lelaki dihukum kerana kejujuran dia belajar untuk berbohong."

"Atas segalanya, jangan menipu diri sendiri. Orang yang berbohong kepada dirinya sendiri dan mendengar kebohongannya sendiri sampai pada tahap yang dia tidak dapat membezakan kebenaran di dalam dirinya, atau di sekelilingnya, dan dengan itu kehilangan rasa hormat untuk dirinya sendiri dan orang lain. Dan tanpa rasa hormat dia berhenti mencintai."

Saya berbohong.

Saya tahu saya berbohong.

Banyak kali, saya menipu diri sendiri.

Tetapi saya tidak memberitahu orang lain bahawa saya telah berbohong.

Sudah menjadi rutin bagi saya untuk melakukan pembohongan. Jauh di dalam hati, saya tidak mahu berbohong. Saya tidak suka berbohong. Dengan berbohong, saya telah mencipta fasad.

Saya kini seolah-olah menjalani kehidupan yang berkembar.

Kehidupan siapa saya. Kehidupan yang saya mahu orang lain lihat saya.

Kita cenderung merasakan ketegangan yang tidak selesa antara siapa kita percaya diri kita dan bagaimana kita berkelakuan.

Mengapa kita berbohong?

Untuk mengelakkan kesakitan? Untuk mencari kesenangan?

Untuk menutup kesalahan? Untuk mengelakkan rasa malu? Untuk mendapatkan kelebihan peribadi? Untuk memenangi populariti dan mendapatkan kemajuan sosial? Untuk mengekalkan hubungan dan menggalakkan keharmonian?

Kita semua mempunyai kenangan zaman kanak-kanak apabila kita ditangkap berbohong dan rasa malu yang panas yang kita alami sebagai tindak balas kepada ejekan – 'Pembohong!' Ini jelas diikuti oleh reaksi malu atau marah atau rasa bersalah atau justifikasi dan yang paling penting pengasingan daripada diri kita sendiri dan orang terdekat kita. Rasa keseorangan. Perasaan Psych-Alone.

Apabila kita membesar, ia telah digerudi dalam hati nurani kita bahawa berbohong adalah dosa. Kami percaya bahawa adalah memalukan dan pengecut apabila kami berbohong. Berbohong, bagi kebanyakan kita, telah menimbulkan perasaan bersalah dalaman dalam diri kita.

Sebenarnya kita selalu berbohong kepada diri sendiri!

Menariknya, pada mulanya, kita tidak menyedarinya, kerana kebanyakan masa kita hampir tidak menyedarinya! Sangat mudah untuk mengesan sama ada seseorang berbohong kepada kita daripada mengesan sama ada kita berbohong kepada diri kita sendiri. Kenapa begitu?

Menyedari betapa kerap kita berbohong kepada diri sendiri membawa potensi untuk menghancurkan persepsi kita terhadap diri sendiri. Sangat sukar dan menyakitkan untuk melakukan rombakan identiti kita. Berbohong kepada diri sendiri mungkin merupakan strategi yang boleh difahami dengan sempurna untuk menghadapi kehidupan dan kita tidak seharusnya menganggap diri kita tidak bermoral.

Kita berbohong kepada diri sendiri apabila kita tidak jujur tentang motif kita.

Kami memberitahu diri kami bahawa kami melakukan sesuatu untuk alasan yang tidak mementingkan diri sendiri sedangkan mereka adalah alasan penting dalam realiti.

Kita berbohong kepada diri sendiri apabila kita tidak jujur tentang keinginan asli kita.

Kami terus kekal dalam zon selesa kami, tetapi bukan itu yang kami mahukan.

Kita berbohong kepada diri sendiri apabila kita secara palsu membenarkan tingkah laku kita.

Kami berbohong apabila kami memberitahu diri sendiri - Tidak mengapa, saya tidak sedih. Tak kisah pun. Saya tidak berada di belakang nama atau kemasyhuran atau kejayaan.

Kita berbohong apabila kita enggan melihat melampaui idealisme kita atau apabila kita enggan mendengar apa yang orang lain katakan dan sebaliknya, tetap berdegil terpaku pada persepsi tetap kita.

Alasan utama kita berbohong kepada diri sendiri adalah perlindungan diri.

Kami ingin mengelakkan realiti menyakitkan kami demi mengekalkan keseimbangan palsu.

Kita telah terbiasa memberitahu diri kita tentang 'ketidakbenaran' kerana ia lebih mudah.

Apa yang berlaku apabila kita berbohong kepada diri kita sendiri?

Kami berasa terputus hubungan, mudah marah dan tidak faham mengapa. Apa yang kita katakan pada diri kita bercanggah dengan realiti dalaman yang tidak boleh kita goyang.

Ledakan emosi yang tiba-tiba muncul dari diri kita yang tidak rasional, menunjuk kepada tarikan dalaman antara kebenaran dan kebohongan.

Atau kita mungkin mengalami keletihan dan insomnia.

Apabila kita berbohong kepada diri sendiri secara rutin, kita berasa tidak sahih. Kita menghadapi kesukaran untuk membezakan apa yang kita benar-benar mahu daripada apa yang kita tidak mahu.

Berbohong kepada diri kita pada asasnya mensabotaj maruah diri.

Terperangkap dalam pembohongan sering merosakkan hubungan. Berbohong ada akibatnya. Apabila seseorang mengetahui kita telah berbohong, ia mempengaruhi cara orang itu berurusan dengan kita selama-lamanya.

Kita mula membenci diri sendiri. Kami menderita.

Ramai di antara kita telah membina rangkaian pembohongan yang kompleks, kita mesti berusaha keras untuk menguraikan, untuk membongkar semuanya. Kita perlu mengubah naratif dalaman kita, mempersoalkan rasionalisasi naluri kita, dan menundukkan diri kita kepada penelitian. Ia adalah tugas yang sukar.

Penafian ialah pertahanan psikologi yang kita gunakan terhadap realiti luaran untuk mewujudkan rasa selamat yang palsu. Penafian boleh menjadi pertahanan pelindung dalam menghadapi berita yang tidak dapat ditanggung. Dalam penafian, orang berkata kepada diri mereka sendiri, "Ini tidak berlaku." Kita cenderung untuk menerima maklumat yang menyokong kepercayaan kita dan menolak maklumat yang bercanggah dengannya. Kita cenderung untuk mengaitkan kejayaan kita dengan sifat perwatakan kita, dan kegagalan kita kepada keadaan yang malang.

Apabila kita memilih jalan kebenaran, kita mengalami rasa hormat diri dan kedamaian dalam keaslian kita. *Pembohongan adalah sesuatu yang mesti kita cipta secara aktif. Kebenaran sudah wujud.*

Bilakah Kita Mula Berbohong?

Kita tidak dilahirkan sebagai penipu. Tetapan lalai kami ialah kesucian dan kejujuran. Kami dikelilingi oleh ibu bapa kami, yang merupakan satu-satunya orang yang kami kenali. Sebagai contoh teladan utama dalam kehidupan kita, ibu bapa memainkan peranan penting dalam mempamerkan kejujuran. Mereka juga mempunyai pengaruh yang paling besar apabila ia datang untuk menanamkan komitmen yang mendalam untuk memberitahu kebenaran. Jadi, bagaimana kita mula berbohong, ketika kita mula berkembang? Marilah kita memahami asal usul pembohongan pada tahun-tahun awal kita.

Kanak-kanak kecil dan prasekolah

Memandangkan mereka baru belajar bercakap dan berkomunikasi, kanak-kanak kecil tidak mempunyai idea yang jelas tentang di mana kebenaran bermula dan berakhir. Mereka tidak boleh membezakan antara realiti, lamunan, angan-angan, angan-angan, dan ketakutan. Dan mereka terlalu muda untuk dihukum kerana berbohong.

Apabila mereka menjadi lebih lisan, mereka mula memberitahu pembohongan yang jelas dan menjawab 'Ya' atau 'Tidak' apabila ditanya soalan mudah seperti, 'Adakah anda makan coklat itu?' Mereka mungkin lebih pandai bercakap bohong dengan memadankan ekspresi muka dan nada suara mereka dengan apa yang mereka katakan.

Kanak-kanak Sekolah

Kanak-kanak mula bercakap lebih banyak pembohongan untuk melihat perkara yang mereka boleh lari, terutamanya pembohongan yang berkaitan dengan sekolah - kelas, kerja rumah, guru dan rakan. Mereka tidak cukup matang dan mengekalkan pembohongan mungkin masih sukar, walaupun mereka semakin pandai menyembunyikannya. Peraturan dan tanggungjawab zaman ini selalunya terlalu berat untuk mereka. Kebanyakan pembohongan agak mudah dikesan. Sehingga umur tujuh atau lapan tahun, kanak-kanak sering melihat garis kabur antara realiti dan fantasi dan berfikir bahawa angan-angan benar-benar berkesan. Mereka percaya kepada wira-wira dan kebolehan mereka.

Tweens

Kebanyakan 'orang dewasa' pada usia ini sedang dalam perjalanan untuk mewujudkan identiti yang rajin, boleh dipercayai dan teliti. Tetapi mereka juga menjadi lebih bijak dalam mengekalkan pembohongan dan lebih sensitif terhadap kesan daripada tindakan mereka, dan mereka mungkin mempunyai perasaan bersalah yang kuat selepas berbohong. Apabila mereka semakin dewasa, mereka boleh berbohong dengan lebih berjaya tanpa ditangkap. Pembohongan juga menjadi lebih rumit, kerana kanak-kanak mempunyai lebih banyak perkataan dan lebih baik memahami cara orang lain berfikir. Pada masa remaja, mereka kerap berbohong.

Mengapa Kita Berbohong?

Apabila kita mempunyai hubungan yang sihat dengan orang yang rapat dengan kita, apabila kita berasa selesa bercakap dan mendedahkan maklumat, kita lebih cenderung untuk bercakap benar. Namun, sebagai kanak-kanak atau orang dewasa, kita semua bercakap bohong atas banyak sebab.

- Kami bercakap bohong untuk menutup kesilapan dan mengelak daripada mendapat masalah.

- Kadang-kadang kita berbohong apabila sesuatu yang buruk atau memalukan berlaku dan ingin menyembunyikannya atau untuk mencipta cerita untuk diri kita sendiri yang membuatkan kita berasa lebih baik.

- Kita mungkin berbohong apabila tertekan, apabila cuba mengelakkan konflik, atau apabila inginkan perhatian.

- Kami mungkin berbohong untuk melindungi privasi kami.

- Kita sering menganggap bahawa berbohong adalah perbuatan menentang. Tidak semestinya begitu. Ia mungkin impulsif. Kita mungkin tidak menyedarinya. Ini berlaku apabila kita menghadapi masalah dengan kawalan diri, mengatur pemikiran kita, atau memikirkan akibatnya.

- Sesetengah daripada kita berbohong untuk mengelak daripada menyakiti perasaan seseorang – ini sering dipanggil 'pembohongan putih'.

- Kita mungkin berbohong tentang diri kita kepada orang lain untuk menghilangkan perhatian kita. 'Kami tidak mahu dilihat mempunyai masalah.' Atau kita mungkin hanya mahu meminimumkan masalah kita.

Pembohongan zaman kanak-kanak

- Kanak-kanak menggunakan imaginasi mereka untuk bercerita.

Kanak-kanak mempunyai imaginasi yang indah dan kadangkala, mereka mempersembahkan fantasi mereka sebagai kebenaran. Apabila mereka menceritakan fantasi, tanya, 'Adakah itu sesuatu yang benar-benar berlaku, atau adakah ia sesuatu yang anda harapkan berlaku?' Ini membantu mereka mempelajari perbezaan antara kehidupan sebenar dan kisah angan-angan. Jangan sekali-kali mengecewakan imaginasi kanak-kanak. Bantu mereka memahami bahawa mereka masih boleh menceritakan kisah yang indah.

- Kanak-kanak ingin mengelakkan akibat negatif. Mereka takut dimarahi. Kanak-kanak secara automatik lalai kepada pembohongan apabila mereka takut bahawa mereka akan menghadapi masalah. Mereka perlu diberi sedikit masa dan peluang, secara jujur, untuk mengaku kebenaran, tanpa ditegur.

- Pembohongan dilakukan, oleh kanak-kanak, yang mempunyai didikan yang terlalu berdisiplin. Disiplin yang keras sebenarnya mengubah anak-anak menjadi pembohong yang baik. Jika mereka takut dengan reaksi kita, mereka akan lebih cenderung untuk berbohong.

- Apabila mereka 'ingin kelihatan baik di hadapan orang lain', ia boleh menjadi tanda harga diri yang rendah. Kanak-kanak yang kurang keyakinan mungkin berbohong untuk menjadikan diri mereka lebih hebat, istimewa atau berbakat untuk meningkatkan harga diri mereka dan menjadikan diri mereka kelihatan baik di mata orang lain. Kanak-kanak, seperti orang dewasa, merasakan keperluan untuk menarik perhatian orang lain. Membesar-besarkan kebenaran sering digunakan untuk menutup rasa tidak selamat. Dalam usaha untuk menyesuaikan diri dengan rakan sebaya, mereka cuba menarik perhatian dengan cerita mereka. Mereka perlu ditangani dengan teliti dalam cara mereka harus berhubung dengan orang lain tanpa berbohong tentang diri mereka sendiri.

- Kanak-kanak menerima mesej bercampur-campur. Apabila ibu bapa berbohong untuk kemudahan mereka tetapi menegur anak kerana salah, ia menetapkan peringkat untuk kanak-kanak itu mengikuti mereka.

Mengendalikan Pembohongan Masa Kanak-kanak

"Jahitan dalam masa menjimatkan sembilan."

Pembohongan yang tidak bersalah pada zaman kanak-kanak akhirnya akan berubah menjadi pembohongan yang menipu diri sendiri dan fasad apabila kita dewasa. Apa sahaja yang dilakukan secara berulang-ulang menjadi corak kebiasaan. Oleh itu, kita mesti memahami corak ini lebih awal dan mengendalikannya pada kanak-kanak dengan cara yang betul.

- Puji usaha, bukan hasilnya. Dengan cara ini kita secara tidak sedar memupuk nilai kerja keras, bukannya pencapaian.

- Kanak-kanak mencerminkan kita. Kita perlu menjadi teladan yang baik. Jika kita berbohong, mereka juga akan berbohong. Jika kita menipu, mereka juga akan berbuat demikian. Jika kita bercakap benar walaupun sukar, mereka juga akan melakukannya.

- Bagaimana kita dan dunia, bertindak balas terhadap pembohongan adalah bagaimana kanak-kanak akan belajar tentang kejujuran. Luangkan masa bercakap tentang kejujuran dan maksudnya.

- Bezakan antara fantasi dan realiti. Ini tidak bermakna meminimumkan fantasi. Bantu kanak-kanak mula membezakan antara fantasi dan realiti. Bercakap tentang apa yang nyata, apa yang tidak nyata, dan bagaimana untuk membezakannya.

- Puji kanak-kanak itu kerana melakukan sesuatu yang salah. Gunakan jenaka untuk menggalakkan kanak-kanak mengakui pembohongan tanpa konflik.

- Elakkan berdepan dengan kanak-kanak itu atau mencari kebenaran melainkan keadaannya serius dan memerlukan perhatian yang lebih. Ketahui sebabnya. Menghukum kanak-kanak kerana berbohong tanpa memahami mengapa kanak-kanak itu melakukan itu adalah salah.

- Jelaskan pembohongan. Bercakap tentang masa-masa apabila anda boleh berbohong. Jika kita berbohong di hadapan mereka, selesaikan pembohongan itu dan jelaskan rasionalnya. Buat perbualan tentang berbohong dan bercakap benar dengan kanak-kanak. Mereka menyerap perbualan sedemikian dengan baik.

- Bantu kanak-kanak mengelakkan situasi di mana mereka rasa perlu berbohong.

Mengenai perkara yang serius, yakinkan mereka bahawa mereka akan selamat jika mereka bercakap benar. Beritahu mereka bahawa segala-galanya akan dilakukan membuat keadaan lebih baik. Apabila kanak-kanak itu sengaja berbohong, langkah pertama ialah memberitahu mereka bahawa berbohong itu tidak baik. Kanak-kanak juga perlu tahu mengapa.

• Jangan panggil mereka 'penipu'. Ini mungkin membawa kepada pembohongan yang lebih 'defiant'.

• Permudahkan mereka untuk tidak berbohong. Jika anak berbohong untuk mendapatkan perhatian, amalkan cara yang lebih positif untuk memberi perhatian dan meningkatkan harga diri.

• Kanak-kanak dan remaja tidak sepatutnya menganggap akibat boleh dirunding.

• Apabila kita bercakap, jangan sekali-kali mempertikaikan tentang pembohongan. Hanya nyatakan apa yang kita lihat, dan apa yang jelas. Kita mungkin tidak tahu sebab pembohongan itu, tetapi akhirnya, kanak-kanak itu mungkin mengisi kita dengannya. Nyatakan sahaja tingkah laku yang dilihat. Biarkan pintu terbuka untuk mereka memberitahu apa yang berlaku.

• Pastikan ia sangat mudah dan dengar apa yang anak anda katakan, tetapi tegas. Pastikan ia sangat fokus dan mudah untuk kanak-kanak. Tumpukan perhatian pada tingkah laku. Dan kemudian beritahu dia bahawa anda ingin mendengar apa yang berlaku yang membuatkan dia rasa dia perlu berbohong. Bersikap langsung dan spesifik. Jangan memberi ceramah kepada anak untuk masa yang lama. Mereka hanya zon keluar. Mereka telah mendengarnya terlalu banyak kali. Mereka berhenti mendengar, dan tiada apa yang berubah.

• Fahami bahawa kita tidak mencari alasan untuk pembohongan, tetapi lebih kepada mengenal pasti masalah yang dihadapi oleh kanak-kanak yang mereka gunakan untuk menyelesaikan pembohongan.

• Mereka mungkin tidak bersedia untuk bercakap dengan kami mengenainya pada mulanya. Bersikap terbuka untuk mendengar apa masalah anak. Wujudkan persekitaran yang selamat untuk mereka membuka diri. Jika anak belum bersedia, jangan tolak. Sekadar mengulangi bahawa kami sedia mendengar. Bersabarlah.

Jangan sudut anak. Meletakkan mereka di tempat akan membuat mereka berbohong.

Jangan labelkan anak itu penipu. Luka yang ditimbulkannya lebih besar daripada berurusan dengan pembohongan mereka.

Bahasa badan, apabila kita berbohong

1. Menukar kedudukan kepala dengan cepat
2. Perubahan dalam corak pernafasan
3. Berdiri diam atau menjadi sangat gelisah
4. Mengemas kaki
5. Sentuh atau tutup mulut
6. Pengulangan perkataan atau frasa
7. Memberi terlalu banyak maklumat
8. Menjadi sukar untuk bercakap
9. Merenung tanpa banyak berkelip
10. Mengelakkan pandangan langsung

Bohong sunat

'Pembohongan putih' ialah pembohongan tidak berbahaya yang diucapkan dengan niat baik – biasanya untuk melindungi perasaan orang lain. Walaupun ia tidak berbahaya, white lies tidak boleh digunakan terlalu kerap. Pada satu ketika, kebanyakan orang belajar bagaimana untuk membengkokkan kebenaran agar tidak menyakiti perasaan orang lain. Kami 'Suka' siaran media sosial orang lain tanpa mengira sama ada kami suka atau tidak dan bukannya jujur sepenuhnya. Pembohongan mungkin kelihatan mempunyai alasan yang wajar. Kita tidak mahu melukakan perasaan seseorang yang telah pergi meninggalkan kita. Namun begitu, kita masih membengkokkan kebenaran. Setiap kali kita berbohong, niat kita tidak pernah menyakiti ibu bapa kita. Kami berbohong kerana ada perkara lain yang berlaku lebih dalam.

Berbohong adalah cara yang tidak matang dan tidak berkesan yang kita pilih untuk menyelesaikan masalah. Daripada menyelesaikan masalah asas, kami berbohong mengenainya. Pembohongan digunakan untuk mengelakkan akibat daripada menghadapinya. Berbohong digunakan sebagai kemahiran menyelesaikan masalah yang salah. Kita perlu sedar, mengamalkan penerimaan, dan bertindak atas masalah kita dengan cara yang lebih membina. Kadang-kadang ini bermakna menangani pembohongan secara langsung, tetapi pada masa lain ia bermakna menangani tingkah laku asas yang menjadikan pembohongan itu kelihatan perlu.

Kami berbohong kerana kami merasakan bahawa kami tidak mempunyai cara lain untuk menangani masalah atau konflik kami. Kadang-kadang ia adalah satu-satunya cara untuk menyelesaikan masalah. Untuk membohongi diri kita sendiri. Atau kepada orang lain. Ia adalah strategi survival yang salah.

Apabila kita berbohong dan ditegur, tentang menjadi tidak bermoral, dikhianati, atau tidak dihormati, kita menutup diri. Dan kemudian kita terpaksa menangani bukan sahaja beban berbohong tetapi juga emosi yang berkaitan dengan kemarahan atau kekecewaan atau rasa bersalah dan juga tingkah laku yang kita hadapi daripada orang lain. Kemarahan, kekecewaan, dan rasa bersalah kita tentang pembohongan tidak akan membantu kita mengubah tabiat dan tingkah laku kita.

Berbohong bukanlah isu moral semata-mata; ia adalah isu penyelesaian masalah. Berbohong adalah masalah kekurangan kemahiran dan masalah mengelakkan akibat. Kami berbohong bukan kerana kami tidak bermoral; kita berbohong kerana kita tidak tahu bagaimana untuk mengendalikan diri kita sendiri.

"Penipuan diri boleh menjadi seperti dadah, mematikan kita dari realiti yang keras." "Kebenaran mungkin menyakitkan untuk sementara waktu, tetapi kebohongan menyakitkan selama-lamanya."

"Kebenaran telanjang sentiasa lebih baik daripada kebohongan yang berpakaian terbaik." "Saya boleh menangani kebenaran. Pembohongan yang membunuh saya."

"Betapa sukarnya, untuk jujur dengan diri sendiri. Ia lebih mudah, jujur dengan orang lain."

"Dari semua bentuk penipuan, penipuan diri adalah yang paling mematikan, dan di antara semua orang yang tertipu, yang menipu diri sendiri adalah yang paling kecil kemungkinannya untuk mengetahui penipuan itu."

Fikiran saya seperti rumah pembohongan saya cuba untuk tidak pergi ke sana seorang diri. Saya fikir bahawa selama bertahun-tahun saya akhirnya berkembang.

Bisikan 'kebenaran' menceroboh persepsi saya Ternyata ia menipu diri sendiri.

Saya rindu untuk meneruskan khayalan ini

Tetapi pada akhirnya, ia adalah pencemaran rohani. Bagaimanakah saya boleh memperbaiki apa yang telah saya lakukan?

keseoranganku telah bermula, Menghadapi ribut di luar dan di dalam saya tidak pernah bermaksud untuk menyebabkan sebarang kesakitan.

Jika saya boleh undur dan mula semula Akan menjalani kehidupan tanpa pura-pura. Menjalani kehidupan yang jujur dan benar, saya mahu membesar sekali lagi!

Bahagian 2: Corak

Corak

"Hanya ada corak, corak di atas corak, corak yang mempengaruhi corak lain. Corak disembunyikan oleh corak. Corak dalam corak."

"Minda manusia adalah mesin membuat corak yang luar biasa. Otak manusia ialah mesin padanan corak yang luar biasa."

"Apa yang kita panggil huru-hara hanyalah corak yang kita tidak kenali. Apa yang kita panggil rawak hanyalah corak yang tidak dapat kita tafsirkan."

"Corak yang kita anggap ditentukan

dengan cerita yang ingin kita percayai. Fikiran yang salah mencorak kehidupan kita ke arah itu kerana kita menjalani pemikiran kita."

Kita semua telah dipengaruhi oleh persekitaran kita sejak kita berada di dalam rahim ibu kita – khasiat, pengalaman, tekanan, komplikasi. Segala-galanya memainkan peranan dalam perasaan kita walaupun sebelum kita dilahirkan. Kemudian pengalaman kelahiran sebenar, penjagaan awal bayi kita, dan 'ketersediaan emosi' ibu kita akan sama ada menguatkan atau meredakan kesan pengaruh pertama tersebut. Apabila kita mula berkembang, kita mula menyerap daripada penjaga kita, keluarga besar kita, rakan-rakan, tahun prasekolah dan awal persekolahan, dan masyarakat pada umumnya.

Kita mungkin tidak memahami, merasionalkan, menyatakan, mengingati atau menyelesaikan pengalaman ini, tetapi semuanya telah disimpan, dibekukan, dan dilog masuk ke dalam minda dan badan separa sedar kita.

Pengalaman disimpan. Pengalaman berulang. Pengalaman boleh berbeza-beza atau serupa. Pengalaman mungkin berganda atau mungkin pudar. Dan semasa kita berkembang, kita tidak dapat memahaminya. Tetapi, kita mengalami, kita berasa baik atau kita berasa buruk. Dalam kekacauan pengalaman ini, terdapat *corak* .

Kajian kes

Mari kita lihat kes yang sama seperti yang dibincangkan dalam bahagian sebelumnya.

Rahul berusia 5 tahun. Pada suatu hari, bapanya memarahinya di hadapan beberapa tetamu di rumah kerana terlalu malu dan tidak dapat mendeklamasikan sajak yang diketahuinya. Dia mengurung diri di dalam biliknya, tidak makan makanan, dan menangis. Lama kelamaan, dia kembali ke kehidupan normalnya dan mungkin juga melupakannya.

Dia mula membesar menjadi pelajar yang bijak dan menjadi haiwan peliharaan gurunya. Tetapi suatu hari, dia hanya kelu lidah apabila diminta menerangkan sesuatu di dalam kelas. Dia berasa malu, pulang ke rumah, mengurung diri, dan menangis. Apabila dewasa, dia mula mengelak daripada perhimpunan dan pesta sosial. Dia tidak akan menyukainya dan dia tidak tahu mengapa. Dia akan diam dan akan memberitahu dirinya sendiri - saya tidak cukup baik. Saya seorang yang gagal. Saya tidak boleh hanya menyatakan diri saya di hadapan orang lain.

Apa yang kita lihat di sini ialah cara operasi atau tingkah laku biasa. Kami melihat bahawa terdapat corak yang muncul, berulang dan kembali dan membesar dengan setiap peristiwa baru.

Peristiwa→ Persepsi terhadap peristiwa tersebut→ Reaksi terhadap peristiwa Peristiwa yang serupa→ Persepsi terhadap peristiwa tersebut→ Reaksi terhadap peristiwa tersebut

Satu lagi peristiwa serupa→ **Kebolehramalan** persepsi→ **Automatik**

tindak balas

Pengenalpastian **Pencetus**→ Memahami **Kecenderungan** individu

Penciptaan **Pengalaman**→ **Pengulangan** Pembangunan Pengalaman **Laluan Neural**→ Perkembangan **Kelekatan** Inilah yang mentakrifkan corak kita.

P	Kebolehramalan	hakikat sentiasa berkelakuan atau berlaku dalam cara yang diharapkan
A	Automatik	dilakukan secara spontan atau tidak sedar
T	Tercetus	berlaku sebagai tindak balas kepada rangsangan yang dirasakan sebagai negatif
T	Kecenderungan	kecenderungan kepada jenis pemikiran tertentu atau tindakan

E	Pengalaman	sesuatu secara peribadi ditemui, dilalui, atau dilalui
R	Pengulangan	diperbaharui atau berulang lagi dan lagi
N	Laluan Neural	sambungan neuron yang dicipta di dalam otak berdasarkan tabiat kita
S	Melekit	untuk dilampirkan oleh atau seolah-olah dengan menyebabkan untuk mematuhi

Memahami Corak

Sel-sel otak kita berkomunikasi antara satu sama lain melalui proses yang dipanggil penembakan neuron. Apabila sel-sel otak berkomunikasi dengan kerap, hubungan di antara mereka semakin kuat, dan "mesej yang melalui *laluan saraf* yang sama di otak berulang kali mula dihantar dengan lebih cepat dan lebih pantas." Dengan *pengulangan* yang mencukupi, tingkah laku ini menjadi *automatik*. Membaca, memandu dan menunggang basikal ialah contoh tingkah laku yang kami lakukan secara automatik kerana laluan saraf telah terbentuk. Laluan menjadi lebih kuat dengan pengulangan sehingga tingkah laku baharu adalah normal baharu.

Semasa kami mengambil bahagian dalam aktiviti baharu, kami melatih otak kami untuk mencipta laluan saraf baharu. Menghubungkan tingkah laku baharu ke sebanyak mungkin kawasan otak membantu membangunkan laluan saraf baharu. Dengan memanfaatkan kelima-lima deria, kita boleh mencipta *kelekatan* yang membantu membentuk laluan saraf. Kelekatan itulah yang menarik dan mengekalkan *pengalaman* baru. Kita hanya memerlukan *pencetus* untuk mula berkelakuan dengan cara tertentu. Pengalaman ini membentuk kecenderungan kita - *kecenderungan* untuk melihat-bertindak balas dengan cara tertentu. Memahami kecenderungan ini membantu kita dalam *meramalkan* tingkah laku.

Semua ingatan kita tentang peristiwa, perkataan, imej, emosi, dll. sepadan dengan aktiviti tertentu rangkaian neuron tertentu dalam otak kita yang telah mengukuhkan hubungan antara satu sama lain. Otak kita entah bagaimana berwayar ke arah negatif. Contohnya, jika kita mempunyai sepuluh pengalaman pada siang hari, lima pengalaman harian neutral, empat pengalaman positif dan satu pengalaman negatif, kita mungkin akan memikirkan satu pengalaman negatif itu sebelum tidur malam itu.

Bayangkan sejenak bagaimana kehidupan dengan memori yang sempurna. Jika kita dapat mengingati setiap perincian semua yang diambil oleh pancaindera kita, jam pertama hari itu akan terbeban secara mental dengan terlalu banyak maklumat. Jadi, otak menyusun semua data tersebut ke dalam ingatan jangka pendek atau ingatan jangka panjang atau membuangnya.

• Ingatan jangka pendek membolehkan kita mengekalkan maklumat yang kita perlukan pada masa ini dan kemudian menyingkirkannya. Kami menggunakannya untuk menyimpan cebisan maklumat kecil buat sementara waktu dan membuangnya kemudian.

• Ingatan jangka panjang adalah seperti peti sejuk dalaman kita. Ia boleh menyimpan maklumat selama bertahun-tahun, atau seumur hidup.

Corak menghubungkan kenangan jangka pendek dengan ingatan jangka panjang. Pengambilan semula ingatan jangka panjang memerlukan mengkaji semula laluan saraf yang dibentuk oleh otak. Pengambilan semula dipercepatkan oleh pencetus. Mengenali corak membolehkan kita meramal dan menjangkakan apa yang akan datang.

Adakah kamu tahu?

• Satu kajian menunjukkan bahawa secara purata, ia mengambil masa lebih daripada dua bulan sebelum tingkah laku baharu menjadi automatik — 66 hari tepatnya. Tetapi ia berbeza-beza bergantung pada tingkah laku, orang, dan keadaan.

• Dianggarkan memerlukan 10000 ulangan untuk menguasai sesuatu kemahiran dan membangunkan laluan saraf yang berkaitan.

• Dalam satu kajian penyelidikan, ia mengambil masa antara 18 hari hingga 254 hari untuk orang membentuk tabiat baharu.

"Seseorang tidak boleh salah mengira corak untuk makna." "Orang yang berjaya mengikut corak yang berjaya." "Apabila corak dipecahkan, dunia baharu muncul."

Corak Dalaman Anak

"Adakah anda tahu anak batin hidup dalam semua?
Dan bahawa Me yang dewasa Mendengar panggilannya.
Apabila orang tidak memahami saya Kerana saya berbeza
Dan kanak-kanak berasa kehilangan apabila saya menangis.
Saya perhatikan dia pada masa-masa, Apabila drama kehidupan Mengambil masa, dan saya menangis.
Saya mengesan dia pada masa-masa Apabila penghakiman diri saya sendiri
Berlari liar, dan saya menangis.
Saya rasa kehadirannya, Apabila keadaan menakutkan, Dan ketakutan berlaku, semasa saya menangis.

Apa Itu 'Anak Batin'?

Menurut Kamus Cambridge, *Anak dalaman anda adalah sebahagian daripada keperibadian anda yang masih bertindak balas dan berasa seperti kanak-kanak.*

Jadi, apakah anak batin ini?

Bagaimanakah anda boleh mempunyai anak dalam diri anda apabila anda sudah dewasa? Adakah ini bermakna anda belum dewasa?

Adakah anak batin itu benar atau sekadar konsep atau teori psikologi?

Konsep ... Falsafah

Berlakunya peristiwa dalam ruang hidup kanak-kanak – contohnya, Penolakan; Penghinaan; Penderaan; Pengabaian, dsb.

→ Persepsi terhadap sesuatu peristiwa berdasarkan sifat dan sensitiviti teras semula jadi kanak-kanak

→ Kanak-kanak tidak dapat mengendalikan keadaan atau bertindak balas dengan sewajarnya

→ Kanak-kanak yang terjejas emosi dan cedera

→ Keadaan emosi kanak-kanak – beku dalam masa – 'Batin- Anak'

→ Dewasa pada masa kini menghadapi set peristiwa yang

serupa - Penolakan; Penghinaan; Penderaan; Pengabaian

→ Pencetus keadaan ingatan 'anak dalam beku'

→ Orang dewasa bertindak balas secara automatik, supaya kehidupan tidak dialami seperti pada masa sekarang, tetapi seperti pada masa lalu

→ Oleh itu, orang dewasa akan melihat dan bertindak balas dengan cara yang sama seperti yang dilakukan oleh anak-anak dalam yang beku pada masa lalu

Strategi kelangsungan hidup untuk kanak-kanak yang terjejas emosi→ Cuba untuk menghadapi huru-hara→ Teras struktur gejala untuk orang dewasa yang mengatasi. *Ini adalah anak batin yang cedera tersepit pada satu masa tertentu* .

Kami sentiasa berada di tengah-tengah dan sebahagian daripada situasi dan terdedah kepada rangsangan yang tidak terkira banyaknya. Berdasarkan sifat teras semula jadi kita, kita secara selektif menghadiri rangsangan tertentu, menggabungkannya dalam satu corak dan mengkonseptualisasikan situasi. Orang yang berbeza mungkin mengkonseptualisasikan situasi yang sama dengan cara yang berbeza. Biasanya, orang tertentu cenderung konsisten dalam tindak balasnya terhadap jenis peristiwa yang serupa. Corak kognitif yang agak stabil membentuk asas kepada keteraturan tafsiran bagi satu set situasi tertentu. Kami melihat situasi atau peristiwa dan membentuknya menjadi kognisi, dengan kandungan lisan atau bergambar.

Sebab kami kekal beku pada masa lalu ialah kami terus mencipta semula "keadaan animasi yang digantung" atau berkhayal, seperti yang disebut oleh Stephen Wolinsky. Negeri-negeri yang digantung ini seolah-olah mempertahankan kita daripada kesakitan dan kesakitan pengalaman zaman kanak-kanak kita.

Pengalaman zaman kanak-kanak yang membekukan kita, juga mengehadkan keupayaan kita untuk bertindak balas secara munasabah kepada mereka walaupun pada peringkat dewasa kemudian. Orang dewasa, apabila melalui pengalaman yang sama, masih akan bertindak balas dengan cara yang sama seperti anak dalamannya yang beku. Matlamatnya adalah untuk hidup pada masa sekarang, dengan secara sedar mengubah cara kita menolak perasaan, keperluan dan kehendak zaman kanak-kanak kita sendiri.

Keadaan dewasa semasa ialah keadaan yang mencipta keadaan beku di tempat pertama pada zaman kanak-kanak. Kita perlu memahami bahawa kita adalah sumber sebenar kehidupan beku kita sendiri.

Inner child ialah kedudukan yang membekukan masa yang bertindak sebagai cara kanak-kanak dalam melihat pengalaman dan mentafsir dunia luar. Pada hakikatnya, kita mungkin mempunyai, dalam diri kita, berbilang anak dalaman yang beku, masing-masing dengan persepsi yang berbeza, kesedaran yang berbeza, pandangan dunia yang berbeza, dsb.

Konsep anak batin bukanlah baru.

1.   Psikosintesis Roberto Assagioli - dia bercakap tentang sub-personaliti.

2.   Terapi Gestalt Fritz Perls – pengalaman mempunyai bahagian yang berbeza berdialog antara satu sama lain.

3.   Eric Berne - Analisis Transaksional - anak batin, orang dewasa dalaman, dan ibu bapa batin.

4.   Terapi kognitif Dr Albert Ellis – Skema. Apa itu realiti?

Perkara yang perlu diingat - realiti saya adalah perspektif saya. Realiti dalaman ini dicipta oleh pemerhati.

Siapa pemerhati ini - Kami.

Kami mengalami peristiwa/trauma - jadi, kami menjadi pemerhati trauma.

Kami kemudian mengambil gambarnya, memegangnya, bergabung dengannya, pergi tidur, dan kemudian ia gelung dan gelung sekali lagi.

Kami, pemerhati, *tidak mencipta peristiwa luar*.

Kami, pemerhati, *mencipta tindak balas kepada peristiwa luar*. Kami, pemerhati, *telah menggabungkannya dalam ingatan kami*.

Justeru, kita mesti disedarkan agar ingatan itu boleh 'dilepaskan'.

Kami memainkan semula gelung itu lagi dan lagi dan lagi, menyebabkan perasaan dan pengalaman lama dirasai dan dialami berulang kali. Kita perlu terlebih dahulu mengenal pasti apa yang dilakukan oleh anak batin supaya – *kita* , *pemerhati* , boleh menyedarkan dan berhenti mengenal pasti dengan *corak* lama tersebut.

Dengan setiap trauma *yang dirasakan* , kami, pemerhati, mencipta corak dan identiti untuk menguruskan kekacauan yang dirasakan. Saya katakan dipersepsikan, kerana individu lain mungkin sebenarnya tidak menyakiti saya. Tetapi saya mungkin merasakan sakit hati atau kemarahan atau apa-

apa emosi lain. Ini adalah trauma yang dirasakan.

Oleh itu, dalam 'kita' dewasa, boleh terdapat banyak kanak-kanak dalaman – masing-masing mempunyai *corak*, *ingatan dan tindak balas*. Kami mempunyai begitu banyak hujah dalaman yang berlaku dalam 'kita' dewasa. Mereka adalah kanak-kanak dalaman yang cedera, masing-masing mempunyai identiti, masing-masing dengan trauma dan ingatan, masing-masing mempunyai corak. Oleh itu, dalam mana-mana penyembuhan, keseluruhan penyelesaian masalah tidak berlaku sebaik sahaja anak dalaman ditemui dan "ditandakan". Satu lagi anak dalaman beku yang sedia ada menjadi dominan, mempengaruhi orang dewasa kita ke dalam keadaan masalah yang lain.

Untuk menyedarkan pemerhati/pencipta anak batin adalah mengakhiri pola anak batin. Dalam erti kata lain, membangkitkan *pemerhati* memecahkan corak.

Awal dalam kehidupan ... pada satu ketika

1. Kanak-kanak adalah *subjek* ; ibu bapa, guru, dunia luar - *pemberi pengaruh*.

2. Pengaruh memberi cadangan seperti "Anda tidak akan berjaya," "Tolong saya dan saya akan menggembirakan anda," atau "Lakukan apa yang saya katakan dan saya akan memberi anda kasih sayang dan kelulusan; jangan dan saya tidak akan."

3. Kanak-kanak (subjek) mempercayai cadangan yang diberikan oleh influencer.

4. Kanak-kanak itu kemudiannya menghayati cadangan ini dan terus mencadangkannya sebagai orang dewasa yang dewasa.

5. Anak dalaman masa lalu mempengaruhi orang dewasa masa kini ke dalam keadaan bermasalah.

6. Apabila bertahun-tahun berlalu, seorang guru atau tokoh pihak berkuasa lain hanya menyebut cadangan yang sama, dan subjek itu akan dicetuskan ke dalam corak dan reaksi "ketakutan" yang sama yang berlaku semasa kanak-kanak. Masa terus berlalu. Kanak-kanak itu matang, menjalin hubungan, dan berkahwin. Kemudian pasangan boleh menjadi pemberi pengaruh, meletakkan anak dalaman pasangan dalam corak kemarahan atau ketakutan terhadap corak penolakan.

Objektifnya adalah untuk menyedarkan *anda* di sebalik corak.

1. Seorang anak kepada ibu bapa yang sombong akan memutuskan hubungan daripada situasi untuk mengelakkan kesakitan emosi. Jika corak ini berfungsi, kanak-kanak meletakkan corak ini pada "mod lalai." Dia mendapati dirinya terputus hubungan dan berkhayal melalui sekolah, kerja, dan akhirnya dalam hubungan.

2. Seorang kanak-kanak yang mempunyai sejarah ketagihan alkohol dalam keluarga mungkin mengalami amnesia, melupakan masa lalu untuk mengelakkan kesakitan. Di kemudian hari, amnesia atau kealpaan mungkin menjadi masalah dalam kerja, sekolah atau perhubungan.

3. Seorang mangsa penderaan kanak-kanak yang terselamat yang mati rasa untuk bertahan daripada trauma yang menyakitkan mungkin mengalami kesukaran merasakan sensasi semasa pengalaman seksual di kemudian hari. Wanita mungkin mempunyai ketidakupayaan untuk mengalami orgasme. Lelaki boleh mengalami ejakulasi pramatang atau mati pucuk.

Corak tindak balas yang dicipta oleh kanak-kanak ini sebenarnya adalah mekanisme pampasan untuk menangani situasi yang menyakitkan. Masalahnya berlaku apabila corak ini tidak terkawal, dan individu mendapati dirinya bertindak balas ' *secara lalai'* . Oleh itu, orang dewasa kita, secara lalai, akan mewujudkan keadaan terputus atau amnesia yang sama, atau kebas walaupun orang dewasa kita mungkin tidak mahu begitu dalam situasi sekarang.

Jadi, anak dalaman kita sendiri kini mula mempengaruhi orang dewasa kita - ke dalam tingkah laku dan pengalaman yang tidak diingini.

Tujuannya adalah untuk membebaskan diri kita daripada mekanisme survival zaman kanak-kanak yang tidak lagi sesuai dengan hubungan masa kini. Ini mempunyai lima bahagian -

1. Kesedaran tentang corak.

2. Kenali corak.

3. Putuskan sambungan daripada corak.

4. Sedarkan kita yang dewasa.

5. Cipta corak lalai yang lebih memperkasakan.

Ini membolehkan kita melangkah keluar dari masa lampau kita yang membeku kepada hadir pada masa sekarang.

Dari mana datangnya anak batin?

Seorang kanak-kanak dimarahi oleh ibu bapa atau guru kerana tingkah laku tertentu.

Keadaan di sini adalah *memarahi*. Teguran itu bukan dalam kawalan anak. Tetapi anak mengalami '*dimarahi*'. Anak adalah penerima. Kanak-kanak memerhati dan mentafsirnya sebagai: *Saya tidak cukup baik*. Dan dengan menafsirkannya dengan cara ini, kanak-kanak itu sebenarnya adalah sebahagian dan peserta dalam memarahi. Ini kemudiannya terukir dalam ingatan kanak-kanak itu.

Menurut *"Prinsip Ketidakpastian"* Heisenberg - *pemerhati* situasi dan situasi tidak berasingan. *Pemerhati*, dengan memerhati dan mentafsir, mengambil bahagian dan mempengaruhi keputusan situasi.

Kami memerhati kehidupan, mengambil bahagian dalam cara kami membina, mentafsir dan mengalami dunia subjektif dalaman kami. Kami, *pemerhati*, mengambil bahagian dalam penciptaan hasil melalui tindakan pemerhatian.

Pemerhati wujud *sebelum* trauma, pemerhati yang sama ada di sana

semasa trauma, dan *pemerhati* yang sama berada di sana *selepas* trauma berakhir.

Kami mencipta pengalaman subjektif dalaman kami. Kami mencipta tindak balas kepada persekitaran, iaitu, ibu bapa, guru, pasangan, dsb., dan kami bertanggungjawab ke atas pengalaman dalaman kami yang subjektif.

Kajian kes

John, pada usia muda, memerhati dan menyedari bahawa satu-satunya cara untuk disayangi oleh ibu dan ayah adalah dengan mematuhi mereka, menggembirakan mereka dan melepaskan keperluannya sendiri.

Ini mewujudkan identiti "anak yang menggembirakan" yang melepaskan keperluannya sendiri untuk mendapatkan kasih sayang dan persetujuan. Jika pemerhati dalam John melihat bahawa ini berfungsi, pemerhati ini terus mencipta dan mengulanginya lagi dan lagi dan lagi. Ini mewujudkan corak dan identiti dan meletakkan identiti kanak-kanak yang cedera pada mod lalai. Sepanjang tempoh masa, identiti ini, tingkah laku lalai ini, corak ini bergabung dengan personaliti. Kemudian, dalam kehidupan dewasa, John menjadi Manusia yang Menyenangkan, yang terlupa untuk menyuarakan keperluannya sendiri dalam perhubungan atau situasi. John dewasa kini dipengaruhi oleh identiti anak dalaman yang menggembirakan.

Untuk John dewasa disembuhkan, John mesti terlebih dahulu menyedari *sumber* identiti anak batinnya yang menggembirakan. Sebaik sahaja John tidak menafikan dan menerima kewujudan corak ini, dia boleh mengambil *tanggungjawab untuk menciptanya dan berhenti menciptanya* .

Untuk melepaskan sesuatu, seseorang harus terlebih dahulu mengetahui apa yang kita pegang.

Kajian kes

Kanak-kanak Jane akan sentiasa berasa marah kepada bapanya kerana 'tidak memahaminya'. Jane yang dewasa, kini sudah berkahwin, mengamuk pada suaminya kerana dia tidak memahaminya. Walaupun Jane menyayangi suaminya, dia tidak faham mengapa dia tidak dapat mengawal kemarahannya. Batin yang marah kanak-kanak dalam Jane menjadikan dia berkelakuan seolah-olah dia berada di masa lalu dengan ayahnya. Anak batin yang marah mengambil tempat duduk pemandu.

Seorang kanak-kanak melihat keluarga dan dunia luar dengan cara tertentu. Kanak-kanak itu kemudiannya dibiasakan untuk mengulangi corak ini secara berulang-ulang dan kerap dalam persediaan keluarga. Apabila kanak-kanak semakin besar, corak ini

1. digeneralisasikan kepada semua orang dalam situasi yang sama.

2. kerana ia berfungsi untuk kanak-kanak itu, bertahun-tahun kemudian, identiti kanak-kanak dalaman mereplikasi corak, supaya, ia kini menjadi mod lalai tindak balas persepsi. Orang dewasa tidak memikirkan bagaimana untuk bertindak balas lagi. Ia berlaku begitu sahaja, tanpa kita memahami sebabnya.

Secara mudahnya, sesuatu situasi tidak dialami sebagaimana adanya. Sebaliknya orang dewasa, dipengaruhi oleh identiti anak batinnya sendiri, bertindak seperti kanak-kanak, membawa keluarga bersamanya, di dalam, pada masa sekarang, menonjolkannya kepada orang lain.

Sebaik sahaja anak batin dibekukan, ia cenderung untuk mengecilkan tumpuan perhatian orang dewasa untuk menghasilkan perasaan, pemikiran, emosi yang tidak dapat dielakkan, dan sebahagian besarnya, ketidakselesaan.

Anak batin beroperasi secara lalai dengan orang dewasa mengalami situasi lalu sebagai situasi sekarang.

"Menjaga anak dalaman anda mempunyai hasil yang kuat dan mengejutkan: Lakukan dan anak itu sembuh."

"Jika dengan membesarkan anda bermaksud membenarkan orang dewasa dalam diri saya untuk meninggalkan kanak-kanak dalam diri saya, saya tidak berminat dengan cadangan yang mengerikan itu. Jika sebaliknya, anda bermaksud untuk membiarkan masing-masing meningkatkan satu sama lain tanpa mengecualikan kedua-duanya, saya mempunyai semua minat."

"Saya percaya bahawa anak batin yang diabaikan, terluka, masa lalu ini adalah sumber utama kesengsaraan manusia."

Corak Corak Dalaman Anak
Anak Saya Dalam

– Kathleen Algoe

Saya dapati anak saya dalam hari ini, Selama bertahun-tahun begitu terkunci,

Menyayangi, memeluk, sangat memerlukan, Andai saya dapat mencapai dan menyentuh.

Saya tidak mengenali anak saya ini,

Kami tidak pernah berkenalan pada usia tiga atau sembilan tahun,

Tetapi hari ini saya merasakan tangisan di dalam, saya di sini saya berteriak, datanglah tinggal.

Kami berpelukan sangat erat, Ketika perasaan terluka dan takut.

Tidak mengapa, saya menangis teresak-esak, saya sangat mencintai awak!

Awak berharga bagi saya, saya nak awak tahu.

Anakku, anakku, kamu selamat hari ini, Kamu tidak akan ditinggalkan, Aku di sini untuk tinggal.

Kami ketawa, kami menangis, itu adalah penemuan, Anak yang hangat dan penyayang ini adalah pemulihan saya.

'Pemikiran' ialah proses menggunakan fikiran kita untuk mempertimbangkan sesuatu. Ia juga boleh menjadi hasil daripada proses itu. Segala-galanya sentiasa bermula dengan pemikiran. Cara kita berfikir dan cara kita mentafsir dunia di sekeliling kita mempengaruhi perasaan kita. Dan perasaan kita membangkitkan emosi kita. Kami kemudian gunakan emosi tersebut sebagai penapis yang membantu kita mentafsir pengalaman hidup kita. Tafsiran ini sudah tentu berbeza-beza dan selalunya tidak begitu tepat.

Malah, mereka boleh menghalang kita daripada melihat dunia "bagaimana keadaannya", dan sebaliknya memaksa kita untuk melihat dunia berdasarkan "bagaimana kita". Dan sudah tentu, bagaimana kita, bergantung sepenuhnya pada cara kita memproses dunia, yang sudah tentu bermula dengan pemikiran yang kita benarkan untuk kita fikirkan.

Aaron Temkin Beck, seorang pakar psikiatri Amerika dianggap sebagai bapa terapi kognitif dan terapi tingkah laku kognitif. Beck percaya bahawa apabila seseorang membenarkan pemikiran mereka menjadi negatif, ia membawa kepada kemurungan. Dia percaya bahawa pemikiran, perasaan, dan tingkah laku semuanya dikaitkan bersama. Apabila seseorang berfikiran negatif, mereka kemudian berasa buruk, yang menyebabkan mereka berkelakuan buruk. Kemudian, ia menjadi satu kitaran. Herotan kognitif ialah pemikiran yang menyebabkan individu melihat realiti secara tidak tepat. Menurut model kognitif Beck, pandangan negatif terhadap realiti kadangkala dipanggil skema negatif (atau skema), merupakan faktor dalam gejala disfungsi emosi dan kesejahteraan subjektif yang lebih lemah.

Satu petanda yang baik untuk diperhatikan jika anak batin berada dalam keadaan mempengaruhi orang dewasa semasa - adalah beku. Kadangkala rasa sesak, kekakuan atau kesejukan ini dialami di bahagian badan yang berlainan - rahang, dada, perut dan pelvis dan dalam kes yang melampau, rasa lumpuh. Tanda-tanda fizikal pertama beku adalah mengetatkan otot dan menahan nafas.

Fahami anak batin dan fahami orang dewasa seperti sekarang. Ia adalah pemerhatian diri terhadap kerja-kerja dalaman anak yang menambah *kesedaran*. Untuk melepaskan sesuatu, anda mesti terlebih dahulu tahu apa itu.

Pernahkah kita berfikir tentang pemikiran kita? Maksud saya, adakah kita sebenarnya pernah memberi perhatian kepada pemikiran di dalam kepala kita? Jika kita ada, adakah kita pernah mempersoalkan bagaimana kita berfikir tentang sesuatu, dan sama ada pemikiran ini sebenarnya membantu atau menghalang kita? Mungkin cara kita melihat dan mentafsir dunia kita tidak begitu tepat sama sekali.

Cuma mungkin perspektif kita tentang dunia agak cacat dan ini menghalang kita daripada bergerak ke hadapan secara optimum.

Langkah pertama dalam penyelesaian ialah kesedaran dan pengetahuan tentang corak keadaan digantung beku ini. Kita perlu *secara sedar* memilih untuk *memperbaharui* keadaan anak dalaman kita yang beku. Kita perlu mendapatkan akses kepada emosi dan corak yang merangkumi "keadaan semasa" kita dan mengalaminya sepenuhnya. Adalah penting untuk mengetahui tentang ingatan kanak-kanak beku yang terus mencipta masalah dengan menapis realiti melalui kanta yang usang, terhad dan terherot.

Kesedaran ialah keadaan menyedari sesuatu. Lebih khusus lagi, adalah keupayaan untuk mengetahui dan memahami secara langsung, merasakan, atau menyedari peristiwa. Konsep ini sering sinonim dengan kesedaran dan juga difahami sebagai kesedaran itu sendiri. Kesedaran tentang corak dalaman persepsi dan reaksi kita ialah langkah sedar pertama ke arah transformasi, evolusi dan Moksha.

Bahagian ini memasuki dunia corak 'corak anak batin'.

- Dialog Dalaman – Harus dan Harus.

- Regresi Umur.

- Futurizing – Terlalu merancang – Menangguhkan – Mengkhayal – Malapetaka.

- Kekeliruan – Keragu-raguan – Terlalu generalisasi – Fasad – Melompat ke Kesimpulan – Pemikiran Hitam-Putih – Pembesaran dan Pengurangan – Pelabelan – Penaakulan emosi.

- Kekeliruan Kesaksamaan – Menyalahkan – Pemperibadian.

- Pemutusan Hubungan – Tanpa Emosi – Melarikan Diri – Terpisah – Gabungan Identiti.

- Herotan – Ilusi – Hebat atau Mengerikan – Herotan deria – Amnesia.

- Keistimewaan - Pemikiran ajaib – Mengidealkan - Sangat ideal.

Dialog Dalaman dan Lompatan Masa

'Dialog Dalaman – Suara di Kepala Kita' 'Hello! Adakah saya bercakap dengan diri saya sendiri?'
'Saya harus dan saya mesti'
"Ada suara dalam diri kita Yang berbisik sepanjang hari, 'Saya rasa ini sesuai untuk saya,

Saya tahu ini salah.'
Tiada guru, pendakwah, ibu bapa, kawan Atau orang bijak boleh membuat keputusan
Apa yang sesuai untuk kami – dengar sahaja Suara yang bercakap di dalam."

'Dialog dalaman' kami hanyalah pemikiran kami. Suara kecil dalam kepala kita yang mengulas tentang kehidupan kita - apa yang berlaku di sekeliling kita, atau apa yang kita fikirkan secara sedar atau bawah sedar. Kita semua mempunyai dialog dalaman, dan ia berjalan sepanjang masa. Ia biasanya terikat dengan rasa diri seseorang.

Ia seperti pengulas, memerhati dan mengkritik tindakan kita - banyak "bual-bual" di dalam kepala kita. "Ceramah-fikiran" ini adalah seperti aliran persatuan mental yang mengalir melalui fikiran kita. Berfikir mencadangkan sesuatu yang aktif, di mana kita mempunyai kawalan sedar, tetapi hampir semua pemikiran kita tidak seperti ini. Ia hampir selalu rawak dan tidak disengajakan. Ia terlintas di kepala kita, sama ada kita suka atau tidak.

Pemikiran sebenar adalah apabila kita secara sedar menggunakan kuasa akal dan logik untuk menilai pilihan yang berbeza, mempertimbangkan masalah, keputusan, dan rancangan, dan sebagainya. Kita sering suka menganggap diri kita sebagai makhluk yang rasional, unggul daripada haiwan kerana kita boleh menaakul, tetapi pemikiran rasional seperti ini sebenarnya agak jarang berlaku. Dan, sebenarnya, sembang-fikir membuat lebih sukar untuk menggunakan kuasa rasional kita, kerana apabila kita mempunyai isu untuk dibincangkan, ia mengalir melalui fikiran kita dan mengalihkan perhatian kita. Ia sentiasa mengingati pengalaman kita, memainkan semula cebisan maklumat yang telah kita serap dan membayangkan senario sebelum ia berlaku.

Percakapan diri mungkin tidak selalu lisan; ia boleh bukan lisan atau senyap. Juga, ia boleh secara langsung atau inferens. Seorang bapa mungkin diam, jangan tanya anak itu - bagaimana keadaan anda, bagaimana hari anda di sekolah, bagaimana kesihatan anda sekarang. Tetapi dialog dalaman adalah - " *Tiada siapa yang berminat dengan saya* ".

Corak anak batin dalam AS dewasa mengehadkan kita dengan dialog berterusan antara AS dewasa dan anak dalam dalam diri kita.

Anak batin dalam diri kita – Dialog Batin – Dewasa AS dalam keadaan sekarang

Jadi, anak dalaman kita mula mempengaruhi kita dengan mengingatkan orang dewasa kita - *saya tidak cukup baik* ; *Saya tidak pernah dihargai* ; *Ia tidak akan berfungsi* dan mencadangkan kepada kita apa yang patut atau tidak patut dilakukan.

"Harus dan Wajib"

- "Sepatutnya" bermaksud – kewajipan, kewajipan, atau ketepatan, biasanya apabila mengkritik tindakan. "Sepatutnya" digunakan untuk menandakan pengesyoran, nasihat, atau untuk bercakap tentang perkara yang secara amnya betul atau salah.

- "Mesti" digunakan untuk menyatakan kewajipan, memberi perintah dan memberi nasihat dengan tegas. Ia hanya boleh digunakan untuk rujukan semasa dan akan datang. Apabila masa lalu terlibat, "terpaksa" digunakan. Mesti menunjukkan bahawa ia adalah sangat penting atau perlu untuk sesuatu berlaku.

Kedua-dua "harus" dan "mesti" adalah sama dalam makna kecuali "mesti" adalah perkataan yang lebih kuat berbanding dengan "harus".

'Sepatutnya' adalah dialog dalaman yang paling kerap kita lakukan dengan diri kita sendiri.

Mereka tidak sepatutnya berbuat demikian.

Saya tidak sepatutnya bertindak seperti ini lain kali.

Saya sepatutnya mendapat ganjaran, saya layak mendapat yang lebih baik.

Dalam konteks corak kanak-kanak dalaman, apabila kita berkata kepada diri sendiri - "Saya harus/mesti" - ia menjadi satu set *peraturan yang tidak fleksibel* tentang cara kita dan bagaimana orang lain *harus* bertindak. Peraturan adalah betul, tetap, tegar, dan tidak boleh dipertikaikan. Sebarang penyelewengan daripada perkara ini adalah *buruk/salah* . Akibatnya, kita sering berada dalam kedudukan menilai dan mencari kesalahan. Pernyataan "Sepatutnya" adalah cara yang merugikan diri kita bercakap dengan diri kita sendiri yang menekankan standard yang tidak boleh dicapai. Kemudian, apabila kita kekurangan idea kita, kita gagal di mata kita sendiri.

Kami cuba memotivasikan diri dengan mengatakan perkara seperti, "Saya patut buat ini", atau "Saya mesti buat itu"... Tetapi kenyataan sedemikian boleh menyebabkan kita berasa tertekan dan marah. Secara paradoks, kita akhirnya berasa apatis dan tidak bermotivasi. Albert Ellis memanggilnya "musturbasi"

Apabila kita mengarahkan kenyataan "sepatutnya" kepada orang lain, kita akhirnya kecewa. Pernyataan "Sepatutnya" menjana banyak pergolakan yang tidak perlu dalam kehidupan seharian.

Evolusi negeri ini

1. Anak yang baru lahir ibarat papan putih. Ia tidak mempunyai masa lalu, tiada kenangan baik atau buruk, tiada penghakiman tentang kehidupan.

2. Ibu bapa mula mengisi papan putih dengan banyak "harus", mungkin dengan niat yang baik.

3. Secara langsung atau tidak langsung, ibu bapa mula memberi ganjaran dan menghukum, memberikan penilaian, penilaian dan kepentingan kepada kanak-kanak tentang apa itu kehidupan, sepatutnya, boleh jadi, atau apa maknanya.

4. Kanak-kanak menjadi bacaan di papan putih. Oleh itu, pemerhati [anak], menjadi pengeluar corak kehidupannya.

5. Corak ini berulang lagi dan lagi dan lagi, sehingga kanak-kanak menjadi corak tersebut.

'Umur Regresi' 'Dahulu!' 'Lalu Tidak Sempurna'

"Hidup hanya boleh difahami ke belakang, tetapi ia mesti dilalui ke hadapan."

"Siapa yang mengawal masa lalu mengawal masa depan. Siapa yang mengawal masa kini mengawal masa lalu."

Regresi umur berlaku apabila mental kita berundur ke usia yang lebih awal. Kita nampaknya kembali pada titik tertentu dalam hidup kita dan mungkin menunjukkan tingkah laku kebudak-budakan juga. Ia mungkin merupakan mekanisme mengatasi bagi sesetengah orang untuk membantu mereka berehat dan menghilangkan tekanan. Regresi boleh disebabkan oleh tekanan, kekecewaan, atau peristiwa traumatik. Regresi pada orang dewasa boleh timbul pada sebarang umur; ia memerlukan berundur ke peringkat perkembangan yang lebih awal dari segi emosi, sosial atau tingkah laku. Rasa tidak selamat, ketakutan, dan kemarahan boleh menyebabkan orang dewasa mundur.

Regresi umur adalah corak yang paling banyak dialami. Ia berkaitan dengan pengalaman beku masa, yang kanak-kanak itu tidak selesa dan tidak tahu bagaimana untuk mengatasinya. Jadi, kanak-kanak itu menentang pengalaman itu→ teringat pengalaman→ menyepadukan pengalaman, sekali gus mewujudkan corak dalaman kanak-kanak berundur umur.

Pengalaman "terperangkap" dalam titik lampau dalam sejarah peribadi seseorang ini adalah keterbatasan dalaman kanak-kanak, bukan masa dewasa masa kini. Sebagai orang dewasa, kita merasakan, bercakap atau bertindak balas dalam corak yang sama seperti yang akan dirasakan, bercakap atau bertindak balas oleh kanak-kanak yang terperangkap usia. Dan "kita dewasa" tidak akan memahaminya. Melihat hubungan masa kini kita melalui lensa anak batin mengehadkan pandangan, emosi dan keputusan kita.

Anak dalaman menyimpan ingatan kejadian, pengalaman buruk, trauma. Ingatan ini juga menyimpan kesakitan, perasaan. Apabila ada yang menyerupai corak ini, corak regresi umur mengambil alih, anak dalaman mengambil alih dan menghasilkan semula ingatan dan perasaan yang tidak mempunyai kaitan dengan realiti masa kini.

Secara ringkasnya, regresi ialah satu corak apabila orang dewasa itu secara mental berbalik atau mundur ke usia yang lebih muda daripada usia biologi mereka sekarang.

Ia kebanyakannya secara tidak sengaja digunakan sebagai mekanisme mengatasi bagi mereka yang telah menghadapi trauma, dan mungkin atau tidak dicetuskan secara sengaja. Dalam keadaan sekarang, mereka sentiasa "terperangkap pada masa lalu".

Ramai di antara kita merujuk kepada diri zaman kanak-kanak kita yang mundur sebagai "saya kecil", dan diri biasa kita sebagai "Saya Besar". Tiada lakonan atau pura-pura terlibat semasa regresi. Semua orang mundur. Ia hanya bergantung kepada keamatan regresi. Anak batin kita mencari ruang yang selamat untuk berasa selamat dan gembira. "Ruang kecil" ialah ruang selamat untuk pengundur usia dan biasanya tempat yang dituju oleh diri kecil mereka apabila mereka perlu berasa dilindungi semasa mundur. Ruang kecil berbeza untuk individu. Ramai yang dihias mesra dengan mainan bayi, katil bayi, lampu malam dan selimut lembut untuk keselesaan terbaik.

Satu bentuk regresi boleh dilihat pada seorang profesor yang tertekan yang beralih kepada menghisap dan mengunyah pen mereka (tingkah laku seperti bayi) untuk mengatasi tekanan, atau seorang remaja kolej beralih kepada beruang yang dipeluk apabila kecewa.

Regresi umur menerangkan proses yang dilalui oleh orang dewasa semasa dia menjadi anak dalaman. Perhubungan tidak boleh berfungsi jika orang dewasa tidak berada pada masa sekarang. Tingkah laku itu kelihatan seperti sekarang, sedangkan sebenarnya, seseorang itu bertindak seolah-olah dia seorang kanak-kanak atau remaja dalam keluarganya.

Regresi umur adalah corak di mana orang dewasa bergerak dari masa kini kepada kanak-kanak dalaman beku yang berinteraksi dengan orang dewasa pada masa lalu.

Kajian kes

Nita adalah seorang gadis muda yang cantik. Dia didera secara seksual oleh Guru Tuisyennya. Peristiwa ini berlaku pada tahun 1990-an. Ini terlalu traumatik untuk Nita. Dia tidak dapat memahami apa yang berlaku kepadanya. Pada saat trauma emosi, Nita terkaku. Memori yang menyakitkan itu tersemat. Sebahagian daripada Nita secara tidak sedar memutuskan - "Lelaki tidak boleh dipercayai, atau ini akan berlaku lagi."

Nita kini sudah dewasa. Dia berumur awal empat puluhan.

Nita mempunyai anak batin yang sangat terluka yang tidak mempercayai lelaki. Apabila dia bertemu lelaki dalam kedudukan, dan itu juga dikenali sebagai lelaki berkuasa, anak batinnya muncul.

Nita kini telah memindahkan pengalaman lalunya kepada hubungan baharu dengan bos lelakinya. Nita seorang yang bijak, berorientasikan kerja dan bekerja keras. Tetapi corak anak batinnya menyukarkan untuk menyesuaikan diri dengan pekerjaannya.

Kita masuk ke dalam corak persepsi-tingkah laku, tanpa mengetahui sebabnya. *Ini adalah corak regresi umur*.

Kajian kes

Alisha suka duduk di pangkuan Papa, "berbuat comel" dengan Papa supaya Papa mendapat anak patung kegemarannya. Alisha, kini dewasa muda, berkelakuan sama dengan teman lelakinya untuk mendapatkan bantuan yang serupa. Ini adalah corak dalaman kanak-kanak yang sama yang mengubah Alisha yang matang menjadi Alisha comel berundur usia yang lebih muda supaya dia dapat memenuhi hasratnya.

"Memang comel," telah menjadi corak untuk Alisha. Ia berkesan untuknya. Jadi, ia menjadi sebahagian daripadanya. Ia berfungsi sebagai mekanisme kelangsungan hidup. Untuk bertahan dalam persekitaran zaman kanak-kanak, dia telah membangunkan satu pengalaman, yang dipanggil "menjadi comel." Ia berfungsi dalam situasi itu, dan episod tertentu dalam persekitaran dewasa masa kini mencetuskan kanak-kanak di dalam untuk menghipnotis orang dewasa pada masa sekarang.

Menurut Sigmund Freud, regresi adalah mekanisme pertahanan tidak sedarkan diri, yang menyebabkan pengembalian sementara atau jangka panjang ego ke peringkat perkembangan yang lebih awal (bukannya mengendalikan impuls yang tidak boleh diterima dengan cara yang lebih dewasa). Regresi adalah tipikal dalam zaman kanak-kanak biasa, dan ia boleh disebabkan oleh tekanan, kekecewaan, atau peristiwa traumatik. Regresi pada orang dewasa boleh timbul pada sebarang umur; ia memerlukan berundur ke peringkat perkembangan yang lebih awal (dari segi emosi, sosial atau tingkah laku). Pada dasarnya, individu kembali ke tahap perkembangan mereka apabila mereka berasa lebih selamat dan apabila tekanan tidak wujud, atau apabila ibu bapa yang berkuasa atau orang dewasa lain akan menyelamatkan mereka.

Tingkah Lazim Regresif

Menangis/Merengek Menjadi bisu

Terlibat dalam ceramah bayi yang tenang

Bermain bodoh

Menghisap objek atau bahagian badan

Memerlukan objek keselesaan seperti boneka binatang.

Menjadi agresif secara fizikal (cth, memukul, mencakar, menggigit, menendang)

Mempunyai sifat pemarah

'Futurizing'

'Kembali ke masa depan!'

'Terlalu merancang – Berlengah-lengah – Berkhayal – Malapetaka'
"Hidup adalah apa yang berlaku kepada kita, semasa kita sibuk membuat rancangan lain." "Rahsia kesihatan untuk kedua-dua minda dan badan bukanlah untuk meratapi masa lalu, atau bimbang tentang masa depan, tetapi hidupkan masa sekarang dengan bijak dan bersungguh-sungguh."

"Kadang-kadang, saya merasakan masa lalu dan masa depan menekan dengan sangat kuat di kedua-dua belah pihak sehingga tiada ruang untuk masa kini sama sekali."

Futurizing ialah mempunyai pandangan yang tidak realistik, kebanyakannya negatif tentang masa depan. Ia adalah kecenderungan untuk mengharapkan hasil yang dibesar-besarkan. Dalam erti kata lain, pemikiran kita yang salah menjadikan keadaan menjadi lebih buruk daripada yang sebenarnya.

Futurizing mungkin hanya merancang, membayangkan malapetaka pada masa hadapan, atau membayangkan hasil yang menggembirakan pada masa hadapan.

Ia adalah kesilapan berfikir, dan ia sangat biasa. Ia adalah corak pemikiran yang salah di mana apa yang kita fikirkan tidak sepadan dengan realiti. Fikiran kita terpesong. Dan dengan kesilapan berfikir, herotan hampir selalu negatif. Dengan kata lain, pemikiran kita yang salah menjadikan keadaan menjadi lebih buruk daripada yang sebenarnya.

Kita semua melakukan ini. Kami terlalu generalisasi dan melihat satu peristiwa negatif sebagai corak kekalahan yang tidak berkesudahan. Atau kita membesarkan kepentingan peristiwa tertentu dan berfikir, secara tidak betul, bahawa kita akan ditakdirkan selama-lamanya jika ia tidak berjalan dengan baik.

Kebimbangan yang berlebihan tentang masa depan yang tidak diketahui membuatkan kita cemas, dan kebimbangan kita menghalang keupayaan kita untuk menyelesaikan masalah. Ia menjadikan kita lebih menilai dan kritis serta menggalakkan pemikiran malapetaka dan melampau. Kami berhenti berfikir dengan jelas. Dan daripada menumpukan pada perkara di sini dan sekarang dan melakukan perkara yang betul seterusnya, kami memberi tumpuan kepada masa depan yang gelap dan jauh yang kami rasa tidak berdaya untuk berubah.

Walaupun ia adalah "anak batin yang cemas" bercakap dalam situasi ini, bahayanya ialah kita mula mempercayai kebimbangan kita dan bertindak balas terhadapnya seolah-olah masa depan yang tegang telah menjadi kenyataan. Melakukannya hanya menyukarkan untuk menangani masalah sebenar.

Kajian kes

Martha adalah seorang ibu, yang telah membesar dengan harga diri yang rendah. Dia bimbang anaknya akan membesar dan mempunyai rasa rendah diri juga. Oleh itu, anak batin yang cemas dan tegang dalam diri Martha mula terlalu memuji dan menyayangi anaknya dengan harapan anaknya akan berasa selesa dengan dirinya. Walaupun niat terbaik Marta, anaknya membesar bergantung pada pujian dan perhatian yang berterusan daripada orang lain dan, akibatnya, harga dirinya tidak berkembang.

Malangnya, inilah yang cuba dihalang oleh Martha. Kerana terlalu bimbang tentang harga diri anak perempuannya, dia memburukkan lagi masalah itu. Jika dia memberi tumpuan kepada masa kini, dia akan kurang cemas dan lebih mampu melihat anaknya secara objektif. Dia akan lebih memahami keperluan anak perempuannya.

Kebimbangan ialah perasaan bimbang, gementar, atau tidak selesa tentang sesuatu dengan hasil yang tidak pasti. Ringkasnya, kebimbangan adalah ketakutan terhadap masa depan, masa depan yang dibayangkan atau hasil. Dianggarkan 284 juta orang di seluruh dunia mengalami gangguan kecemasan pada 2017, menjadikannya gangguan kesihatan mental yang paling lazim di seluruh dunia.

Aspek yang paling pelik dalam membuat masa hadapan ialah kita merasakan keperitan situasi yang dibayangkan *sekarang,* walaupun ia adalah imaginasi masa depan yang dahsyat.

Terlalu Merancang

"Semakin banyak kita merancang, semakin kita terikat dengan rancangan kita.

Dan apabila kita menjadi terlalu terikat dengan rancangan itu, kita menjadi tidak fleksibel."

Dan kemudian kita cenderung menjadi kecewa dan berputus asa apabila rancangan itu tidak berjalan seperti yang kita bayangkan.

Kami berpendapat bahawa lebih banyak masa kita meluangkan perancangan dan lebih bersedia kita, lebih berjaya kita. Terdapat satu kecacatan maut dalam garis pemikiran ini.

Perancangan yang berlebihan sebenarnya tidak membawa kepada

tindakan.

Terdapat satu titik dalam peringkat perancangan di mana apa yang kita lakukan tidak lagi produktif.

Perancangan yang berlebihan menjadikan kita tidak fleksibel.

Perancangan yang berlebihan membawa kepada terlalu berfikir, yang membawa kepada kebimbangan. Perancangan yang berlebihan menyebabkan kita taksub tentang sesuatu.

Apabila semua perhatian kita terus ke dalam perancangan, impian itu sendiri diabaikan. Ini memulakan kitaran ganas di mana terlalu banyak berfikir dan merancang menjadikan kita tidak berdaya, menjadi hamba kepada badan yang sibuk dan minda yang sentiasa aktif. Tenaga pergi ke mana perhatian mengalir. Jika kita terlalu merancang sehingga keletihan mental dan fizikal, kita mengundang tenaga negatif ke dalam hidup kita.

Ia menjadi tabiat buruk yang membawa kepada multitasking dan kehilangan tumpuan. Hanya kerana kita merancang, merancang lagi, terus merancang, kemudian merancang di atas perancangan tidak bermakna kita melakukan kerja sebenar yang dituntut oleh impian.

Tanda Amaran Kita Mungkin Terlalu Merancang

1. Kami panik dengan situasi yang tidak dijangka.

2. Kita takut dengan perubahan.

3. Kami taksub dengan butiran kecil.

4. Kami mula meninggalkan projek di tengah-tengah atau bahkan sebelum ia bermula.

5. Kita hidup pada masa hadapan.

Terlalu Mewajarkan

Untuk mewajarkan adalah untuk memberikan penjelasan atau rasional untuk sesuatu untuk menjadikannya kelihatan baik atau untuk membuktikan ia betul. Ini merancang perbualan, penjelasan atau justifikasi untuk masa depan dengan orang ramai.

Kajian kes

Karan adalah seorang budak lelaki berusia 8 tahun . Dia merasakan dia telah melakukan sesuatu yang salah [seperti diam-diam mengambil wang dari dompet ayah atau bergaduh di sekolah]. Karan berasa takut apabila bapanya mengetahui perkara itu, dia akan dihukum dan dimarahi. Pernah sekali, tadi, dia dimarahi kerana tidak menurut. Jadi, Karan merancang naratif justifikasi untuk masa depan. Dia, dalam fikiran kecilnya sendiri, berfikir dan mempraktikkan hujah menyokong dan menentang. Karan juga membayangkan masa depan malapetaka yang mengerikan daripada hukuman berat yang dijangka daripada ibu bapa. Ini menjadikan corak anak dalam yang mewajarkannya lebih kuat.

Kemudian, dalam kehidupan dewasa, Karan mengembangkan corak membenarkan tindakannya dalam jangkaan, walaupun tidak ada yang memintanya. Dia akan mula memberi penjelasan panjang tentang perbuatan dan tindakannya. Ini adalah masa depan yang dibayangkan; kanak-kanak di dalam mempunyai corak pembenar, terus menerus menerangkan dan mewajarkan tindakan, reaksi, emosi.

Bertangguh-tangguh

"Anda boleh menangguhkan, tetapi masa tidak akan."

"Anda tidak boleh lari daripada tanggungjawab hari esok dengan mengelaknya hari ini."

Berlengah-lengah ialah mengelak daripada melakukan sesuatu tugasan yang perlu diselesaikan pada tarikh akhir tertentu. Ia adalah corak yang menghalang kita daripada mengikuti apa yang telah kita lakukan. Ia adalah kelewatan yang lazim atau disengajakan untuk memulakan atau menyelesaikan tugas walaupun mengetahui ia mungkin mempunyai akibat negatif. Ia adalah corak dalaman kanak-kanak dengan kesan menghalang produktiviti.

• Apabila kita perlu menyelesaikan sesuatu, kita membuat keputusan dan membuat keputusan untuk melakukannya.

• Kami kemudian menerima sokongan daripada motivasi kami, yang membantu kami menyelesaikan sesuatu dengan segera.

• Dalam sesetengah kes, kita mengalami faktor penyahmotivasian tertentu, seperti kebimbangan atau ketakutan kegagalan, yang mempunyai kesan yang bertentangan dengan motivasi kita.

• Di samping itu, kita kadangkala mengalami faktor penghalang tertentu, seperti keletihan atau ganjaran yang jauh di masa hadapan, yang mengganggu kawalan diri dan motivasi kita.

- Apabila faktor penyahmotivasi dan penghalang melebihi motivasi kita, kita akhirnya berlengah-lengah, sama ada selama-lamanya, atau sehingga kita mencapai satu masa apabila keseimbangan di antara mereka beralih kepada kita.

Apabila ia datang kepada sebab tertentu mengapa orang berlengah-lengah, dari segi faktor penyahmotivasi dan penghalang, berikut adalah antara yang paling biasa:

- Matlamat abstrak.
- Ganjaran yang jauh di masa hadapan.
- Putus hubungan dari diri masa depan kita.
- Rasa terharu.
- Kebimbangan.
- Keengganan tugas.
- Perfeksionisme.
- Takut penilaian atau maklum balas negatif.
- Takut gagal.
- Kurang kawalan yang dirasakan.
- Kekurangan motivasi.
- Kurang tenaga. Orang yang suka berlengah biasanya berkata:

1. "Saya bekerja dengan baik di bawah tekanan."
2. "Saya sangat malas sekarang."
3. "Saya sangat sibuk."
4. "Saya bosan dengannya."

Dengan kata mudah, berlengah-lengah adalah -

Saya akan melakukannya satu hari nanti

Saya akan melakukannya suatu hari nanti

Berfantasi

Berkhayal adalah berkhayal tentang sesuatu yang diingini.

Berfantasi ialah membayangkan realiti alternatif yang kita *tidak mempunyai rancangan untuk menciptanya*.

Angan-angan memisahkan kerana ia menjadikan kita seorang yang bukan diri kita.

Kanak-kanak mencipta dunia dongeng khayalan, membayangkan hasil yang menyenangkan pada masa hadapan. Ini adalah mekanisme kelangsungan hidup, di mana kanak-kanak melindungi diri daripada situasi yang menyusahkan dan menyeksakan dalam persekitaran.

Seorang kanak-kanak mungkin membayangkan memiliki kualiti atau bakat istimewa, terbang sebagai contoh. Kanak-kanak itu 'terbang' ke dunia khayalan, sebaik sahaja menghadapi trauma di dunia nyata. Orang dewasa sekarang, dengan kanak-kanak dalaman yang berkhayal, kini terus membayangkan masa depan ideal yang tidak realistik. Ini mengakibatkan jangkaan yang tinggi dan hubungan yang gagal.

Personaliti rawan fantasi (FPP) ialah jenis personaliti di mana seseorang mengalami penglibatan yang meluas dan mendalam sepanjang hayat dalam fantasi. Ia adalah satu bentuk "imaginasi yang terlalu aktif" atau "hidup dalam dunia mimpi". Individu yang mempunyai sifat ini sukar membezakan antara fantasi dan realiti.

Orang yang cenderung kepada fantasi dilaporkan menghabiskan sehingga separuh atau lebih masa mereka untuk berkhayal atau berkhayal, dan selalunya akan mengelirukan atau mencampurkan fantasi mereka dengan kenangan sebenar mereka.

'Paracosm' ialah dunia fantasi yang sangat terperinci dan tersusun yang sering dicipta oleh fantasi yang melampau atau kompulsif.

Wilson dan Barber menyenaraikan banyak ciri dalam kajian mereka:

- mempunyai kawan khayalan pada zaman kanak-kanak.
- sering berkhayal semasa kecil.
- mempunyai identiti fantasi sebenar.
- mengalami sensasi yang dibayangkan sebagai nyata.
- mempunyai persepsi deria yang jelas.

Dalam setiap corak masa hadapan, orang dewasa beralih daripada realiti masa kini, kepada anak dalaman yang memindahkan masa lalu ke masa depan.

Seorang kanak-kanak dalam keadaan tertekan sering berasa keliru, terharu, atau huru-hara. Dalam kekacauan itu, kanak-kanak mencipta fantasi yang membantu meleraikan perasaan huru-hara. Anak batin dalam orang dewasa menganggap fantasi sebagai realiti. Tetapi apa yang bekerja pada usia enam tahun, mungkin tidak berfungsi pada usia 36 tahun.

"Dia yang menunggu pai jatuh dari langit tidak akan pernah naik sangat tinggi." Berfantasi, jika tidak disusuli dengan usaha untuk mencapai perkara yang sama, biasanya gagal. Ini berlaku kerana anak batin hanya berkhayal, tetapi tidak pernah belajar bekerja keras untuk mengubahnya menjadi realiti.

Kajian kes

Jackie sentiasa mempunyai isu - "Saya berhak mendapat lebih banyak lagi. Tetapi saya tidak pernah dapat apa yang saya mahukan." Jackie akan sentiasa berkhayal untuk menjadi yang terbaik dalam kelas. Kemudian dia akan membayangkan dirinya menjadi yang terbaik di tempat kerja dan diberi ganjaran sewajarnya untuk perkara yang sama. Tetapi dia akan menghabiskan lebih banyak masa untuk berkhayal, daripada meletakkan nilai dalam kerjanya. Jadi, Jackie yang pada mulanya berada dalam corak fantasi kini mempunyai satu lagi corak malapetaka - saya tidak akan dapat apa yang saya mahu, jadi mengapa melakukannya.

Bukan sahaja *sekarang* bencana tetapi masa depan juga dibayangkan sebagai malapetaka.

Pada masa ini, orang dewasa mempunyai banyak sumber yang tersedia. Ia adalah anak dalaman, yang tidak menyedari kepentingan sumber. Kesakitan masa lalu tetap hidup sebagai pengalaman pada masa kini, dan sebagai masa depan yang diunjurkan.

Malapetaka

Malapetaka adalah untuk melihat keadaan sekarang sebagai jauh lebih buruk daripada yang sebenarnya.

Malapetaka adalah pemikiran yang tidak rasional yang kebanyakan kita miliki, dalam mempercayainya. Ia biasanya boleh mengambil dua bentuk berbeza: membuat malapetaka daripada situasi semasa dan membayangkan membuat malapetaka daripada situasi masa depan.

Fikiran sebegitu selalunya bermula dengan perkataan *bagaimana jika* . *Bagaimana jika saya gagal dalam peperiksaan?*

Bagaimana jika saya lupa segala-galanya?

Bagaimana jika ayah saya tidak berpuas hati dengan prestasi saya? Bagaimana jika teman wanita saya menolak saya jika saya melamarnya?

Bagaimana jika saya kehilangan pekerjaan saya?

• Seseorang mungkin bimbang bahawa mereka akan gagal dalam peperiksaan. Dari situ, mereka mungkin menganggap bahawa gagal dalam peperiksaan bermakna mereka adalah pelajar yang tidak baik dan tidak boleh lulus, mendapat ijazah atau mencari pekerjaan. Mereka mungkin membuat kesimpulan bahawa ini bermakna mereka tidak akan stabil dari segi kewangan.

• Jika seseorang yang terdedah kepada bencana membuat kesilapan di tempat kerja, mereka mungkin percaya mereka akan dipecat. Dan jika mereka dipecat, mereka akan kehilangan rumah mereka. Dan jika mereka kehilangan rumah mereka, apa yang akan berlaku kepada anak-anak mereka – dan seterusnya.

• "Jika saya tidak pulih dengan cepat daripada prosedur ini, saya tidak akan sembuh, dan saya akan hilang upaya sepanjang hidup saya."

• "Jika pasangan saya meninggalkan saya, saya tidak akan mencari orang lain, dan saya tidak akan bahagia lagi."

Masalah yang kita hadapi mungkin, sebenarnya, adalah kemalangan kecil yang tidak penting. Walau bagaimanapun, kerana kita terjerumus dalam tabiat bencana, kita sentiasa membuat masalah lebih besar daripada kehidupan, yang sudah tentu menjadikannya sangat sukar untuk diatasi.

Catastrophizing mempunyai dua bahagian:

• Meramalkan hasil negatif.

• Melompat kepada kesimpulan bahawa jika hasil negatif berlaku, ia akan menjadi malapetaka.

Walaupun terdapat beberapa kemungkinan punca dan penyumbang kepada malapetaka, kebanyakannya termasuk dalam satu daripada tiga kategori.

1. **Kekaburan** – menjadi kabur boleh membuka seseorang kepada pemikiran malapetaka.

Contohnya ialah menerima mesej teks daripada rakan yang berbunyi, "*Kita perlu bercakap*." Mesej yang samar-samar ini boleh menjadi sesuatu yang positif atau negatif, tetapi kita tidak dapat mengetahui yang mana antara ini hanya dengan maklumat yang kita ada. Jadi, kita mula membayangkan yang paling teruk.

2. **Nilai** – Perhubungan dan situasi yang kita pegang dengan nilai tinggi boleh mengakibatkan kecenderungan untuk malapetaka. Apabila sesuatu sangat penting, konsep kehilangan atau kesukaran boleh menjadi lebih sukar untuk ditangani.

Contohnya adalah memohon pekerjaan. Kita mungkin mula membayangkan kekecewaan, kebimbangan, dan kemurungan yang besar yang akan kita alami jika kita tidak mendapat pekerjaan itu.

3. **Ketakutan** - terutamanya ketakutan yang tidak rasional, memainkan peranan besar dalam malapetaka. Jika kita takut untuk pergi ke doktor, kita akan mula memikirkan semua perkara buruk yang doktor boleh beritahu kita, walaupun kita hanya pergi untuk pemeriksaan.

Malapetaka berlaku apabila kita memproyeksikan diri kita ke masa depan dan membayangkan hasil yang paling teruk. *Kebimbangan membayangkan hasil bencana dan mengalami kesusahan sekarang*.

Corak persepsi-tingkah laku ini terbentuk apabila kanak-kanak mengalami trauma. Kanak-kanak mula percaya bahawa ini adalah realiti kehidupan yang keras dan ia akan sentiasa seperti ini.

Pada orang dewasa kita, kanak-kanak dalaman yang cemas terus muncul, memusnahkan hasilnya, dan sangat percaya ia adalah nyata. Akibatnya adalah kesakitan dan kepedihan pada masa sekarang. Di sini, malapetaka masa lalu diunjurkan ke masa hadapan. Corak pemikiran ini boleh merosakkan kerana kebimbangan yang tidak perlu dan berterusan boleh membawa kepada peningkatan kebimbangan dan kemurungan.

Penyimpangan Fikir

'Kekeliruan' 'Adakah Saya atau Adakah Saya Tidak?' 'Keragu-raguan'

"Kekeliruan adalah perkataan yang kami cipta untuk pesanan yang belum difahami."

"Hidup adalah seperti soalan aneka pilihan, kadang-kadang pilihan mengelirukan anda, bukan soalan."

Kekeliruan ialah ketidakupayaan untuk berfikir atau menaakul secara fokus dan jelas. Ia adalah keadaan bingung atau tidak jelas dalam fikiran seseorang tentang sesuatu. Ia adalah kehilangan orientasi, atau keupayaan untuk menempatkan diri dengan betul di dunia mengikut masa, lokasi, dan identiti peribadi.

Ia berasal daripada perkataan Latin ' *confusio*' daripada kata kerja ' *conundere*', yang bermaksud 'bergaul bersama'.

Kajian kes

Mary adalah seorang gadis yang sederhana. Seperti semua kanak-kanak sederhana lain, dia tidak faham apa yang betul atau salah, baik atau buruk, positif atau negatif. Ibu bapanya adalah dunia baginya. Di satu pihak, ibu bapanya akan mendakwa bahawa berbohong adalah salah dan seseorang itu harus sentiasa mengikuti jalan kebenaran. Tetapi kemudian, dia memerhatikan bahawa selalunya, mereka akan menggunakan kepalsuan, sama ada untuk mengelakkan sesuatu atau seperti yang ibu bapanya rasionalkan - ia diperlukan.

Kajian kes

Mohan dibesarkan dalam persekitaran di mana bapanya sentiasa mendakwa bahawa kerajaan korup dan akan menyaksikan perbualan panjang bapanya dengan rakan-rakannya. Tetapi, apabila merasuah polis trafik, bapanya tidak akan berfikir dua kali.

Kebanyakan daripada kita, apabila kita membesar, telah menjadi saksi kepada dualiti ibu bapa dalam percakapan dan tindakan, mereka akan berkata sesuatu dan melakukan sesuatu. Apabila dihadapkan dengan gesaan akan menjadi balasan - Anda terlalu muda untuk memahami perkara ini. Tetapi apabila ia datang kepada perkara yang berbeza, kami akan dimarahi - Anda sudah besar sekarang, ini tidak dijangka daripada anda. Jadi, kami sama-sama muda dan tua mengikut keselesaan ibu bapa kami.

Kanak-kanak dalaman mengembangkan corak kekeliruan apabila terdapat perkataan dan tindakan yang bercanggah, sesuatu yang sukar difahami oleh kanak-kanak dan disepadukan ke dalam dirinya yang sedar. Ia juga berlaku apabila kita berhadapan dengan peristiwa, situasi, atau emosi yang tidak dapat dialami sepenuhnya. Kanak-kanak itu tidak tahu bagaimana untuk bertindak balas terhadap situasi atau emosi. Situasi itu tidak masuk akal kepada kanak-kanak itu dan "corak dalaman kanak-kanak yang keliru" berkembang. Dalam kehidupan kemudian, orang dewasa secara automatik kelihatan sentiasa keliru. Orang dewasa mendapati sukar untuk membuat keputusan mengenai kerja, di rumah, dalam hubungan.

Ia adalah proses yang sesuai, mengikut peraturan ibu bapa atau norma masyarakat yang mengelirukan. Ia seperti meninggalkan siapa kita sebenarnya untuk menjadi apa yang bukan kita. Oleh itu kenyataan – *Sebahagian daripada saya sepatutnya melakukan ini, tetapi sebahagian daripada saya tidak mahu melakukannya* . Inilah sebab utama di sebalik banyak 'sakit kepala berpecah' atau migrain.

Keragu-raguan

"Risiko keputusan yang salah adalah lebih baik daripada ketakutan ketidakpastian."

Keragu-raguan adalah keadaan tidak dapat membuat pilihan, goyah antara dua atau lebih tindakan yang mungkin.

Kajian kes

Albert sentiasa di bawah tekanan yang hebat daripada ibu bapanya untuk cemerlang dalam grednya. Mereka tahu bahawa dia dulu suka bermain dengan mainan berjentera. Jadi, mereka membayangkan masa depan dalam robotik. Tanpa disedari mereka menghantar dan memindahkan 'tekanan' ini kepada Albert yang ingin menjadi seorang pemuzik. Ini meletakkan Albert dalam keadaan anak batin yang keliru di mana dia tidak boleh memutuskan antara apa yang dia suka lakukan dan apa yang dia pandai lakukan dan apa yang dia suka.

ibu bapa yang soleh fikir yang terbaik untuk dia lakukan. Dia mendarat memilih laluan kerjaya yang salah dan kehidupan yang tertekan.

Harapan ibu bapa mungkin dianggap sukar, mustahil, salah, menggembirakan, dan tidak selari dengan apa yang diingini oleh anak. Harapan ibu bapa sedemikian, yang tidak dapat dipenuhi oleh kanak-kanak, menimbulkan perasaan kekeliruan. Corak dalaman anak yang keliru akan diaktifkan dan digeneralisasikan dalam semua bidang kehidupan mereka. Mereka tidak mampu membuat keputusan sendiri. Ini mewujudkan perasaan - saya seorang yang gagal. Saya tidak pernah dapat memenuhi jangkaan sesiapa. Walaupun mahir dan mempunyai banyak potensi, mereka menonjolkan diri mereka dan berprestasi rendah. Perasaan dihakimi atau ketidakcekapan atau ketidakcukupan akibatnya.

'Terlalu Umum' 'Tidak Selalu'
'Benar untuk sebahagian mungkin tidak benar untuk keseluruhan!'

"Sentiasa dan tidak pernah adalah dua perkataan

anda harus sentiasa ingat untuk tidak menggunakan."

Penggeneralisasian yang berlebihan ialah corak penyimpangan pemikiran di mana kita cenderung untuk membuat generalisasi yang luas yang berdasarkan satu peristiwa dan bukti yang minimum. Lebih khusus lagi, ia adalah kecenderungan untuk menggunakan pengalaman masa lalu kita sebagai titik rujukan untuk membuat andaian tentang keadaan sekarang atau masa depan. Dalam erti kata lain, kita pada dasarnya menggunakan peristiwa masa lalu untuk meramalkan masa depan.

Ia adalah tindakan membuat kesimpulan yang terlalu luas kerana ia melebihi apa yang boleh disimpulkan secara logik daripada maklumat yang ada. Penggeneralisasian yang berlebihan kerap memberi kesan kepada orang yang mengalami kemurungan atau gangguan kecemasan. Ia adalah cara berfikir di mana kita menggunakan satu pengalaman untuk semua pengalaman, termasuk pengalaman pada masa hadapan.

Dalam corak generalisasi yang berlebihan ini, kami melihat sebarang pengalaman negatif yang berlaku sebagai sebahagian daripada corak kesilapan yang tidak dapat dielakkan. Dengan kebimbangan sosial, boleh memberi kesan kepada kehidupan dan menghalang rutin harian kita. Pengumuman yang berlebihan boleh memburukkan pemikiran kita, membuatkan kita berasa bahawa semua orang tidak menyukai kita dan kita tidak boleh melakukan apa-apa dengan betul.

Penggeneralisasian yang mengehadkan diri adalah apabila kita menahan diri daripada memenuhi potensi kita. Ini adalah pemikiran biasa seperti "Saya tidak cukup baik" atau "Saya tidak boleh berbuat demikian." Ini menghalang kita daripada mengambil langkah seterusnya, memudaratkan kerjaya dan kehidupan sosial kita. Generalisasi yang berlebihan boleh menjadi gejala kebimbangan sosial yang melemahkan. Mereka mengehadkan cara kita berinteraksi dengan orang lain dan boleh menghalang kita daripada mencapai apa yang kita mahu lakukan dalam hidup kita.

Orang yang terlalu generalisasi, menggunakan perkataan seperti "selalu" dan "setiap" semasa menilai peristiwa walaupun perkataan ini mungkin tidak tepat sepenuhnya. Overgeneralizing boleh difahami dalam bahasa yang kita gunakan apabila kita bercakap tentang provokasi. Kami menggunakan perkataan seperti "selalu", "tidak pernah", "semua orang" dan "tiada sesiapa". Pemikiran dan bahasa jenis ini penting kerana apabila kita mengatakan sesuatu selalu berlaku kepada kita, kita mula bertindak balas kepada corak peristiwa dan bukannya satu peristiwa yang baru berlaku.

Orang yang terlalu generalisasi cenderung untuk menjadi lebih marah daripada orang lain, mereka meluahkan kemarahan itu dengan cara yang kurang sihat, dan mereka mengalami akibat yang lebih besar akibat kemarahan mereka.

Sebagai contoh, jika saya pernah memberikan ucapan yang kurang baik, saya akan mula berkata kepada diri sendiri, saya selalu mengacaukan ucapan. Satu usaha yang gagal pada permulaannya terlalu umum - saya tidak akan dapat melakukannya.

'Apa yang benar untuk sebahagian, adalah benar untuk keseluruhan' tidak selalunya benar. Kami membuat kesimpulan umum yang luas berdasarkan satu kejadian. Satu penolakan oleh ahli yang berlainan jantina digeneralisasikan - saya tidak cukup baik atau saya tidak disayangi. Bahasa ungkapan berubah dari kadang-kadang kepada selalu atau tidak pernah; ada yang menjadi semua atau tiada dan seseorang menjadi semua orang atau tiada siapa.

'Fasad' 'Kekeliruan menipu'
'Semua yang bergemerlapan bukanlah emas!'

Fasad adalah penampilan luaran yang menipu. Fasad adalah sejenis orang hadapan yang diletakkan secara emosi. Jika kita marah tetapi berlagak gembira, kita memasang muka depan. Seseorang yang memakai fasad pasti memakainya depan: wajah yang mereka tunjukkan kepada dunia tidak sepadan dengan perasaan mereka.

Kekeliruan kadang-kadang boleh menjadi fasad yang dicipta oleh anak dalaman dalam persekitaran. Ini adalah corak perlindungan dan pertahanan yang memastikan kelangsungan hidup dalam situasi yang bermusuhan. Kanak-kanak dalaman belajar bagaimana untuk mengakali persekitaran dengan mewujudkan kekeliruan. Kanak-kanak belajar bahawa dengan menggunakan perkataan tertentu atau menjadi cara tertentu, orang dewasa tetap bingung. *Ini membantu kanak-kanak berasa kuat apabila mereka berasa tidak berdaya* . Kanak-kanak itu sebenarnya berasa tidak berdaya, terharu, dan keliru dan, dalam kekeliruan itu, kanak-kanak itu memutuskan untuk mengelirukan orang lain untuk berasa berkuasa.

Apabila penciptaan kekeliruan, untuk menangani ketidakberdayaan diletakkan secara automatik, individu itu mula mengalami perasaan terasing, terasing, disalahertikan dan kesunyian kerana untuk mengekalkan perasaan kuasa dan kawalan, seseorang mesti terus mencipta kekeliruan pada orang lain dan dunianya. Selalunya orang yang terlalu intelek akan menggunakan strategi di atas.

'Melompat ke Kesimpulan' 'Pemikiran asumtif'

'Membaca minda - meramal nasib'

Apabila kita membuat kesimpulan, kita sebenarnya membuat kesimpulan negatif dengan sedikit atau tiada bukti, membuat andaian yang tidak rasional tentang orang dan keadaan. Ini berlaku apabila kita fikir kita tahu apa yang orang lain fikirkan dan rasakan, atau mengapa mereka berkelakuan dengan cara tertentu, walaupun tiada bukti untuk menyokong kepercayaan kita. Tidak menghairankan, ini boleh membawa kepada pelbagai masalah.

Kita mengandaikan bahawa sesuatu akan berlaku pada masa hadapan (pemikiran ramalan), atau menganggap kita tahu apa yang orang lain fikirkan (membaca minda). Masalahnya ialah kesimpulan ini jarang berdasarkan fakta atau bukti konkrit, sebaliknya berdasarkan perasaan dan pendapat peribadi.

Ia boleh berlaku dalam dua cara - membaca minda dan meramal nasib. Apabila kita "membaca minda" kita menganggap bahawa orang lain adalah negatif menilai kita atau mempunyai niat buruk untuk kita. Apabila kita "meramal nasib", kita meramalkan hasil masa depan yang negatif atau memutuskan bahawa situasi akan menjadi yang paling teruk sebelum situasi itu berlaku.

Kajian kes

Patricia mempunyai hubungan yang baik dengan rakan sekerjanya. Tetapi dia percaya bahawa mereka tidak melihatnya sebagai seorang yang bijak atau berkebolehan seperti di pejabat lain. Patricia telah diberikan projek penting yang dia tunggu-tunggu dan teruja untuk diusahakan. Walau bagaimanapun, dia terus memberitahu dirinya sendiri - "Mereka semua sudah fikir saya bodoh. Saya tahu saya akan membuat kesilapan dan merosakkan keseluruhan projek ini."

Pemikiran Patricia tidak berdasarkan apa-apa fakta. Dia tidak mempunyai sebarang bukti bahawa mereka memandang rendah kepadanya atau projek itu akan gagal. Dia membuat kesimpulan tentang apa yang orang lain fikirkan dan hasil daripada peristiwa masa depan. Dia "membaca minda" rakan sekerjanya dan "meramal" hasil projek itu. Dia boleh memilih untuk memberitahu dirinya bahawa dia akan melakukan yang terbaik dalam projek ini dan jika kesilapan dibuat, dia akan belajar daripadanya.

Salah satu penyimpangan pemikiran terbesar manusia ialah kita adalah makhluk 'rasional'. Di satu pihak, kita berfikir secara logik pada masa-masa tertentu, tetapi tidak syak lagi bahawa kebanyakan pemikiran kita, kebanyakan masa, tidak serasional atau tepat seperti yang kita anggap.

Cara kita mentafsir situasi adalah berat sebelah oleh didikan kita termasuk latar belakang budaya dan agama, oleh perasaan dalam diri kita dan perasaan tentang apa yang berlaku pada masa itu.

Kita sering salah sangka yang boleh menyusahkan dan menghina atau menyinggung perasaan orang lain. Ini boleh mendatangkan malapetaka untuk hubungan – hubungan intim dan peribadi, serta hubungan profesional dan tempat kerja kami.

'Pemikiran Hitam-Putih' 'Saya sama ada baik atau buruk'
'Semua atau tiada pemikiran - Pembesaran dan Pengurangan'

"Hidup ini bukan hitam dan putih, tetapi anda juga tidak boleh menyebutnya berwarna-warni. Ia sebenarnya adalah apa yang anda buat, jadi cara anda melihatnya sangat penting."

Pemikiran hitam-putih atau pemikiran semua-atau-tiada adalah kegagalan dalam pemikiran seseorang untuk menyatukan dikotomi kedua-dua kualiti positif dan negatif diri dan orang lain menjadi satu keseluruhan yang padu dan realistik. Ia adalah untuk berfikir secara melampau - tindakan dan motivasi semuanya baik atau buruk tanpa jalan tengah. Kami tidak pernah benar-benar melihat keadaan dengan cara yang tidak berat sebelah dan neutral.

Saya seorang kejayaan yang cemerlang, atau saya seorang yang gagal sepenuhnya. Teman lelaki saya adalah malaikat, atau dia adalah syaitan yang menjelma.

Corak pemikiran terpolarisasi ini menghalang kita daripada melihat dunia seperti biasa – kompleks, dan penuh dengan semua warna di antaranya. Pemikiran semua-atau-tiada tidak membenarkan kita mencari jalan tengah. Kebanyakan kita terlibat dalam penyimpangan pemikiran ini dari semasa ke semasa. Malah, dipercayai bahawa corak ini mungkin berpunca daripada kemandirian manusia — tindak balas melawan atau lari kita.

Corak ini boleh menjejaskan kesihatan fizikal dan mental kita, mensabotaj kerjaya kita dan menyebabkan gangguan dalam hubungan kita.

Contohnya mungkin termasuk:

- tiba-tiba memindahkan orang daripada kategori "orang baik" kepada kategori "orang jahat".
- berhenti kerja atau pecat orang.
- memutuskan hubungan.
- mengelakkan penyelesaian yang tulen terhadap isu-isu tersebut

Jenis penyimpangan pemikiran anak dalaman yang sedemikian sering berubah antara mengidamkan dan merendahkan orang lain. Berada dalam hubungan dengan seseorang yang berfikir secara melampau boleh menjadi sangat sukar kerana kitaran pergolakan emosi yang berulang.

Pemikiran hitam-putih boleh menyebabkan kita mencipta peraturan yang tegar untuk diri kita sendiri. Apabila kita berfikir dalam istilah hitam-putih, kita menginternalisasi setiap kegagalan dan mempunyai jangkaan yang tidak realistik terhadap setiap kejayaan. Kita semua tertanya-tanya sama ada kita adalah "orang jahat" atau "orang baik." Pada hakikatnya, kebanyakan kita berada di suatu tempat di antara, dengan kedua-dua sifat buruk dan baik. Apabila kita berfikir secara hitam-putih, kita berisiko menjadi terlalu mengkritik diri sendiri atau enggan melihat kesalahan kita. Ia boleh menjadikan kita hipersensitif terhadap pendapat orang lain dan menyukarkan untuk menerima kritikan. Ini menghalang kita daripada pertumbuhan tulen dan belas kasihan diri.

Ia mewujudkan ketidakstabilan dalam perhubungan kerana seseorang boleh dilihat sebagai kebaikan yang dipersonifikasikan atau dipersonifikasikan pada masa yang berbeza, bergantung pada sama ada mereka memenuhi keperluan kita atau mengecewakan kita. Ini membawa kepada corak perhubungan yang huru-hara dan tidak stabil, pengalaman emosi yang sengit, penyebaran identiti dan perubahan mood.

Hubungan berlaku antara individu, sama ada mereka melihat satu sama lain sebagai keluarga, rakan, jiran, rakan sekerja, atau sesuatu yang lain sepenuhnya. Orang ramai ada pasang surut dan konflik pasti timbul. Jika kita mendekati konflik biasa dengan corak pemikiran hitam-putih, kita akan membuat kesimpulan yang salah tentang orang lain, dan terlepas peluang untuk berunding dan berkompromi. Lebih teruk lagi, pemikiran hitam-putih boleh menyebabkan seseorang itu membuat keputusan tanpa memikirkan kesan keputusan itu kepada diri sendiri dan orang lain yang terlibat.

Jenis pemikiran sedemikian membuatkan kita berpegang pada kategori yang ditakrifkan secara tegar - Tugas saya. tugas mereka. peranan saya. peranan mereka.

Kita semua memikirkan dunia dalam istilah hitam-putih pada masa-masa tertentu. Daripada enggan melihat kelemahan orang yang kita sayangi, hingga terlalu keras terhadap diri kita sendiri, kecenderungan otak manusia untuk memahami dunia dalam sama ada/atau istilah mempunyai kesan yang mendalam terhadap hubungan kita.

Dunia bukanlah satu/atau tempat: Kehidupan kita penuh dengan warna kelabu. Dengan melihat dunia dalam warna hitam-putih – pada mulanya kita mungkin memudahkan diri kita untuk memisahkan yang baik daripada yang buruk, yang betul daripada yang salah dan yang cantik daripada yang buruk. Tetapi pemikiran seperti ini boleh meletihkan, menghantar kita melalui pasang surut yang berterusan. Dan pada tahap yang mendalam, memudahkan perkara menjadi mudah, istilah binari merampas banyak kerumitan yang menjadikan kehidupan dan perhubungan begitu kaya.

Pembesaran dan Pengecilan

Pembesaran dan Pengecilan ialah corak corak penyimpangan pemikiran Hitam-Putih di mana kita cenderung untuk membesarkan sifat positif orang lain sambil meminimumkan sifat positif kita. Dalam erti kata lain, kita secara berkesan merendahkan diri kita, sementara pada masa yang sama meletakkan orang lain di atas alas. Mempunyai kerendahan hati adalah perkara yang indah, tetapi tidak menjejaskan harga diri kita.

'Melabelkan'

'Saya seperti itu sahaja' 'Tagging'

Pelabelan ialah menerangkan seseorang atau sesuatu dalam perkataan atau frasa pendek, berikan kepada kategori, terutamanya secara tidak tepat atau terhad. Sepanjang hidup kita, orang melampirkan label kepada kita dan begitu juga sebaliknya. Label ini mempengaruhi cara orang lain berfikir tentang identiti kita serta cara kita berfikir tentang diri kita dan orang lain.

Selalunya, label yang kita gunakan untuk menggambarkan satu sama lain adalah hasil daripada andaian dan stereotaip yang tidak berasas. Kami kerap menggunakan label kepada orang yang hampir tidak kami kenali atau tidak pernah kami temui, dan perkara yang sama dilakukan kepada kami. Oleh itu, untuk kebaikan atau keburukan, label mewakili pengaruh pada identiti kita yang selalunya di luar kawalan kita.

Dilabel sebagai "berbeza" boleh membawa kepada buli dan peminggiran di sekolah. Kanak-kanak berubah dan berkembang, tetapi label, malangnya, cenderung melekat. Ini boleh menyukarkan kanak-kanak untuk meninggalkan reputasi negatif dan memulakan semula. Penggunaan label boleh membahayakan kanak-kanak. Hubungan antara pelabelan dan stigmatisasi adalah rumit tetapi mantap.

Label yang memberi tumpuan kepada kesukaran yang dihadapi oleh kanak-kanak berbuat demikian dengan mengorbankan untuk mengiktiraf keupayaan dan kekuatan mereka dalam bidang lain. Label sedemikian boleh menjadi sangat sukar untuk dilihat masa lalu, walaupun ia hanya sebahagian daripada identiti kanak-kanak. Ini boleh mengakibatkan jangkaan orang dewasa yang rendah terhadap kanak-kanak dan terlalu mempengaruhi tafsiran mereka terhadap tindakan kanak-kanak.

Cara kita melabel sesuatu selalunya mencerminkan sistem kepercayaan dalaman kita. Semakin kita cenderung untuk melabel sesuatu, semakin kuat sistem kepercayaan yang dimainkan. Label kami selalunya berdasarkan pengalaman lalu dan pendapat peribadi, bukannya berdasarkan fakta dan bukti yang kukuh.

'Penaakulan Emosi' 'Kebenaran dan realiti emosi' 'Emosi – Fikiran – Tindakan'

Apabila sesuatu berlaku yang membuat kita kecewa, bagaimana kita mengendalikannya - adakah kita dapat memisahkan emosi kita daripada realiti keadaan atau adakah kita akan mengaburkannya bersama-sama?

Situasi membangkitkan tindak balas emosi daripada kita, yang membawa kita untuk memikirkannya sehinggakan realiti yang kita cipta dalam fikiran kita adalah berasingan daripada realiti sebenar. Tekanan dicipta tentang perkara yang bukan masalah sebenar hanya kerana perasaan dan pemikiran kita tentangnya — kita membiarkan perasaan kita membimbing cara kita mentafsir realiti.

Ini adalah penaakulan emosi, di mana kita membuat kesimpulan bahawa reaksi emosi kita membuktikan sesuatu adalah benar, tanpa mengira bukti yang membuktikan sebaliknya. Emosi kita mengaburkan pemikiran kita, yang seterusnya mengaburkan realiti kita.

Tanda-tanda penaakulan emosi termasuk pemikiran seperti "Saya berasa bersalah, jadi saya mesti melakukan sesuatu yang buruk," "Saya berasa tidak mencukupi, jadi saya mesti tidak bernilai," atau "Saya berasa takut, jadi saya mesti berada dalam situasi berbahaya."

Penaakulan emosi boleh membawa kepada perasaan seperti gagal sebelum kita mula berusaha ke arah sesuatu. Fikiran kita membiarkan emosi mengambil alih adalah meletihkan, dan boleh menipu kita untuk berfikir bahawa kita telah gagal sebelum kita bermula. Ini boleh menyebabkan penangguhan, dan kadangkala, tidak melakukan tugas sama sekali. Emosi yang mengambil alih juga mengurangkan keinginan untuk berubah, kerana kita merasakan bahawa perubahan tidak mungkin dilakukan walaupun kita cuba.

Jika emosi kita menentukan pemikiran kita, dan seterusnya, tindakan kita, kita mungkin mempunyai alasan emosi. Kami cenderung untuk mentafsir pengalaman kami realiti berdasarkan perasaan kita pada masa ini. Oleh itu, perasaan kita tentang sesuatu secara berkesan membentuk cara kita melihat dan mentafsir situasi yang kita hadapi. Ini bermakna bahawa mood kita sentiasa mempengaruhi bagaimana kita mengalami dunia di sekeliling kita. Oleh itu, emosi kita berkesan menjadi barometer untuk cara kita melihat kehidupan dan keadaan kita.

Kesesatan Adil

'Kekeliruan Keadilan'

'Ini tidak adil! Jangan Salahkan saya!' 'Menyalahkan – Pemperibadian'

"Mengharapkan dunia melayan anda secara adil kerana anda seorang yang baik adalah sedikit seperti mengharapkan lembu jantan tidak menyerang anda kerana anda seorang vegetarian."

"Jangan cuba menjadikan hidup sebagai masalah matematik dengan diri anda berada di tengah-tengah dan segala-galanya adalah sama. Apabila anda baik, perkara buruk masih boleh berlaku. Dan jika anda teruk, anda masih boleh bertuah."

Kekeliruan keadilan

Ia adalah kepercayaan bahawa hidup harus adil.

Apabila kehidupan dianggap tidak adil, keadaan emosi marah akan terhasil yang boleh membawa kepada percubaan untuk membetulkan keadaan. Kami berasa marah kerana kami sangat percaya perkara yang adil, tetapi orang lain tidak akan bersetuju dengan kami. Kerana kehidupan tidak adil, perkara tidak akan selalu memihak kepada kita, walaupun ia sepatutnya.

Mereka yang mempunyai corak tanggapan-tindak balas seperti ini biasanya berkata - "Hidup ini tidak adil" jika keadaan tidak sesuai dengan kehendak mereka. Mereka sering menilai situasi berdasarkan "keadilan" mereka; Oleh itu, mereka sering berasa kecewa kerana, pada hakikatnya, kehidupan tidak selalu adil.

Cara kita memandang dunia adalah hasil daripada kepercayaan yang kita pegang. Jadi, setiap pengalaman yang kita ada akan ditafsirkan dalam rangka kerja ini. Contohnya, jika kita percaya pada tuah, sebagai kepercayaan teras – maka orang akan dicap sebagai bertuah atau tidak bernasib baik dan seseorang yang mempunyai rumah besar yang cantik dan kereta serba baharu adalah bertuah dan seseorang yang tidak memiliki perkara itu adalah bernasib malang. Ia adalah cara berfikir, corak persepsi-tindak balas. Jadi, jika sesuatu yang buruk berlaku kepada kita, maka kita tafsirkan bahawa kita tidak bernasib baik. Dan hidup itu tidak adil.

Sebaik sahaja kita membuat keputusan – "Saya tidak bernasib baik; Kehidupan tidak adil" – kita kini dalam mod mangsa.

Kekeliruan keadilan sering dinyatakan dalam andaian bersyarat:

- Jika dia mencintai saya, dia akan memberikan saya cincin berlian.
- Jika mereka menghargai kerja saya, mereka harus memberi ganjaran kepada saya.

Adalah menarik untuk membuat andaian tentang bagaimana keadaan akan berubah jika orang bersikap *adil* atau menghargai anda. Tetapi itu bukan apa yang orang lain fikirkan atau anggap. Jadi, kami mendarat dengan kesakitan.

Sebagai anak, kita mencerminkan ibu bapa kita. Mereka adalah dunia bagi kita. Jika ibu melakukan sesuatu, maka saya harus melakukannya seperti dia. Kemudian saya akan betul, saya akan disayangi, saya akan menjadi seperti dia. Jadi, perangai mak jadi model. Ini mencipta corak dalaman kanak-kanak yang dicerminkan.

Kanak-kanak itu akhirnya berjalan seperti, bercakap seperti, bertindak seperti, bunyi seperti, dan juga merasakan sama seperti perasaan ibu bapa terhadap kehidupan. Apabila kita menjadi dewasa dan ibu bapa, kita bertindak dan bercakap dengan anak-anak kita, sama seperti ibu bapa kita bercakap dengan kita. Dalam kekeliruan keadilan, sistem nilai tertentu diserap oleh anak daripada ibu, ayah, atau kedua-duanya, yang mengajar anak apa yang adil.

Kata-kata, tingkah laku, kekurangan tindakan dan penampilan yang tidak menyokong tidak dikawal oleh undang-undang hitam-putih, namun kami mengharapkan beberapa tahap budi bahasa daripada mereka yang kami pilih untuk ada dalam hidup kami. Selain daripada budi bahasa biasa, kita semua mempunyai idea tentang bagaimana kita suka dilayan dan berasa amat terluka apabila kita dianiaya. Manusia membina bagaimana mereka melihat realiti berdasarkan pengalaman terdahulu mereka.

Dalam situasi harian, cara kita bertindak balas adalah berdasarkan sistem kepercayaan kita dan secara semula jadi cara kita bertindak balas dalam situasi kelihatan agak automatik kerana kita menganggap bahawa respons kita adalah yang sesuai untuk situasi itu.

Walau bagaimanapun, jika kita terlalu mematuhi definisi kita tentang apa itu keadilan, kita akan menghadapi risiko ketegaran, kebimbangan dan kemarahan apabila berhadapan dengan tingkah laku orang lain yang tidak sesuai dalam kategori kita. Sudah tentu, kita semua boleh mempunyai sedikit perselisihan pendapat dengan orang lain tentang apa yang ditunjukkan oleh tingkah laku mereka, tetapi kadang-kadang jika kita menjadi taksub dengan keadilan, kita berisiko bimbang dan kecewa.

Masalahnya ialah dua orang jarang bersetuju tentang apa itu keadilan, dan tiada mahkamah untuk membantu mereka. Keadilan ialah penilaian subjektif tentang berapa banyak perkara yang diharapkan, diperlukan atau diharapkan oleh orang lain telah disediakan oleh orang lain.

Kajian kes

Sheena mengharapkan bunga atau hadiah setiap hujung minggu daripada Tim kerana dia melihat kawan baiknya mendapatkannya daripada teman lelakinya. Apabila dia tidak mendapatnya, dia berasa cemas, sakit hati, ditolak dan marah. Tom tidak tahu dan terus menerus menuduh setiap malam Sabtu sebagai tidak mengambil berat dan tidak mengasihi. Ini mengelirukan dan menyakitkan dia, kerana Sheena menggunakan pengalaman hidupnya sendiri dan jangkaan peribadi sebagai peraturan.

Keadilan ditakrifkan dengan mudah, begitu menggoda untuk mementingkan diri sendiri, sehingga setiap orang terkunci dalam pandangannya.

Ramai di antara kita hari ini membesar dengan diberitahu bahawa kita boleh menjadi apa sahaja yang kita mahu. Sekarang apabila kita tidak mendapat pujian di tempat kerja atau walaupun kita ditegur, ini boleh bertentangan dengan apa yang kita anggap "adil". Tidak adil untuk kita dikritik. Kita sepatutnya menjadi kejayaan.

Perkataan adil adalah penyamaran yang bagus untuk keutamaan dan kehendak peribadi.

Apa yang kita mahu adalah adil, apa yang orang lain mahu adalah palsu.

Kekeliruan keadilan ialah salah satu jenis herotan kognitif yang paling biasa berdasarkan teori kognitif Aaron Beck. Teori ini menyatakan bahawa apabila dalam mana-mana interaksi kita mendekati dalam mod kanak-kanak: merengek, mengamuk, tidak munasabah, dll. (seperti yang mungkin kita lakukan jika "peraturan" kita dilanggar). Kemudian orang lain akan bertindak balas kepada kita seperti ibu bapa: bercakap merendahkan kita, menggunakan kuasa, cuba menarik perhatian kita bahawa kita tidak munasabah, mengatakan bahawa mereka tidak memerlukan tekanan ini, dsb.

Teori ini juga menyatakan bahawa jika kita mendekati seseorang dalam mod ibu bapa: tegas, meletakkan undang-undang, perintah menyentap, tegas dan autoritarian, menggunakan ugutan atau menjerit (seperti yang mungkin kita lakukan jika "peraturan" kita dilanggar)... kemudian orang lain akan bertindak balas seperti kanak-kanak dan mungkin menjadi marah, tutup mulut, panik, marah, pergi atau menjadi remaja penuh dan memberontak ("anda tidak boleh memberitahu saya apa yang perlu dilakukan").

Sepanjang hidup kita, kita boleh berayun antara kedua-dua keadaan ini sama ada bermula di salah satu kedudukan atau dicetuskan kepada tindak balas yang bertentangan oleh orang lain. Ini berlaku sama ada yang lain adalah pasangan, adik beradik, rakan sekerja atau bos, rakan, atau sememangnya ibu bapa atau anak. Ini selalu membawa kita ke mana-mana.

menyalahkan

"Apabila anda menyalahkan orang lain, anda melepaskan kuasa anda untuk berubah."
"Apabila orang pincang, mereka suka menyalahkan."

Menyalahkan ialah tindakan bertanggungjawab, membuat kenyataan negatif tentang individu atau kumpulan bahawa tindakan atau tindakan mereka tidak bertanggungjawab secara sosial atau moral, bertentangan dengan pujian. Apabila seseorang secara moral bertanggungjawab melakukan sesuatu yang salah, tindakan mereka patut dipersalahkan.

Menyalahkan bertanggungjawab atas sesuatu yang telah berlaku atau tindakan menyerahkan tanggungjawab itu kepada seseorang. Menyalahkan ialah menuding jari kepada orang lain dan mengisytiharkan dia bertanggungjawab atas kesalahan atau salah. Jika saya menderita, seseorang mesti bertanggungjawab.

Menyalahkan melibatkan membuat seseorang bertanggungjawab terhadap pilihan dan keputusan yang sebenarnya adalah tanggungjawab kita. "Saya tidak bertanggungjawab. Saya tidak boleh dipersalahkan." Ia seperti seseorang sentiasa melakukannya kepada kita, dan kita tidak mempunyai tanggungjawab.

Menyalahkan adalah corak di mana kita membuat orang lain bertanggungjawab atas semua perkara sukar yang berlaku kepada kita. Ramai di antara kita akan mengambil pujian untuk diri sendiri jika keadaan menjadi baik dalam hidup, tetapi menyalahkan keadaan atau orang lain apabila keadaan menjadi buruk.

Sebagai contoh, bayangkan seorang pelajar mengambil ujian. Jika dia lulus, kredit akan diberikan kepada kerja kerasnya. Tetapi jika dia gagal dalam ujian, tiba-tiba ada luaran sebab – soalan di luar sukatan pelajaran, penyemakan tidak dilakukan dengan betul, pemeriksa dalam mood yang tidak baik.

Menyalahkan orang, terutamanya mereka yang rapat dengan kita, apabila keadaan tidak berjalan lancar boleh memberi kesan yang sangat merosakkan pada hubungan, keluarga dan kerjaya kita.

Menyalahkan orang lain itu mudah. Menyalahkan bermakna kurang kerja kerana apabila kita menyalahkan, kita tidak perlu bertanggungjawab. Menyalahkan bermakna kita tidak perlu terdedah. Menyalahkan orang lain memenuhi keperluan kita untuk mengawal. Menyalahkan memunggah perasaan yang disandarkan. Kesalahan melindungi ego kita.

Sesetengah orang menggunakan menyalahkan untuk menjadikan diri mereka mangsa. Ini adalah langkah ego, kerana apabila kita berada dalam mod 'miskin saya' bermakna kita mendapat perhatian orang lain, dan masih menjadi orang yang 'baik'.

Sama ada kita menggunakan kesalahan untuk menjadi atasan atau mangsa, kedua-duanya datang dari kekurangan harga diri. Soalan untuk ditanya mungkin bukan 'mengapa saya menyalahkan', tetapi 'mengapa saya berasa sangat buruk tentang diri saya sehingga saya perlu menyalahkan orang lain untuk berasa lebih baik?'

Kajian kes

Sarah sukar untuk bertanya secara langsung, untuk menuntut apa yang dia mahu. Dia mengharapkan ia mendapat, tanpa bertanya. Bertanya atau mengemukakan kehendaknya tidak pernah digalakkan. Ia tidak dibenarkan dalam keluarga. Dan dia seorang gadis, bagaimana dia boleh bertanya!

Menyatakan apa yang anda mahu atau mahukan mungkin menjadi punca semua masalah. Dalam banyak situasi, kanak-kanak belajar bagaimana untuk mendapatkan apa yang dikehendaki bukan dengan bertanya secara langsung, tetapi dengan bertindak secara tidak langsung.

Sarah kini sukar untuk terus meminta apa yang dia mahu daripada pasangannya kerana anak batin ingin mendapatkan tanpa meminta.

Sarah kini mempunyai keluhan dalam hubungannya kerana dia tidak 'bertanya' suaminya, dan suami tidak tahu apa yang dikehendaki, kerana ia tidak diminta. Sarah mengharapkan untuk difahami. Yang dipersalahkan terletak pada suami kerana tidak memahami kehendaknya!

Kanak-kanak itu menindas keinginan atau keinginannya dan menganggapnya tidak penting. Nanti dia tak tahu pun apa yang dia nak.

Pemperibadian

Pemperibadian ialah corak di mana kita secara konsisten bertanggungjawab sepenuhnya atas segala perkara yang tidak kena dalam hidup kita. Ia adalah kecenderungan untuk mengaitkan segala-galanya di sekeliling kita dengan diri kita sendiri. Apabila apa-apa yang tidak berjalan seperti yang diharapkan, kami segera menyalahkan nasib malang ini

– Tidak relevan sama ada kita bertanggungjawab atau tidak terhadap hasilnya.

Seorang lelaki yang baru berkahwin beranggapan setiap kali isterinya bercakap tentang penat, bermakna dia sudah bosan dengannya.

Seorang lelaki yang isterinya mengadu tentang kenaikan harga mendengar aduan itu sebagai serangan terhadap keupayaannya sebagai pencari nafkah.

Mengambil tanggungjawab untuk kehidupan dan keadaan kita adalah mengagumkan, tetapi pada masa yang sama sama sekali tidak membantu jika kita akhirnya berasa seperti mangsa keadaan.

Aspek utama memperibadikan adalah tabiat membandingkan diri kita dengan orang lain. Dia bijak, saya tidak. Andaian asasnya ialah nilai kita dipersoalkan. Kesilapan asas dalam pemperibadian ialah kita mentafsir setiap pengalaman, setiap perbualan, setiap satu kelihatan sebagai petunjuk kepada nilai dan nilai kita dan kita menyalahkan diri sendiri.

Kita mungkin terlibat dalam pemperibadian apabila kita menyalahkan diri sendiri atas keadaan yang bukan kesalahan kita atau di luar kawalan kita. Contoh lain ialah apabila kita tersalah anggap bahawa kita telah dikecualikan atau disasarkan dengan sengaja.

Kebanyakan kita melakukannya sekali-sekala, sekali-sekala. Tetapi jika kita mendapati bahawa kita mempunyai tabiat mengambil perkara secara peribadi apabila kita tidak benar-benar perlu, ia membawa kepada menyalahkan diri sendiri. Percaya bahawa kita bertanggungjawab untuk perkara yang sebenarnya di luar kawalan kita, kita mungkin berasa bersalah atau malu tentang perkara yang bukan salah kita atau yang tidak dapat kita kawal.

Kajian kes

Pasangan Stephanie sedang bergelut dengan keadaan kesihatan. Tetapi dia tidak mengikuti cadangan rawatan. Stephanie berasa bertanggungjawab kerana tidak melakukan secukupnya untuk membantu apabila kesihatannya merosot.

Menyokong pasangannya tidak bermakna dia perlu bertanggungjawab atas perkara yang di luar kawalannya. Adalah penting untuk memahami perkara yang kita ada kawalan kerana kita semua perlu boleh bertanggungjawab ke atas tindakan dan pilihan kita apabila kita boleh. Namun kita juga perlu memahami apabila sesuatu di luar kawalan kita dan mengenali batasan kita.

Satu lagi aspek pemperibadian ialah apabila kita membalikkan keadaan untuk mencerminkan diri kita apabila sesuatu peristiwa atau situasi mungkin tidak mengenai kita sama sekali. Kadang-kadang ini datang dari rasa tidak selamat atau kebimbangan.

Contohnya, jika kita masuk ke dalam bilik dan semua orang berhenti bercakap, kita tersilap mula percaya bahawa semua orang mesti bercakap tentang kita di belakang kita. Pada hakikatnya, ia boleh menjadi perkara lain. Mungkin mereka sedang membincangkan sesuatu yang peribadi, atau mungkin itu hanya salah satu daripada saat apabila bilik menjadi sunyi.

Kami fikir situasi adalah tentang kami sedangkan mereka sebenarnya tidak. Satu perkara yang perlu dipertimbangkan ialah kebanyakan masa, orang lain bimbang tentang diri mereka sendiri dan memikirkan diri mereka sendiri. Ini hanya bermakna bahawa kebanyakan masa mereka tidak memikirkan atau bimbang tentang kita.

Mungkin ada segelintir orang yang menghabiskan masa mereka tertumpu kepada orang lain. Menyusahkan orang yang merepek tu memang buang masa. Walaupun seseorang melayan kita dengan buruk, tingkah laku mereka adalah tentang mereka, bukan kita. Selalunya, kita tidak akan dapat melakukan apa-apa untuk mengubah orang seperti itu, jadi kita hanya perlu fokus untuk menjadi orang yang kita inginkan.

Pemutusan sambungan

'Pemutus sambungan'

'Saya bukan saya, bukan di sini, di luar sana' 'Tanpa Emosi – Melarikan Diri – Terpisah – Gabungan Identiti'

"Untuk mencari kedamaian, kadangkala anda perlu bersedia untuk kehilangan hubungan anda dengan orang, tempat dan perkara yang menimbulkan semua bunyi dalam hidup anda."

"Kadangkala anda memerlukan masa bersendirian untuk mencabut dan menyambung semula diri anda semula."

Putus sambungan ialah keadaan terpencil atau terpisah, memisahkan (sesuatu) daripada sesuatu yang lain: memutuskan hubungan antara dua atau lebih perkara.

Disosiasi adalah proses mental untuk memutuskan hubungan dari pemikiran, perasaan, ingatan, atau identiti seseorang. Detasmen emosi ialah ketidakupayaan atau keengganan untuk berhubung dengan orang lain pada tahap emosi. Bagi sesetengah orang, menjauhkan diri secara emosi membantu melindungi mereka daripada drama, kebimbangan atau tekanan yang tidak diingini. Bagi yang lain, detasmen tidak selalunya secara sukarela.

Kanak-kanak yang mengalami peristiwa traumatik selalunya mempunyai beberapa tahap corak pemutusan semasa acara itu sendiri atau dalam jam, hari, atau minggu berikutnya. Sebagai contoh, peristiwa itu kelihatan 'tidak nyata' atau orang itu berasa terasing daripada apa yang berlaku di sekeliling mereka seolah-olah menonton acara itu di televisyen. Dalam kebanyakan kes, penceraian diselesaikan tanpa memerlukan rawatan.

Apabila kanak-kanak tidak selesa dalam keadaan, ia memutuskan sambungan. Corak ini, dicipta secara tidak sedar, melindungi kanak-kanak dalam keadaan yang tidak selesa itu. Ini berlaku, apabila kanak-kanak tidak dapat mengatasi atau mengendalikan 'situasi tekanan' di rumah atau sekolah. Pemutusan sambungan boleh dialami sebagai perasaan seperti anda tidak berada di sana.

Tanpa emosi

Dalam banyak rumah dan keluarga, seorang kanak-kanak tidak dibenarkan menunjukkan kasih sayang atau emosi. Memaparkan emosi yang kuat dianggap sebagai kelemahan. Kanak-kanak itu kemudiannya terputus daripada emosi itu.

Sonia adalah seorang gadis muda dari keluarga yang konservatif dan ketat. Dia sentiasa sepatutnya melakukan sesuatu, seperti yang diberitahu, dengan cara tertentu. Jika dia melakukan itu, tidak akan ada hukuman. Dia tidak pernah 'mendapat kasih sayang' daripada ibu bapanya. Mungkin, mereka juga dibesarkan dalam masyarakat konservatif. Memandangkan Sonia tidak pernah mendapat kasih sayang, dia terputus dari 'kasih sayang'. Ini mencipta corak kanak-kanak dalaman yang beku tanpa emosi. Bertahun-tahun kemudian, Sonia mendapati sukar untuk menjadi intim dalam hubungan perkahwinannya.

Setiap daripada kita, apabila kita telah dewasa, mempunyai emosi tertentu yang tidak dapat kita tangani, kerana kita tidak dapat mengendalikannya semasa kita kecil.

Jika kanak-kanak tidak dibenarkan untuk marah, kanak-kanak itu akan terputus dari perasaan itu. Ini membawa kepada penindasan keadaan marah dan penafian negara. 'Kemarahan yang tidak hadir' ini disalurkan secara dalaman dan diluahkan dalam bentuk lain. Apabila ditanya, "Adakah anda marah," orang dewasa menjawab, "Siapa saya, marah? Sudah tentu tidak. Saya tidak pernah marah."

Melarikan diri

Dalam keluarga toksik, kasar, tidak berfungsi dengan kecenderungan untuk bertengkar, bergaduh dan keganasan, kanak-kanak itu bukan sahaja menjadi tidak berperasaan tetapi mewujudkan keadaan terputus hubungan kerana tidak berada di sana dalam situasi itu. Dengan cara ini, kanak-kanak itu 'melarikan diri' daripada situasi traumatik.

Neha mempunyai bapa yang peminum alkohol, yang sering bergaduh dengan ibunya. Pada mulanya, dia bersembunyi di dalam selimutnya, takut dengan pemandangan di dalam rumah. Secara beransur-ansur, dia mendapat ketenangan dengan melepaskan dirinya daripada situasi itu, memejamkan mata, dan membayangkan dirinya di tempat lain, melakukan sesuatu yang hebat – untuk melarikan diri daripada ketoksikan keluarga.

Corak "melarikan diri anak batin" ini menimbulkan lebih banyak masalah dalam kehidupan kemudian dalam menangani situasi tekanan, isu bermasalah, dalam kerja, dalam perhubungan. Mereka tiada di sana.

Mereka berfungsi seolah-olah semuanya baik-baik saja, mereka kelihatan bercakap seperti biasa, tetapi dapat dilihat di mata mereka bahawa mereka terputus. Mereka mempunyai rentang perhatian yang singkat dan akan kehilangan benang perbualan dan tidak akan mengingati apa yang diberitahu kepada mereka.

Detasmen

Secara ringkas, detasmen ialah satu bentuk pemisahan yang bermaksud pemisahan atau pemisahan.

Patrick adalah kanak-kanak biasa tetapi akan mengambil masa untuk menghabiskan makanannya atau menyiapkan kerja rumahnya. Ibu bapanya selalu memberi komen – 'Bolehkah anda menggerakkan tangan anda dengan lebih pantas'. Dia akan dihukum di sekolah dengan senyuman sedih di belakang tapak tangannya. Secara beransur-ansur, dia mula mengalami gegaran kecemasan di jarinya. Secara dalaman, dia mula membenci tangannya dan berharap ia bukan sebahagian daripada tubuhnya. Dalam kes Patrick, bahagian badan tertentu, disebabkan cadangan oleh ibu bapa atau guru, dialami sebagai "bukan milik saya."

Corak pemisahan dalaman anak yang terpisah ini boleh menjadi lebih maju, tidak normal dan patologi. Ini boleh membawa kepada manifestasi psikosomatik. Di sini, pemutusan sambungan membawa kepada corak pemisahan. Orang dewasa mula 'menyerah', menyerah diri, dan akhirnya melepaskan dirinya daripada realiti.

KRISIS I-DENT-ITY

Identiti ialah siapa kita, cara kita berfikir tentang diri kita, cara kita dipandang oleh dunia, dan ciri-ciri yang menentukan kita.

Gabungan Identiti - Apabila dua perkara bercantum, identiti sumber adalah berbeza daripada identiti terhasil. Identiti entiti baharu diputuskan daripada identiti entiti asal.

Afreen ialah anak sulung daripada empat anak dalam sebuah keluarga di mana bapanya tidak sah dan ibunya akan bekerja keras siang dan malam untuk menampung kehidupan. Dia bukan sahaja menguruskan diri sendiri, memasak makanan, tetapi dia terpaksa mengambil peranan sebagai penjaga. Identiti anak batin menyatu dengan identiti ibu. Dia mula berasa terasing daripada dirinya. Kemudian, Afreen dewasa akan sentiasa mengadu – 'Saya menjaga semua orang dalam keluarga saya - ibu bapa saya yang lama, suami saya, dan anak-anak saya. Tetapi tiada siapa yang peduli tentang saya'. Anak dalaman Afreen telah terputus hubungan daripada dirinya kerana dia sejajar dengan identiti seorang penjaga.

Gabungan Identiti ialah corak dalaman kanak-kanak di mana keperibadian kanak-kanak hilang dengan terlalu mengenal pasti, mengadun dan menggabungkan dengan ahli keluarga.

Dalam banyak kes, identiti kanak-kanak itu bersatu dengan ibu bapa, yang mana kanak-kanak itu lebih terikat. Jadi, anak batin akan bercantum dengan identiti ibu yang marah kepada bapa. Kanak-kanak itu kemudian mula berkelakuan dan menjadi suara ibu. Ini adalah corak anak dalam yang bersatu. Corak mengambil identiti orang lain untuk terus hidup ini dilihat dalam perhubungan. Selalunya, orang lain menyatakan bahawa remaja dan dewasa yang semakin meningkat adalah seperti ibu atau bapa dalam tingkah laku atau cara mengendalikan situasi atau gaya kerja. Ini kadang-kadang boleh menjadi masalah. Kami, sebagai orang dewasa yang dewasa pasti mahu berkelakuan dengan cara tertentu. Tetapi, secara lalai, kita akan berkelakuan seperti ibu atau ayah kita. Ini boleh menimbulkan konflik dalam diri. Sebagai orang dewasa, kita tertarik kepada orang tertentu. Daya tarikan yang luar biasa dan kompulsif ini adalah tarikan kanak-kanak dalaman kepada anak dalaman orang lain.

Selalunya, hubungan dalaman-anak kepada anak-anak sangat kuat sehingga kanak-kanak dalam kalangan orang dewasa menyesuaikan falsafah rohani seperti, "Ini sepatutnya berlaku," atau "Kami adalah pasangan jiwa."

Herotan

'Mengilusi'

'Melihat, Mendengar dan Merasai Apa yang Tidak Ada' 'Memang indah – Sungguh mengerikan'

"Halangan terbesar untuk penemuan bukanlah kejahilan - ia adalah ilusi pengetahuan."

"Realiti hanyalah ilusi, walaupun sangat berterusan ..."

- Albert Einstein

Ilusi ialah idea, kepercayaan, atau tanggapan yang salah. Ia adalah satu contoh persepsi yang salah atau salah tafsir terhadap pengalaman deria. Ia adalah herotan deria, yang boleh mendedahkan bagaimana otak manusia biasanya mengatur dan mentafsir rangsangan deria. Ilusi adalah persepsi yang menyimpang tentang realiti .

Kajian kes

Mari kita lihat kes Rahul seperti yang dibincangkan sebelum ini.

Rahul pernah dimarahi bapanya semasa kecil kerana tidak dapat mendeklamasikan pantun di hadapan tetamu di rumah, puisi yang amat dikenalinya. Dia hanya kelu lidah dan berdiri di situ tidak bergerak seperti patung. Kemudian, di sekolah, dia dimarahi lagi di hadapan seluruh kelas, kerana dia tidak dapat menjawab jawapan yang mudah. Pengalaman kemarahan ini sangat mempengaruhinya. Walaupun sebagai orang dewasa, apabila dia berhadapan dengan situasi yang sama di tempat kerja atau pesta, fikirannya mengingati seluruh adegan ayah atau gurunya memarahi dan dia hanya akan menjadi kelu. Akibatnya, dia mula mengelak perhimpunan sosial dan kehilangan promosi, kerana dia tidak dapat mengunjurkan ideanya.

Dalam ilusi, anak batin memilih apa yang telah berlaku pada masa lalu dan menindihnya pada masa kini atau masa depan. Realiti semasa tidak dilihat seadanya, ia adalah ilusi masa lalu, ditumpangkan pada masa kini. Apa yang dilihat tidak ada, apa yang ada diperbesarkan seolah-olah gambaran keseluruhannya. Dalam kajian kes di atas, ilusi Rahul tentang peristiwa traumatik masa lalu mengaburkan penglihatannya tentang masa kini, supaya dia bertindak balas terhadap kanak-kanak dalaman yang diilusi daripada menghadapi situasi semasa yang dihadapi, tanpa berat sebelah.

Berlebihan – Hebat atau Mengerikan

Awfulizing digunakan untuk menekankan sejauh mana sesuatu,

terutamanya sesuatu yang tidak menyenangkan atau negatif.

Keajaiban ialah kegembiraan, keseronokan, atau kekaguman yang memberi inspirasi; tersangat baik; luar biasa.

Dalam ilusi, kita secara tidak sedar memilih unsur, menariknya keluar dari konteks daripada keseluruhan, dan kemudian apabila kita melihat elemen itu, ia kelihatan diperbesarkan. Dengan cara ini kita mengagumkan atau mengerikan - membesar-besarkan pemikiran kita.

Corak yang berbeza boleh bekerjasama untuk mencipta ilusi. Keupayaan untuk mencipta ilusi ini adalah bagaimana kanak-kanak mengeluarkan diri mereka dan menyuraikan realiti pengalaman keluarga. Dalam perkembangan ilusi, semakin besar tekanan dalam kehidupan semakin kuat ilusi. Ilusi boleh menjadi deria, pendengaran, atau visual: melihat sesuatu yang tidak dikatakan, atau mendengar sesuatu yang tidak ada, atau merasakan sesuatu yang tidak ada.

Kajian kes

Shanaya, seorang wanita muda, yang berulang kali dipukul pada zaman kanak-kanaknya oleh ibunya dengan tali pinggang mula bermimpi dan juga mengilusi ular. Dia merasakan dia sentiasa dikelilingi oleh ular yang melilitnya dan mencekiknya. Pada masa remajanya, dia mula memakai pakaian longgar, kerana takut tercekik. Corak tingkah laku pelik yang dia kembangkan, kemudiannya, ialah dia akan terus memeluk orang lain sebelum orang lain itu memeluknya.

Ilusi adalah corak yang diguna pakai sebagai pertahanan dalaman anak. Ilusi adalah 'zon selesa' untuk anak batin. Orang dewasa dalam keadaan sekarang telah menerima pakai keadaan terpesong ini, sebagai cara untuk mengatasi pergolakan dalaman. Oleh itu, bangun dari keadaan ilusi ini menjadi satu proses yang menyakitkan. Ramai kanak-kanak mempunyai ilusi tentang menjadi bintang filem atau bintang sukan yang berjaya. Ini adalah cara anak menentang pengalaman dalam keluarga yang terlalu menyakitkan pada masa itu. Masalah timbul apabila ilusi menjadi pepejal dan tetap dan kekal.

'Herohan deria'

'Saya tidak dapat merasakan; Saya sensitif; Ia menyakitkan' 'Kecacatan emosi - Hipersensitiviti - Sakit'

Herotan deria melibatkan pengubahan pengalaman fizikal subjektif dengan sama ada meningkatkan, kebas, atau mengubah sensasi badan dalam beberapa cara. Ia adalah keadaan yang dialami sebagai kebas, sakit, kusam, atau kadang-kadang sebaliknya - hipersensitiviti.

herotan deria mungkin -

Herotan deria emosi adalah pertahanan yang mewujudkan kebas dalam diri kanak-kanak. Sebagai contoh, kanak-kanak mengalami kebas semasa kejadian penderaan kanak-kanak. Bertahun-tahun kemudian kanak-kanak dalam kalangan orang dewasa mengalami kebas atau kekurangan sensasi seksual. Ia adalah "perasaan buntu".

Hipersensitiviti berlaku apabila seseorang terlalu sensitif terhadap dunia. Individu menjadi "terlalu sensitif". Orang dewasa dengan pola dalaman kanak-kanak hipersensitif menjadi terlalu sensitif terhadap sentuhan, bau, bunyi, rasa, dan juga kepada emosi yang paling remeh.

Herotan deria fizikal dan kesakitan adalah corak yang mengecilkan tumpuan perhatian kepada kawasan yang menyakitkan sahaja. Sebagai contoh, jika seseorang mengalami sakit kepala, perhatian individu itu tertumpu pada kepala. Nampaknya ia adalah penyakit berat sebelah dengan tumpuan kesakitan atau masalah terhad kepada bahagian badan. Oleh itu, apabila orang dewasa terlalu dibebani dengan tanggungjawab, mengalami ketidakselesaan bahu, kerana dia mendapati kesukaran dalam "memikul tanggungjawab". Istilah sakit berasal daripada perkataan 'peine' atau 'poena' yang bermaksud hukuman atau hukuman.

'Amnesia' 'Lupakan sahaja!'
'Melupakan - Mengingat'

Amnesia merujuk kepada kehilangan ingatan, seperti fakta, maklumat, dan pengalaman.

Amnesia adalah satu bentuk kehilangan ingatan. Sesetengah orang yang mengalami amnesia mengalami kesukaran untuk membentuk ingatan baru. Orang lain tidak dapat mengingat fakta atau pengalaman lalu.

Anak batin mengalami ini sebagai cara perlindungan daripada situasi yang tidak selesa.

- **Amnesia menipu diri sendiri** muncul apabila kanak-kanak dalam kalangan orang dewasa terlupa mengingati sesuatu situasi. Contohnya adalah seorang anak dewasa kepada seorang peminum alkohol yang terlupa minum ibu bapanya.

- **Pemadaman** atau meninggalkan maklumat yang sesuai semasa interaksi komunikatif membolehkan pernyataan tidak komited yang boleh ditafsirkan dalam pelbagai cara. Pernyataan mudah seperti, "Anda tahu bagaimana perasaan apabila perkara berlaku." Apa yang rasa, siapa yang rasa, apa yang berlaku?

• **Melupakan** , Amnesia berlaku apabila individu itu terlupa apa yang dia katakan sebagai percubaan untuk mengawal situasi yang dia anggap sebagai tidak terkawal. Corak penafian ini berlaku apabila seseorang bersetuju dengan sesuatu untuk mengurangkan ketegangan dan kemudian terlupa bahawa mereka bersetuju dengannya.

Keadaan amnesik ini ditunjukkan dengan melupakan maklumat atau peristiwa untuk mengawal situasi yang tidak terkawal, biasanya berkaitan dengan pengalaman terdahulu seperti huru-hara, kekosongan, atau perasaan tidak terkawal atau terharu.

Amnesia melupakan, dan ia adalah pertahanan. Amnesia berkembang kerana peristiwa traumatik itu tidak sepatutnya diingati. Gejala seperti berhenti bernafas dan menahan otot dipamerkan, untuk mengekalkan lupa.

Apabila seseorang berkata - "Saya mempunyai ingatan yang paling teruk di dunia, dan saya ingin mengusahakannya," atau, "Saya tidak ingat apa yang berlaku, tetapi saya rasa saya telah didera", ini adalah corak anak dalaman yang terdedah kepada amnesia.

Hipermnesia adalah mengingati segala-galanya. Ini juga satu pertahanan.

"Saya mendengar setiap perkataan yang mereka keluarkan dan ingat apa yang mereka katakan. Kemudian beberapa bulan kemudian, mereka akan berkata - saya memberitahu anda untuk melakukan ini - dan saya akan membetulkannya. Mereka akan berkata - Tuhan, saya tidak boleh percaya betapa besar ingatan yang anda miliki. Awak boleh ingat semuanya".

Ini adalah dialog klasik pola dalaman kanak-kanak hipermnesia.

Sisi negatif hipermnesia ialah sikap berhati-hati, tidak percaya, seperti hipervigilans.

Kedua-dua amnesia dan hipermnesia adalah tindak balas kepada keadaan persekitaran yang tidak diingini.

Keistimewaan

'Keistimewaan'

'Mereka seperti Tuhan, mereka sentiasa betul' 'Pemikiran ajaib - Mengidealkan - Sangat ideal' *"Terdapat banyak tekanan di luar sana, dan untuk menanganinya,*

anda hanya perlu percaya pada diri sendiri, sentiasa kembali kepada orang yang anda tahu diri anda, dan jangan biarkan sesiapa memberitahu anda apa-apa yang berbeza, kerana setiap orang istimewa dan semua orang hebat."

"Kita semua berbeza. Itulah yang menjadikan kita istimewa. Kita harus saling menyayangi dan bergaul antara satu sama lain. Bukan kepada saya untuk menilai sesiapa."

"Saya percaya pada keperibadian, bahawa setiap orang adalah istimewa, dan terpulang kepada mereka untuk mencari kualiti itu dan membiarkannya hidup."

Mari kita putar semula diri kita kepada bayi dan cuba melihat sekeliling dari perspektif bayi ini.

Dalam rahim ibu, janin atau anak dalam kandungan terikat rapat dengan ibu. Ibu adalah satu-satunya realiti untuk anak.

Selepas lahir, anak menangis untuk dihiburkan oleh ibunya. Setiap kali anak menangis, ibunya memberinya makan, membelainya, dan menjaganya. Jadi, keadaan pemikiran atau keadaan keperluan kanak-kanak mewujudkan reaksi ibu bapa. Ini boleh dikatakan secara samar-samar sebagai 'pemikiran ajaib'.

Pemahaman yang dibangunkan oleh kanak-kanak pada tahun-tahun awal sangat tertanam dalam keadaan bawah sedar, yang kemudiannya digeneralisasikan kepada dunia. Inilah permulaan perkembangan jati diri anak dalaman. Pemahaman ini membawa kepada bagaimana kanak-kanak itu memandang dirinya, ibu bapanya, Tuhan, dan kerja-kerja alam semesta.

Struktur minda asas bayi diperkukuh oleh dunia jadi bayi yang sedang membangun percaya pandangan dunia asalnya adalah betul.

"Saya mencipta perasaan orang lain tentang saya" atau *"Saya bertanggungjawab terhadap apa yang orang lain fikir atau rasa tentang saya."* Ini bermula lebih awal dan pemikiran ajaib diperkukuh oleh kenyataan ibu bapa seperti, *"Anda membuat kami tersenyum."* Kanak-kanak mempercayai maklum balas tingkah laku dan lisan dan meneruskan corak pemikiran kanak-kanak dalaman -

"Saya bertanggungjawab untuk pengalaman orang lain."

"Saya bertanggungjawab ke atas apa yang orang fikir atau rasa tentang saya."

"Ia pasti sesuatu yang saya lakukan yang menyebabkan mereka tidak menyukai saya."

"Jika saya mengawal fikiran, perasaan atau tindakan saya, saya boleh mengawalnya reaksi, fikiran, atau perasaan tentang saya."

Pada peringkat seterusnya, kanak-kanak yang sedang berkembang, dalam kebanyakan situasi, mewujudkan ibu bapanya sebagai ideal dan sempurna, kerana ibu bapa adalah seluruh dunia kepada kanak-kanak itu. Tingkah laku ibu bapa menjadi kebiasaan lalai bagi mereka. Bertahun-tahun kemudian dalam perhubungan, anak dalaman dalam orang dewasa mengidamkan pasangan. Ini menghalang orang dewasa semasa daripada melihat pasangan pada masa sekarang. Kadang-kadang anak dalaman akan ideal sehingga tahap hanya melihat, atau jatuh cinta dengan, potensi atau bayang-bayang ideal pasangan. Masalah timbul apabila kekecewaan datang daripada pasangan tidak sepadan dengan idealisasi. Kekecewaan semakin memuncak kerana tiada siapa yang dapat menyamai cita-cita dalaman orang lain. Corak anak dalaman idealisasi ini menghalang lelaki itu daripada berhadapan dengan realiti dan hubungannya dalam arus sekarang.

Kebanyakan kanak-kanak mengidamkan ibu bapa mereka. Akhirnya, kita sedar bahawa ibu bapa kita hanyalah manusia, sama seperti orang lain. Ini menamatkan corak idealisasi mereka. Tetapi kadang-kadang, anak batin terus mengidealkan orang lain ke dalam pola spiritualisasi atau super-idealisasi.

Idealisasi super ialah corak di mana anak dalaman membayangkan ibu bapa sebagai Tuhan - bahawa ibu bapa semuanya baik, maha berkuasa, maha penyayang dan maha mengetahui. Keadaan ini mungkin mengenai sama ada ibu bapa atau mentor atau guru atau guru yang mempunyai jawapan, sama seperti ibu bapa. Ramai di antara kita mencari tujuan atau erti kehidupan kita, mencari guru demi guru untuk itu "tujuan yang lebih tinggi." Masalahnya ialah anak dalaman yang sedang menjalankan persembahan.

"Mereka adalah Tuhan. Jika saya melakukan apa yang mereka katakan, saya tidak akan dihukum dan saya akan mencapai nirwana, syurga."

Super-idealizing ialah pemindahan sifat seperti Tuhan kepada orang, menjadikan orang sebagai guru, dan meminta bantuan mereka seolah-olah mereka mempunyai kuasa untuk memenuhi keinginan kita atau memenuhi impian kita. *Pemikiran ajaib* pembangunan peringkat pertama dipindahkan kepada seseorang, "seolah-olah ' pemikiran mereka mempunyai kuasa untuk menyedarkan kita. Kanak-kanak itu memindahkan kehebatannya kepada seseorang, menjadikannya, seperti yang dilakukannya kepada ibu bapanya, menjadi seorang wali, guru, dll.

"Jika saya memerlukannya, ibu bapa/Tuhan saya akan memberikannya kepada saya. Jika saya tidak memerlukannya, saya tidak akan mendapatkannya". "Saya rasa Tuhan tidak mahu saya memilikinya; Saya rasa saya tidak memerlukannya."

Ia adalah kanak-kanak dalaman dalam orang dewasa yang rohani bahawa Tuhan memutuskan saya tidak memerlukannya.

• Apabila kita tidak mendapat apa yang kita mahu, "Tuhan/ibu bapa mempunyai perkara lain dalam fikiran saya - tujuan yang lebih tinggi."

• Apabila keadaan kelihatan huru-hara, "Tuhan bekerja dengan cara yang misterius."

• Apabila kita baik dan tidak mendapat ganjaran, "Saya akan mendapat ganjaran saya untuk menjadi baik dalam kehidupan lain," atau "Mereka akan mendapat hukuman mereka dalam kehidupan lain, kerana menjadi buruk sekarang."

Dalam terapi kognitif, herotan pemikiran ini dipanggil, Heaven's Reward Fallacy.

Keistimewaan ialah keadaan pola dalaman kanak-kanak di mana mereka melihat diri mereka istimewa. Bertahun-tahun kemudian kanak-kanak dalam kalangan orang dewasa mengharapkan untuk dijaga untuk menjadi baik, atau hanya istimewa. Kanak-kanak tidak boleh memproses kekacauan pengabaian atau penderaan dan oleh itu memutuskan mesti ada tujuan, dan sebagai tindak balas mencipta keistimewaan. Keistimewaan adalah satu proses di mana kanak-kanak mewujudkan perasaan istimewa atau berbeza daripada orang lain. Ini sering diperkukuh dengan pernyataan seperti, "*Anda istimewa*."

Sebagai kanak-kanak, kita semua diberi sebab mengapa sesuatu berlaku. Ibu bapa memberi alasan untuk ganjaran atau hukuman. Contohnya, kanak-kanak yang melakukan apa yang disarankan oleh ibu bapa mendapat ganjaran, sekarang atau pada masa hadapan. Kanak-kanak yang tidak melakukan apa yang disuruh oleh ibu bapa mereka akan dihukum sekarang atau pada masa hadapan. Kita jadikan ibu bapa kita sebagai tuhan yang cuba memberi pengajaran kepada kita. Seorang kanak-kanak diberi ganjaran kerana mempelajari pelajaran membersihkan biliknya. Seorang lagi kanak-kanak dihukum oleh ibu bapa kerana tidak belajar pelajaran. Apabila kanak-kanak itu ditanya, "Mengapa saya dihukum?' kata ibu bapa, kerana anda perlu belajar pelajaran. Bertahun-tahun kemudian di sekolah, model ganjaran dan hukuman yang serupa digabungkan dengan konsep pelajaran. Sebagai contoh, jika saya belajar pelajaran aritmetik saya, saya diberi ganjaran. Jika tidak, saya dihukum (kena buat kerja rumah tambahan).

"Jika saya baik, Tuhan memberi saya lebih banyak perkara - wang, hubungan baik, kebahagiaan, dan lain-lain kerana saya belajar pelajaran saya. Jika sesuatu yang buruk berlaku, saya mesti ada pengajaran untuk dipelajari.

Oleh itu, tingkah laku yang baik = hasil yang baik, tingkah laku yang buruk = hasil yang buruk.

Jika saya baik saya akan mendapat; kalau saya teruk saya takkan dapat. Orang baik menjadi baik, orang jahat menjadi jahat."

Pengalaman yang tidak sesuai menyebabkan huru-hara, yang dirasionalkan oleh kanak-kanak di dalam. "Saya rasa orang itu mempunyai karma dari kehidupan lain. Itulah sebabnya kebaikan tidak berlaku kepada orang yang baik." Atau, "Saya tertanya-tanya apakah pelajaran yang perlu mereka pelajari?' "Saya tertanya-tanya mengapa mereka mencipta kejadian buruk kepada diri mereka sendiri."

- Buruk berlaku kepada Baik: "Saya rasa ada pelajaran yang perlu mereka pelajari."

- Buruk berlaku kepada Baik: "Mesti ada tujuan yang lebih tinggi atau rancangan yang lebih tinggi."

- Tuhan memberi saya apa yang saya perlukan: "Apabila anda tidak mendapat apa yang anda perlukan, anda mesti tidak benar-benar memerlukannya."

Bagi mereka yang tidak dapat mengidealkan ibu bapa atau menjadikan mereka sebagai tuhan, terdapat corak idealisasi yang terinternalisasi. Kami mencipta dunia dalaman. Ibu bapa yang ideal menjadi "tuhan batin". Kebanyakan sistem agama meminta kita untuk mencari Tuhan di dalam. Ini adalah cara yang bijak untuk menangani kekacauan luaran.

Apabila sistem dicipta untuk memahami dunia dan dunia tidak masuk akal kepada anak dalaman, membangunkan sistem introvert dengan ibu bapa yang sangat ideal memastikan sistem psikologi anak dalaman tetap hidup.

Kami "terperangkap" kerana anak batin tidak membenarkan pilihan. Orang dewasa tidak mengalami pilihan.

Rangsangan-tindak balas bekerja untuk kanak-kanak dalaman dan orang dewasa memutuskan bahawa ini adalah cara dunia.'

Ciri-ciri Anak Batin

"Setiap orang adalah campuran minda. Anda mungkin mempunyai minda pertumbuhan yang dominan di sesuatu kawasan, tetapi masih terdapat perkara yang boleh mencetuskan anda kepada sifat minda tetap."

"Prejudis adalah sifat yang dipelajari. Anda tidak dilahirkan berprasangka; kamu telah mengajarnya."

Kami sudah 'dewasa' sekarang. Kami 'matang'. Tetapi kita masih mempunyai kualiti seperti kanak-kanak dalam diri kita. Kualiti seperti kanak-kanak ini muncul dan bermain dalam situasi yang berbeza, pada masa yang berbeza dalam hidup kita. Kita semua mempunyai 'anak batin' dalam diri kita. Kami telah disakiti sebagai seorang kanak-kanak, berasa tidak kelihatan pada masa-masa tertentu, mempunyai ketakutan untuk membesar, mencintai alam semula jadi dan keseronokan, telah riang, dan percaya kepada fantasi. Sebarang sifat mungkin dominan pada masa tertentu. Tetapi yang tertentu mendominasi sebahagian besar kehidupan kita.

Memahami corak pola dalaman anak sudah memadai. Kesedaran tentang corak ini membantu kita memahami ciri-ciri anak dalaman kita.

Bukannya setiap saat sepanjang hidup kita dikuasai oleh kualiti anak dalaman. Kami terus berkembang, berfikir, merasa, bercakap dan bertindak *seperti biasa*. Kita sentiasa terdedah kepada rangsangan daripada sumber luar serta yang dijana dalam proses pemikiran kita. Sesetengah rangsangan menjadi pencetus kerana ia mencetuskan sifat anak dalaman. Ciri-ciri ini biasanya terpendam dalam diri kita. Tetapi apabila dicetuskan, sifat-sifat ini menunjukkan coraknya. Sebahagian daripada kita tidak pernah benar-benar membesar kerana anak batin masih aktif dan reaktif. Kita semua sedang dalam proses untuk berkembang, mengatasi, belajar, dan mengubah hidup kita dan terdapat banyak, banyak jalan untuk mencapai matlamat ini.

'Anak batin' tidak pernah menjadi tua tetapi ia terus menjadi lebih kuat dalam manifestasinya. Carl Jung menyatakan bahawa ini mengganggu atau meningkatkan pilihan hidup dan tingkah laku kita. Dia memanggilnya 'archetype kanak-kanak'. Menurut pengarang Caroline Myss, ia terdiri daripada kanak-kanak yang cedera, yatim piatu anak, anak tanggungan, anak ajaib/tidak berdosa, anak alam, anak ilahi, dan anak kekal.

Kami mengaitkan kualiti tidak bersalah, impulsif, spontan, kreativiti serta sifat pergantungan, naif, jahil, degil dengan idea 'anak'. Sebagai contoh, aspek kanak-kanak yang tidak bersalah adalah naif dan suka bermain. Orang dewasa yang mempunyai sifat kanak-kanak seperti itu menonjol, biasanya mudah mesra, riang, dan boleh mempercayai orang lain dengan mudah. Apabila kanak-kanak yang tidak bersalah dalam diri kita disepadukan secara sihat ke dalam jiwa, ia membolehkan kita memupuk sisi yang tidak bersalah dan suka bermain dalam diri kita bersama-sama dengan dapat menjalankan tanggungjawab dewasa dengan mudah dan seimbang. Tetapi dalam situasi buruk, apabila dicetuskan, kanak-kanak yang tidak bersalah ini mungkin tidak bersedia untuk menghadapi mereka. Ia kemudian membawa kepada perasaan putus asa. Pada masa sebegitu, kita cenderung untuk enggan mengakui kebimbangan kita atau menafikannya dan enggan 'membesar' dan bertanggungjawab terhadap situasi tersebut.

Dalam erti kata yang positif, anak dalaman kita mengimbangi tanggungjawab kita dengan mengingatkan kita untuk bermain dan menyeronokkan. Tetapi apabila rasa selamat kita terancam atau kita merasakan ketakutan atau potensi ketidakselesaan, 'sifat anak dalaman' kita akan diaktifkan untuk bermain dan mempamerkan ciri-ciri negatif.

Terdapat tujuh jenis sifat anak batin. Masing-masing mempunyai ciri khas dan sifat yang lebih gelap. Kita semua boleh mengaitkan setiap arketaip ini pada satu titik atau yang lain.

Sifat Anak Kekal

Orang dewasa yang mempunyai 'sifat anak kekal' adalah selama-lamanya muda. Mereka mempamerkan ciri-ciri seperti kanak-kanak, menolak untuk membesar, dan suka berseronok. Mereka sentiasa berasa muda dalam fikiran, badan dan semangat serta menggalakkan orang lain untuk melakukan perkara yang sama. Mereka mungkin kekal seperti ini selama-lamanya kerana mereka tidak benar-benar menghadapi sebarang halangan besar. Mereka perlu melihat sama ada mereka mengelak tanggungjawab dalam hidup mereka.

Puer aeternus - Latin untuk "anak kekal," digunakan dalam mitologi untuk menunjuk dewa kanak-kanak yang selama-lamanya muda; dari segi psikologi ia merujuk kepada lelaki yang lebih tua yang kehidupan emosinya kekal pada tahap remaja, biasanya ditambah pula dengan pergantungan yang terlalu besar kepada ibu.

Di sisi yang lebih gelap, mereka mungkin menjadi tidak bertanggungjawab, tidak boleh dipercayai, dan tidak mampu memikul tugas dewasa. Mereka bergelut dengan sempadan peribadi orang lain dan menjadi terlalu bergantung kepada orang tersayang untuk menjaga mereka. Penafian mereka tentang proses penuaan menyebabkan mereka tidak berasas dan bergelut di antara peringkat kehidupan. Sukar untuk tidak dapat membina keyakinan terhadap keupayaan mereka untuk terus hidup di dunia nyata. Mereka mungkin merasa sukar untuk memasuki dan mengekalkan hubungan jangka panjang.

Sifat yang lebih gelap: narsis, mementingkan diri sendiri atau sombong; histrionik, cuai, dan tidak bertimbang rasa; materialistik, mencurigakan; pemikiran yang tidak rasional.

Sifat Anak Ajaib

Orang dewasa dengan 'sifat kanak-kanak ajaib' melihat dunia kemungkinan. Mereka riang dan mencari keindahan dan tertanya-tanya di sekeliling dan dalam semua perkara dan percaya bahawa segala-galanya mungkin. Mereka adalah pemimpi, mereka ingin tahu, idealistik, dan selalunya mistik.

Di sisi yang lebih gelap, mereka mungkin menjadi pesimis dan tertekan. Mereka mungkin berundur ke dunia fantasi, aktiviti main peranan, permainan, buku atau filem dan kehilangan sentuhan dengan realiti. Mereka menghabiskan terlalu banyak masa untuk berkhayal dan menjauhkan diri daripada realiti, menjauhkan diri daripada orang lain dan mengecewakan orang yang menyayangi mereka. Mereka biasanya tidak berniat jahat, tetapi mereka mencederakan diri mereka sendiri dan orang yang mereka sayangi dengan kekal secara emosi terbantut di sekitar halangan, masalah atau cabaran yang sama. Mereka terpukau dengan cerita dongeng dan menunggu seseorang datang menyelamatkan mereka. Mereka mungkin menjadi mangsa ketagihan.

Mereka cenderung untuk masuk ke dalam cangkang apabila berhadapan dengan situasi yang buruk. Mereka mencari cara untuk menafikan, melarikan diri, mengelak atau mengelak masalah mereka dan mungkin terlepas daripada realiti. Daripada melihat sesuatu sebagaimana adanya, mereka melihat realiti seperti yang mereka mahu atau inginkan, dengan kos secara sedar atau tidak sedar memanipulasi atau menipu orang lain.

Ciri-ciri yang lebih gelap: Sangat beremosi tetapi cenderung menyendiri dari segi emosi; terdedah kepada kemurungan dan pesimisme yang melampau; kesukaran tinggal di hadir; kesempurnaan; ketagihan tingkah laku seperti cinta, seks, membeli-belah, perjudian

Mereka berpotensi untuk mengubah cabaran menjadi ciptaan dan menghasilkan idea yang luar biasa dan bijak untuk menyelesaikan masalah yang kompleks. Kreativiti dan imaginasi adalah aset terbesar.

Sifat Anak Ilahi

Orang dewasa dengan 'sifat anak ketuhanan' tidak bersalah, tulen, dan selalunya berkait rapat dengan ketuhanan. Mereka percaya kepada pemulihan. Mereka mungkin kelihatan mistik. Mereka mewakili harapan, tidak bersalah, kesucian, transformasi, dan mencari permulaan baru. Mereka mungkin hadir dengan keseimbangan yang harmoni antara pemimpi dan pelaku. Mereka dipandu oleh naluri dan intelek serta mahir dalam menyampaikan idea mereka. Mengimbangi realiti dan rasional adalah domain mereka. Mereka berdedikasi, kuat semangat, mampu dan tidak pernah berputus asa.

Mereka terharu dengan negatif dan berasa tidak mampu untuk mempertahankan diri. Mereka mungkin mudah marah dan tidak dapat mengawal diri dalam situasi yang tidak menyenangkan.

Mereka mungkin cenderung menjadi idealistik. Mereka mendapati sukar untuk membantu orang lain tanpa menginternalisasi emosi orang lain dan menganggap masalah orang lain sebagai masalah mereka sendiri. Mereka merasakan tanggungjawab peribadi untuk menunjukkan kekuatan dan keberanian dalam kesusahan. Mereka cenderung untuk memikul beban dunia di atas bahu mereka dan membebankan diri mereka sendiri yang membawa kepada keletihan, keletihan, kegelisahan, dan kebimbangan.

Ciri-ciri yang lebih gelap: kemarahan yang tidak menentu; degil; terlalu idealistik dan perfeksionis; sensitif terhadap kritikan; harga diri yang berubah-ubah; pengorbanan diri dengan mengorbankan kesenangan orang.

Sifat Kanak-kanak Alam

Orang dewasa dengan 'sifat kanak-kanak semula jadi' berasa sangat berkaitan dengan alam semula jadi dan persekitaran, dengan tumbuh-tumbuhan, haiwan, dan bumi di sekeliling mereka. Mereka berasa selesa dengan haiwan peliharaan dan berasa berhubung dengan isu pemeliharaan alam semula jadi dan mementingkan alam sekitar.

Di sisi yang lebih gelap, mereka mungkin menganiaya orang di sekeliling mereka. Mereka cenderung tidak dapat diramalkan dan impulsif. Mereka adalah 'jiwa bebas' yang melihat peraturan, garis panduan, dan disiplin sebagai ancaman kepada kelangsungan hidup mereka. Mereka didorong oleh perlindungan diri yang takut dan akan melakukan apa sahaja untuk terus hidup.

Mereka mungkin menunjukkan keadaan kutub bertentangan dan mungkin menyalahgunakan haiwan, manusia atau alam sekitar. Sifat yang lebih gelap: cuai, impulsif, berdaya saing, egosentrik, hipersensitif, gila dengan perubahan mood.

Sifat Anak Yatim

Orang dewasa yang mempunyai 'sifat anak yatim atau terbiar' mempunyai sejarah berasa kesunyian, ditinggalkan secara emosi, atau yatim piatu. Mereka cenderung untuk berdikari sepanjang hayat mereka, belajar perkara sendiri, mengelakkan kumpulan, dan melawan ketakutan mereka sendiri. Mereka mengasingkan diri dan tidak membenarkan sesiapa masuk, termasuk orang tersayang. Mereka berlebihan dengan mencari keluarga pengganti untuk mengisi kekosongan emosi.

Mereka berpegang pada masa lalu. Mereka menolak dan menutup seluruh dunia. Mereka menyimpan kenangan ditolak atau ditinggalkan pada zaman kanak-kanak mereka. Mereka perlu memaafkan dan melepaskan. Mereka sentiasa berada dalam keadaan 'saya melawan dunia', perasaan orang buangan. Mereka mendapati sukar untuk membina hubungan yang kuat dan sihat. Mereka menolak orang yang disayangi dan kemudian menarik mereka kembali yang menjadikan hubungan mereka bergelora. Perasaan salah faham adalah perkara biasa bagi mereka.

Ciri-ciri yang lebih gelap: kemurungan; persepsi salah faham; takut penolakan dan kesepian; degil

Ciri Kanak-Kanak Cedera

Orang dewasa dengan 'sifat kanak-kanak yang cedera' mempunyai sejarah masa lalu yang kesat atau traumatik. Mereka mempunyai banyak belas kasihan kepada orang lain yang mengalami penderaan yang sama dan cenderung untuk mengembangkan perasaan pengampunan.

Selalunya, mereka mungkin kekal terperangkap dalam corak kesat berulang. Mereka hidup dengan mentaliti 'mangsa'. Mereka menangis. Mereka tertekan, sedih, dan dalam kesedihan sentiasa dan mungkin akan mencederakan diri sendiri dan mensabotaj diri sendiri. Mereka berasa putus asa dan tidak berharga. Penolakan dan kegagalan menguasai. Mereka berasa ditinggalkan, tidak difahami, tidak disayangi, dan tidak dipedulikan.

Corak trauma dan kesakitan berulang lagi dan lagi sehingga trauma atau luka sembuh. Ini adalah pengalaman 'ini selalu berlaku kepada saya'.

Mereka lari dari masa lalu mereka.

Sekiranya ibu bapa saya boleh menyayangi saya apa adanya, saya boleh menjadi ibu bapa yang lebih baik.

Sekiranya saya disayangi, saya akan menjadi lebih baik.

Kalaulah saya dilayan dengan penuh hormat, saya tidak akan marah sebegitu.

Mereka berasa salah faham dan mudah tersinggung dan terluka. Mereka mengambil perkara secara peribadi dan menghayati situasi dan perhubungan. Mereka mahu orang lain memahami mereka dan pada masa yang sama merasakan bahawa orang lain tidak dapat memahami mereka dengan betul. Ini dimanifestasikan dalam bentuk kasihan diri, pengasingan, kemarahan, kemelekatan, sentimental, tidak rasional, dan pendendam.

Mereka terlalu terlibat dalam kesakitan orang lain untuk memahami kesakitan mereka yang tidak dapat mereka hadapi. Keperluan untuk difahami adalah sangat kuat sehingga mereka menggunakan luka yang ditimbulkan oleh diri sendiri. Dunia kini boleh 'melihat kesakitan mereka'. Ini adalah bukti penderitaan mereka. Beginilah cara mereka mendapatkan pengesahan, simpati dan sokongan daripada orang lain. Mereka rindu untuk dikenali dengan apa yang mereka derita. Mereka berharap orang lain akan melihat dan mengakui atau berasa kasihan terhadap mereka. Satu lagi pengalaman biasa ialah kemurungan. Kemurungan adalah bukti kehancuran, yang membentuk corak rasa malu.

Mereka mencari orang lain untuk menyayangi mereka tetapi pada hakikatnya, apa yang mereka sangat dambakan ialah memberi kasih sayang kepada orang lain. Mereka biasanya 'rakan semua cuaca yang boleh dipercayai dan boleh dipercayai' yang dicari oleh orang lain untuk pemahaman dan sokongan. Mereka mempunyai keinginan yang kuat untuk memahami orang lain secara mendalam dan tidak menghakimi dan terbuka. Memahami orang lain adalah kunci untuk memahami diri mereka sendiri. Memberi kasih sayang membolehkan mereka merasa dan menerima kasih sayang orang lain.

Ciri-ciri yang lebih gelap: berasa salah faham, tidak bernilai, rosak; kemurungan; kesukaran untuk melepaskan.

Sifat Anak Tanggungan

Orang dewasa dengan 'sifat kanak-kanak bergantung' mempunyai perasaan yang kuat bahawa tidak ada yang cukup dan sentiasa berusaha untuk menggantikan sesuatu yang hilang pada zaman kanak-kanak. Mereka menuntut perhatian dan hubungan, yang datang dari kekurangan kasih sayang, pengesahan, dan kelulusan sebagai seorang kanak-kanak. Mereka cenderung untuk meletihkan orang di sekeliling mereka secara emosi dan bertenaga kerana ketidakupayaan untuk melihat keperluan orang lain sebelum keperluan mereka sendiri. Mereka mungkin terus menyalahkan, memanipulasi, atau memeras ugut orang lain secara emosi secara sengaja atau tidak sengaja.

Secara sedar atau tidak sedar, mereka mencari sebab untuk mengekalkan sifat mangsa, kasihan diri, rasa berhak, dan mengelakkan isu peribadi.

Ciri-ciri yang lebih gelap: kematangan emosi yang rendah; kurang keyakinan diri; mementingkan diri sendiri; kekurangan empati; menghakimi.

"Bersikap baik tidak semestinya bermakna anda lemah. Anda boleh menjadi baik dan kuat pada masa yang sama."

"Ciri unik 'Sapiens' ialah keupayaan kami mencipta dan mempercayai fiksyen. Semua haiwan lain menggunakan sistem komunikasi mereka untuk menggambarkan realiti. Kami menggunakan sistem komunikasi kami untuk mencipta realiti baharu

Menyelidik Corak kami

"Belajar dari semalam, hidup untuk hari ini, mengharap untuk esok. Yang penting jangan berhenti menyoal."

— Albert Einstein

"Saya fikir adalah sangat penting untuk mempunyai gelung maklum balas, di mana anda sentiasa berfikir tentang perkara yang telah anda lakukan dan bagaimana anda boleh melakukannya dengan lebih baik. Saya rasa itulah satu-satunya nasihat terbaik: sentiasa berfikir tentang bagaimana anda boleh melakukan perkara yang lebih baik dan mempersoalkan diri sendiri."

— Elon Musk

Zon selesa kita ialah keadaan psikologi di mana perkara terasa biasa kepada kita dan kita selesa atau sekurang-kurangnya kita fikir kita berada dan di mana kita mengawal persekitaran kita, mengalami tahap kebimbangan dan tekanan yang rendah. Ia adalah keadaan tingkah laku di mana kita beroperasi dalam kedudukan neutral kebimbangan.

Zon selesa kita adalah tempat yang berbahaya. Ia menghalang kita daripada bertambah baik, ia menghalang kita daripada mencapai semua perkara yang kita mampu capai dan ia membuatkan kita sengsara. Jadi, jika kita membuat keputusan untuk membawa perubahan dalam hidup kita, kita perlu menjauhkan diri daripada zon selesa kita.

Dan ini bermula dengan bertanya kepada diri sendiri beberapa soalan sukar, soalan yang kami enggan akui. Kita perlu bertanya kepada diri kita sendiri dan kita perlu menjawabnya juga kepada diri kita sendiri. Jadi, mengapa kita menentang? Kami menentang kerana ia membuatkan kami tidak selesa. Fahami bahawa tindakan mudah bertanya dan menyesuaikan diri mula meruntuhkan dinding antara kita dan emosi kita. Jangan pernah menilai diri anda untuk apa yang anda rasa. Apa yang kita lakukan dengan perasaan yang penting. Nilai diri hanya untuk tindakan, bukan emosi.

Perkara berikut telah disesuaikan dan diubah suai daripada *Home Coming: Reclaiming and Championing Your Inner Child*, oleh John Bradshaw.

Soal Selidik Pola Anak Dalaman

Lebih banyak anda mengenal pasti dengan kenyataan di sini, lebih banyak anda menyedarinya. Kesedaran dengan penerimaan membantu kita merangka pelan tindakan untuk diri kita sendiri.

IDENTITI

1. Di tempat yang paling dalam dalam diri saya, saya rasa ada sesuatu yang tidak kena dengan saya.

2. Saya botolkan emosi dalam diri saya. Saya menghadapi masalah untuk melepaskan apa-apa.

3. Saya seorang yang menggembirakan rakyat dan tidak mempunyai identiti saya sendiri.

4. Saya mengalami kebimbangan dan ketakutan apabila saya menjangkakan melakukan sesuatu yang baharu.

5. Saya seorang pemberontak. Saya berasa hidup apabila saya berkonflik.

6. Saya berasa tidak mencukupi sebagai seorang lelaki/wanita.

7. Saya rasa bersalah apabila saya membela diri dan lebih suka mengalah kepada orang lain.

8. Saya menghadapi masalah untuk memulakan sesuatu.

9. Saya menghadapi masalah untuk menyelesaikan sesuatu.

10. Saya jarang mempunyai pemikiran saya sendiri.

11. Saya terus-menerus mengkritik diri saya kerana tidak mencukupi.

12. Saya menganggap diri saya seorang pendosa yang teruk dan apa sahaja yang saya lakukan adalah salah.

13. Saya tegar dan perfeksionis.

14. Saya rasa saya tidak pernah mengukur; tidak pernah mendapat apa-apa yang betul.

15. Saya rasa saya benar-benar tidak tahu apa yang saya mahu.

16. Saya terdorong untuk menjadi seorang yang sangat berjaya.

17. Saya takut saya akan ditolak dan ditinggalkan dalam mana-mana hubungan.

18. Hidup saya kosong; Saya berasa tertekan pada kebanyakan masa.

19. Saya tidak tahu siapa saya sebenarnya.

20. Saya tidak pasti apakah nilai saya atau apa yang saya fikirkan tentang sesuatu.

SOSIAL

21. Saya pada dasarnya tidak mempercayai semua orang, termasuk saya sendiri.

22. Saya rasa saya selalu membohongi diri saya kepada orang lain.

23. Saya obses dan mengawal dalam hubungan saya.

24. Saya seorang penagih.

25. Saya terpencil dan takut kepada orang, terutamanya tokoh berkuasa.

26. Saya tidak suka bersendirian dan saya akan melakukan hampir semua perkara untuk mengelakkannya.

27. Saya mendapati diri saya melakukan apa yang saya fikir orang lain harapkan daripada saya.

28. Saya mengelakkan konflik dalam semua kos.

29. Saya jarang mengatakan tidak kepada cadangan orang lain dan merasakan cadangan orang lain hampir satu perintah untuk dipatuhi.

30. Saya mempunyai rasa tanggungjawab yang terlalu berkembang. Lebih mudah bagi saya untuk mengambil berat tentang orang lain daripada dengan diri saya sendiri.

31. Saya sering tidak mengatakan *tidak* secara langsung dan kemudian menolak untuk melakukan apa yang orang lain minta dalam pelbagai cara manipulatif, tidak langsung dan pasif.

32. Saya tidak tahu bagaimana untuk menyelesaikan konflik dengan orang lain. Saya sama ada mengalahkan lawan saya atau menarik diri sepenuhnya daripada mereka.

33. Saya jarang meminta penjelasan tentang kenyataan yang saya tidak faham.

34. Saya sering meneka maksud pernyataan orang lain dan membalasnya berdasarkan tekaan saya.

35. Saya tidak pernah berasa rapat dengan salah seorang atau kedua ibu bapa saya.

36. Saya mengelirukan cinta dengan kasihan dan cenderung untuk mencintai orang yang boleh saya kasihi.

37. Saya mengejek diri sendiri dan orang lain jika mereka melakukan kesilapan.

38. Saya mudah mengalah dan akur dengan kumpulan.

39. Saya sangat berdaya saing dan kalah.

40. Ketakutan saya yang paling mendalam ialah ketakutan untuk ditinggalkan dan saya akan melakukan apa sahaja untuk mengekalkan hubungan.

Kuiz Anak Batin

Ini telah dicipta oleh Oenone Crossley-Holland.

Bagi setiap pernyataan di bawah, jawab…

Jarang sekali Kadang-kadang Selalunya

1. Saya mempunyai sisi suka bermain dan tahu bagaimana untuk berseronok.

2. Kenangan zaman kanak-kanak saya kuat dan saya boleh ingat perasaan saya semasa saya masih muda.

3. Saya mempunyai imaginasi yang jelas dan menikmati usaha kreatif.

4. Dari semasa ke semasa saya melihat gambar lama saya.

5. Saya mempunyai hubungan yang sihat dengan adik-beradik saya.

6. Orang yang mengenali saya semasa kecil mengatakan saya tidak banyak berubah

7. Saya selesa dengan kulit saya.

8. Dalam semua persahabatan dan hubungan intim saya, saya mencari perkongsian yang sama rata.

9. Saya telah mendapat ketenangan dengan didikan saya.

10. Keseronokan kecil kehidupan menggembirakan saya dan saya

sering kagum dengan dunia.

11. Saya sedar akan luka zaman kanak-kanak saya.

12. Sikap saya mencerminkan siapa saya di dalam.

13. Saya telah membina kehidupan yang menyokong saya.

14. Bersendirian tidak merisaukan saya.

15. Saya hidup pada masa kini dan mempunyai rasa ingin tahu tentang kehidupan.

16. Kadang-kadang, saya boleh menjadi bodoh dan saya menghargai ketawa.

17. Setiap hari saya mengambil masa untuk berehat dan mematikan.

18. Saya seronok bergaul dengan kanak-kanak dan rasa saya boleh belajar sesuatu daripada mereka.

19. Apabila saya membuang mainan saya dari kereta bayi, saya boleh mengakuinya.

20. Saya rasa kebebasan.

Jika kebanyakan jawapan adalah 'kebanyakan masa'...

Orang dewasa *kita* selaras dengan masa kini dan damai dalam diri.

'Sifat dan corak anak dalaman' kita tidak mempengaruhi pemikiran, persepsi, tingkah laku dan tindakan kita. Kami memikul tanggungjawab dewasa kami dan tidak terbebani dengan masa lalu kami. Daripada bergantung sepenuhnya pada perhubungan dalam hidup kita, atau berdikari sepenuhnya, kita mungkin telah menemui tempat yang seimbang dan saling bergantung. Kita boleh meminta bantuan apabila diperlukan.

Jika kebanyakan jawapan adalah 'kadang-kadang' ...

Orang dewasa 'kita' cuba menyeimbangkan antara isu masa lalu dan berada di masa kini. Ada kalanya sifat anak batin tidak aktif atau dalam keadaan terpendam, di mana orang dewasa itu hidup sepenuhnya. Tetapi apabila dicetuskan, sifat menjadi aktif dan corak dalaman kanak-kanak bermain.

Jika kebanyakan jawapan adalah 'hampir tidak pernah' ...

Corak 'anak dalam' mendominasi makhluk dewasa. Orang dewasa 'kita' 'terperangkap' dan tidak dapat mengubah persepsi dan memecahkan corak. Kesedaran atau penerimaan adalah sukar atau mengambil tindakan.

Menyelidiki pengalaman zaman kanak-kanak

Mengikuti anda akan menemui senarai kemungkinan pengalaman zaman kanak-kanak. Mungkin mereka mungkin tidak berlaku tepat seperti yang diterangkan di sini tetapi mungkin serupa. Di mana sahaja soalan itu merujuk kepada ibu bapa, fikirkan juga tentang datuk nenek, ibu bapa tiri, bapa saudara, ibu saudara, abang, kakak, sepupu, guru, dan lain-lain yang wujud dalam hidup anda.

Ini telah diadaptasi dan diubah suai daripada karya Robert Elias Najemy.

Untuk setiap pengalaman, temui -

'Apakah emosi yang saya rasakan semasa kecil?'

'Apakah kepercayaan tentang diri saya, orang lain, dan kehidupan yang dicipta dalam fikiran saya ketika itu sebagai seorang kanak-kanak?'

'Apakah keperluan saya yang tidak dipenuhi pada masa itu?'

1. Adakah seseorang yang marah dengan anda, memarahi anda, menolak anda, atau menuduh anda? Siapa dan Bila?

2. Pernahkah anda mengalami perasaan ditinggalkan? Adakah anda pernah ditinggalkan sendirian atau merasakan orang lain tidak memahami anda atau tiada sokongan? Bila? Oleh siapa? Bagaimana?

3. Adakah anda pernah merasakan keperluan untuk lebih banyak kasih sayang, kelembutan, atau ungkapan cinta? Dari siapa dan bila?

4. Adakah terdapat orang dalam persekitaran anda yang sering sakit atau yang sering bercakap tentang penyakit? Siapa dan bila?

5. Adakah anda pernah mengalami perasaan terhina di hadapan orang lain atau berkaitan dengan orang lain? Dalam kes yang mana?

6. Adakah anda pernah dibandingkan dengan orang lain sama ada anda kurang atau lebih berkemampuan atau layak? Kepada siapa, dalam keadaan yang mana, dan berkaitan dengan kebolehan atau sifat perwatakan yang manakah?

7. Adakah anda pernah kehilangan orang tersayang? Siapa dan bila?

8. Adakah ibu bapa anda pernah menyatakan bahawa anda adalah satu-satunya sebab mereka terus tinggal bersama dan bahawa itu telah menjadi pengorbanan besar di pihak mereka atau, adakah mereka pernah

memberitahu anda bahawa mereka telah banyak berkorban demi anda dan bahawa anda terhutang budi kepada mereka? WHO? Bila? Mengenai apa yang penting? Apa sebenarnya yang anda berhutang kepada mereka?

9. Adakah mereka pernah menuduh anda sebagai punca ketidakbahagiaan atau penyakit atau masalah mereka? Siapa yang menuduh anda dan tentang apa sebenarnya? Apakah yang mereka maksudkan bahawa ia adalah kesalahan kami, apakah erti fakta ini kepada anda? Menurut mereka apa yang sepatutnya anda lakukan?

10. Adakah mereka pernah memberitahu anda bahawa anda tidak akan mencapai apa-apa dalam hidup anda, bahawa anda malas atau tidak mampu atau bodoh? Siapa, bila, dan tentang perkara yang penting?

11. Adakah mereka sering bercakap tentang rasa bersalah dan hukuman, sama ada daripada seseorang, ibu bapa, atau Tuhan? WHO? Bila? Mengenai jenis kesalahan dan jenis hukuman apa?

12. Adakah mana-mana guru membuat anda berasa terhina di hadapan kanak-kanak lain? Bila? Bagaimana? Berkenaan apa?

13. Dalam syarikat kanak-kanak lain, adakah anda pernah merasa ditolak atau rendah diri/oleh siapa? Dan rendah dengan kriteria apa?

14. Adakah anda pernah diberitahu bahawa anda bertanggungjawab terhadap adik-beradik anda atau orang lain secara amnya dan apa sahaja yang berlaku kepada mereka adalah tanggungjawab anda? Siapa lakukan? Tentang siapa? Mengenai perkara apa yang anda bertanggungjawab?

15. Adakah anda pernah dibuat untuk memahami dengan cara negatif atau positif bahawa untuk seseorang itu boleh diterima dan disayangi, seseorang mesti:

a. Menjadi lebih baik daripada orang lain?

b. Menjadi yang pertama dalam segala-galanya?

c. Menjadi sempurna, tanpa cacat?

d. Jadi bijak dan pandai?

e. Nak kacak dan cantik?

f. Mempunyai ketenteraman dan kebersihan yang sempurna di rumah?

g. Adakah kejayaan besar dalam kehidupan cinta anda?

h. Mempunyai kejayaan kewangan dan sosial?

i. Diterima oleh semua orang?

j. Aktif dalam pelbagai cara? Mencapai banyak perkara?

k. Sentiasa memenuhi keperluan orang lain?

l. Jangan pernah berkata 'tidak' kepada orang lain?

m. Bukan untuk menyatakan keperluan?

16. Adakah mereka pernah membuat anda memahami dalam beberapa cara bahawa anda tidak mampu untuk berfikir, membuat keputusan, atau mencapai sesuatu sendiri dan bahawa anda akan sentiasa perlu mendengar nasihat dan bergantung kepada orang lain? Siapa yang menyampaikan mesej ini kepada anda? Mengenai perkara apa yang anda sepatutnya tidak mampu membuat keputusan atau mengendalikan dengan betul?

17. Adakah anda pernah mempunyai contoh teladan – ibu bapa, adik beradik yang lebih tua atau orang lain yang pernah atau masih sangat dinamik dan cekap sehingga anda berasa

a. Perlukah menjadi seperti mereka?

b. Keperluan untuk membuktikan nilai anda, untuk mencapai atau bahkan mengatasi model ini?

c. Putus asa, penolakan diri, pengabaian usaha, mungkin kecenderungan yang merosakkan diri sendiri kerana anda percaya anda tidak akan dapat mengatasinya?

18. Pernahkah dalam persekitaran anda seseorang yang tidak dijangka, tidak dapat diramalkan, gementar, atau malah skizofrenia atau penagih alkohol atau dadah sehingga anda mungkin tidak tahu apa yang diharapkan daripadanya? Adakah berlaku keganasan? Oleh siapa dan bagaimana tingkah lakunya?

19. Pernahkah anda merasa ditolak atau memalukan tentang salah seorang atau kedua ibu bapa anda? kenapa?

20. Adakah mereka terlalu kerap bercakap tentang "Tuhan yang menghukum"?

21. Adakah anda pernah merasakan bahawa mereka memberitahu anda satu perkara tetapi melakukan yang lain, bahawa tidak ada konsistensi antara kata-kata dan tindakan mereka, bahawa mereka mempunyai standard ganda, satu untuk diri mereka sendiri dan satu lagi untuk yang lain, atau bahawa mereka adalah munafik, palsu dan tidak benar? Siapa dan bila? Berkenaan topik apa?

22. Atas dasar apa keselamatan ibu bapa anda – wang? Pendapat orang lain? Pendidikan? Kuasa peribadi? Perpaduan keluarga? Harta benda? Pada satu pasangan? lain?

23. Adakah anda seorang kanak-kanak manja yang sentiasa mempunyai apa sahaja yang diingininya dan tidak pernah sesiapa pun menolak bantuan? Jika ya, apakah kesannya kepada anda?

24. Adakah mereka menyekat kebebasan bergerak dan bersuara anda? Adakah mereka memaksa anda melakukan perkara yang anda tidak mahu lakukan? Adakah mereka melarang anda melakukan perkara yang anda mahu lakukan? Apakah yang anda terpaksa lakukan atau dihalang daripada lakukan?

25. Adakah mereka dalam beberapa cara membuat anda memahami bahawa kerana anda seorang gadis:

a. Anda bernilai kurang daripada seorang lelaki?

b. Anda tidak selamat tanpa lelaki?

c. Seks itu kotor, dosa?

d. Untuk diterima secara sosial, anda mesti berkahwin?

e. Anda kurang cekap daripada lelaki?

f. Satu-satunya misi anda adalah untuk melayani orang lain?

g. Anda tidak boleh menyatakan keperluan anda, perasaan anda, atau pendapat anda?

h. Anda mesti menyerahkan diri anda kepada suami anda?

i. Anda mesti cantik untuk diterima?

26. Adakah mereka dalam beberapa cara membuat anda memahami bahawa kerana anda masih lelaki:

a. Awak mesti kuat?

b. Anda mesti lebih hebat, lebih cekap, lebih kuat, dan lebih bijak daripada isteri anda?

c. Nilai anda diukur mengikut kehebatan seksual anda?

d. Nilai anda diukur mengikut kejayaan profesional dan kewangan anda?

e. Anda mesti membandingkan diri anda dengan lelaki lain?

Kemungkinan kesimpulan zaman kanak-kanak yang tersilap

Sila tandakan di sebelah kepercayaan atau perasaan yang anda perhatikan dalam diri anda supaya anda boleh mengusahakannya.

1. Saya mesti menjadi seperti orang lain untuk mereka menerima saya.

2. Jika mereka tidak mencintai dan menerima saya, saya tidak selamat.

3. Jika orang lain tidak menerima saya, saya tidak layak.

4. Saya mesti 'betul' untuk layak dan untuk mereka menyayangi saya.

5. Saya mesti sempurna supaya orang lain menerima saya dan menyayangi saya.

6. saya mesti ada supaya selamat.

7. saya mesti ada untuk dianggap layak.

8. saya mesti capai untuk dianggap layak.

9. Untuk merasa layak, saya mesti boleh dan berjaya.

10. Kebahagiaan saya bukan di tangan saya sendiri. Saya adalah mangsa faktor luaran.

Nilai diri saya bergantung kepada (renungkan setiap perkara dan fahami pengaruh dan intensitinya)

a. Apa yang orang lain fikirkan tentang saya.

b. Hasil usaha saya.

c. penampilan saya.

d. Duit saya.

e. Pengetahuan saya.

f. Bagaimana saya membandingkan dengan orang lain.

g. Kedudukan profesional saya.

h. Lain-lain.

Soal selidik untuk berkenalan dengan anak batin kita

1. Semasa kecil saya mendengar bahawa kesalahan saya yang paling ketaraialah.

2. Sebagai seorang kanak-kanak, saya berasa bersalah untuk/bila .

3. Saya berasa ditolak apabila .

4. Saya berasa takut apabila .

5. Saya berasa marah apabila .

6. Saya berasa rendah diri apabila .

7. Saya berasa selamat apabila .

8. Saya berasa damai apabila .

9. Saya berasa disayangi apabila .

10. Saya berasa gembira apabila .

"Isaac Newton, seorang yang berwawasan sejati pada zamannya, adalah seorang lelaki yang melihat ke banyak arah untuk mendapatkan jawapan kepada soalan yang kebanyakan orang tidak tahu untuk ditanya."

"Macam mana awak tahu sangat tentang segala-galanya? ditanya kepada seorang lelaki yang sangat bijak dan bijak, dan jawapannya adalah 'Dengan tidak pernah takut atau malu untuk bertanya tentang apa-apa yang saya tidak tahu.

"Transformasi diri bermula dengan tempoh menyoal diri sendiri. Soalan membawa kepada lebih banyak soalan, kebingungan membawa kepada penemuan, dan kesedaran peribadi yang semakin meningkat membawa kepada transformasi dalam cara hidup seseorang. Pengubahsuaian diri yang bertujuan hanya bermula dengan menyemak semula fungsi dalaman minda kita. Fungsi dalaman yang diubah suai akhirnya mengubah cara kita melihat persekitaran luaran kita."

Bahagian 3: Tukar Persepsi, Pecah Corak

Alam Semesta adalah Pemikiran!

"Setiap pemikiran yang kita fikirkan mencipta masa depan kita."

- Louise Hay

"Tiada apa yang boleh membahayakan anda seperti fikiran anda sendiri yang tidak dijaga."

— Buddha

"Kami adalah apa yang telah dibuat oleh pemikiran kami; jadi, ambil berat tentang apa yang anda fikirkan. Perkataan adalah sekunder. Fikiran hidup; mereka pergi jauh."

— Swami Vivekananda

"Ubah pemikiran anda dan anda ubah dunia anda."

— Norman Vincent Peale

"Semua orang adalah lautan di dalamnya. Setiap individu berjalan di jalan. Setiap orang adalah alam semesta pemikiran, dan pandangan, dan perasaan.

Tetapi setiap orang lumpuh dengan caranya sendiri oleh ketidakupayaan kita untuk benar-benar menampilkan diri kita kepada dunia."

— Khaled Hosseini Tiada kuasa yang lebih besar di alam semesta selain daripada pemikiran.

Apakah fikiran? Tiada apa-apa selain pemikiran! Malah Alam Semesta adalah pemikiran.

"Kita adalah sebahagian daripada alam semesta ini; kita berada di alam semesta ini, tetapi mungkin lebih penting daripada kedua-dua fakta itu, ialah alam semesta ada di dalam kita."

Pemikiran mungkin kelihatan halus, tetapi ia adalah kuasa sebenar, sesuatu yang sangat 'nyata' sebagai jirim dan tenaga. Kita secara kekal dikelilingi oleh lautan fikiran yang luas yang sentiasa mengalir kepada kita dan melalui kita. Setiap pemikiran adalah bentuk yang bergetar, rohani dengan sendirinya, berkembang, berkembang, membentuk, dan membentuk dirinya secara berterusan. Berfikir ialah a proses berterusan untuk kita sebagai pernafasan. Setiap pemikiran adalah ciptaan baru. Berfikir adalah apa yang dilakukan oleh minda.

Fikiran tidak terhingga dan tidak habis-habis. Fikiran bergerak paling cepat, lebih cepat daripada cahaya. Dalam konsep *Chakra*, chakra Mahkota berada di atas chakra Mata Ketiga. Fikiran tidak dibatasi oleh masa atau jarak. Fikirkan seseorang yang tinggal di seberang dunia. Berapa lama masa yang diambil untuk mengingatkan mereka? Fikirkan sesuatu yang kita lakukan tahun lepas. Fikirkan tentang percutian percutian seterusnya. Prosesnya hampir serta-merta.

"Pemikiran, perkataan, dan tindakan berkait rapat antara satu sama lain, terjalin."

Rahsia pemikiran adalah bahawa ia adalah tenaga yang paling murni dari semua. Sekiranya kita boleh melihat alam semesta dari luar, kita akan terkejut dengan apa yang akan kita lihat! *Seluruh alam semesta yang luas yang kita fikir kita diami ini hanyalah pemikiran di dalam minda, yang tidak lain hanyalah titik tanpa dimensi* .

Jika kita dapat melihat ke dalam Singularity, kita akan mendapati bahawa ia adalah titik cahaya. Jika kita dapat melihat ke dalam cahaya, kita akan mendapati bahawa ia adalah sistem getaran dan frekuensi yang luar biasa dan dinamik, membentuk corak yang tidak berkesudahan. Jika kita dapat mengkaji corak-corak ini secara terperinci, kita akan faham bahawa semua corak ini adalah apa yang membentuk alam semesta minda dan badan kita, berinteraksi antara satu sama lain.

Mari kita pertimbangkan empat perkara dan empat individu.

- Mumbai.
- Wang.
- Persahabatan.
- Mahatma Gandhi.

Mumbai

Bagi Mumbaikar, Mumbai mempunyai pengalaman, perasaan, ingatan dan kesan yang berbeza. Bagi seseorang yang tidak pernah melawat Mumbai, dan mendengar dan membaca mengenainya melalui media sosial, persepsi Mumbai perubahan. Bagi seorang pelawat, pengalaman dan kenangannya di Mumbai pasti berbeza. Bagi seseorang yang telah menyaksikan serangan pengganas, Mumbai meninggalkan pengalaman, ingatan, emosi dan perasaan yang berbeza. Bolehkah mana-mana dua manusia di dunia ini mempunyai persepsi, ingatan, pandangan, pengalaman, pemikiran, dan emosi yang sama tentang Mumbai? Jadi di manakah Mumbai wujud? Di planet bumi pada latitud atau longitud tertentu? Terdapat Mumbai yang berbeza dalam pemikiran orang-orang ini. Bagi setiap daripada mereka, Mumbai wujud dalam pemikiran mereka!

Wang

Wang ialah sebarang item atau rekod yang boleh disahkan yang diterima umum sebagai pembayaran untuk barangan dan perkhidmatan dan pembayaran balik hutang, seperti cukai, dalam negara atau konteks sosioekonomi tertentu. Nah, inilah yang dikatakan oleh Wikipedia. Tanya seseorang yang tidak memilikinya, seorang pengemis di jalan raya. Wang bermakna berbeza kepada seseorang yang tidak mempunyai cukup untuk mempunyai roti hari ini. Wang yang sama mempunyai definisi yang berbeza kepada kanak-kanak yang menghargai mainannya lebih daripada apa-apa lagi. Bagi seseorang yang suka berjudi, wang mempunyai wajah yang berbeza. Dan ini bermakna berbeza kepada rakyat biasa yang menghabiskan seluruh hidup mengimbangi dan menyimpan wang. Jadi, apa itu wang? Adakah itu yang ditakrifkan oleh seorang ahli ekonomi? Wang mempunyai persepsi yang berbeza untuk setiap orang. Bolehkah mana-mana dua individu di dunia ini mempunyai persepsi, ingatan, pandangan, pengalaman, pemikiran, dan emosi yang sama tentang wang? Bagi setiap daripada mereka, wang wujud dalam fikiran mereka!

Persahabatan

Persahabatan adalah hubungan kasih sayang antara manusia. Kami menyambut hari persahabatan. Kami mempunyai buku dan filem serta penerangan tentang persahabatan. Bagi seseorang, yang baru sahaja disakiti oleh kawan baiknya, persahabatan adalah kesakitan yang paling besar. Kawan yang memerlukan bukan sekadar kawan, kawan ini adalah bidadari yang menyamar. Rakan media sosial yang menyukai siaran media adalah jenis rakan yang berbeza sama sekali. Apabila seorang ibu menjadi kawan baik, pengalaman persahabatan itu berbeza. Jadi, apakah pemahaman sebenar tentang persahabatan? Bolehkah mana-mana dua jiwa di dunia ini mempunyai persepsi, ingatan, pandangan, pengalaman, fikiran, dan emosi tentang persahabatan? Bagi setiap daripada mereka, persahabatan wujud dalam pemikiran dan pengalaman mereka!

Mahatma Gandhi

Siapa Mahatma Gandhi? Bagi pemerintah India sebelum Merdeka, Gandhiji adalah lelaki yang berbeza. Bagi pejuang kemerdekaan, Gandhiji adalah teladan, pahlawan. Bagi seseorang hari ini, dia mungkin hanya imej pada nota mata wang. Dan Gandhiji berbeza dari perspektif anaknya.

Siapakah 'Gandhi' yang sebenar? Yang menghairankan, Gandhiji dilihat secara berbeza oleh individu yang berbeza, yang berbeza daripada apa yang mesti dilihatnya tentang dirinya! Bolehkah ada dua makhluk, hidup atau mati yang mempunyai persepsi, ingatan, pandangan, pengalaman, pemikiran, dan emosi yang sama tentang Gandhiji? Jadi, di mana dia wujud? Dia wujud dalam pemikiran kita!

Persepsi Mumbai atau Wang atau Persahabatan atau Gandhiji yang manakah tepat?

Ia bukan tentang apa yang betul dan apa yang salah, bukan tentang apa yang baik dan apa yang buruk, dan bukan tentang apa itu realiti dan apa itu fiksyen.

Adakah Mumbai merupakan lokasi geografi? Adakah wang adalah sesuatu yang material?

Adakah persahabatan adalah hubungan abstrak?

Adakah Gandhiji hanya seorang manusia yang hidup di planet ini pada suatu ketika?

Bagi setiap daripada kita, ini wujud dalam pemikiran kita. Persepsi kita tentang mereka yang menjadi realiti. Memperluaskan konsep ini ke semua tempat, semua benda material dan abstrak, dan semua makhluk hidup atau mati, mereka wujud dalam pemikiran kita. Ringkasnya, apa yang kita istilahkan alam semesta, kemudian wujud dalam pemikiran kita.

Adakah kita adalah sebahagian daripada Alam Semesta ini?

Atau adakah Alam Semesta adalah sebahagian daripada Pemikiran?

Bolehkah kita sekarang berkata – "Saya adalah saya dan saya adalah Alam Semesta!!!"

Jika alam semesta saya adalah sebahagian daripada pemikiran saya, maka semua yang saya panggil 'masa lalu' atau 'masalah' atau 'persepsi' dan 'corak' saya, adakah ia tidak wujud dalam pemikiran saya?

Kemudian, adakah penyelesaian kepada hidup saya, transformasi yang saya inginkan, tidak wujud dalam fikiran saya?

Sebaik sahaja kita mempunyai kesedaran, pengakuan, dan penerimaan perkara ini, memulakan proses "Ubah Persepsi; Pecahkan Corak".

Transformasi tidak terletak pada mengubah masa lalu atau mengawal persekitaran kita. Ia terletak di dalam. Apa yang berlaku kepada kita tidak penting. Apa yang berlaku dalam diri kita adalah penting. *Dan apabila kita menyedari alam semesta di dalam, kita mengakui ketidakseimbangan dan menerima diri kita apa adanya dan cara keadaan, corak lama runtuh dan tetapan lalai baru dalam hidup kita muncul* .

Jika kita tidak menyukai apa yang kita lihat di sekeliling kita maka kita hanya perlu mengubah pemikiran kita. Kita sentiasa boleh mengubah pemikiran kita, dan dengan itu sentiasa mungkin untuk mencipta situasi yang berbeza dari setiap saat sekarang. Sesungguhnya, jika kita terus memikirkan pemikiran yang sama tentang sesuatu situasi, kemungkinan besar ia akan berubah tanpa bantuan daripada kuasa luar.

Setiap pemikiran adalah frekuensi getaran. Satu pemikiran menarik yang lain, yang menarik yang lain, dan yang lain, bersama-sama dengan memperoleh kekuatan, sehingga akhirnya, ia nyata dalam realiti fizikal kita. Fikiran boleh dirasai. Sesetengah fikiran terasa ringan; orang lain berasa berat dan membebankan kita. Kita berasa lebih ringan atau lebih berat melalui sifat pola pemikiran yang berulang.

Setiap benda di alam semesta bergetar pada frekuensi tertentu. Fikiran dan perasaan kita, termasuk segala-galanya di bawah sedar kita, menghantar getaran tertentu ke alam semesta, dan getaran itu membentuk kehidupan yang kita jalani. Inilah cara alam semesta berfungsi. Berita baiknya ialah apabila kita memahami cara alam semesta berfungsi, kita mempunyai kuasa untuk membuat alam semesta berfungsi untuk kita! Jika kita rasa buntu, tidak puas hati, atau tidak puas hati dengan kehidupan kita, jawapannya terletak pada meningkatkan getaran kita ke nada yang sempurna di mana niat dan keinginan kita bergema dengan niat dan keinginan alam semesta.

Jika segala-galanya di alam semesta adalah tenaga, maka "benda" yang kita inginkan tidak lagi menjadi objek dan menjadi lebih seperti arus tenaga. Kemudian kita perlu memperkasakan diri kita dengan mengalihkan tenaga ini. Bagaimanakah kita mengarahkan tenaga? Kita wujudkan niat. Dan kita mencipta niat melalui getaran keinginan dan pemikiran kita. Apa yang kita fokuskan menjadi realiti kita. Seperti kata pepatah, *ke mana perhatian pergi, tenaga mengalir* .

Ini adalah "undang-undang tarikan". Falsafah ini kekal abadi – dari Buddha dan Lao Tzu hingga 'The Secret', ajaran ini telah memikat imaginasi manusia.

"Apa sahaja yang boleh difikirkan dan dipercayai oleh fikiran manusia, ia boleh dicapai."

"Ubah fikiran anda, ubah hidup anda."

"Pemikiran menjadi sesuatu."

"Anda adalah apa yang anda percaya diri anda."

"Sebaik sahaja anda membuat keputusan, alam semesta berkomplot untuk mewujudkannya." *"Apa yang anda keluarkan itulah yang anda dapat kembali."*

"Jika anda menyedari betapa kuatnya pemikiran anda, anda tidak akan memikirkan pemikiran negatif."

"Apa yang memakan fikiran anda, mengawal hidup anda."

"Anda hanya mempunyai kawalan ke atas tiga perkara dalam hidup anda, pemikiran yang anda fikirkan, imej yang anda bayangkan dan tindakan yang anda ambil."

Hanya ada satu sudut alam semesta yang anda pasti akan perbaiki, dan itu adalah diri anda sendiri.

Perjalanan Transformasi

"Apa yang perlu untuk mengubah seseorang adalah mengubah kesedarannya tentang dirinya sendiri."

"Seseorang adalah corak tingkah laku, kesedaran yang lebih besar."

– Deepak Chopra

"Daripada menjadi pemikiran dan emosi anda, jadilah kesedaran di belakangnya."

– Eckhart Tolle

Transformasi bukan satu peristiwa. Ia adalah satu perjalanan. Ia bukan momen tertentu dalam hidup kita. Ia adalah proses berterusan untuk hidup yang diperkasakan. *Pengakhiran* dalam perjalanan transformasi tidak pernah dicapai, tetapi setiap langkah proses transformasi adalah matlamat yang kami tetapkan. Perjalanan transformasi bermula dengan soalan kritikal tertentu. Untuk soalan sedemikian, tiada jawapan yang betul. Soalan kritikal ialah

Adakah saya benar-benar mahu berubah? Adakah saya bersedia untuk transformasi?

Adakah saya percaya bahawa transformasi saya mungkin?

Saat itu apabila kami memutuskan untuk *Mengubah Persepsi dan Memecahkan Corak* , perjalanan kami bermula ...

"Bahawa kita tidak tahu bagaimana untuk menyelesaikan masalah tidak bermakna ia tidak boleh diselesaikan; ini bermakna kita tidak boleh menyelesaikannya jika kita kekal seperti sedia ada."

Transformasi diri bermaksud membuka minda kita kepada sesuatu, yang telah tertutup. Walaupun kita tidak tahu bagaimana untuk berubah, tindakan mudah melihat ke dalam akan membawa kepada manifestasi luaran.

Perjalanan transformasi ini merentasi tiga langkah

Kesedaran, Penerimaan, dan Tindakan!

Langkah 1: Kesedaran

"Melalui kesedaran, saya mula melihat diri saya seperti yang sebenarnya, keseluruhan diri saya."

"Janganlah kita menoleh ke belakang dalam kemarahan, atau ke hadapan dalam ketakutan, tetapi keliling dalam kesedaran."

"Kesedaran membolehkan kita keluar dari fikiran kita dan memerhatikannya dalam tindakan."

Untuk menjadi seperti yang kita mahu, untuk berubah, kita mesti sedar tentang diri kita sendiri.

Kesedaran secara sedar menghubungkan kita dengan diri kita sendiri. *Kesedaran* ialah keadaan sedar tentang persepsi kita dan memahami corak pemikiran-emosi-tingkah laku kita. Ia adalah memahami dan merenung dengan keterbukaan. Kesedaran boleh dibangunkan dalam beberapa cara. Membaca buku inspirasi atau menonton filem yang menyentuh jiwa atau rakan rapat atau mentor boleh menjadi sumber kesedaran. Ada yang mengumpul maklumat dengan bertanya kepada orang lain; ada yang boleh menghayati dan memperoleh cerapan, mencapai tahap pemahaman baharu dengan sendirinya.

Kita bukan pemikiran kita, tetapi entiti yang memerhati fikiran kita; kita adalah pemikir, terpisah dan terpisah dari pemikiran kita. Tetapi pemikiran dan tindakan kita menjadikan kita apa adanya. Kita boleh terus hidup tanpa memberi pemikiran tambahan kepada diri kita sendiri, hanya berfikir dan merasa dan bertindak sesuka hati; walau bagaimanapun, kita boleh menumpukan perhatian kita pada diri dalaman itu, yang dipanggil 'penilaian kendiri'. Apabila kita melibatkan diri dalam penilaian diri, kita boleh memikirkan sama ada kita berfikir dan merasakan dan bertindak seperti yang kita 'sepatutnya'.

Awas! Persoalan diri yang terlibat dalam kesedaran diri boleh membawa kepada lingkaran yang tidak berkesudahan. Lapis demi lapis seperti kulit bawang. Dan, sering kali, 'mendalam' kesedaran mungkin tidak menjelaskan apa-apa yang berguna, tetapi tindakan mengupasnya sahaja boleh menjana lebih banyak kebimbangan, tekanan, dan pertimbangan diri. Ramai daripada kita terperangkap dalam perangkap sentiasa melihat satu tahap lebih dalam. Melakukan ini terasa penting tetapi kebenaran sentiasa melebihi tahap tertentu itu. Dan tindakan melihat lebih dalam itu sendiri menghasilkan lebih banyak perasaan putus asa daripada melegakan.

"Kita semua menganggap diri kita sebagai pemikir yang membuat alasan berdasarkan fakta dan bukti, tetapi sebenarnya otak kita menghabiskan sebahagian besar

masanya untuk membenarkan dan menjelaskan apa yang telah diisytiharkan dan diputuskan oleh hati."

Berhati-hati dengan corak.

Apa yang saya lakukan apabila saya marah? – Saya berhujah, menjadi kasar dan kemudian saya menangis dengan rasa bersalah kerana marah.

Apa yang saya lakukan apabila saya sedih? Saya mengurung diri saya di dalam bilik, saya menangis dan mengutuk diri saya sendiri kerana menjadi seperti saya, dan kemudian saya hanya makan dengan telefon bimbit saya.

Ke mana perginya fikiran kita apabila kita berasa sedih? Bilakah kita berasa marah?

Bersalah? cemas?

Kenali masalah yang kita buat untuk diri kita sendiri. 'Masalah terbesar saya mungkin tidak dapat bercakap tentang kemarahan atau kesedihan saya. Saya sama ada melarikan diri dengan menggunakan telefon bimbit saya atau menjadi pasif-agresif dengan membentak orang sekeliling.'

Apakah emosi kita yang kuat dan lemah? Emosi yang manakah kita bertindak balas dengan buruk? Dari mana datangnya berat sebelah dan pertimbangan terbesar kita? Bagaimanakah kita boleh mencabar atau menilai semula mereka?

'Adakah saya sedar tentang persepsi dan corak saya?'

Langkah 2: Penerimaan

"Segala sesuatu dalam kehidupan yang benar-benar kita terima mengalami perubahan."

"Pengakuan satu kemungkinan boleh mengubah segala-galanya."

Sesetengah memahami kesedaran sebagai keupayaan untuk meneroka dunia dalaman kita. Orang lain menyebutnya sebagai keadaan kesedaran diri sementara. Namun, yang lain menggambarkannya sebagai perbezaan antara cara kita melihat diri kita dan cara orang lain melihat kita.

Bukankah melainkan jika kita menerima dan mengakui apa yang kita sedar, dan tidak kekal dalam keadaan jahil dan penafian, adakah kita akan dapat terus berada di jalan transformasi?

Penerimaan ialah: 'Saya bertanggungjawab ke atas hidup saya dan saya mempunyai pilihan bagaimana saya memimpinnya.'

Penerimaan tidak bermakna bertolak ansur dengan nasib atau perletakan jawatan kita: 'Saya harus berputus asa kerana tiada apa yang boleh saya lakukan, dan apa sahaja yang saya lakukan tidak akan membawa apa-apa perubahan.'

Penerimaan tidak boleh dipaksa. Perjalanan 'Penerimaan' bermula dengan tidak dapat menerima mereka dan kemudian mencari jalan untuk melakukannya. Ia penting kerana jika kita tidak menerima diri kita apa adanya, kita akan mewujudkan beberapa masalah dalam hidup kita. Sesetengah masalah ini adalah dalaman, memberi kesan kepada kita secara peribadi dan sebahagian lagi akan menjejaskan cara orang lain melayan kita. Ramai di antara kita terjerumus ke dalam perangkap tidak menerima siapa diri kita dan kemudian cuba menjadi seperti orang lain.

Apabila perkara buruk berlaku, kita berkata 'Saya tidak boleh percaya' atau 'Ini tidak boleh berlaku kepada saya'. Kita mula percaya dan terbawa-bawa dengan apa yang kita bayangkan, idealkan atau jangkakan dan mencipta gelembung khayalan diri. Ketika itulah kita perlu melihat sesuatu sebagaimana adanya. Itulah penerimaan.

Penerimaan beralih daripada fasa "Mengapa saya" kepada "Ok, saya adalah diri saya dan saya memilih untuk berubah kepada apa yang saya pilih untuk menjadi."

Kebanyakan situasi yang kita temui dalam kehidupan seharian kita adalah gabungan baik dan buruk. Sentiasa sedar bahawa sesuatu yang baik datang daripada penerimaan. Lebih banyak kita menerima, lebih banyak kita belajar tentang diri kita. Kita boleh bertahan dalam perjalanan transformasi kita jika kita bersedia untuk mengambil satu langkah pada satu masa. Tidak selalu mudah untuk menyesuaikan diri dengan perkara yang tidak mungkin, luar biasa dan tidak dijangka tetapi masih mungkin untuk menjadi lebih santai di sekeliling perkara dan membangunkan sikap yang lebih positif. *Semakin kita bergelut untuk menerima situasi, semakin teruk keadaannya.* Penerimaan adalah satu perjalanan yang perlu dilalui demi kebahagiaan dan ketenangan jiwa kita.

Hanya apabila kita menerima di mana kita berada sekarang, kita mencipta penjajaran dengan minda, badan dan tenaga kita. Dan barulah kita boleh bergerak ke hadapan untuk bertindak. Apabila kita tidak menerima di mana kita berada sekarang, apabila kita berada dalam penafian atau kejahilan, kita tidak akan dapat bergerak melalui atau melampauinya.

Adalah penting untuk diingat bahawa penerimaan tidak bermakna kita bersetuju dengannya, cuma kita berada di mana kita berada. Penerimaan bukan penyerahan; ia adalah pengakuan terhadap fakta sesuatu situasi. Kemudian memutuskan apa yang akan kita lakukan mengenainya.

Ramai daripada kita menyalahkan, kerana menyalahkan melepaskan ketegangan dalam badan kerana kita menolaknya kepada sesuatu atau orang lain. Sehinggalah kita melalui langkah mengakui dan menerima barulah kita boleh bergerak ke langkah seterusnya - tindakan.

Sebaik sahaja kita sedar dan menerima persepsi dan corak kita, kita menyediakan diri untuk bertindak.

Introspeksi ialah proses yang melibatkan melihat ke dalam untuk memeriksa pemikiran dan emosi kita tetapi dengan cara yang lebih tersusun dan ketat. Diandaikan bahawa introspeksi - mengkaji punca pemikiran, perasaan, dan tingkah laku kita - meningkatkan kesedaran diri. Penemuan yang mengejutkan ialah orang yang introspeksi kurang sedar diri.

Masalah dengan introspeksi ialah kebanyakan orang melakukannya dengan tidak betul. Soalan introspektif yang paling biasa ialah 'Kenapa?' Kami bertanya ini apabila cuba memahami emosi kami. Kenapa saya jadi begini?

Sebenarnya, 'kenapa' adalah soalan kesedaran diri yang paling tidak berkesan. Kita tidak mempunyai akses kepada pemikiran, perasaan dan motif bawah sedar kita. Jadi, kita bertanya kepada diri sendiri - Mengapa? Kita cenderung untuk mencipta jawapan yang dirasakan benar tetapi selalunya salah. *Sebagai contoh, selepas luahan oleh bapa, seorang anak lelaki mungkin membuat kesimpulan bahawa dia tidak cukup baik apabila sebab sebenar adalah pertengkaran antara ibu bapanya.*

Masalah dengan bertanya 'mengapa' bukan hanya betapa salahnya kita, tetapi sejauh mana kita yakin bahawa kita betul. Fikiran manusia beroperasi berkali-kali secara tidak rasional dan pertimbangan kita jarang bebas daripada berat sebelah. Kami 'menerima secara membabi buta' apa sahaja 'wawasan' yang kami temui, tanpa mempersoalkan kesahihan atau nilainya, kami mengabaikan bukti yang bercanggah, dan kami memaksa pemikiran kami untuk mematuhi penjelasan awal kami.

Akibat negatif bertanya 'mengapa' ialah ia mengundang pemikiran negatif yang tidak produktif. Orang yang introspektif lebih cenderung terperangkap dalam corak ruminatif. *Sebagai contoh, anak lelaki akan sentiasa memberi tumpuan kepada tidak cukup baik dalam setiap situasi dan bukannya penilaian rasional setiap satu keadaan* . Oleh itu, penganalisis diri yang kerap cenderung menjadi lebih tertekan dan cemas.

Balik frasa - Untuk meningkatkan wawasan diri dan kesedaran diri, kita harus bertanya apa, bukan mengapa. Soalan 'Apakah' membantu kami kekal objektif, fokus pada masa hadapan dan diberi kuasa untuk bertindak berdasarkan cerapan baharu kami.

Kenapa saya jadi begini? Balikkan frasa. Apa yang saya lakukan untuk menjadi apa yang saya pilih?

Soalan pertama mempunyai jawapan kosong.

Soalan kedua membawa kepada pelan tindakan.

Langkah 3: Tindakan

"Tiada apa-apa yang berlaku sehingga sesuatu bergerak."

- Albert Einstein

"Awak nak tahu siapa awak? Jangan tanya. Bertindaklah! Tindakan akan menggambarkan dan mentakrifkan anda."

"Idea yang tidak digabungkan dengan tindakan tidak akan menjadi lebih besar daripada sel otak yang didudukinya."

Tindakan adalah di mana kita mempengaruhi perubahan.

Tindakan adalah tingkah laku kita, perkara yang kita lakukan yang menggerakkan kita ke arah matlamat kita. Mengambil tindakan adalah langkah penting ke arah pencapaian. Orang kadang-kadang menganggap bahawa hanya perkara besar yang dikira sebagai tindakan. Walau bagaimanapun, selalunya tindakan kecil dan berterusan yang menyumbang kepada kami mencapai matlamat kami.

Melompat ke dalam tindakan tanpa kesedaran dan penerimaan menjadi perjuangan yang sukar. Jika kita melalui proses pemahaman, refleksi, bertanya soalan, dan menerima 'apa adanya' dan kemudian bergerak ke dalam tindakan, kita membina tenaga di sekelilingnya. Dengan momentum, anjakan tidak begitu sukar.

Apabila kita berada dalam kesedaran, penerimaan, dan tindakan, ia membawa minda, badan, dan emosi bersama-sama untuk bergerak di sepanjang jalan yang paling sedikit tentangan.

Apabila kita berada pada tahap yang sebenarnya 'memerlukan' transformasi, transformasi mula berlaku. *Apabila keperluan untuk transformasi digabungkan dengan mengejar transformasi, sesuatu yang ajaib berlaku.*

Jangan menghabiskan masa untuk masalah. Jangan menghabiskan tenaga untuk 'menyelesaikan' masalah. Sebaliknya, bayangkan apa transformasi yang diingini dan tenggelamkan diri anda di dalamnya. Ia mungkin tidak mungkin untuk membuat perubahan besar sekaligus. Ini mewujudkan tekanan yang tidak produktif pada minda dan badan. Bermula dengan perlahan, bina momentum.

Kadang-kadang kita mungkin tidak dapat mengenal pasti apa masalahnya. Tidak mengapa. Cukuplah untuk menerima bahawa 'saya tidak sihat'. Kita hanya perlu bertanya kepada diri sendiri

– 'Apa yang saya lakukan untuk berasa lebih selesa?' Ia mungkin menjadi tidak selesa apabila kita berada dalam fasa penerimaan. Tanya – 'Adakah saya mahu melakukan sesuatu mengenainya?' Ya, jadi bertindaklah. Ambil langkah seterusnya. Ambil sedikit masa untuk merenung. Ia akan membuka pandangan baharu.

Tindakan boleh mengambil beberapa nafas dalam-dalam. Ia melepaskan ketegangan. Kami bertanggungjawab. Tiada orang lain yang akan mengambil nafas itu untuk kita.

Sikap'

Niat kita menentukan tindakan kita. Kehidupan kita adalah pengumpulan tindakan yang telah kita lakukan. Jika jauh di dalam kita tidak tenang, kita perlu lebih sedar tentang niat kita. Tindakan membawa perhatian kepada niat kita membawa kita kepada pemahaman yang lebih mendalam tentang siapa kita dan mengapa kita melakukan perkara yang kita lakukan. Apabila kita mengembangkan tabiat memperhatikan niat kita, menjadi lebih mudah untuk membuat keputusan yang sesuai dengan kehidupan yang kita inginkan. Kita boleh memilih untuk bertindak mengikut cara yang sejajar dengan siapa kita dan apa yang ingin kita capai.

Sikap adalah salah satu faktor terpenting dalam membantu kita mengharungi suka dan duka kehidupan. Ia menentukan cara kita menghadapi. Perspektif kami mempengaruhi prestasi kami dan cara kami menangani penolakan. Sikap yang salah menghalang pencapaian kita. Jika kepercayaan negatif terus bertimbun, ia mengakibatkan hasil yang tidak produktif. Pemikiran negatif boleh terdiri daripada kebimbangan berterusan, 'bagaimana jika' senario, atau tidak mempercayai diri kita sendiri untuk mengurus dan mengatasinya.

Apabila kita menganggap yang paling teruk, sukar untuk berfikir dan menyelesaikan sesuatu. "Saya tidak akan pernah dapat melakukannya." Dengan pemikiran sedemikian, sejauh manakah keberkesanan kita dalam menyelesaikan kerja kita?

Sikap positif menyumbang kepada kepercayaan bahawa kita boleh menangani situasi. Ia tidak bermakna kita mempunyai 'sikap gembira, peduli', tetapi apabila sesuatu berlaku, kita boleh menanganinya.

Jika kita menghadapi kesukaran atau mengelak daripada membuat keputusan kerana ingin memastikan bahawa kita melakukan perkara yang 'betul', kita selalunya tidak melakukan apa-apa. Kita juga mungkin memilih untuk tidak berbuat apa-apa kerana kita telah menentukan bahawa itu adalah keputusan yang tepat pada masa itu.

Matlamat kesedaran adalah penerimaan dan matlamat penerimaan adalah tindakan.

Inilah perjalanan transformasi.

Plato berkata bahawa semua kejahatan berpunca daripada kejahilan. Isunya bukan kerana kita mempunyai kelemahan - isunya ialah kita enggan mengakui kita mempunyai kelemahan. Apabila kita enggan menerima diri kita seadanya, maka kita kembali kepada keperluan berterusan untuk kebas dan gangguan. Dan kita juga tidak akan dapat menerima orang lain seadanya, jadi kita akan mencari cara untuk memanipulasi mereka, mengubah mereka, atau meyakinkan mereka untuk menjadi orang yang bukan mereka. Hubungan kita akan menjadi transaksional, bersyarat, dan akhirnya toksik dan gagal.

Dalam jangka panjang, berikut adalah tiga peraturan mudah untuk dipertimbangkan:

1. Jika anda tidak mengejar apa yang anda mahu, anda tidak akan pernah mendapatkannya.

2. Jika anda tidak pernah bertanya soalan, jawapannya sentiasa tidak.

3. Jika anda tidak melangkah ke hadapan, anda akan kekal di tempat yang sama.

"Biarkan prestasi anda berfikir." "Kerja bagus lebih baik daripada cakap bagus."

"Perbezaan antara siapa kita dan siapa kita mahu menjadi adalah apa yang kita lakukan."

Pencetus

"Kepercayaan dalaman kita mencetuskan kegagalan sebelum ia berlaku." "Pencetus boleh berlaku apabila kita tidak menjangkakannya.

Apabila kita fikir semua luka emosi telah sembuh, sesuatu boleh berlaku yang mengingatkan kita masih ada parut."

"Orang yang mencetuskan kita untuk merasakan emosi negatif adalah utusan. Mereka adalah utusan untuk bahagian tubuh kita yang belum sembuh."

Apakah pencetus?

Pencetus adalah sesuatu yang mengingatkan kita dan membuat kita menghidupkan kembali trauma masa lalu. Ia boleh mengakibatkan kilas balik. Kilas balik ialah ingatan yang jelas, selalunya negatif yang mungkin muncul tanpa amaran.

Pencetus mungkin hanya 'fikiran pencetus' dalam fikiran kita. Atau mungkin orang, kata-kata, pendapat, peristiwa, atau situasi persekitaran yang mencetuskan reaksi emosi yang sengit dalam diri kita. Hampir semua perkara boleh mencetuskan kita, bergantung pada kepercayaan, nilai dan pengalaman hidup terdahulu kita seperti nada suara, jenis orang, sudut pandangan tertentu, satu perkataan - apa sahaja boleh menjadi pencetus. Pencetus ini boleh berlaku di mana-mana, pada bila-bila masa, dan apa sahaja boleh mengaktifkan pencetus. Ia unik untuk setiap individu. Selalunya, kita sama ada buta terhadap mereka atau mungkin berpaut kepada mereka walaupun kita rasa 'tercetus'.

Pencetus boleh menyebabkan hubungan yang rosak, kemurungan, dan dalam beberapa kes, bunuh diri. Pencetus boleh menjadi masalah jika ia kerap dan jika seseorang menghadapi kesukaran mengendalikannya. *Seorang kanak-kanak yang dibesarkan dalam keluarga yang kasar mungkin berasa cemas apabila orang bertengkar atau bergaduh.* Bergantung pada penglibatan kita dalam konflik, kita mungkin berasa takut, melatih sebagai mekanisme pertahanan atau menjauhkan diri daripada konflik.

Pencetus ialah peringatan yang meletakkan kita dalam kesusahan, kesakitan, kemarahan, kekecewaan, kesedihan, ketakutan dan keseorangan, dan emosi lain yang kuat. Apabila dicetuskan, kita mungkin menarik diri secara emosi dan hanya berasa sakit hati atau marah atau bertindak balas dengan cara yang agresif yang mungkin akan kita sesali kemudian hari. Reaksi kami sangat sengit kerana kami mempertahankan perasaan yang menyakitkan yang muncul.

Emosi seperti kemarahan, rasa bersalah, cepat marah, dan harga diri yang rendah boleh muncul apabila individu dicetuskan, berpusing ke dalam pelbagai tingkah laku dan paksaan. Malangnya, sifat pencetus emosi boleh menjadi sangat mendalam dan boleh menyebabkan trauma. Sesetengah orang boleh mendorong individu untuk mengamalkan cara mengatasi masalah yang tidak sihat, seperti mencederakan diri sendiri, membahayakan orang lain dan penyalahgunaan bahan.

'Tercetus'

Kita semua dilahirkan dengan sifat dan keperibadian teras semula jadi individu dan tersendiri. Setiap daripada kita ada 'sensitiviti' masing-masing. 'Membesar' dan keibubapaan kita juga boleh mengubah sensitiviti kita. *Jika kita sensitif dengan 'apa yang orang lain fikir tentang kita', cemuhan atau ejekan atau teguran di hadapan orang lain akan bertindak sebagai pencetus yang kuat. Apabila anak dimarahi di hadapan tetamu, bukan dimarahi yang penting, kehadiran 'orang lain' yang menunjukkan reaksi negatif dalam diri anak. Anak yang sama membesar di sekolah mendapat teguran oleh guru, yang bertindak sebagai pencetus*. Jadi, apabila sensitiviti semula jadi kita dicucuk, ini menjadi potensi pencetus untuk tindak balas masa depan.

Istilah 'tercetus' boleh dikesan kembali kepada pengalaman masa lalu yang tidak menyenangkan, sering dialami oleh tentera yang pulang dari perang. Apabila kita tercetus akibat pengalaman traumatik yang lalu, reaksi kita selalunya adalah ketakutan dan panik yang melampau. Kita tercetus apabila kita melihat, mendengar, merasa, menyentuh atau menghidu sesuatu yang mengingatkan kita tentang keadaan traumatik sebelumnya. Sebagai contoh, mangsa rogol mungkin tercetus apabila dia melihat lelaki berjanggut kerana penderanya juga mempunyai janggut. Seorang gadis yang diserang oleh bapanya yang peminum alkohol semasa kecil mungkin akan dicetuskan apabila dia terhidu bau alkohol.

Pencetus menyebabkan otak kita percaya bahawa kita sedang mengalami ancaman, walaupun kita benar-benar selamat. Ini berlaku kerana kita telah menemui sesuatu yang mengingatkan kita tentang peristiwa negatif pada masa lalu kita. Tercetus adalah mengalami reaksi emosi terhadap sesuatu yang berkaitan dengan sejarah terdahulu. *Jika kita mengalami trauma, menghadapi pencetus boleh menyebabkan badan kita memasuki mod fight-flight, seolah-olah kita sedang mengalami trauma 'sekarang dan bukannya pada masa lalu'.*

Apabila kita berada dalam situasi 'terancam', kita secara automatik terlibat dalam tindak balas pergaduhan atau lari. Badan mendapat 'tembakan adrenalin' dan sentiasa berjaga-jaga, mengutamakan semua sumbernya untuk bertindak balas terhadap keadaan. Fungsi yang tidak diperlukan untuk kelangsungan hidup, seperti pencernaan, ditangguhkan. Salah satu fungsi yang diabaikan semasa situasi pergaduhan atau penerbangan ialah pembentukan ingatan jangka pendek. Dalam sesetengah situasi, otak kita mungkin tidak meletakkan peristiwa traumatik dengan tepat atau betul dalam simpanan ingatannya. Daripada disimpan sebagai peristiwa lalu, situasi itu ditandakan sebagai ancaman yang masih ada. Semasa peristiwa traumatik, otak kita menanam rangsangan deria ke dalam ingatan. Walaupun kita menghadapi rangsangan yang sama dalam konteks lain, kita mengaitkan pencetus dengan trauma. Dalam sesetengah kes, pencetus deria boleh menyebabkan reaksi emosi sebelum kita menyedari mengapa kita kecewa.

Pembentukan tabiat juga memainkan peranan yang kuat dalam mencetuskan. Kami cenderung melakukan perkara yang sama dengan cara yang sama. Mengikuti corak yang sama menyelamatkan otak daripada perlu membuat keputusan.

Penjejakan Pencetus

Mengenal pasti pencetus kami adalah penting untuk pengurusan pencetus. 'Kesedaran' menyediakan kita untuk mengendalikan pencetus daripada dimanipulasi oleh mereka. Menjadi mangsa kepada pencetus dan bertindak balas secara impulsif terhadapnya boleh menyebabkan persahabatan kita menjadi renggang, hubungan menjadi toksik dan kehidupan menjadi lebih menyakitkan.

Lebih banyak kesedaran, lebih banyak kita secara sedar bersedia untuk menghadapinya apabila kita dicetuskan dan kita akan dapat menangani pencetus itu dan tindak balas dengan cara yang diperkasakan. Ia tidak begitu sukar untuk meneroka pencetus kami. Bahagian yang paling sukar sebenarnya adalah untuk komited kepada proses itu.

Langkah 1: Tanda badan

Nah, setiap pencetus adalah tindakan yang menghasilkan tindak balas. Tindak balas ini boleh dialami dalam satah fizikal. Perhatikan mana-mana tanda badan ini:

- Rasa pening atau pening.

- Kekeringan mulut atau loya.
- Menggeletar.
- Otot tegang atau penumbuk digenggam atau mengetatkan otot rahang.
- Pengubahsuaian pertuturan – slur atau meraba-raba.
- berdebar-debar.
- Corak pernafasan yang diubah.
- Berpeluh atau panas atau sejuk.
- Rasa tercekik.
- Rasa kebas atau kosong atau hilang atau kekeliruan. Apakah tindak balas pertama badan?

Adakah terdapat corak tindak balas setiap masa? Berapa lama tanda-tanda badan ini bertahan?

Catat secara mental tindak balas ini dan buat jurnalnya.

Langkah 2: Pemikiran sebelumnya dan emosi seterusnya

Pada saat itu apabila kita mula mempunyai tanda-tanda badan, apakah pemikiran yang datang pada saat yang tepat itu?

Cari pemikiran tidak munasabah yang melampau, tidak masuk akal, tidak rasional dengan sudut pandangan terpolarisasi - seseorang atau sesuatu itu baik atau buruk, betul atau salah. *Hanya sedar tentang pemikiran ini tanpa bertindak balas kepada mereka* . Dapatkannya dalam keadaan minda sedar.

Apakah cerita yang dicipta oleh minda tentang orang atau situasi atau diri sendiri?

Berikan nama kepada emosi yang dialami apabila dicetuskan.

Perhatikan tingkah laku yang terhasil yang dikaitkan dengan emosi yang mengganggu.

Orang di sekeliling kita yang rapat dengan kita adalah sumber maklumat yang baik dan boleh membantu menentukan keadaan kita pada masa ini.

- Emosi yang sengit - keseorangan, kebimbangan, ketakutan, kemarahan, keputusasaan, kebencian, ketakutan, kesedihan, perasaan rendah diri dan ditinggalkan.

- Tingkah laku – menjerit, bertengkar, menghina, bersembunyi, menangis, mengunci diri atau bertindak balas secara berlebihan.

Langkah 3: Apa yang berlaku sebelum ini?

Biasanya, kita tidak berada di negeri untuk memahami secara rasional keadaan apabila kita berada dalam situasi itu. Selepas reaksi, kami melihat kembali di mana semuanya bermula. Mungkin terdapat keadaan predisposisi sebelum dicetuskan

– hari yang tertekan di tempat kerja, sesuatu yang berbeza atau luar biasa daripada rutin harian kita – apa sahaja boleh menetapkan peringkat untuk dicetuskan kemudian hari. Lihat jika terdapat corak setiap kali ia berlaku. Apabila kita mengenal pasti pencetus kita, kita boleh menghalang diri kita daripada dicetuskan pada masa hadapan hanya dengan memperlahankan apabila kita sedar tentang predisposers pencetus.

Langkah 4: Kepekaan teras kami

Tercetus secara emosi sentiasa berbalik kepada tidak memenuhi satu atau lebih keperluan terdalam kita.

Apa dalam diri kita semakin dicucuk?

Fahami persepsi. Renungkan keperluan atau keinginan mana yang sedang diancam:

- Tidak difahami.
- Tidak berasa disayangi atau disukai.
- Tidak diterima apa adanya kita.

  – Tidak diberi perhatian.

  – Tidak berasa selamat dan selamat.

  – Tidak mendapat penghormatan yang sewajarnya.

  – Tidak berasa diperlukan atau layak atau dihargai.

  – Tidak dilayan secara adil.

  – Rasa terhina.

  – Rasa tersalah.

  – Rasa ditolak atau diabaikan.

— Disalahkan atau dimalukan.

— Sedang dihakimi.

— Sedang dikawal.

Apakah perasaan dalaman yang timbul semula setiap kali ada tindak balas?

Langkah 5: Mengenal pasti pencetus

Pencetus boleh dikenal pasti melalui cara kita bertindak balas terhadap sesuatu. Sebaik sahaja kita sedar tentang tanda-tanda badan dan emosi serta perubahan tingkah laku yang seterusnya, perhatikan siapa atau apa yang mencetuskannya. *Jejak semula tindakan sebelum tindak balas.*

Kita mungkin tercetus apabila mengingati sesuatu peristiwa, atau apabila peristiwa yang tidak selesa itu berlaku.

Ia boleh menjadi satu objek, perkataan, bau atau kesan deria. Pada masa lain, ia boleh menjadi kepercayaan, pandangan, atau situasi keseluruhan tertentu. Sebagai contoh, pencetus boleh berkisar daripada bunyi yang kuat kepada orang yang mempunyai rupa fizikal tertentu atau hampir apa sahaja di bawah matahari. Mungkin terdapat gabungan pencetus dalam kes tertentu. Jurnalkannya.

Kita perlu sedar dan menerima bahawa terdapat beberapa situasi, orang dan perbualan yang secara sedar boleh menghadkan pendedahan kita, manakala yang lain di luar kawalan kita sepenuhnya. Kesedaran tentang pencetus membantu kami memahami corak kami dan boleh memaklumkan kami tentang keadaan kami fikiran. Dengan lebih banyak kesedaran, kita boleh mula bertanggungjawab terhadap cara kita menguruskan emosi kita, berbanding dengan emosi kita mengawal kita.

Semasa kami membesar, kami mengalami kesakitan yang tidak dapat kami akui dan hadapi dengan secukupnya pada masa itu. Sebagai orang dewasa, kita tercetus oleh pengalaman yang mengingatkan kita tentang perasaan lama yang menyakitkan ini.

Sebaik sahaja kita mengetahui pencetus kita, langkah pertama ke arah penyembuhan adalah mempertimbangkan asal-usulnya.

Tanya — *Manakah antara pencetus yang mungkin berkaitan dengan pengalaman zaman kanak-kanak saya?*

Jika kita boleh mengaitkan dengan corak, tanya - apakah perasaan saya tentang mereka? Kita akan sedar bahawa kesakitan itu tidak hilang hanya kerana kita cuba mengelak, malah mungkin berakhir dengan lebih kesakitan.

Memikirkan kejujuran tentang pencetus kita adalah satu-satunya cara untuk menyembuhkannya.

Jenis pencetus

Pencetus boleh menjadi dalaman dan luaran. Kedua-duanya boleh memberi impak yang kuat kepada kita.

Pencetus Luaran — Pencetus Semua-Sekeliling

Apabila kebanyakan orang memikirkan pencetus, mereka memikirkan pencetus luaran. Apa-apa sahaja dalam persekitaran kita boleh menjadi pencetus luaran. Ini cenderung lebih jelas dan mungkin didiagnosis dengan lebih mudah oleh diri kita atau orang yang rapat dengan kita.

Pencetus Dalaman — Pencetus dalam Kepala kita

Pencetus dalaman ialah perkara yang kita rasa di dalam diri kita - perasaan atau fikiran kita.

Tidak seperti pencetus luaran, ini adalah peristiwa 'dalaman' yang bersifat peribadi dan individu kepada kita. Ini lebih halus dan tidak kelihatan dan mungkin mengambil masa yang lama, kadangkala seumur hidup untuk memahami, menerima dan mengurus.

Punca yang menarik mencetuskan peristiwa akut.

Penyebab asas dan predisposisi bertanggungjawab untuk corak kejadian kronik.

Mengekalkan punca dan persekitaran bertanggungjawab terhadap pengulangan pengalaman yang menguatkan pengalaman peristiwa kronik.

Beberapa contoh pencetus biasa ialah:

- tarikh ulang tahun kehilangan atau trauma.
- peristiwa berita yang menakutkan.
- terlalu banyak yang perlu dilakukan, rasa terharu.
- pergeseran keluarga.
- pengakhiran sesuatu perhubungan.
- menghabiskan terlalu banyak masa bersendirian.

- dihakimi, dikritik, diusik, atau direndahkan.
- masalah kewangan, mendapat bil besar.
- penyakit fizikal.
- gangguan seksual.
- sedang diherdik.
- bunyi agresif atau pendedahan kepada apa-apa yang membuatkan kita berasa tidak selesa.
- berada di sekeliling seseorang yang telah memperlakukan kita dengan buruk.
- bau, rasa atau bunyi tertentu.

Mencetuskan 'Pelan Tindakan'

Pengenalpastian pencetus akan membantu kami dengan pelan tindakan. Kita mungkin tidak dapat mengelakkan semua pencetus emosi, tetapi kita boleh mengambil langkah yang boleh diambil tindakan untuk menjaga diri kita sendiri bagi membantu kita melalui situasi yang tidak selesa ini. Apabila kita tahu pencetus emosi kita, kita boleh memilih untuk menghadapinya dengan penuh kuasa. Kita tidak perlu lari daripada situasi ini.

Terdapat beberapa perkara yang boleh kita lakukan apabila kita terkubur dalam-dalam dalam emosi yang melampau seperti kemarahan atau ketakutan.

1. Bangunkan pelan tindakan terdahulu tentang apa yang boleh dilakukan, jika pencetus timbul, untuk menghiburkan diri kita dan mengelakkan tindak balas daripada menjadi gejala yang lebih serius.

2. Sertakan alatan yang telah berfungsi pada masa lalu, serta idea yang dipelajari daripada orang lain.

3. Sertakan perkara yang mesti dilakukan pada masa ini, dan perkara yang boleh dilakukan, jika kami fikir ia mungkin membantu dalam situasi itu.

Pelan Tindakan mungkin termasuk:

- *"Saya memilih untuk memecahkan corak dan saya tidak akan kehilangan harapan walaupun saya tidak berjaya sepenuhnya."* Teruskan mengulangi ini setiap kali berhadapan dengan pencetus dan apabila bertindak balas terhadapnya.

- Keluarkan perhatian daripada orang atau situasi dan fokus pada nafas. Selagi kita masih hidup, nafas kita sentiasa ada bersama kita – ia adalah cara terbaik untuk berehat. Teruskan fokus pada tarikan nafas dan hembusan nafas selama beberapa minit. Jika perhatian kembali kepada orang atau situasi yang mencetuskan, tarik perhatian kembali kepada pernafasan.

- Jika kita bersama seseorang, adalah dinasihatkan untuk meminta maaf untuk beberapa waktu, berpisah dan kembali apabila berasa lebih mengawal diri dan tenang.

- *"Saya akan menelefon kawan saya pada pukul 3 pagi", orang sokongan saya dan minta mereka mendengar semasa saya bercakap melalui situasi itu."*

- Jangan sekali-kali memintas perasaan, tetapi jangan melakonkannya juga. Menindas atau cuba mengawal perasaan bukanlah jawapannya. Kita boleh memilih untuk meredakan, mengurangkan keamatan emosi yang kita hadapi. Terdapat garis halus antara menafikan emosi, meredakan emosi, dan secara tidak sedar menekannya. Oleh itu, adalah penting untuk mengamalkan petua kesedaran diri.

- Amalan seperti kesedaran membolehkan kita memberi tumpuan pada masa ini, meletakkan minda kita pada masa sekarang. Ini menggalakkan melepaskan diri daripada pengalaman yang menyakitkan atau menyedihkan dan boleh mengurangkan tekanan.

Menulis jurnal

"Saya menulis kerana saya tidak tahu apa yang saya fikirkan sehingga saya membaca apa yang saya katakan."

Tanya - Apakah corak saya dicetuskan? Pencetus emosi kita mempunyai cara untuk membutakan kita, jadi untuk mengatasinya, bersikap ingin tahu. Fahami - Apa yang berlaku dalam diri saya? Memahami 'kejadian di dalam' akan membantu kita mendapatkan semula rasa tenang, kesedaran diri dan kawalan.

Jurnal pemikiran dan perasaan berdasarkan langkah-langkah yang dijelaskan, mengakui reaksi dan menjejaki kembali ke asalnya.

Tuliskannya. Kita tidak perlu menulis dengan indah untuk mendapatkan faedah. Tindakan mudah mengatur pemikiran kita di atas kertas atau secara digital selalunya cukup untuk memberi kita lebih kejelasan tentang pemikiran dan perasaan kita daripada menyimpan semuanya di antara telinga kita.

Buat nota tentang:

- Tanda badan.
- Pemikiran sebelumnya dan emosi seterusnya.
- Apa yang berlaku sebelum ini.
- Sensitiviti teras kami.
- Tambahkan pencetus pada senarai apabila kami menyedarinya. Tulis perkara yang lebih mungkin atau akan berlaku, atau yang mungkin sudah berlaku dalam hidup kita.
- Jurnal tentang tempat pencetus ini berasal. Sebagai contoh, adakah ibu bapa kita mengatakan bahawa kita tidak berguna atau mengganggu atau tidak menarik? Adakah seorang guru memberitahu kita bahawa kita bodoh dan tidak boleh berjaya dalam hidup? Atau adakah kita diabaikan, sehingga kita membesar dengan perasaan sunyi? Mengetahui dari mana pencetus kita datang membolehkan kita mengenali diri kita dengan lebih baik.
- Jika kita tercetus dan melakukan perkara-perkara yang berguna, maka, simpan mereka dalam senarai. Jika sebahagiannya membantu, kami boleh menyemak semula pelan tindakan kami. Jika mereka tidak membantu, teruskan mencari dan mencuba idea baharu sehingga kami mendapati yang paling berguna.

Apabila kita merasa dicetuskan oleh orang dan ceramah mereka, kita mesti mengingati dua perkara.

Niat orang lain - orang lain mungkin tidak menyedari kesakitan yang kita alami. Walaupun kita merasa tidak selesa untuk mengekalkan komunikasi, kita harus mengekalkan perspektif baru tentang niat orang lain. Adalah penting untuk bersabar dengan mereka dan perlahan-lahan namun tegas menyampaikan sempadan kita dengan mereka.

Kesakitan kita - Adalah penting untuk memahami bahawa apa sahaja yang kita rasakan adalah disebabkan oleh realiti dalam hidup kita.

Sama seperti kita tidak tahu jenis masalah yang mungkin dihadapi oleh orang lain, orang lain mungkin tidak menyedari perjuangan kita sendiri.

Pencetus emosi akan terus mengulangi corak berulang kali jika kita tidak mengurus dan menyembuhkannya. Kami melarikan diri daripada mereka dan tidak melakukan apa yang perlu untuk menyembuhkan pencetus ini dan memecahkan corak. Penyembuhan hanya bermakna mendapat kesedaran dan mengamalkan minda yang stabil, yang memperkasakan kita.

"Pencetus emosi kami adalah luka yang perlu diubati." "Setiap niat adalah pencetus perubahan."

– Deepak Chopra

Kenapa Kita Tidak

Buat Apa Yang Kita Mahu Lakukan?

"Orang ramai cenderung untuk menakutkan anda dengan menunjukkan kekurangan anda. Jika anda secara sukarela mengakui kesalahan anda, maka orang tidak akan mempunyai apa-apa untuk ditunjukkan."

– Anupam Kher

"Bukan diri anda yang menghalang anda, tetapi apa yang anda fikir anda tidak."

– Henry Ford

"Kita hidup dalam dunia bebas yang terperangkap dalam pemikiran kita!"

'Mengapa kita tidak melakukan apa yang kita mahu lakukan' bukanlah proses linear yang mudah. Memecahkan corak dan tetapan lalai kami adalah rumit dan rumit kerana ia memerlukan kami untuk mengganggu tabiat semasa sambil memupuk set tindakan baharu yang tidak biasa. Anehnya ia boleh berlaku dalam seketika atau mungkin mengambil masa seumur hidup dan kita mungkin masih tidak dapat mengubah diri kita. Perubahan mudah seperti bangun tepat pada masanya untuk berjalan 10000 langkah atau hanya berlatih Pranayama atau minum segelas air tambahan sehari memerlukan masa untuk menjadi corak dan tingkah laku yang konsisten dan lazim.

Kejayaan kami dalam memecahkan corak dan membentuk corak baharu yang diperkasakan adalah cara kemunduran diuruskan. Kesimpulan impulsif kami ialah kita menjadi kritis terhadap diri sendiri dan menganggap bahawa kita tidak cukup cekap atau kita tidak mempunyai kemahuan yang cukup untuk mencapai matlamat kita.

Mengubah kemunduran kepada kejayaan memerlukan renungan, belas kasihan dan konsistensi dalam usaha.

Beberapa alasan yang merugikan diri sendiri, menghalang diri dan kesimpulan yang kita katakan kepada diri sendiri:

Saya tidak tahu mengapa, tetapi saya tidak boleh melakukannya.

Ia tidak boleh dilakukan. Ia baik dalam pemikiran sahaja. Saya putus asa dengan keadaan saya.

Saya tidak mempunyai masa untuk itu sekarang. Mungkin kemudian. Ini adalah cara yang saya selalu lakukan.

Inilah cara hidup semua orang.

Saya mempunyai terlalu banyak komitmen pada masa ini.

Saya perlu memberi tumpuan kepada anak saya, ibu bapa tua, pendapatan, dan gula darah tinggi saya.

Saya tidak mempunyai masa untuk bersenam, yoga, berjalan, makan sihat. Saya mudah bosan.

Is tidak berfungsi.

Rakan saya mencuba, tetapi tidak berjaya. Adakah terdapat jalan pintas?

Saya penat.

Kami tidak mahu keluar dari zon selesa kami, walaupun ia tidak membantu kami.

Kita rasa kita tiada pilihan. Kami tidak suka berubah.

Kami tidak mengubah tabiat kami. Kami tidak menangani tekanan kami.

Kami takut untuk menangani isu yang lebih besar. Kami mengabaikan kesakitan dan keletihan.

Kita tidak mengakui bahawa tubuh, fikiran, dan roh kita perlu dijaga.

Kami tidak mempunyai masa untuk mengubah diri. Kita tidak membenarkan diri kita gagal.

Kami tidak mempunyai masa.

Apa yang Menahan Kita?

Apa yang menghalang kita? Ketakutan, kepercayaan, atau tabiat?

Kita mempunyai potensi untuk mencapai lebih daripada yang kita fikirkan dan itu memerlukan kita untuk bersemangat dan berazam untuk matlamat. Namun, tidak cukup jika kita terlupa memikirkan perkara yang menghalang kita dalam hidup. Kita semua dikelilingi oleh unsur-unsur sedemikian tetapi ia sering tidak disedari, menjejaskan produktiviti keseluruhan kita.

Kurang keyakinan

Kurang keyakinan pada diri sendiri dan proses transformasi adalah antara halangan terbesar dalam transformasi. Kami cuba. Kita gagal. Ini menjadikan proses mencuba sekali lagi menjadi lebih sukar. Kami mula percaya bahawa kami tidak boleh melakukannya. Tetapi ia tidak berfungsi seperti itu.

Keraguan diri

"Saya tidak nampak penyelesaian untuk masalah saya."

"Saya tidak fikir saya mempunyai potensi untuk mengubah hidup saya."

Jika kita sentiasa meragui diri sendiri dan mempersoalkan sama ada matlamat kita boleh dicapai, perasaan pesimis kita akan menjadi memuaskan diri sendiri. Kita tidak boleh berjaya jika kita menahan diri. Jika kita percaya pada diri sendiri dan membayangkan kejayaan kita, kita lebih berkemungkinan untuk berjaya.

Memikirkan perkara tidak akan pernah berubah

Ramai di antara kita yakin bahawa situasi dalam hidup kita tidak boleh berubah. Kami telah begitu sepanjang hidup kami dan ini menghalang kami daripada melaksanakan perubahan sebenar. Kita terpenjara dalam minda kita. Bagi katak di dalam kolam, seluruh dunia adalah kolam. Berkomitmen untuk bertindak dan gunung akan bergerak.

Membandingkan diri kita dengan orang lain

Salah satu perkara yang paling sukar untuk dilakukan ialah berhenti membandingkan diri kita dengan orang lain, terutamanya apabila masa yang kompetitif dan semua orang sedang mencuba untuk mendahului satu sama lain. Kita akan menderita sama ada daripada cemburu atau ego. Dan kedua-dua negeri ini menghentikan transformasi kami.

Mengharapkan hasil serta-merta

Kita hidup dalam dunia yang 'segera' dan 'dalam satu minit'. Ia adalah dunia yang digembar-gemburkan. Kami mahukan hasil sekarang. Kami menjadi tidak sabar. Kami dikondisikan kepada 'kurang input - lebih banyak keluaran'. Kami memutuskan untuk mengubah diri kami. Kita fikir dan buat perancangan. Dan kami mahu melihat hasilnya sekarang. Dan apabila kita tidak mendapat apa yang kita mahu, kita menyalahkan usaha dan proses. Perkara yang baik memerlukan masa. Kerja keras sentiasa membuahkan hasil.

Dengan mengandaikan hasilnya

Sesetengah daripada kita percaya bahawa kita bijak. 'Ia tidak akan berjaya. Ia pasti gagal. Ini tidak boleh berlaku.' Kami tidak memulakan sesuatu yang baharu kerana kami pasti bagaimana keadaan akan berlaku – teruk!

Tidak ada cara untuk mengetahui apa yang akan berlaku pada masa depan kita. Bersikap optimistik dan biarkan hasilnya seumur hidup.

Hidup di masa lalu

Kami menjadikan penolakan semalam sebagai kisah hari ini. Masa lalu tidak bertindak pada masa kini. Ia berlaku dan ia berlaku. Tetapi, dengan memikirkan masa lalu, kita mengekalkan pemikiran masa lalu hidup pada masa kini. Kami membiarkan penolakan masa lalu kami menentukan setiap langkah yang kami lakukan selepas itu. Kami benar-benar tidak tahu diri kami menjadi lebih baik. Penolakan bukan bermakna kita tidak cukup baik. Ini bermakna kita mempunyai lebih banyak masa untuk menambah baik, membina idea kita dan memanjakan diri dengan lebih mendalam tentang perkara yang ingin kita lakukan.

Berpegang pada rasa bersalah yang lalu

Rasa bersalah selalunya merupakan peringatan yang dicipta sendiri tentang semua perkara yang kita harap kita lakukan secara berbeza untuk diri kita sendiri. Kita semua mengalami rasa bersalah. Ia boleh datang dalam pelbagai bentuk, daripada hanya menipu dalam diet kepada membuat pilihan yang mengerikan yang menjejaskan kehidupan kita selama-lamanya. Rasa bersalah mengalahkan kita, ia membuatkan kita mengulangi kesilapan kita, dan ia membazirkan sejumlah besar tenaga kita, melakonkan semula bagaimana kita boleh melakukan sesuatu secara berbeza. Satu sebab kenapa menjadi sukar untuk berputus asa dan melepaskan rasa bersalah ialah kita merasakan perlunya menghukum diri sendiri. Rasa bersalah tidak membenarkan kita hadir sepenuhnya dengan 'sekarang' kita dan melihat semua kebaikan yang kita ada dalam hidup kita. Rasa bersalah membawa kita lebih jauh ke dalam mod 'mangsa'. Ia adalah beban yang sia-sia di atas kesedihan kita.

Takut mengecewakan orang tersayang

Ramai daripada kita mempunyai kebimbangan tentang mengecewakan orang, di mana kita secara kronik mengelakkan situasi di mana kita mungkin mengecewakan orang lain. Ini kerana kita merasakan bahawa pendapat orang lain adalah asas kepada konsep diri kita. Pendapat orang yang kita sayangi cenderung mempengaruhi kita. Kami terlalu takut untuk tidak mencapai tahap yang sama. Dalam kes ibu bapa kita, ini menjadi lebih rumit. Ia adalah perkara biasa bagi kita dan ibu bapa kita untuk mempunyai pendapat, citarasa, dan sifat personaliti yang berbeza. Adalah perkara biasa untuk mengambil berat dan bimbang, tetapi apabila kita membiarkan ketakutan untuk mengecewakan orang lain mengambil alih, kita melumpuhkan diri kita sendiri.

Kekal dalam zon selesa kami

"Zon selesa adalah tempat yang indah, tetapi tiada apa yang tumbuh di sana."

Kita terbiasa dengan corak kehidupan kita, walaupun kita mungkin tidak tenang di dalam. Perubahan sentiasa menyakitkan. Kami menolak peluang untuk pertumbuhan atau kemajuan kerana ini bermakna melangkah keluar dari zon selesa kami dan membuka diri untuk gagal. Mengambil risiko adalah cadangan yang menakutkan bagi ramai orang. Lagipun, melangkah keluar dari zon selesa kita bermakna mengundang kemungkinan kegagalan. Tetapi kita tidak akan tahu apa yang sebenarnya kita mampu melainkan kita mencuba. Kita semua pernah gagal pada satu ketika, tetapi kita akan berjaya jika kita memaksa diri sendiri. Ini adalah kisah semua lelaki hebat. Dengan risiko yang besar datang kemungkinan ganjaran yang besar. Berada dalam zon selesa nampaknya sangat bagus tetapi zon selesa yang sama menghalang kita daripada kesedaran diri dan pengalaman kehidupan sebenar.

Ketakutan dan Kegagalan

Perjalanan transformasi bukan mudah. Kami takut. Kami takut ketidakpastian, masa depan, masa lalu berulang, kegagalan. Kegagalan berlaku di sepanjang jalan. Takut kegagalan menahan kita kerana apabila kita takut untuk gagal, kita takut takut mengambil risiko apa-apa. Jadi, kami kekal dalam peranan yang sama. Kami melakukan perkara yang sama berulang kali, hanya kerana kami takut gagal sekiranya kami menukar peranan. Kami mengelamun dan terus tidur.

Kegagalan bermakna apa yang kita lakukan, tidak berjaya kali ini tetapi ia tidak bermakna ia tidak akan berjaya lagi. Biarkan kegagalan tidak membebankan kita. Kami mengambil risiko dan ia tidak berjaya. Ia adalah perasaan yang mengerikan, tetapi kita harus memahami bahawa ia adalah OK. Tiada siapa yang berjaya tanpa gagal kadangkala. Menilai apa yang salah. Pelajari pelajaran yang perlu kita pelajari supaya kita boleh bergerak ke hadapan dan membuat keputusan yang lebih baik pada masa akan datang. Mereka yang berjaya telah belajar dari kegagalan mereka, bukannya jatuh dan terus jatuh.

Kegagalan tidak seharusnya menghancurkan kita. Kegagalan seharusnya menjadikan kita lebih kuat dan membantu kita berkembang. Kejayaan dibentuk oleh cara kita bertindak balas terhadap apa yang berlaku kepada kita. Kita mesti menyelesaikan masalah yang boleh diselesaikan dan belajar untuk hidup dengan masalah yang tidak dapat kita selesaikan.

Tak tahu bila nak lepaskan

Ada masanya kita perlu melepaskan. Nakhoda kapal yang karam pun mesti tahu bila nak ambil bot penyelamat. Sukar untuk menjauhi sesuatu yang berkaitan dengan emosi kita. Tetapi mengetahui masa untuk meneruskan akan memberi kita kebebasan dan memanfaatkan peluang lain.

Tidak sesuai dengan diri kita sendiri

Kita semua bernafas, tetapi hanya sedikit daripada kita yang hidup. Kebanyakan daripada kita hanya melalui kesibukan harian kehidupan rutin. Kami tidak berhenti sejenak dan merenung. Kita tiada masa untuk menjadi 'pemerhati' diri kita. Kami tidak tahu apa yang salah dengan kami. Kita tidak sedar pun tentang persepsi dan corak kita. Kita tidak tahu apa itu transformasi dan apa yang boleh dilakukan oleh transformasi. Kita tidak tahu apa yang perlu kita tahu dan apa yang perlu kita lakukan. Kekurangan kesedaran ini, kerana tidak selaras dengan diri kita sendiri, menahan kita.

Menunggu masa yang sesuai

Jika kita tidak bermula, kita tidak akan berjaya. Kami terus menunggu dan menunggu dan menunggu masa yang sesuai. Kita tidak boleh menunggu masa yang sesuai; ia akan tidak pernah datang. Jika kita enggan terjun ke dalam pergaduhan sehingga ia merasakan masa yang 'sesuai', kita mungkin menghabiskan hidup kita di dalam selimut. Hari ini adalah hari pertama permulaan baharu – langkah pertama untuk berubah. Ramai di antara kita berundur apabila kita mengalami kemunduran apabila kita mendapat rasa rama-rama dalam perut kita. Merangkul perasaan. Jangan tunggu sehingga kita tidak takut lagi. Itu mungkin tidak pernah berlaku. Ia akan menjadi terlalu lewat pada masa itu. Mulakan dari kecil. Mulakan sesuatu.

Kurang rancangan

Ramai di antara kita mempunyai idea, konsep atau impian yang ingin kita jadikan realiti. Tetapi tanpa rancangan yang kukuh dan visi yang jelas, kita tidak mempunyai cara untuk mencapai apa-apa. Menentukan matlamat kita ialah langkah pertama untuk merealisasikannya. Ia adalah mengenai mencipta peta jalan yang akan membimbing kita. Tanpa rancangan, kita boleh pergi dengan mudah tanpa mengetahuinya. Buat rancangan untuk mencapai perkara ini, satu demi satu. Perancangan tidak perlu panjang dan membosankan. Buat rancangan mikro dan rancangan langkah demi langkah jangka panjang. Dan lakukan sahaja.

Perfeksionisme

Kita telah dibesarkan dengan pemikiran bahawa kita perlu menjadi sempurna atau pertama atau yang terbaik. Tiada sesiapa yang sempurna. Sentiasa berusaha untuk kesempurnaan hanya menimbulkan rasa tidak puas hati. Ada perkara dalam hidup kita pandai, dan akan ada perkara yang kita perjuangkan. Belajar untuk merasakan apabila keinginan kita untuk membuat sesuatu yang sempurna menghalang kita daripada menyelesaikannya. Perfeksionisme akan menguras dan meletihkan kita. Fikirkan tentang perbezaan antara usaha bersungguh-sungguh dan perfeksionisme. Tahu bila cukup. Daripada menetapkan jangkaan yang tidak dapat dicapai untuk diri kita sendiri, terimalah bahawa kita akan melakukan kesilapan. Jika kita belajar daripada kesilapan itu, kita akan menjadi lebih kuat daripada pengalaman tersebut.

Mencari kelulusan

"Perkara yang menakjubkan berlaku apabila anda berhenti mendapatkan kelulusan dan pengesahan. Awak jumpa."

Apa yang menghalang kami ialah keperluan berterusan kami untuk mendapatkan kelulusan untuk tindakan kami. Pendapat orang lain lebih penting bagi kita daripada naluri dan pemikiran kita. Dan kita tidak selalu mendapat motivasi yang menggalakkan dan positif daripada orang di sekeliling kita. Kadang-kadang, mengambil pendapat orang lain tidak mengapa. Tiada siapa yang lebih mengenali kita selain diri kita sendiri. Akhirnya, kita terpaksa berdiri di atas kaki sendiri. Mendengar orang lain untuk setiap keputusan yang kita buat adalah seperti tidak mendengar apa yang kita mahukan di hadapan.

Terpengaruh dengan orang lain

Ramai orang mendapat kepuasan dan keseronokan yang aneh apabila memberitahu kami mengapa sesuatu tidak akan berfungsi, dan dengan senang hati akan memberitahu kami tentang orang lain yang mencuba dan gagal. Kita boleh menjadi orang yang berjaya! Satu-satunya cara untuk mengetahui adalah dengan mencuba! Kami membiarkan beberapa orang negatif mengisi fikiran kami dengan nasihat tidak produktif yang tidak berguna. Mereka memberi kita sedozen sebab mengapa ia mungkin tidak berfungsi. Lebih mudah untuk menjadi kritikal daripada betul. Luangkan masa dan dengarkan mereka yang menggalakkan dan mengiktiraf dengan hormat.

Mengalihkan kesalahan – Mencari sebab

"Apabila anda menyalahkan orang lain, anda melepaskan kuasa anda untuk berubah."

Sehingga masa kita tidak menyedari bahawa kita bertanggungjawab atas apa yang kita ada dan mengaitkan kekurangan kita kepada seseorang atau sesuatu yang lain, kita tidak akan pernah mendapat apa yang kita inginkan dari kehidupan. Ia sangat menggoda untuk mengalihkan kesalahan. Ia adalah semulajadi untuk mahu. Bertanggungjawab. Ambil tanggungjawab. Jangan buat alasan. Mengambil tindakan. Berhenti mencari sebab dan pertimbangkan perubahan yang perlu dibuat untuk menyelesaikan masalah.

Merendahkan diri kita atau orang lain

Jika kita sentiasa terlibat dalam perbincangan diri negatif atau merendahkan orang lain, kita hanya mengundang negatif ke dalam hidup kita. Memberitahu diri kita "Saya bodoh" atau "Saya tidak boleh melakukan apa-apa dengan betul" mendatangkan luka yang menahan kita. Begitu juga, apabila kita melakukannya kepada orang lain, kita mengheret semua orang ke bawah. Gantikan tabiat negatif dengan tabiat positif. Fokus bukan pada apa yang salah tetapi pada apa yang kita banggakan. Cari cara untuk meningkatkan diri kita dan orang lain.

Ketidakupayaan untuk mengambil tindakan

Dia yang menunggu pai jatuh dari langit tidak akan pernah naik sangat tinggi.

Sesetengah daripada kita terhalang oleh ketidakupayaan kita untuk mengambil tindakan! Kita cenderung untuk melakukan pelbagai tugas sehingga kita tidak mempunyai tenaga lagi untuk mengambil tindakan nyata terhadap perkara yang lebih penting. Sesetengah daripada kita terlalu malas, terlalu santai. Kami memilih untuk tidak berbuat apa-apa. Penangguhan adalah punca kegagalan kita melakukan sesuatu. Jika kita ingin melakukan sesuatu, maka kita perlu melakukan mula mengambil tindakan. Kita tidak boleh berdiam diri dan berharap segala-galanya akan memihak kepada kita.

Kami mahu dan mengharapkan perkara menjadi mudah

Tiada makan tengah hari percuma dan tiada matlamat mudah. Matlamat memerlukan usaha dan perjuangan, kerja keras, dan dedikasi. Apa yang mudah hanyalah berdiri di atas tiang gol dan tidak berbuat apa-apa. Tetapi bukan itu cara perlawanan dimenangi. Jangan buat apa yang mudah, buat apa yang anda mampu. Kami tidak mengubah apa-apa dan mengharapkan hasil. Jika kita ingin memperbaiki diri, kita perlu mencuba sesuatu untuk melihat apa yang berkesan dan apa yang tidak. Sesetengah orang duduk dan menunggu kacang ajaib tiba manakala kami yang lain hanya bangun dan pergi bekerja.

Kami mengelakkan kebenaran

Kami terus memberitahu diri kami cerita yang salah. Transformasi tidak boleh berdasarkan pembohongan. Kita perlu jujur dengan diri kita sendiri. Kita tidak boleh hidup di sebalik fasad. Kita perlu sahih. Dan itu bermakna kita harus menerima diri kita apa adanya. Dan kemudian memilih untuk mengubah diri kita. Jika tidak, ia akan membawa kepada kemarahan dan kekecewaan. Mengabaikan kebenaran bukanlah transformasi. Menjadi palsu tentang mana-mana aspek kewujudan kita menggali kekosongan gelap dalam jiwa kita. Kebenaran mungkin tidak selalu mudah untuk ditangani, tetapi menangani kebenaran adalah satu-satunya jalan. Kita sendiri yang terus menilai diri kita sendiri. Kita menilai diri kita dengan menceritakan kisah di dalam kepala kita.

Lepaskan apa yang sebenarnya tidak pernah ada. Ia hanyalah ilusi yang tidak pernah benar-benar seperti yang kita sangkakan. Kuncinya ialah kesedaran, penerimaan, melepaskan, dan mengambil langkah seterusnya.

Rasa tak layak

Menjadi rendah hati tidak sama dengan memperkecilkan diri sendiri. Tetapi ramai di antara kita mempunyai tabiat meremehkan diri sendiri. Kami mula percaya bahawa kami tidak layak menerima pujian, pujian dan pujian. Apabila kita merasa tidak layak dengan apa yang diberikan kepada kita, kita menjauhkan diri daripada peluang untuk melakukan lebih banyak dan menjadi lebih. Kita terlalu memikirkan diri kita sendiri. Sama ada kita akhirnya berpuas hati dengan kedudukan kita hari ini, atau kita hanya merasakan bahawa adalah mustahil untuk mencapai apa yang kita inginkan. Jadi, kita jadi biasa-biasa sahaja.

Gangguan!

Tidak pernah ada kekurangan gangguan. Tetapi apabila perhatian kita ditarik ke sejuta arah, sukar untuk memfokuskan pemikiran kita. Jika kita menjalani kehidupan yang terganggu, matlamat kita akan diketepikan. Berhenti memberi gangguan. Apabila kita mendapati diri kita melantun dari satu tugas ke tugas lain, tarik nafas dalam-dalam. Perlahan dan tenangkan fikiran anda.

Alasan

Kita boleh mengada-adakan mengapa kita perlu melakukan sesuatu atau mengada-ada mengapa kita tidak patut melakukan sesuatu. Mengapa kebanyakan kita cenderung untuk mempercayai yang terakhir? Kerana ia lebih mudah. Tiada apa-apa yang bernilai bekerja atau miliki dalam hidup yang pernah datang dengan mudah kepada sesiapa sahaja. Pencapaian dan memperoleh kejayaan kita tidak akan menjadi hasil daripada mengatakan tidak atau berasa buruk untuk diri kita sendiri kerana kita percaya sesuatu di luar jangkauan. Akan sentiasa ada alasan untuk tidak melakukan sesuatu. Untuk perubahan, ada alasan untuk melakukan sesuatu!

Tidak bertanggungjawab

Kita perlu mengakui kesalahan kita, pilihan yang buruk, tindakan yang buruk. Akui dan terima. Tiada seorang pun daripada kita yang sempurna, dan tiada seorang pun daripada kita yang lebih baik daripada yang lain. Kami hanya berbeza. Kami mempunyai perjalanan dan versi kami seperti biasa. Walau apa pun tindakan, pengalaman atau perasaan kita, kita bertanggungjawab atas pilihan yang kita buat.

Menutup minda kita kepada idea dan perspektif baharu

Walaupun kita semakin bijak dengan usia, kita akan kekal sebagai pelajar seumur hidup. Sebarang pemahaman tidak pernah benar-benar muktamad. Kejayaan dalam hidup tidak bergantung pada sentiasa betul. Untuk mencapai kemajuan sebenar kita mesti melepaskan andaian bahawa kita sudah mempunyai semua jawapan. Kita boleh mendengar orang lain, belajar daripada mereka dan berjaya bekerjasama dengan mereka walaupun kita mungkin tidak bersetuju dengan setiap pendapat mereka. Apabila orang dengan hormat bersetuju untuk tidak bersetuju, semua orang mendapat manfaat daripada kepelbagaian perspektif.

"Lebih Berkuasa Daripada Kemahuan Untuk Menang Adalah Keberanian Untuk Bermula."

Sebahagian daripada isu ialah mengetahui di mana untuk bermula. Bahagian lain adalah ketakutan yang tidak diketahui. Kedua-duanya boleh menghalang kita daripada mengambil langkah pertama. Intipati perjalanan transformasi adalah dalam meneruskan perjalanan, menempuh jarak, jatuh dan bangkit semula, meneruskan ke hadapan.

Apa yang kita komited?

Kami tersilap memberi komitmen kepada keputusan tanpa memberi komitmen terlebih dahulu kepada proses itu .

Kita mengimpikan kejayaan sebelum kita mengambil usaha untuk mengambil langkah pertama. Kami komited dengan keputusan sebelum komited kepada proses. Prosesnya adalah untuk mengambil langkah pertama dan bersedia untuk langkah seterusnya. Itulah komitmen.

Hasilnya adalah mengenai 'sampai ke sana'. Ia berasaskan ego. Ia adalah mengenai memenangi hadiah. Mendapat pengiktirafan. Menerima pujian. Prosesnya adalah tentang 'berada di sini'. Ia adalah realiti. Ia sedang berlaku sekarang.

Apabila kita komited dengan proses, maka kita boleh mengimpikan hasilnya.

Ramai di antara kita beralih antara harapan dan keputusasaan. Kita rasa jumud, rasa macam bandul.

Kami berasa seperti kami gagal komitmen yang kami ada pada diri sendiri. Jika kita tidak tahu apa yang kita komited, kita tidak boleh maju.

"Apakah satu perkara yang akan membuat saya kecewa jika, pada akhir hayat saya, saya tidak mencuba, melakukan, atau menyelesaikannya?" Jika ada jawapan segera, kami mesti komited untuk itu. Jika tiada jawapan segera, tidak mengapa. Biarkan sahaja hidup mengalir. Pemikiran yang betul akan muncul pada saat yang tepat dalam hidup. Jangan paksa. Apabila 'jawapan' menjadi jelas, biarkan ia terbentuk, dapatkan momentum, dan berubah menjadi ciptaan yang menakjubkan. Satu-satunya bahan yang diperlukan ialah komitmen.

Kami tidak boleh bermimpi untuk memenangi perlawanan itu sehingga kami bermain perlawanan itu. Kita perlu menghadapi kenyataan daripada menjadi pengulas yang memberikan pendapat. Komitmen kami adalah untuk melalui proses, bukan untuk mendapatkan hasil yang sempurna setiap masa.

Adakah kita sanggup? Adakah kita sanggup bermain permainan itu? Adakah kita bersedia untuk mengalas diri dan menghadapi bola? Walaupun kita tidak pasti sama ada menang atau kalah? Walaupun kaki kita menggigil? Adakah kami akan muncul? Adakah kita akan melakukannya? Walaupun pembangkang luar dan dalam?

Ini adalah komitmen. Inilah yang diperlukan untuk membuat sesuatu berlaku.

Letakkan kaki kanan ke hadapan. Ini adalah Permulaan. Kemudian, letakkan kaki kiri ke hadapan. Ini adalah Kegigihan.

Letakkan satu kaki di hadapan yang lain dan kekalkan laluannya. Walaupun kita tidak tahu sama ada kita melakukannya dengan betul. Walaupun kita tidak tahu sama ada kita akan sampai ke sana.

Tindakan komitmen yang mudah adalah magnet yang kuat untuk mendapatkan bantuan.

" Seorang lelaki yang menderita sebelum diperlukan, menderita lebih daripada yang diperlukan ."

Kita perlu mencapai ambang emosi di mana kita memberitahu diri kita sendiri - "Saya sudah cukup, tidak pernah lagi, ini mesti berubah sekarang!"

"Apa yang menghalang kita daripada menjalani impian kita adalah kepercayaan kita bahawa ia hanya mimpi."

"Apa sahaja yang anda lakukan, jangan sekali-kali kembali kepada apa yang mematahkan anda." "Anda tidak boleh hidup positif dengan fikiran negatif."

"Kamu tidak dapat mencapai apa yang ada di hadapanmu sehingga kamu melepaskan apa yang di belakangmu."

Bertahan ... Lepaskan

"Kebenaran adalah melainkan jika anda melepaskan, melainkan anda memaafkan diri sendiri, melainkan anda memaafkan keadaan, melainkan anda menyedari bahawa keadaan itu

berakhir, anda tidak boleh bergerak ke hadapan."

"Lupakan apa yang menyakitkan anda tetapi jangan lupa apa yang ia mengajar anda."
"Sesetengah daripada kita berfikir berpegang pada membuat kita kuat,

tetapi kadangkala ia melepaskan."

"Apabila saya melepaskan apa yang saya ada, saya menjadi apa yang saya mungkin. Apabila saya melepaskan apa yang saya ada, saya menerima apa yang saya perlukan."

"Berpegang pada adalah mempercayai bahawa hanya ada masa lalu; melepaskan adalah mengetahui bahawa ada masa depan."

"Melepaskan adalah melepaskan imej dan emosi, dendam dan ketakutan, kemelekatan dan kekecewaan masa lalu yang mengikat semangat kita."

"Ada perbezaan penting antara menyerah dan melepaskan."

Mengapa kita berpegang pada masa lalu kita?

Mengapa kita berpegang pada emosi kita? Mengapa kita berpegang kepada negatif kita?

Mengapa kita tidak boleh melepaskan perkara yang sangat mempengaruhi kita?

Mengapa kita tidak boleh melepaskan kegelapan masa lalu dan kebimbangan masa depan?

Mengapa kita tidak boleh melepaskan pemikiran dan kekusutan emosi di ruang minda kita?

Pegang sehelai kertas di tangan dan pastikan tangan diangkat lurus di hadapan badan pada paras badan, dihulurkan.

Adakah kita mempunyai masalah untuk melakukan itu? Tidak

Adakah kita terbeban dengan berat kertas itu? Tidak

Sekarang pastikan tangan diangkat selama sejam dalam kedudukan yang sama, berpegang pada kertas.

Apa yang kita rasa?

Sakit di tangan, rasa tidak selesa. Teruskan bertahan selama dua jam. Apa yang kita rasa sekarang?

sakit. Banyak ketidakselesaan. Tahan sejam lagi. Apa sekarang?

Dahsyat. Kesakitan yang teruk. Rasa tak berdaya. Kebas.

Bagaimana jika kita diberitahu untuk bertahan selama satu jam lagi? tak boleh. Kita akan rasa tidak berdaya.

Dan tangan kita akan jatuh mati. Apa yang berlaku?

Adakah kertas itu terlalu berat untuk dipegang?

Adakah kertas itu menjadi berat semasa kita memegangnya?

Mengapa kita mengalami perasaan sakit, tidak selesa, sakit, tidak berdaya, kebas dan mati?

Nah, kertas itu kekal seperti sedia ada.

Masalahnya ialah 'berpegang' padanya.

Apabila kami mula-mula memegang kertas itu, kami baik-baik saja. Itu perkara biasa. Ini berlaku dengan pemikiran, emosi dan tingkah laku biasa kita. Ia adalah manusia untuk merasa dan bertindak balas. Kita marah, sedih. Tidak mengapa untuk merasainya.

Tapi bila kita pegang kertas tu, mulalah sakit hati, buat kita tak selesa. Tetapi kita berpegang padanya. Lebih banyak kita pegang, kita mengalami kesakitan

Lagi kita pegang, kita jadi kebas. Sehingga satu titik, apabila kita hanya berasa tidak berdaya dan 'menyerah'.

Kertas itu menandakan masa lalu kita.

Kertas itu menandakan emosi kita.

Kertas itu menandakan hubungan toksik kami.

Kertas itu menandakan **persepsi dan corak** *kita.*

Melepaskan begitu sukar. Kita terjebak dalam corak pemikiran yang sama berulang kali.

Kami berpaut dan memainkan semula masa lalu lagi dan lagi dalam fikiran kami. Percubaan terdesak untuk berpegang pada sesuatu mengehadkan keupayaan kita untuk mengalami kebahagiaan dan kegembiraan pada masa sekarang. Kehidupan adalah tentang perubahan yang berterusan. Sekuat mana pun kita berusaha untuk berpegang pada sesuatu, lambat laun kita akan berhadapan dengan perubahan, sama ada kita suka atau tidak. Lebih awal kita menghentikan percubaan untuk memiliki dan mengawal persekitaran yang kita diami, lebih cepat kita membuka diri kepada kemungkinan baharu.

Inilah sebabnya mengapa sangat penting untuk dapat melepaskan.

"Lepaskan sahaja!" Kita perlu mengingatkan diri kita berulang kali. Kita perlu menjadikannya mantra kita, mengulanginya semasa kita menjalani hari kita.

Sudah tentu, melepaskan adalah penting. Perubahan adalah sukar dan melepaskan peristiwa lalu, hubungan, harapan dan keinginan adalah penting untuk meneruskan kehidupan kita. Tetapi selalunya kita gagal dalam hal ini, mendapati diri kita berpaut pada peristiwa yang menyakitkan di masa lalu kita.

Mengapa Kita Bertahan?

Dilemanya! Ia berlaku pada masa lalu. Kami mengalaminya. Kita bermain berulang kali dalam fikiran kita. Sakitnya. Kami mahu dan kami cuba melepaskan masa lalu dan melakukan semua yang kami mampu. Tapi kita buntu. Dan ia menyakitkan seperti neraka. Mengapa kita bertahan jika ia sangat menyakitkan?

Kita sudah biasa dengan kesakitan dan masa lalu kita

Kami telah terbiasa dan menyesuaikan diri dengan kesakitan kami. Kesakitan yang kita alami sudah biasa bagi kita. Apabila kita berfungsi dengan cara tertentu untuk seketika, rasanya begitulah keadaannya.

Kita cenderung untuk berpegang kepada apa yang kita tahu, walaupun ia menyebabkan penderitaan. Melepaskan kemudian membuatkan kita tidak selesa. Memandangkan kehidupan tidak dapat diramalkan, mengetahui apa yang diharapkan adalah meyakinkan. Sekurang-kurangnya dengan kesakitan semasa, kita tahu apa yang diharapkan.

Secara tidak sedar dan tidak sedar, kita keliru siapa kita dengan masa lalu kita. Kesakitan kita menjadi identiti kita. Melepaskan maka melepaskan jati diri kita.

Kami percaya kesakitan kami melindungi kami

Jika saya berpegang pada pengalaman yang menyakitkan, saya boleh mengelakkannya daripada berulang.

Kita tidak mahu masa lalu kita berulang. Kami tidak mahu mengulangi kenangan itu lagi. Ia akan menjadi tidak tertanggung untuk melakukannya sekali lagi. Jadi, kita menjadi lebih berhati-hati. Kami tidak akan memaafkan diri kami jika ia berlaku lagi. Memerhatikan tanda-tanda pengalaman yang mungkin menyakitkan memberi kita rasa terkawal. Sebenarnya, rasa kawalan yang salah. Suara batin kita menggunakan kesakitan masa lalu untuk menjauhkan kesakitan masa depan. Nah, kedua-duanya tidak berlaku. Kita hanya hidup dengan kesakitan, pada masa kini.

Kami mahu menghukum mereka yang menyakiti kami

Awak telah menyakiti saya.

Bagaimana saya boleh memaafkan awak?

Memaafkan anda akan menjadikan anda betul. Memaafkan awak bermakna saya telah menerima kekalahan.

Tit untuk tat. Awak patut rasa sakit yang sama saya rasa. Saya mahu anda juga faham bagaimana rasanya.

Malangnya, orang yang menyakiti kita seolah-olah tidak peduli dengan perasaan kita. Mereka mungkin tidak tahu. Mereka mungkin enggan mengakui apa yang mereka lakukan atau sebaliknya menyalahkan kita. *Bagaimana mereka boleh?* Jadi, kita cuba untuk menyakiti mereka belakang. Kami melakukan apa yang mereka lakukan kepada kami. Kami percaya, dengan melakukan ini, kami akan membetulkan masalah kami.

Menghukum 'mereka' mungkin berasa baik pada masa ini, tetapi menguatkan kesakitan kita dalam jangka masa panjang. Mata dengan mata membuatkan dunia menjadi buta. Kami akhirnya memberikan kuasa kami dan mengekalkan diri kami dirantai dengan lebih banyak lagi untuk dipegang.

Kami masih memproses masa lalu sebagai kegagalan dan bukan sebahagian daripada proses

Apabila hubungan berakhir, kita melihatnya seolah-olah 'kita gagal' untuk meneruskan keadaan. Kami memberi tumpuan kepada bagaimana kami boleh menjadi lebih baik dan melihat orang lain sebagai orang yang betul sepanjang masa. Kita semua adalah manusia. Kami bukan gagal dan kami tidak gagal hanya kerana kami perlu mengucapkan selamat tinggal. Kadang-kadang orang yang baik berhenti melihat mata ke mata; kadang-kadang ia hanya masa untuk melepaskan. Ia hanyalah sebahagian daripada proses hidup.

Kami 'belajar dari pengalaman kami'

Sebahagian daripada apa yang melekat pada kebanyakan kita ialah idea bahawa kita harus 'belajar daripada pengalaman kita'. Mengaplikasikan pengalaman lepas pada situasi sekarang tidak berkesan kerana dua sebab. Pertama, tiada situasi semasa yang sama persis dengan situasi masa lalu. Kedua, bergantung pada pengalaman lalu menghalang kita daripada menerima sesuatu yang baru. Pada bila-bila masa kami bergantung pada pengalaman kami, kami mengehadkan perkara yang boleh ditunjukkan hanya kepada pengalaman yang telah muncul pada masa lalu kami. Kami menjadikan masa lalu sebagai sumber semua ciptaan masa depan. Bagaimana jika apa yang kita alami pada masa lalu tidak penting sekarang? Bagaimana jika masa lalu tidak penting sekarang?

Perkara yang kita pegang... Hubungan Kita Kebimbangan Kita

Imej kami – Tampil baik Zon Selesa Kami

Tabiat Kita

Fikiran Kekacauan Material Masa Lalu Kami

Ini adalah kekusutan emosi.

Cara kita, kita menarik orang dan hubungan dalam kehidupan. Kami melihat tujuan hidup kami dalam ikatan kami. Kami berpegang kepada mereka dan kami berpegang kuat pada tali ikatan kami, sehingga merenggangkan hubungan. Perhubungan adalah perkara yang paling sukar untuk kita lepaskan, walaupun ikatan itu menjadi toksik. Mungkin beberapa bulan atau tahun sebelum kita benar-benar berhenti memikirkan peristiwa yang mengelilingi hubungan kita.

Kami terus memikirkan kebimbangan kami. Rumination menumpukan perhatian pada gejala kebimbangan kita dan kemungkinan sebab dan akibatnya, berbanding penyelesaiannya. Ia adalah sesuatu yang kebanyakan kita lakukan, sentiasa mengatasi kebimbangan sehingga kita telah membincangkan setiap butiran kecil mengenainya. Ia membuatkan kita berasa baik untuk seketika tetapi akhirnya lebih menyakitkan.

Bimbang tentang masalah membuatkan kita berasa seperti sedang melakukan sesuatu tentang masalah itu. Terdapat ilusi bahawa entah bagaimana, dengan semua ini memikirkannya, kita akan mencari penyelesaian. Masalahnya ialah kita sering memikirkan masalah yang tidak dapat diselesaikan yang tidak dapat kita lakukan apa-apa. Daripada melepaskan, kita merenung dan seterusnya.

Ruminasi mula menjadi isu apabila kita menjadi taksub tentang sesuatu. Apabila fikiran yang terus berputar-putar di kepala kita tidak lagi melayani kita, ketika itulah kita perlu melepaskannya.

Kita hidup dualitas. Kita adalah apa yang kita ada. Tetapi kita mahu orang lain melihat kita bukan cara kita. Dan kami terus berpegang pada dualitas makhluk dan rupa ini. Kita perlu melepaskan bagaimana kita mahu orang lain melihat kita. Malangnya, media sosial, bagi kebanyakan orang, telah menjadi alat untuk berhubung dengan orang ramai, mendorong ke dalam kesendirian. Kita membandingkan 'kekurangan' kita dengan apa yang kita lihat tentang 'keadaban' orang lain.

Melepaskan adalah lawan dari berpaut. Melepaskan secara mental melonggarkan cengkaman kita pada sesuatu. Kehilangan kawalan inilah sebabnya kami memilih untuk tidak membiarkan pergi. Apabila kita berpegang pada sesuatu, kita masih melayan idea bahawa kita tidak mempunyai kawalan ke atas keadaan.

Kita boleh melepaskan apabila kita menerima hakikat bahawa kita tidak mempunyai kawalan ke atas keadaan. Ini terutama berlaku dalam masalah perhubungan, di mana kadang-kadang kita perlu melepaskan masalah itu dan membiarkannya apa adanya.

Kami mempunyai tabiat berpegang pada perkara material. Ini kerana kita melampirkan emosi kita kepada perkara material - bilik kita, mainan kita, selimut kita, kereta kita, hadiah kita. Barangan kami mempunyai nilai sentimental. Sebab yang paling biasa kita berpegang pada sesuatu adalah kerana kita adalah makhluk yang sentimental. Kadang-kadang, kita bertahan, kerana kita bimbang, kita mungkin memerlukan perkara itu lagi. Kita rasa bersalah kerana menyingkirkan sesuatu daripada seseorang yang kita sayang. Atau, kita rasa bersalah tentang wang yang kita belanjakan. Kami melampirkan impian dan harapan kami pada harta benda kami.

Kadang-kadang, apabila kita mengucapkan selamat tinggal kepada sesuatu, kita juga mengucapkan selamat tinggal kepada harapan bahawa perkara itu mewakili kita. Melepaskan perkara ini mungkin terasa seperti kegagalan atau memalukan. Ia mungkin berasa seperti menyerah pada impian.

Perkara-perkara yang paling sukar kita buang mungkin terikat dengan nilai diri kita.

Dalam kitaran ganas, kekacauan yang terhasil daripada tindak balas terhadap perasaan kosong, ketakutan, rasa bersalah, dan kebimbangan pada masa lalu boleh menyebabkan kita lebih berantakan dan boleh menjadi lebih sakit emosi reaktif daripada lebih banyak rasa bersalah dan malu, ketakutan, kebimbangan.

Apa sahaja yang paling kita pegang, menentukan nilai diri kita. Sebagai contoh, jika kita meletakkan banyak nilai pada kejayaan, mungkin sukar untuk melepaskan perkara yang terdiri daripada bukti nyata pencapaian kita, seperti anugerah atau transkrip kolej. Melambung perkara ini mungkin membuatkan kita berasa kurang berjaya.

Atau, jika kita menghargai hubungan kita di atas segala-galanya, mungkin lebih sukar untuk menyingkirkan hadiah daripada orang lain. Melemparkan hadiah yang tidak diingini atau tidak digunakan boleh membuatkan kita berasa seperti tidak setia kepada pemberi. Ini boleh digunakan untuk hari lahir dan kad ucapan juga, yang boleh mewakili kepada kita bahawa kita disayangi dan dihargai, membuktikan bahawa kita bermakna sesuatu kepada orang lain.

Kekacauan bukan sahaja mewakili emosi, ingatan, nilai dan identiti kita, tetapi ia juga boleh menjadi gangguan daripada menangani isu yang lebih mendalam— dan penampan daripada kesakitan. "Apabila kita mengacaukan perkara, kita tidak dapat melihat sekeliling kita, yang membolehkan kita tidak menganinya - ia adalah cara untuk mengatasinya."

Semakin kita bergurau, semakin baik kita melakukannya dan semakin sedar kita memilih apa yang perlu disimpan, dibuang dan dicari dalam hidup kita. Sedikit untuk mengosongkan ruang membantu memberi ruang kepada cara hidup baharu yang membolehkan perhubungan yang lebih kukuh dan menguatkan kita melalui kesihatan fizikal dan mental yang lebih baik.

Kenangan dan emosi

Kami terus hidup di masa lalu. Masa lalu telah pun berlaku. Tetapi kita mengekalkan pemikiran masa lalu hidup pada masa kini. Berpegang pada masa lalu menjadikannya sebahagian daripada masa kini. Seolah-olah kita sedang menghidupkannya sekarang. Kami menggunakan pengalaman lalu sebagai justifikasi untuk tindakan semasa kami. Berpegang pada masa lalu tidak membenarkan kita meneruskan. Kerana setiap tenaga yang kita gunakan untuk berpegang pada masa lalu adalah sedikit tenaga yang kita tidak ada untuk mencipta masa kini dan masa depan kita.

Kami berpegang kepada peristiwa yang sangat negatif atau positif. Ini boleh termasuk kecederaan masa lalu, pengkhianatan, penderaan serta kenangan yang sangat positif.

Kami berpegang teguh kerana kami percaya bahawa bertahan mewujudkan perlindungan terhadap masa depan yang menyakitkan. Jika kita menyimpannya dalam keadaan 'kesedaran', maka kita tidak akan terluka lagi. Jika kita membiarkannya, maka kita akan berada dalam kegelapan.

Sesetengah daripada kita berpegang pada kepedihan masa lalu kerana kita suka drama trauma. Kami mahu seseorang dipersalahkan atas kehidupan kami, yang menjadikan kami berada dalam kedudukan mangsa. Ia adalah cara yang baik untuk menjadi mangsa dan memanipulasi orang lain. Kita bukan sahaja hidup di masa lalu, kita sangat mudah menggunakannya untuk membuat orang lain salah.

Berpegang pada masa lalu sentiasa memudaratkan dalam satu cara atau yang lain. Ia memerlukan penghakiman dan penghakiman, dengan sifatnya, merosakkan.

Malah berpegang pada peristiwa positif dari masa lalu mewujudkan batasan besar dalam hidup kita!

Apabila kita membiasakan diri untuk sentiasa bercakap tentang pencapaian dan kejayaan masa lalu kita, saat-saat paling gembira kita, kita secara tidak sedar cenderung untuk membandingkan masa lalu kita dengan masa kini. Kami bukan seperti 10 atau 20 tahun dahulu. Mengingati masa lalu yang positif membawa risiko merasakan bahawa masa kini tidak begitu baik dan boleh membuat masa kini sengsara.

Adalah penting untuk memahami bahawa kenangan masa lalu, baik atau buruk tidak boleh dipadamkan. Tidak ada gunanya untuk 'melupakan masa lalu'.

Bagaimana kita melepaskannya?

Kita tidak boleh menghapuskan ingatan. Kita boleh bekerja pada emosi yang melekat pada ingatan kita.

Pemikiran masa lalu sentiasa dicaj secara positif atau negatif dengan beberapa perasaan dan emosi positif atau negatif. Jika kita boleh berlatih menukar cas positif atau negatif kepada yang neutral, maka kita akan berhenti terperangkap pada masa lalu. Jadi, apa yang akan kekal ialah ingatan dengan muatan emosi yang neutral. Jadi, kita tidak perlu memadamkan ingatan, kerana kita mungkin tidak perlu. Jika layak untuk dikenang, ingatan itu akan kekal. Jika tidak, ia akan pudar. Kedua-dua cara, ia baik-baik saja. Dan apabila kita meneutralkan emosi kenangan kita, kita berhenti bertahan, kita melepaskan. Kita kini akan menjadi lebih sepenuhnya pada masa kini, menyedari sepenuhnya tentang mereka. Ini adalah kesedaran.

Cara Melepaskan

Dengan sengaja memilih untuk melepaskan memberitahu minda bawah sedar kita bahawa kita sudah bersedia untuk sembuh dan meneruskan. Keterikatan kami dengan pengalaman lalu yang menyakitkan mula runtuh.

'Melepaskan bukan bermakna menyingkirkan. Melepaskan bermakna membiarkan. Apabila kita membiarkan dengan belas kasihan, perkara datang dan pergi dengan sendirinya.'

1. Bertindak, tanpa jangkaan. Lakukan, hanya untuk menikmati perbuatan itu. Melakukan dengan jangkaan membawa kepada kekecewaan apabila jangkaan tidak dipenuhi. Ini adalah benar dengan hubungan juga.

2. Jangan melekatkan diri anda dengan hasilnya. Komited untuk melakukan.

3. Lepaskan idea bahawa kita boleh mengawal tindakan orang lain. Kita hanya mempunyai kawalan ke atas diri kita sendiri dan cara kita bertindak.

4. Tinggalkan ruang untuk kesilapan.

5. Terima perkara yang tidak boleh kita ubah.

6. Belajar kemahiran baru.

7. Ubah persepsi, lihat punca sebagai rahmat terselindung.

8. Menangislah; menangis menghilangkan perasaan negatif membebaskan mereka.

9. Salurkan rasa tidak puas hati kepada tindakan positif serta-merta.

10. Kesedaran atau Meditasi atau Pranayama untuk kembali ke masa sekarang.

11. Buat senarai pencapaian, walaupun yang kecil, seperti memulakan perjalanan harian atau menjalankan diet, dan tambahkannya setiap hari.

12. Libatkan diri dalam aktiviti fizikal. Senaman meningkatkan endorfin yang memperbaiki keadaan minda.

13. Tumpukan tenaga pada sesuatu yang boleh kita kawal dan bukannya pada perkara yang kita tidak boleh.

14. Meluahkan perasaan secara kreatif.

15.   Keluarkan emosi dengan selamat.

16.   Keluarkan diri daripada situasi yang tertekan, ubah, atau terima - tindakan ini mencipta kebahagiaan; berpegang pada kepahitan tidak pernah berlaku.

17.   Kenal pasti perkara yang diajar oleh pengalaman kepada kami untuk membantu mengembangkan rasa tertutup.

18.   Pemikiran jurnal. Ia adalah satu bentuk ekspresi.

19.   Ganjaran diri untuk tindakan kecil penerimaan.

20.   Berhubung dengan alam semula jadi. Ia menghubungkan kita dengan 'akar' kita.

21.   Melibatkan diri dalam aktiviti berkumpulan. Bersama orang yang tidak dikenali. Nikmati orang sekeliling.

22.   Secara metafora melepaskannya. Tulis semua tekanan dan buang kertas ke dalam longkang. Siram keluar. Ia sebenarnya berfungsi.

23.   Masuk ke dalam fantasi kreatif. Lihatlah sepuluh tahun dari sekarang. Kemudian lihat dua puluh tahun dan kemudian tiga puluh. Banyak perkara yang kami bimbang tentang pada masa lalu dan sekarang tidak akan penting dalam skema besar perkara.

24.   Ketawalah.

25.   Buat sahaja.

"Penderitaan tidak menahan anda. Anda sedang menahan penderitaan. Apabila anda menjadi mahir dalam seni melepaskan penderitaan, maka anda akan menyedari betapa tidak perlunya untuk anda menyeret beban itu bersama anda. Anda akan melihat bahawa tiada orang lain selain anda yang bertanggungjawab. Hakikatnya ialah kewujudan mahu hidup anda menjadi perayaan."

"Perbaharui, lepaskan, lepaskan. Semalam sudah tiada. Tiada apa yang boleh anda lakukan untuk mengembalikannya. Anda tidak boleh 'sepatutnya' melakukan sesuatu. Anda hanya boleh MELAKUKAN sesuatu. Perbaharui diri anda. Lepaskan lampiran itu. Hari ini adalah hari baru!"

Kemunduran dan Burnout

"Dicabar dalam hidup tidak dapat dielakkan, dikalahkan adalah pilihan." 'Sudah tentu, ia sukar. Ia sepatutnya sukar. Jika ia mudah, semua orang

akan melakukannya. Sukar itulah yang menjadikannya hebat.'

- Michael Jordan

"Apabila saya melihat kembali kehidupan saya, saya menyedari bahawa setiap kali saya fikir saya ditolak daripada sesuatu yang baik, saya sebenarnya diarahkan semula kepada sesuatu yang lebih baik."

"Kerosakan boleh mencipta kejayaan. Benda-benda runtuh jadi benda boleh runtuh bersama-sama."

Saya memotivasikan diri saya. Saya cuba.

Saya cuba. Saya gagal.

Saya gagal. Saya seorang yang gagal

Bagaimana saya memotivasikan diri saya semula? Bagaimana jika saya gagal lagi?

Saya tidak mempunyai motivasi untuk mencuba semula. Saya tiada tenaga untuk mencuba semula.

Saya takut untuk mencuba lagi.

Saya tidak tahu mengapa saya gagal.

Saya tidak tahu bagaimana untuk mencuba lagi.

Kita semua mengalami kemunduran, kerosakan, dan kambuh dalam perjalanan hidup kita.

Kemunduran kecil menyebabkan kita hilang untuk masa yang singkat, tetapi orang lain mungkin kelihatan menggagalkan seluruh hidup kita. Kita semua mengalaminya pada satu ketika dalam hidup.

Bagaimana kita menangani kemunduran kita, menentukan perjalanan hidup kita. Sesetengah daripada kita mempunyai kekuatan untuk mengambil bahagian dan meneruskan. Orang lain sukar untuk melepaskannya. Menghadapi kemunduran, kerosakan dan kambuh semula, kita semua mengalami kekecewaan, keputusasaan, kesedihan, kekecewaan, atau kemarahan. Setiap daripada kita berurusan dengannya secara berbeza. Ada yang memilih penafian, ada yang marah, ada yang bersedih dan ada yang hanya memutuskan untuk melarikan diri. Apa yang kita lakukan dengan perasaan ini membezakan kita antara satu sama lain. Bagaimanakah kita dapat keluar dari masa yang sukar ini?

Tidak semua daripada kita diberi kuasa atau bermotivasi untuk membawa perubahan dalam hidup kita. Kami yang mendapat inspirasi dan motivasi … cuba. Mungkin terdapat banyak sebab yang kita mungkin tidak mencapai apa yang kita inginkan. Kita gagal. Kami menganggap ini satu kemunduran. *Kemunduran membuat kita kembali*. Masalah terbesar dengan kemunduran ialah ia memerlukan lebih daripada tahap motivasi sebelumnya untuk mencuba lagi. Kami mencuba dengan tahap motivasi tertentu, tetapi tidak berjaya. Lain kali, ia memerlukan lebih meyakinkan diri sendiri, lebih banyak motivasi, lebih banyak usaha, lebih banyak kepercayaan yang mengehadkan diri untuk dirungkai, lebih banyak keraguan dan persoalan untuk diatasi, lebih banyak emosi untuk diusahakan … untuk dapat kembali ke perjalanan hidup kita. Dan ia menjadi semakin sukar, setiap kali kita melanggar penghadang jalan. Kita jemu walaupun mencuba. Kami terbakar. Hingga suatu masa, apabila kemunduran menjadi kisah hidup kita. Itulah cara kami memutuskan untuk mengenal pasti diri kami sebagai.

Bagaimanakah kita merenung apa yang berlaku dan memperoleh kesedaran diri yang lebih besar?

Walaupun halangan dan halangan boleh menggagalkan kita, ia juga merupakan peluang untuk melihat kehidupan kita dari perspektif yang berbeza. Banyak kejayaan dicapai selepas orang ramai mengambil risiko, melanggar sekatan jalan, berkumpul semula dan bergerak ke hadapan.

"Kemunduran sering membawa kita ke jalan yang lebih teruk, tetapi membawa ke destinasi yang lebih baik."

"Lebih sukar kemunduran, lebih baik kemunculan semula."

"Kemunduran adalah peluang untuk bermula semula, kali ini dengan lebih bijak."

Pelbagai jenis halangan

Walaupun kemunduran, halangan dan kekalahan adalah semua halangan yang berdiri di antara kedudukan kita sekarang dan di mana kita mahu, setiap satu mewakili tahap cabaran yang berbeza.

Kemunduran biasanya merupakan gangguan yang agak kecil. Mereka seperti pemutus laju, kerana mereka tidak menghalang kita. Mereka hanya memperlahankan kita.

Relaps adalah kemerosotan selepas tempoh kejayaan. Ia kembali kepada keadaan sebelumnya selepas tempoh perubahan dan transformasi.

Sekatan jalan raya adalah halangan yang melakukan sedikit lebih daripada sekadar melambatkan kita. Mereka membuat kita 'terperangkap'. Mereka bukan sahaja menghalang kemajuan kita tetapi menghalang kita daripada mencapai sesuatu. Kita mungkin boleh 'melintasi sekatan jalan', tetapi ia memerlukan masa dan usaha.

Kerosakan adalah kegagalan untuk berfungsi, kegagalan untuk maju atau mempunyai kesan, keruntuhan.

Kekalahan menyampaikan perasaan 'dipukul', rasa lemah semangat dan diatasi dengan kesusahan. Ia adalah ibu kepada semua halangan dan halangan. Kekalahan boleh menjadi pengubah hidup utama yang boleh mengubah persepsi hidup kita.

Jadi, bilakah kita menyebut halangan kita sebagai kemunduran, kambuh, penghalang jalan, kerosakan, atau kekalahan? Jawapannya bukan terletak pada kegagalan atau halangan. *Ia bergantung kepada persepsi kita tentang halangan dan corak tindak balas kita.* Ia adalah tahap dan intensiti di mana kita terharu atau terdorong ke belakang. *Ia bergantung kepada harapan kita dan bagaimana kita menghadapinya* . Jika kita menyerah sepenuhnya, itu adalah kekalahan. Jika kita perlahan, ubah persepsi kita dan bergerak dengan semangat baru, maka itu hanyalah satu kemunduran.

Apabila kita mengubah persepsi dan memecahkan corak kita, halangan yang sama yang kelihatan seperti kekalahan boleh berubah menjadi kemunduran kecil.

Apabila kita menghadapi halangan secara bersemuka, kita menyalahkan. Salahkan keadaan, salahkan orang, salahkan takdir, salahkan Allah, malah salahkan diri kita sendiri. Satu lagi tindak balas terhadap kemunduran atau kekalahan ialah kemarahan. Marah, kerana kita berasa kecewa dan sedih kerana kita telah mengecewakan diri sendiri kerana kita tidak berada di tempat yang kita inginkan pada ketika ini dalam hidup kita. Ia adalah bagaimana kita bertindak balas, bahawa kita sebenarnya mencederakan diri kita sendiri.

Tiada satu pun daripada reaksi, perasaan atau tindak balas negatif ini akan membantu kita ke mana-mana sahaja yang kita mahu pergi. Lebih buruk lagi, mereka menghalang kita mati di landasan kita. Kita terperangkap dalam keputusasaan seperti habuk dikoyak-koyak, berputar-putar dan berkeliling, menggunakan banyak tenaga tetapi tidak ke mana-mana. Beginilah perasaan kami. Seperti kita hanya berputar dalam bulatan dan tidak pasti bagaimana untuk keluar dari kegawatan supaya kita boleh mula bergerak ke hadapan semula.

Kemunduran kepada Langkah Naik

Mengakuinya

Tiada siapa yang kebal terhadap kemunduran. Apabila menghadapi kemunduran, kenali dan akui. Ini memulakan proses pembentukan semula. Di sisi lain kemunduran, kita tidak akan menjadi orang yang sama seperti sebelum ini.

Hapuskan kesalahan

Perkara berlaku tanpa sebab yang jelas kadangkala. Meneroka jalan ke hadapan adalah lebih sihat daripada cuba menyalahkan atau merajuk.

Mengambil masa

Luka fizikal memerlukan masa untuk sembuh. Luka emosi mengambil masa lebih lama. Jelas sekali, kita perlu memberi masa kepada diri kita untuk mengatasi kemunduran kita. Ketidaksabaran hanya menjadikannya lebih sukar dan lebih lama. Kami sentiasa tergesa-gesa untuk menyelesaikan masalah kami dan meneruskan. Ketidaksabaran telah menjadi corak yang mempengaruhi bidang lain dalam kehidupan kita. Biarkan pergerakan masa mendorong kita melaluinya. Masa memang sembuh!

Alami emosi

Jika kita mengabaikan emosi kita, ia akan muncul pada satu ketika dan selalunya dalam cara yang lebih merosakkan. Tentukan tarikh akhir - sehari, seminggu, sebulan - untuk mengalami tindak balas emosi. Semasa kita berbuat demikian, perhatikan perasaan itu. Jurnal pemikiran. Kemudian lap air mata untuk kali terakhir dan bersedia untuk bergerak ke hadapan semula.

Terima kenyataan

Salah satu cara terbaik untuk bangkit daripada kemunduran adalah menerima realiti, walaupun hasilnya tidak adil. Ini tidak sepatutnya berlaku, kami memberitahu diri sendiri. Mungkin begitu. Sesetengah keputusan adalah rumit, dan kita tidak boleh sentiasa mengetahui faktor yang berkesan terhadap kita. Ia mungkin semudah masa yang buruk. Ini adalah peluang untuk membebaskan diri daripada penyangkalan diri. Sehingga kita menerima apa yang telah berlaku, kita akan terperangkap dalam keadaan penafian di mana emosi kita memerintah.

Alihkan perspektif: Normalize – Reprioritize – Reframe

normalkan. Semua orang berjuang. Kami hanya melihat profil yang berjaya. Kami tidak menyedari kisah-kisah perjuangan di latar belakang. Adalah perkara biasa untuk mengalami kemunduran. Berharap untuk dicabar dan kecewa. Ketahuilah bahawa kita tidak bersendirian.

Utamakan semula. Pada skala 1-10, seberapa besar isu atau halangan ini? Kita cenderung untuk berlebih-lebihan. Mengutamakan semula memberi kita perspektif realistik tentang halangan.

Bingkai semula. Pertimbangkan faedah yang mungkin timbul. Apakah makna baharu yang boleh kita temui daripadanya? Cari cara untuk merangka semula perkara yang berlaku dari segi yang boleh membantu kami memacu hasil yang positif.

Beralih daripada "tidak" kepada "belum"

Kuncinya adalah untuk beralih daripada mengatakan kepada diri sendiri "Tidak, saya telah gagal" kepada "Belum, tetapi saya akan melakukannya."

Lihat kegagalan sebagai satu proses, bukan sebagai pengakhiran itu sendiri. Pemikiran ini akan membantu menenangkan suara negatif dalam kepala kita yang mahu kita berhenti apabila keadaan menjadi sukar. Jika kita percaya kita boleh belajar daripada kegagalan dan mempunyai potensi untuk berjaya, kita mendapat kekuatan untuk mencuba lagi.

Kekal di Masa Kini

Semakin kita taksub tentang apa yang berlaku, kita akan mengingatinya berulang kali dalam fikiran kita, semakin ketakutan kita terhadap perkara yang sama berulang akan menghalang kita.

Ambil rehat

Bernafas. Lakukan sesuatu yang menyeronokkan. Berikan minda rehat. Kami memerlukan rehat untuk memecahkan corak.

Jelaskan apa matlamatnya

Apabila rancangan kami gagal, perkara pertama yang perlu kami lakukan ialah menjelaskan apa sebenarnya yang kami harapkan untuk dicapai. Realisme dan ketepatan adalah penting untuk membantu mengelakkan tindak balas yang berlebihan.

Jelaskan hasilnya

Sebaik sahaja kita jelas tentang apa yang kita cuba capai, adalah penting untuk memahami bahawa ... kita telah mencapai sesuatu. Sudah tentu, semuanya jarang berlaku. Tentukan kedua-dua positif dan negatif. Kita mungkin perlu membuat perubahan tanpa membatalkan beberapa kerja baik yang telah dilakukan.

Senaraikan perkara yang betul dan yang salah

Ini bukan sesi mengeluh. Bukan permainan menyalahkan. Kesedaran dan penerimaan terhadap kesalahan. Senaraikan kesalahan.

Bahagikan senarai dalam 2

Kita perlu membahagikan senarai itu kepada dua. Apabila rancangan gagal, tidak semua yang menyebabkannya gagal akan berada dalam kawalan kami. Namakan senarai – perkara *di bawah kawalan saya* dan perkara *di luar kawalan saya* . Semak setiap item dalam senarai dan kategorikannya.

Buang senarai perkara yang tidak boleh kita ubah

Apabila rancangan gagal, kita mengutuk dan mengerang faktor yang tidak dapat kita kawal. Kami akan menghantukkan kepala kami ke dinding. Terimalah bahawa tiada apa yang boleh kita lakukan tentang perkara ini. Buang senarai kedua dan fokus semula pada yang pertama.

Buat pelan tindakan

Tentukan semula matlamat. Cipta pelajaran untuk masa hadapan. Fikirkan tentang kemungkinan halangan yang akan berlaku dan rancang untuk mereka. Kita perlu menjangka bahawa kita akan menghadapi masalah dan mempunyai pelan kontingensi dan tindakan bersedia apabila masalah tersebut berlaku. Jadilah fleksibel dan berfikiran terbuka untuk mencuba pendekatan baharu.

Mengambil tindakan

"Mengetahui tidak cukup; kita mesti memohon. Bersedia tidak mencukupi; kita mesti buat."
Bruce Lee

Kita tidak boleh mengubah apa yang telah dilakukan, tetapi kita boleh memilih untuk menanganinya.

Kegagalan datang dalam dua cara: tindakan kita dan tidak bertindak. Apabila kita merenungkan penyesalan terbesar kita, kami berharap kami dapat mengulangi ketidaktindakan, bukan tindakan! Apabila kehidupan menjatuhkan kita, bangkitlah kembali. Dan apabila ia menjatuhkan kita lagi, bangkit semula. Itulah satu-satunya cara untuk bangkit daripada kemunduran.

Yang Terbakar

Kita cuba dan kita cuba lagi. Penat kita mencuba. Kami terbakar.

Membakar adalah keadaan minda yang datang dengan tekanan jangka panjang yang tidak dapat diselesaikan. Burnout ialah kehilangan makna dalam usaha dan percubaan kita ditambah dengan keletihan mental, emosi atau fizikal.

Burnout boleh menjejaskan sesiapa sahaja, pada bila-bila masa.

Fasa bulan madu

Apabila kita mula bertindak ke arah transformasi kita, kita mulakan dengan banyak positif, komitmen dan tenaga. Ini adalah fasa bulan madu - semuanya baik-baik saja, bermula dengan baik.

Tekanan bermula

Tahap kedua keletihan bermula dengan kesedaran bahawa beberapa hari menjadi lebih sukar daripada yang lain dan usaha kurang bermanfaat. Optimisme mula berdebar-debar. Tekanan mula nyata secara fizikal, emosi, dan dalam tindakan kita.

Tekanan bertambah

Tahap ketiga burnout ialah tekanan kronik. Apa yang kelihatan sebagai kemunduran, tidak lama lagi menjadi penghalang atau kerosakan.

Terbakar

Memasuki tahap empat keletihan adalah di mana gejala menjadi kritikal. Ini adalah pembakaran sebenar. Meneruskan seperti biasa selalunya tidak mungkin. Kerosakan mula kelihatan seperti kekalahan.

Burnout menjadi satu corak

Kehausan menjadi kisah hidup kita, kisah di sebaliknya kita menyerah. Kami baru sahaja berhenti mencuba. Tiada harapan lagi untuk dihadapi.

"Ketakutan akan kegagalan menghasilkan kitaran ganas yang mencipta apa yang paling ditakuti."

Adakah ini cara kita mahu menjalani sisa hidup kita?

Tidak melakukan semua perkara yang kita mampu lakukan sepenuhnya kerana kita hanya berputus asa?

Seorang kanak-kanak yang sedang belajar berdiri, berjalan, jatuh, menangis, dan kemudian mencuba.

Dia jatuh lagi. Tetapi usaha kali ini lebih daripada percubaan pertama. Dia cuba lagi dan lagi. Dan langkah demi langkah, langkah bayi mendorong kanak-kanak untuk menolak ke hadapan matlamat. Untuk berlari. Kanak-kanak itu mengambil masa, mengambil usaha, tetapi menangis dan mencuba. Adakah kanak-kanak itu memanggilnya sebagai kemunduran, kerosakan atau kekalahan?

Adalah penting untuk menjadi seperti kanak-kanak kadang-kadang, cukup degil untuk tidak berputus asa dan terus menuntut lebih daripada diri sendiri!

Kita hidup dalam dunia *segera*. Kita adalah generasi *yang tidak sabar*. Kami percaya bahawa terdapat penyelesaian segera untuk segala-galanya - Pil untuk setiap penyakit! Tetapi pil tidak menangani punca atau asal usul penyakit.

"Ia memerlukan seumur hidup untuk masuk ke dalam kekacauan yang kita hadapi. Beri diri anda sedikit masa untuk keluar daripadanya."

Ia memerlukan lebih daripada buku yang bagus atau khutbah atau skrip 6 langkah untuk menyembuhkan orang yang sakit.

Adakah kita bersedia untuk itu?

Transformasi bukan peristiwa sekali sahaja. Seseorang tidak boleh hanya membaca buku atau blog dan melakukan kursus dan berfikir semua isu akan diselesaikan. Kita akan gagal dalam proses dan gagal dan berasa seperti orang yang kalah. Tidak mengapa! Cuba lagi. Kami belajar lebih banyak daripada kegagalan berbanding kejayaan.

"Jika tiada apa yang berubah, tiada apa yang berubah."

"Kadang-kadang perkara yang paling kita perlu lakukan adalah perkara yang paling kita takuti."

"Kita sebenarnya memerlukan pasang surut dalam hidup. Naik mengingatkan kita ke mana kita ingin pergi, dan yang surut mendorong kita untuk sampai ke sana. Dari masa ke masa, naik terus menjadi lebih tinggi dan rendah tidak begitu rendah."

"Hidup adalah satu siri pengalaman, setiap satu daripadanya menjadikan kita lebih besar, walaupun kadangkala sukar untuk menyedari perkara ini. Kerana dunia ini dibina untuk membangunkan watak, dan kita mesti belajar bahawa kemunduran dan

kesedihan yang kita alami membantu kita dalam melangkah ke hadapan." — Henry Ford

"Anda tahu, setiap orang mempunyai kemunduran dalam hidup mereka, dan semua orang gagal mencapai matlamat yang mungkin mereka tetapkan untuk diri mereka sendiri. Itu adalah sebahagian daripada hidup dan berdamai dengan siapa anda sebagai seorang manusia." – Hillary Clinton

"Syarikat pertama yang saya mulakan gagal dengan hebat. Yang kedua gagal sedikit tetapi masih gagal. Yang ketiga, anda tahu, gagal dengan betul, tetapi ia tidak mengapa. Saya cepat sembuh. Nombor empat hampir tidak gagal. Ia masih tidak berasa hebat, tetapi ia tidak mengapa. Nombor lima ialah PayPal." – Max Levchin, bekas CTO PayPal

Corak Pecah

"Tiada sesiapa di luar diri kita boleh memerintah kita secara dalaman. Apabila kita tahu ini, kita menjadi bebas."

— Buddha

"Kami adalah apa yang kami lakukan berulang kali. Oleh itu, kecemerlangan bukanlah satu perbuatan tetapi satu kebiasaan."

— Aristotle

"Menjauhi semua itu, ramai orang mahukan itu, dan sudah tentu satu-satunya cara untuk melepaskan diri daripada itu semua ialah pergi ke dalam, sekarang."

— Eckhart Tolle

"Kreativiti melibatkan keluar daripada corak yang telah ditetapkan untuk melihat sesuatu secara berbeza."

- Edward de Bono

"Rantai corak terlalu ringan untuk dirasai sehingga ia terlalu berat untuk dipecahkan."

"Semua imaginasi - semua yang kita fikir, kita rasa, kita rasa

- datang melalui otak manusia. Dan apabila kita mencipta corak baharu dalam otak ini, apabila kita membentuk otak dengan cara baharu, ia tidak akan kembali kepada bentuk asalnya."

"Bergerak adalah peringkat pertama untuk membebaskan diri daripada masa lalu manakala

peringkat terakhir ialah melepaskan."

"Melepaskan diri, atau tidak, biasanya ditentukan oleh sama ada anda mahu pergi ke suatu tempat dengan perlahan atau tidak cepat."

Apakah kehidupan kita? Ia adalah perjalanan penemuan 'I'. Kita mendapati diri kita terperangkap dalam gelung dalam kehidupan. Cerita berbeza, situasi berbeza, tetapi corak kami tetap sama.

Apabila kita berhadapan dengan sesuatu yang negatif, kita menolaknya sebagai kejadian sekali sahaja dan menyalahkan diri sendiri atau menyalahkan alam sekitar. Dan kemudian kita melupakannya. Tetapi, setiap kali ia berlaku, kita bertindak balas dan lupa. Dan kita tidak belajar apa-apa daripadanya. Semuanya kerana kita tidak dapat mengenali coraknya. Jadi, kita terus menarik situasi sedemikian dalam hidup kita dan menyalahkan diri sendiri, persekitaran kita, atau bahkan Tuhan!

Kebanyakan keputusan yang kita buat dilakukan pada tahap bawah sedar yang kita tidak sedar sepenuhnya. Pilihan asas, sepersekian saat ini dipengaruhi oleh 'persepsi' dan kepercayaan yang salah dari masa lalu kita. Kita melihat corak dalam kehidupan kita memainkan semula diri mereka berulang kali dan kita tidak tahu bagaimana untuk berhenti. Ia kelihatan sukar untuk dipecahkan kerana ia disambungkan secara mendalam, melalui pengulangan berterusan, ke dalam diri kita. Semasa kita menyelidiki corak tertentu, kita mendapati bahawa punca asasnya adalah sama. Dengan menangani sebab itu, kita boleh menyingkirkan banyak tingkah laku yang tidak diingini dalam hidup kita.

Corak mungkin saling berkait dengan yang lain, beberapa punca juga boleh menjadi corak itu sendiri! Ia mungkin tidak mudah untuk menghapuskan sepenuhnya corak sedemikian pada satu masa. Teruskan bekerja dan konsisten. Selepas itu, kita akan sampai ke titik di mana punca utama ditangani dengan betul dan coraknya rosak.

Cara Memecah Corak

Corak berlaku akibat daripada 'tetapan lalai' dalaman dan asas minda dan badan kita. Tetapan lalai ini 'ditetapkan' berdasarkan sifat teras semula jadi kita, sensitiviti, kepercayaan dalaman dan nilai yang kita pegang. Untuk 'memecahkan corak', kita perlu melihat ke dalam, mengenal pasti pencetus dan corak dan menyelesaikannya. Perkara yang baik ialah corak boleh 'reset'.

"Kebenaran akan membebaskan anda, tetapi pertama-tama ia akan membuat anda sengsara."

Jadi, bagaimana kita sebenarnya menetapkan semula corak kita?

Tentukan tingkah laku konkrit yang perlu diubah atau dibangunkan. Kenal pasti pencetus.

- Berurusan dengan pencetus.

Membangunkan pelan pengganti. Tukar corak yang lebih besar. Gunakan gesaan dan peringatan. Dapatkan sokongan.

Sokong dan pahala diri kita sendiri. Kekal dan sabar.

Utamakan proses pemecahan tabiat dengan berfikir dari segi tingkah laku yang khusus dan boleh dilakukan.

Mencatat corak negatif dalam hidup kita akan membantu kita mengenal pasti dan memilih perkara yang perlu dipecahkan.

1. **Senaraikan beberapa kali terakhir kita berada dalam situasi sedemikian.** Pilih corak yang kita mahu keluarkan. Senaraikan beberapa peristiwa sengit sebelum ini yang kami hadapi.

2. **Senaraikan faktor bagi setiap situasi yang membawa kepada hasilnya.** Senaraikan seberapa banyak faktor yang membawa kepada setiap kejadian. Ada kemungkinan bahawa setiap insiden mempunyai lebih daripada satu pencetus, jadi senaraikan seberapa banyak pencetus yang mungkin.

3. **Kenal pasti persamaan merentas faktor.** Lihat semua faktor yang disenaraikan. Perhatikan sebarang persamaan di seluruh kejadian. Terdapat sedikit aliran dominan merentas semua faktor yang disenaraikan.

4. **Telusuri punca faktor.** Teliti faktor-faktor biasa tersebut. Apakah yang membawa kepada faktor-faktor ini? Untuk setiap jawapan, gali lebih dalam untuk mengenal pasti punca asas. Terdapat beberapa sebab di sebalik faktor tersebut.

5. **Kenal pasti langkah-langkah tindakan untuk menangani punca.** Apakah yang perlu saya lakukan untuk menangani punca-puncanya? Buat Pelan Tindakan. Semasa kami membuat langkah-langkah, nampaknya mereka tidak menangani corak secara langsung. Namun, kerana ia menangani salah satu punca, ia boleh membantu dalam melepaskan diri daripada corak.

Biasanya, corak dan tingkah laku rutin mungkin bermanfaat untuk sistem kita, kerana ia meletakkan otak kita ke dalam mod auto-pilot. Bahagian sebalik corak rutin ini datang apabila corak tersebut mendarat lebih banyak di lajur yang buruk daripada yang baik.

Sentiasa ada pencetus untuk memulakan corak. Pencetus mungkin dalaman atau luaran, emosi atau situasi, dan persekitaran. Corak yang lebih kecil boleh dibina menjadi corak yang lebih besar. Jika kita menggali punca dengan betul, mengenal pasti pelan tindakan yang betul dan bertindak ke atasnya, corak akan mula terlerai.

Dengan melihat dan mengubah corak yang lebih besar kita sebenarnya bukan sahaja memudahkan untuk menangani tabiat teras kita tetapi sedang berlatih menggunakan kemahuan kita pada tingkah laku pecah corak yang lebih kecil dan lebih mudah. Ini menambah rasa pemerkasaan kita.

Adalah penting untuk memahami bahawa ia akan mengambil masa untuk laluan saraf baharu terbentuk, yang lama pudar, untuk yang baharu menggantikan yang lama. Awas! Jangan jadikan ini sebagai alasan untuk berhenti.

Beberapa soalan yang sukar

Anehnya, kita enggan menyelami masa lalu kita, secara sedar, dengan tujuan yang positif. Sebaliknya, kita asyik merenung perkara buruk tanpa sebab. Mengimbas kembali dan memikirkan mengapa perkara berlaku seperti yang mereka lakukan boleh menyakitkan dan mengecewakan. Jika kita tidak dapat mengenal pasti mengapa corak ini berlaku dalam kehidupan kita, kita tidak akan dapat menghalangnya untuk mencipta pengalaman baharu.

Fahami sebab mengapa kita perlu memecahkan corak dan apa yang menjadikannya tidak sihat. Langkah pertama untuk membetulkannya ialah sentiasa memahami mengapa ia perlu diperbaiki. Dengan cara itu, kita akan melihat manfaatnya dan mempunyai matlamat untuk diusahakan sejak awal lagi.

Adakah kita bersedia untuk menghadapi beberapa soalan, secara jujur? Jeda dan Renung — Adakah keputusan dalam hidup dibuat: Kerana terdesak? Secara impulsif?

Kerana takut terlepas peluang hebat? Dari ego untuk menegakkan imej atau reputasi?

Adakah keputusan itu berdasarkan bagaimana orang lain akan melihat kita?

Untuk membuktikan diri kita kepada seseorang? ibu bapa? Kawan-kawan? Pengikut media sosial?

Untuk mengambil laluan yang paling selamat? Dengan mempercayai orang lain secara membuta tuli?

Dengan sengaja mencederakan diri sendiri - sabotaj diri?

Di manakah jenis keputusan ini dimainkan dalam bidang kehidupan yang lain?

Dari siapa saya belajar menjadi begini? Siapa yang begitu pada zaman kanak-kanak saya?

Apakah yang saya perhatikan antara ibu bapa saya?

Adakah keperluan saya terlalu diabaikan sebagai seorang kanak-kanak, sehingga saya melalui kehidupan, mencari cinta tetapi terus-menerus hanya mencari orang yang meninggalkan saya?

Adakah saya meninggalkan diri saya? yang lain?

Beberapa lagi soalan untuk kesedaran diri:

Dalam bidang apa dalam hidup saya saya menderita?

Apakah perasaan saya tentang diri saya, dalam hubungan saya, atau kerjaya saya? Apakah perasaan saya di sekelilingnya? Adakah kesedihan, kebimbangan, rasa bersalah, atau kemarahan? Apa yang menghalang saya daripada menjadi orang yang saya mahukan?

Di manakah dalam keluarga saya saya telah memerhatikan cara ini sebagai seorang kanak-kanak?

Apakah akibat hari ini, dalam hidup saya, untuk terus menjadi begini?

Mengapa dan apa yang saya mahu ubah?

Apakah visi saya untuk hidup saya secara konkrit? Bagaimanakah perasaan saya dan berada dalam penglihatan itu?

Tidak semua perubahan transformasi yang kita alami dengan serta-merta jelas, banyak yang halus.

Ia adalah satu proses yang berterusan dan ia adalah kerja keras. Tetapi ia perlu dilakukan supaya kita boleh terus berkembang dan bertambah baik dan oleh itu memupuk hubungan yang lebih sihat dengan diri kita dan orang lain.

Ia mungkin kelihatan monumental, mustahil, atau sukar, ia penting untuk ketenangan dan pertumbuhan dalaman kita. Cara mudah ialah membenarkan corak tidak sihat berterusan dengan tidak mengambil tindakan langsung, tetapi akhirnya, kita akan sedar bahawa kita tidak benar-benar gembira dan kita memerlukan sesuatu yang lebih. Di situlah **pecah corak** masuk. Ia akan membantu kita bukan sahaja menjadi versi diri kita yang lebih baik, tetapi ia akan menarik orang yang positif, ikatan yang sihat, kehidupan yang diperkasakan, dan perkara yang lebih baik, lebih sihat untuk kita.

"Rahsia perubahan adalah menumpukan semua tenaga anda bukan untuk melawan yang lama tetapi membina yang baru."   —
Socrates

"Anda tidak boleh mengubah masa depan anda; tetapi, anda boleh mengubah tabiat anda, dan pastinya tabiat anda…akan mengubah masa depan anda."   –   Dr Abdul Kalam

"Tiada apa-apa yang berlaku sehingga kesakitan untuk kekal sama mengatasi kesakitan perubahan."

"Berkata TIDAK kepada perkara yang salah mewujudkan ruang untuk mengatakan YA kepada perkara yang betul."

"Transformasi adalah lebih daripada menggunakan kemahiran, sumber dan teknologi. Ini semua tentang tabiat fikiran."

"Transformasi sebenar memerlukan kejujuran sebenar. Jika anda mahu bergerak ke hadapan – bersungguh-sungguh dengan diri anda sendiri."

Buat sahaja ...

"Perbuatan kecil yang dilakukan lebih baik daripada amalan besar yang dirancang."
"Anda tidak perlu menjadi hebat untuk bermula, tetapi anda perlu mula menjadi hebat."

- Zig Ziglar

"Tindakan adalah pemulih dan pembina keyakinan yang hebat. Tidak bertindak bukan sahaja akibat tetapi punca ketakutan."

– Norman Vincent Peale

"Ia tindakan, bukan buah tindakan, yang penting. Anda perlu melakukan perkara yang betul. Mungkin tidak dalam kuasa anda, mungkin tidak pada masa anda, bahawa akan ada apa-apa buah. Tetapi itu tidak bermakna anda berhenti melakukan perkara yang betul. Anda mungkin tidak tahu apa hasil daripada tindakan anda. Tetapi jika anda tidak melakukan apa-apa, tidak akan ada hasilnya."

- Mahatma Gandhi

"Perjalanan seribu batu bermula dengan satu langkah."

– Lao Tzu Lakukan sahaja!

Saya sedar. Saya terima.

Saya memilih untuk berlakon.

Saya memilih untuk mengasingkan masa lalu dan masa depan dari masa kini. Saya memilih untuk *mengubah persepsi dan memecahkan corak.*

Kadang-kadang, satu-satunya perkara yang diperlukan ialah menarik nafas panjang, yakin, dan bertindak. Tiada apa-apa lagi yang diperlukan. *Alam Semesta adalah pemikiran!* Dan pemikiran itulah yang boleh mendorong kita untuk bertindak.

Bertindak, bukan kerana kita sepatutnya bertindak. Bertindak, bukan untuk menggembirakan sesiapa.

Bertindak, bukan kerana tiada pilihan lain.

Saya bertindak kerana saya memilih untuk berlakon.

Saya bertindak kerana saya didorong dari dalam, untuk bertindak. Berkomitmen pada tindakan, bukan hasilnya.

Tindakan adalah apa yang membawa kepada perubahan. Memikirkannya dalam fikiran kita tidak bermakna sehingga kita melakukannya. Kami tidak boleh menjaringkan gol apabila kami duduk di bangku simpanan. Untuk berbuat demikian, kami perlu berpakaian dan memasuki permainan.

Ya, kita perlu ada matlamat. Kemudian baru kita boleh menjaringkan gol.

Matlamat mungkin tidak selalu 'menyelesaikan masalah'. Kerana semakin kita cuba memahami masalah, semakin kita cuba menganalisis masalah, semakin kita akan terperangkap dalam masalah dan semakin banyak kehidupan kita akan berputar di sekitar masalah itu.

Matlamat kita sepatutnya melebihi masalah kita. Tanya -

Adakah saya akan mendapat ketenangan fikiran atau kepuasan atau pemerkasaan atau kepuasan dengan hanya menyelesaikan masalah?

Atau, adakah saya akan didorong oleh sesuatu yang melampaui, walaupun saya mungkin tidak tahu bagaimana untuk mencapainya?

Lihat di luar mengubah persepsi kita terhadap diri kita sendiri dan kita akan mengubah persepsi dunia di sekeliling kita.

Lihatlah selain daripada memecahkan corak, supaya kita mencipta corak makhluk yang lebih memperkasakan.

Sebaik sahaja kita memberi komitmen kepada proses transformasi, transformasi kita bermula.

Apabila suara dalaman kita, fikiran kita, emosi kita, sikap kita sejajar, transformasi telah pun bermula.

Kita mungkin mencapai apa yang kita pilih hanya dengan keazaman dan ketekunan kita, tetapi mengambil 'tindakan' boleh dirancang, mengelakkan perangkap di sepanjang jalan.

Tindakan hanya boleh diambil. Tindakan perancangan tidak akan berfungsi sehingga kita melaksanakan rancangan itu.

Kami mahu mengelak daripada lumpuh tindakan. Kita mungkin sedar dan menerima, tetapi kita tidak mahu tersesat 'bertindak'. Mengambil tindakan boleh kelihatan sangat sukar apabila kita menghadapi keputusan yang besar. Walaupun beberapa perancangan, persediaan dan pertimbangan adalah penting, realitinya ialah mengambil tindakan, walaupun yang kecil akan mempunyai kesan gabungan untuk membawa kita ke hadapan ke arah dan melalui keputusan besar.

Kadang-kadang realitinya 'selesai' lebih baik daripada 'sempurna'.

Kita mungkin dilengkapi dengan banyak pengetahuan. Kita mungkin mempunyai kemahiran yang terbaik, sikap yang paling positif, dan kepercayaan yang paling kuat. Tetapi jika kita menunggu masa yang sesuai, dan terus merancang, tiada apa yang akan berlaku. Tindakan adalah asas kepada semua kejayaan. Setiap tindakan mungkin tidak memberikan kejayaan tetapi pada masa yang sama, tiada kejayaan mungkin tanpa tindakan.

Matlamat memberi makna dan tujuan hidup. Matlamat tidak memenuhi diri sendiri. Kita perlu ada pelan tindakan. Dan pelan tindakan perlu diambil tindakan. Kami boleh dilatih dan dilatih, tetapi pencapaian memerlukan permainan itu dimainkan.

Pelan Tindakan

Memikirkan matlamat dan sebenarnya melaksanakannya adalah dua perkara yang berbeza. Pelan tindakan ialah senarai yang memperincikan semua yang perlu kita capai untuk menyelesaikan tugas. Pelan tindakan ialah cara kita menjadikan matlamat ini satu realiti.

Tentukan "Apa"

Lakukan pengadukan dalaman. Sedar dan terima. Renung-renungkan. Sumbangsaran. Renungkan matlamat yang ditetapkan sebelum ini. Fikirkan tentang matlamat yang dicapai sebelum ini dan yang tidak. Kenal pasti corak.

Matlamat yang kami berjaya capai mempunyai tujuan. Matlamat yang gagal kami capai tidak. Ini adalah langkah yang paling penting. *Apa yang kita mahu sebenarnya?*

Dalam masa kurang daripada 30 saat, cepat tulis tiga matlamat paling penting dalam hidup, sekarang. Apa sahaja tiga matlamat yang kita berjaya catatkan mungkin gambaran yang tepat tentang apa yang kita mahukan dalam hidup. Apabila kita menulis a mencapai matlamat, seolah-olah kita memprogramkannya ke dalam minda separa sedar kita dan mengaktifkan keseluruhan siri kuasa mental yang akan membolehkan kita mencapai lebih daripada yang kita impikan.

Kita akan mula menarik orang dan keadaan ke dalam hidup kita yang selaras dengan pencapaian matlamat kita.

Sebaik sahaja kami memahami *Perkara* kami, kami akan dapat menyatakan perkara yang membuatkan kami berasa puas dan untuk lebih memahami perkara yang mendorong tingkah laku kami apabila kami berada pada tahap terbaik semula jadi kami. Apabila kita boleh melakukannya, kita akan mempunyai titik rujukan untuk semua yang kita lakukan pada masa hadapan.

Ini membolehkan membuat keputusan yang lebih baik dan pilihan yang lebih jelas.

Nyatakan Matlamat

Fikiran kita adalah ruang yang baik. Tetapi ia mempunyai banyak kekacauan. Keluarkan matlamat dari fikiran dan pada sekeping kertas. Jurnalkannya. Istiharkannya. Apabila kita secara fizikal menulis matlamat kita, apabila kita mengisytiharkannya, kita sedang mengakses bahagian kiri otak, iaitu bahagian logik. Ini menyatakan, kepada otak kita, komitmen kita.

Tetapkan Matlamat SMART

Matlamat SMART kita harus realistik dan boleh dicapai. Jika tidak, ia akan berulang kali membawa kita kepada kemunduran dan keletihan. Dengan mewujudkan matlamat SMART, kita boleh mula membuat sumbang saran tentang langkah, tugas dan alatan yang kita perlukan untuk menjadikan tindakan kita berkesan.

khusus	Kita perlu mempunyai idea khusus tentang apa yang ingin kita capai. Untuk bermula, jawab soalan "W": siapa, apa, di mana, bila, dan mengapa.
Boleh diukur	Kita perlu ada kaedah yang boleh kita lakukan tahu, berapa banyak matlamat yang telah kita capai pada setiap peringkat, untuk mengukur kemajuan kita.
Boleh dicapai	Matlamat kita mesti boleh dicapai. Fikirkan tentang alat, kemahiran, dan langkah yang diperlukan untuk mencapai matlamat dan cara untuk mencapainya mereka.

Berkaitan	Mengapa matlamat penting kepada kita? Adakah ia selaras dengan kehidupan kita? Soalan-soalan ini boleh membantu kita menentukan yang benar objektif dan jika ia berbaloi untuk diteruskan.
Masa terikat	Sama ada sasaran harian, mingguan atau bulanan, tarikh akhir boleh mendorong kita untuk mengambil tindakan lebih awal daripada kemudian.

Ambil Satu Langkah Pada Satu Masa

Apabila kami melakukan perjalanan jalan raya, kami menggunakan peta untuk menavigasi dari asal ke destinasi. Idea yang sama boleh digunakan untuk pelan tindakan. Seperti peta, pelan tindakan kami perlu memasukkan arahan langkah demi langkah tentang cara kami akan mencapai matlamat kami. Dalam erti kata lain, ini adalah matlamat mini yang membantu kita mencapai tempat yang perlu kita tuju.

Ini mungkin kelihatan seperti banyak perancangan, tetapi ia menjadikan pelan tindakan kami kelihatan 'lebih boleh dicapai' dan lebih terurus. Paling penting, ia membantu kami menentukan tindakan khusus yang perlu kami lakukan pada setiap peringkat.

Utamakan Tugasan

Dengan langkah tindakan yang telah ditentukan, semak senarai dan letakkan tugasan dalam susunan yang paling masuk akal. Matriks Eisenhower ialah alat yang baik untuk diutamakan.

	SEGERA	TIDAK URGENT
PENTING	Kuadran 1 'Krisis' Mendesak dan Penting Lakukan – Matlamat jangka pendek	Kuadran 2 Tidak Mendesak, tetapi Penting Pelan 'Matlamat dan Perancangan' – Matlamat jangka panjang

TIDAK PENTING	Kuadran 3 Mendesak, tetapi tidak penting 'Gangguan' Delegate/Lelay – Jangan buang masa	Kuadran 4 Tidak mendesak dan tidak penting 'Gangguan' Hapuskan

Sebelum menggunakan matriks Eisenhower, kita perlu menjelaskan perkara yang mendesak dan yang penting. Dan ini datang daripada memahami persepsi dan corak kita, daripada kesedaran tentang siapa kita, dan apa yang kita pilih untuk menjadi.

Sebaik sahaja kita jelas mengenai tugasan yang mendesak vs. penting, keutamaan seterusnya ialah menyasarkan untuk menghabiskan sebahagian besar masa kita dalam kuadran 2. Cara terbaik untuk melakukan ini? Belajar untuk bersikap tegas dan katakan "tidak" pada kuadran 3 tugasan. Tolak ke belakang kuadran 4 tugasan, sebaik-baiknya menjelang akhir.

Dan yang paling penting, luangkan masa sebanyak yang mungkin dalam kuadran 2. Melakukan perkara penting yang sejajar dengan visi jangka panjang kita. Melakukan yang terbaik untuk mencapainya sebelum ia menjadi sangat mendesak!

Jadual Tugas

Langkah seterusnya ialah menetapkan tarikh akhir.

Menetapkan tarikh akhir untuk matlamat kami adalah satu kemestian; ia menghalang kami daripada menangguhkan permulaan pelan tindakan kami. Kuncinya adalah realistik. Tetapkan tugas tarikh mula dan tamat untuk setiap langkah tindakan yang dibuat, serta garis masa bila kami akan menyelesaikan tugasan tertentu. Menambahnya pada jadual kami memastikan kami kekal fokus pada tugasan ini apabila ia perlu dilakukan, tidak membiarkan apa-apa lagi mengganggu tumpuan kami.

Jika ia adalah matlamat yang besar, tetapkan satu siri sub-tarikh. Pecahkan tiang gol terakhir menjadi mercu tanda.

Dan bagaimana jika kita tidak mencapai matlamat kita pada tarikh akhir? Tetapkan tarikh akhir yang lain.

Ingat, tarikh akhir adalah jangkaan bila kita akan mencapainya.

Kita mungkin mencapai matlamat kita dengan lebih awal atau mungkin mengambil masa lebih lama daripada yang kita jangkakan, tetapi kita mesti mempunyai masa sasaran sebelum kita bertolak.

Tarikh akhir bertindak sebagai 'sistem pendorong' pada minda bawah sedar kita ke arah mencapai matlamat kita mengikut jadual.

Semak item semasa kami pergi

Senarai bukan sahaja membantu menjadikan matlamat kami satu realiti, tetapi ia juga memastikan pelan tindakan kami teratur dan membantu menjejaki kemajuan kami. Senarai menyediakan struktur, mereka mengurangkan kebimbangan. Apabila kita memotong tugas dalam pelan tindakan kita, otak kita mengeluarkan dopamin. Ganjaran ini membuatkan kita berasa baik.

Semak Semula Perhalusi Mulakan Semula Kerja

Langkah-langkah mencapai matlamat adalah kitaran. Jika kita mencapai matlamat kita, proses itu bermula semula dengan matlamat baru. Jika terdapat sekatan jalan, mesti ada semakan atau tetapan semula atau penambahbaikan, supaya proses dimulakan semula. Kita boleh mencapai matlamat kita dalam beberapa minit atau ia mungkin berlanjutan hingga bertahun-tahun.

Mencapai matlamat kami adalah satu proses. Proses mengambil masa. Kita mungkin mengalami kemunduran, sekatan jalan, kambuh, kekalahan, dan keletihan. Daripada kecewa dan berputus asa, jadualkan ulasan yang kerap, untuk melihat kemajuan kami. Kita mungkin tidak tahu sama ada kita berada di landasan yang betul pada permulaan perjalanan kita. Jika ia bukan yang kita mahu, kita mungkin perlu mengubah pelan tindakan kita. Kerja semula.

Matlamat Hidup

Matlamat hidup adalah apa yang kita mahu capai, dan ia lebih bermakna daripada sekadar 'apa yang perlu kita capai untuk terus hidup'. Tidak seperti rutin harian atau objektif jangka pendek, ia mendorong tingkah laku kita dalam jangka masa panjang. Mereka membantu kami menentukan perkara yang ingin kami alami dari segi nilai kami. Dan kerana mereka adalah cita-cita peribadi, mereka boleh mengambil pelbagai bentuk. Tetapi mereka memberi kita rasa hala tuju dan menjadikan kita bertanggungjawab semasa kita berusaha untuk kebahagiaan dan kesejahteraan - untuk kehidupan terbaik kita.

Ramai di antara kita mempunyai impian. Kami tahu perkara yang menggembirakan kami, perkara yang kami ingin cuba dan kami mungkin mempunyai idea yang samar-samar tentang cara kami melakukannya. Tetapi menetapkan matlamat yang jelas boleh memberi manfaat dalam beberapa cara, di atas dan di luar angan-angan.

Menetapkan matlamat boleh menjelaskan tingkah laku kita

Tindakan menetapkan matlamat dan pemikiran yang kita buat untuk menciptanya mengarahkan perhatian kita kepada mengapa, bagaimana, dan apakah aspirasi kita. Oleh itu, mereka memberi kita sesuatu untuk difokuskan dan memberi kesan positif kepada motivasi kita.

Matlamat membolehkan maklum balas

Jika dan apabila kita tahu di mana kita mahu berada, kita boleh menilai di mana kita berada sekarang, dan pada asasnya, kita boleh mencatat kemajuan kita. Maklum balas ini membantu kami menyesuaikan tingkah laku kami dengan sewajarnya. Dengan membenarkan maklum balas, matlamat membolehkan kami menyelaraskan atau menyelaraskan semula tingkah laku kami, memastikan kami berada di landasan yang betul.

Penetapan matlamat boleh menggalakkan kebahagiaan

Apabila matlamat kita berdasarkan nilai kita, ia bermakna. Makna, tujuan, dan berusaha untuk sesuatu yang 'lebih besar' adalah elemen utama kebahagiaan. Bersama-sama dengan emosi positif, perhubungan, penglibatan dan pencapaian, ia membentuk apa yang kita fahami sebagai 'Kehidupan yang Baik'. Matlamat hidup mewakili sesuatu selain tugas harian. Ia membolehkan kami mengejar matlamat sahih pilihan kami dan menikmati perasaan pencapaian apabila kami tiba di sana. Walaupun berusaha untuk menjadi yang terbaik, kadangkala kita boleh membawa kepada kebahagiaan itu sendiri.

Mereka menggalakkan kita menggunakan kekuatan kita

Apabila kita mempertimbangkan perkara yang paling penting bagi kita, kita boleh menjadi lebih selaras dengan kekuatan dalaman kita serta keghairahan kita. Mencarta kursus untuk diri kita sendiri adalah satu perkara, tetapi menggunakan kekuatan kita untuk pergi ke sana datang dengan set keseluruhan manfaat lain. Mengetahui dan memanfaatkan kekuatan kita boleh meningkatkan keyakinan kita dan juga menggalakkan perasaan kesihatan yang baik dan kepuasan hidup. Menggunakannya untuk mencapai matlamat kita, oleh itu, mengetahui apa itu boleh menjadi perkara yang baik untuk kesejahteraan kita.

Buat sahaja!

Hidup ini sangat mudah, tetapi kami bertegas untuk menjadikannya rumit.

Kadang-kadang, jika kita berfikir cukup dalam, fikiran boleh diubah menjadi tindakan hanya dengan memetik jari. Sekarang. Dengan hanya peralihan yang betul pemikiran kita. Tiada rancangan diperlukan. Rancangan adalah untuk otak membuat dan melaksanakan. Rancangan menjadikannya mudah untuk bertindak.

Satu-satunya rancangan yang diperlukan ialah kesedaran dan penerimaan. Adakah kita memerlukan rancangan?

Untuk bernafas, untuk mengatur nafas kita, untuk melakukan Pranayama

Untuk menerima diri kita apa adanya dan menerima dunia sebagaimana adanya Untuk kekal pada masa kini, untuk beringat

Untuk mencintai diri sendiri dan orang lain dan disayangi, untuk menghormati diri sendiri dan orang lain dan dihormati

Untuk memaafkan diri sendiri dan orang lain Untuk melepaskan

Untuk mula membesar sekali lagi Lakukan sahaja!

[Untuk perkara lain, tentukan pelan tindakan dan matlamat!]

"Jika anda ingin menjalani kehidupan yang bahagia, ikatkannya pada matlamat, bukan kepada orang atau benda."

— Albert Einstein

"Satu-satunya had ketinggian pencapaian anda ialah capaian impian anda dan kesediaan anda untuk bekerja untuk mereka."

— Michelle Obama

"Anda tidak perlu menjadi wira yang hebat untuk melakukan perkara tertentu — untuk bersaing. Anda boleh menjadi orang biasa, cukup bermotivasi untuk mencapai matlamat yang mencabar."

— Edmund Hillary

"Mulakan untuk membebaskan diri anda serta-merta dengan melakukan semua yang mungkin dengan cara yang anda ada, dan apabila anda meneruskan semangat ini, jalan akan terbuka untuk anda untuk melakukan lebih banyak lagi."

"Jika anda menunggu, semua yang berlaku ialah anda semakin tua."

"Kami tidak memerlukan, dan sememangnya tidak akan mempunyai, semua jawapan sebelum kita bertindak... Selalunya melalui tindakan kita boleh menemui sebahagian daripadanya."

"Visi mesti diikuti dengan usaha itu. Tidak cukup untuk mendongak ke atas tangga – kita mesti menaiki tangga."

Pelakon – Pemerhati – Pengarah – Penerbit

"Siang. Saya mesti menunggu matahari terbit. Saya mesti memikirkan kehidupan baru. Dan saya tidak boleh mengalah. Apabila fajar menjelma, malam ini akan menjadi kenangan juga. Dan hari baru akan bermula."

Anupam Kher, Perkara Terbaik Tentang Anda ialah Anda! "*Lakonan adalah berkelakuan jujur dalam keadaan khayalan.*"

"*Dalam kesedaran mimpi… kita membuat sesuatu berlaku dengan mendoakannya kerana kita bukan sahaja pemerhati*

kita mengalami tetapi juga pencipta."

"*Perhatikan, dan dalam pemerhatian itu, tidak ada 'pemerhati' mahupun 'pemerhati' - yang ada hanya pemerhatian yang berlaku.*"

– Jiddu Krishnamurti **Pelakon** ialah peserta dalam sesuatu tindakan atau proses. Pelaku atau Pelaku.

Pemerhati ialah orang yang memerhati atau melihat sesuatu. Pemerhati Persembahan.

Pengarah ialah orang yang bertanggungjawab ke atas sesuatu aktiviti. Panduan Pemerhati.

Dalam suasana filem, **pelakon** *ialah orang yang membuat persembahan di hadapan kamera. Semasa membuat persembahan, pelakon adalah pelaku yang memainkan peranan yang diberikan kepadanya. Prestasi mungkin atau mungkin tidak seperti yang diharapkan. Bagaimana pelakon menilai?*

Pelakon itu kini pergi ke belakang kamera untuk memerhatikan syot atau persembahannya. Hanya apabila dia menjadi **pemerhati** *persembahannya, barulah dia dapat memahami kehalusan yang perlu diusahakan dalam adegan itu. Dia mungkin terlalu memainkan peranan atau kurang bermain atau masa refleks itu terlalu awal atau lewat atau tidak sesuai dengan tempat kejadian. Melainkan jika pelakon menjadi pemerhati tindakannya, dia tidak akan dapat mengusahakan nuansa halus yang penting untuk kesempurnaan persembahan.*

Jadi, pelakon itu pergi untuk mengambil satu lagi! Dia sekali lagi datang ke hadapan kamera dan mengambil gambar semula. Sedar-sedar, nuansa yang diperhatikan itu segar dalam fikirannya. Jadi, semasa membuat persembahan, dia memfokuskan perkara yang dia perhatikan adalah tidak sempurna dan pergi untuk mengambilnya.

Dia kembali ke belakang, di belakang kamera, untuk memerhati. Dia sedar bahawa membawa kesilapan dalam fokus, dia terlalu tertekan dalam membetulkannya pada kos keperluan tempat kejadian. Setelah melihat kelemahan dan cara membetulkannya, dia pergi untuk mengambil semula.

Dan, ulangan demi ulangan, pelakon-pemerhati menjadi **pengarah** *syotnya! Pelakon itu, yang tidak kisah dengan persembahan yang berulang-ulang, hanya berpuas hati selepas mencapai apa yang diinginnya dari tempat kejadian. Pelakon itu kini berada di peringkat pengarahan diri. Kesempurnaan ini mungkin tidak dapat dicapai dengan hanya satu pukulan dan memerlukan usaha yang konsisten, gigih, tetap dan berdedikasi untuk mencapai perasaan kepuasan itu.*

Hanya apabila pengarah dalam dirinya sedar, dia akan dibimbing oleh pemerhatian tindakannya, untuk menjadi **pengeluar** *syot yang berjaya.*

Sangat berfilem! Tetapi bukankah pembikinan filem mencerminkan kehidupan kita!

Memetik ' All the world's a stage' karya William Shakespeare, monolog dari komedi pastoralnya 'As You Like It', yang dituturkan oleh Jaques yang melankolis dalam Act II Scene VII Baris 139. Ucapan itu membandingkan dunia dengan pentas dan kehidupan dengan drama dan mengkatalogkan tujuh peringkat kehidupan seorang lelaki, kadang-kadang dirujuk sebagai tujuh zaman manusia.

Seluruh dunia adalah pentas,

Dan semua lelaki dan wanita hanyalah pemain; Mereka mempunyai pintu keluar dan pintu masuk mereka; Dan seorang lelaki pada zamannya memainkan banyak bahagian, perbuatannya tujuh umur.

Kita adalah manusia. Kami menjalani kehidupan. Setiap detik dalam hidup kita adalah adegan dalam tindakan. Kami adalah pelakunya. Adakah kita suka apa yang kita lakukan, selalu? Adakah kita dipenuhi? Adakah kita kadang-kadang berasa gembira dan kadang-kadang kita berasa sedih? Kita menjalani hidup kita dengan angan-angan dan kemahuan daripada mengalami 'kewujudan'. Setiap kali kita melihat kembali kehidupan kita, kita bertaubat. Kami berharap, hanya jika ia adalah sesuatu yang berbeza, sesuatu yang lebih baik. Kita semua berharap - *saya mahu membesar sekali lagi!*

99% manusia kekal pada peringkat menjadi pelakon. Mereka hanya memainkan peranan mereka dalam perjalanan hidup mereka, hanya cuba mencari rezeki dan sedikit, cuba melihat kewujudan mereka.

Hanya 1% daripada kita masuk ke peringkat menjadi pemerhati, pemerhati tindakan kita. Dan ya, menjadi pemerhati yang tajam dan tidak berprasangka. *Kita perlu keluar dari diri kita untuk melihat ke dalam.* Kita perlu sedar di mana kita berada dan arah mana yang hendak kita lihat dalam hidup kita. Kesedaran perlu disusuli dengan penerimaan. Kesedaran dan penerimaan akhirnya membawa kepada tindakan.

Sekadar pemerhatian dan tindakan mungkin tidak memberikan apa yang kita inginkan dalam hidup.

Kerana kegagalan akan berlaku.

Rom tidak dibina dalam sehari! ... kata pepatah. *Cuba, cuba, cuba sehingga anda berjaya!*

Kita perlu berada dalam proses berterusan melakukan – memerhati – melakukan

– memerhati – melakukan – memerhati – sehingga kita melakukannya seperti yang kita mahu lakukan. Anehnya, ramai di antara kita melakukan banyak muhasabah diri dan pemerhatian tetapi kehilangan harapan, hala tuju dan tenaga. Ketekalan dan ketekunan diperlukan untuk membentuk corak baharu dan memecahkan corak lama, untuk membentuk laluan saraf baharu. Kemudian kita akan dapat mengarahkan hidup kita. Apabila kita boleh mengarahkan diri kita pada setiap peringkat kehidupan kita, adakah kita mampu menjadi pengeluar kehidupan yang memuaskan!

Kesan Hawthorne merujuk kepada sejenis kereaktifan di mana individu mengubah suai aspek tingkah laku mereka sebagai tindak balas kepada kesedaran mereka untuk diperhatikan.

Kita adalah pemerhati dan kita yang diperhatikan.

Kami telah membentuk "tetapan lalai" kami sendiri dalam kehidupan, tetapan yang mungkin ingin kami ubah, tetapi ada sesuatu yang menghalang kami. Lalai ialah pilihan prapilih yang diterima pakai. Sebagai tetapan, lalai adalah automatik. Corak lalai ialah tindakan yang kita ambil tanpa berfikir. Itu adalah tabiat, rutin, dan paksaan kita. Kebanyakan tindakan harian kami dikawal oleh lalai kami. Ia adalah alat yang berkuasa untuk membantu atau menjejaskan produktiviti kita. Sebenarnya, jika kita ingin mengubah hidup kita dan menjadi lebih produktif, kita perlu terlebih dahulu menukar corak lalai kita.

Jadi apakah lalai yang menjejaskan produktiviti kita? Bagaimanakah kita boleh menangani dan mengubahnya dengan cara yang benar-benar produktif, sihat dan jangka panjang?

Pertimbangkan individu yang membangkitkan kemarahan dalam diri kita, hanya dengan kehadiran, perkataan atau tindakannya, kerana dia telah melanggar kepercayaan kita. Apa yang kita lakukan? Kita marah. Kemarahan kita tertulis di muka kita, dirasai dalam nada suara kita, dilihat dalam bahasa badan kita, dan meletus dalam pertuturan kita. Kami tidak membuat keputusan untuk marah; ia berlaku begitu sahaja. Ia automatik dan bukan dalam kawalan kami. Dan setiap kali individu pencetus ini ada di hadapan kita, fikiran waras kita menjadi kabur dan kita marah ... lagi dan lagi.

*Kami kini memilih untuk melihat ke dalam untuk **memerhatikan** kemarahan kami. Kami memilih untuk **mengubah persepsi** individu **yang dicetuskan** dan akibatnya reaksi kemarahan kami.*

Individu ini tidak menimbulkan kemarahan setiap orang di sekelilingnya. Mesti ada yang suka dia! Adakah pencetus menentukan tindak balas? Pencetus adalah pencetus kerana kita memilih untuk bertindak balas dengan kemarahan. Reaksi kita mungkin sedih atau sakit hati atau air mata. Kami boleh berasa kasihan kepada individu itu dengan keadaan yang dia ada. Atau kita boleh mengabaikan kehadirannya. Atau lepaskan ego kita, menjadi lebih tenang dan positif, kita mungkin memilih untuk berbelas kasihan.

Tetapi corak lalai kami ialah kemarahan. Kemarahan telah menjadi tetapan lalai kami. Kami kini memilih untuk menukar tetapan menjadi belas kasihan.

Lain kali, dengan kehadirannya, tetapan lalai kita masih akan mencetuskan kemarahan. Tetapi kita kini sedar. Kami tetap akan marah. Tetapi, kita sekarang dalam tahap penerimaan di mana kita faham bahawa kita semakin marah. Tetapi di sana akan ada sedikit perubahan pada wajah, nada suara, bahasa badan dan pertuturan kita. Sedar dan diterima.

Lain kali lagi, dengan kehadirannya, kita lebih terkawal. Tempoh dan intensiti tindak balas kita adalah lebih baik. Kami marah sekali lagi tetapi diselesaikan lebih cepat. Sedar dan terima semula.

Dan ini berterusan, ulangan demi ulangan, setiap kali kehadirannya membangkitkan respons yang lebih baik dan lebih tersusun, respons yang kami pilih untuk miliki, yang diperkasa dan memuaskan.

Akhirnya, selepas konsisten dan berterusan, dengan kesedaran dan penerimaan serta tindakan demi tindakan, kami menukar tetapan lalai kami untuk marah secara impulsif untuk menjadi lebih belas kasihan dengan semua orang. Sekarang, di hadapannya, kami baik-baik saja, kami tersenyum, kami merasa diberi kuasa. Pencetus sudah hilang 'triggerness'!!!

Sebarang **perubahan** yang kita inginkan memerlukan pembelajaran berterusan dan penerapan mahir dari apa yang kita pelajari, untuk menyesuaikan matlamat, strategi dan tingkah laku kita. Tetapi pembelajaran paling penting yang perlu kita lakukan melibatkan pembelajaran daripada pengalaman kita sendiri. Ini memerlukan satu set kemahiran yang berbeza daripada yang terlibat dalam menyerap apa yang orang lain boleh beritahu kita.

Orang Yunani kuno mempunyai perkataan untuk ini - praxis. Praxis ialah proses empat peringkat:

- Memerhati tindakan kita dan kesannya.
- Menganalisis apa yang kita perhatikan.
- Merangka strategi pelan tindakan.
- Mengambil tindakan.

Kemudian kita mula semula pada permulaan sekali lagi, memerhatikan kesan tindakan baharu kita. Setiap daripada empat peringkat dalam proses praksis ini mempunyai kemahiran pembelajaran terasnya.

Dalam peringkat pemerhatian, kemahiran teras ialah kesedaran kendiri dan pemantauan kendiri. Mengalihkan tumpuan kami kepada faktor dalaman adalah satu-satunya cara untuk mendapatkan maklumat yang kami perlukan untuk membuat perubahan yang diperlukan.

Dalam peringkat analisis, kemahiran teras ialah pemikiran kritis tentang diri dan tingkah laku kita. Ini memerlukan kita mengamalkan sikap tertentu terhadap diri kita sendiri, yang serupa dengan sikap seorang saintis terhadap eksperimen yang dijalankannya. Sikap itu mesti terbuka dalam erti kata bahawa kita sanggup melihat apa sahaja yang ada-bukan apa yang kita mahu lihat untuk mengesahkan andaian sedia ada kita. Dan ia mestilah tidak menghakimi. Tujuannya adalah untuk mengetahui apa yang mungkin berlaku di bawah permukaan.

Dalam peringkat strategi, kemahiran teras ialah pemikiran kreatif. Jika kita memutuskan bahawa sesuatu perlu diubah, cara paling berkesan untuk menentukan jenis perubahan yang akan berjaya ialah membayangkan keadaan selepas kita membuat perubahan. Berundur dari sana untuk mengetahui langkah-langkah tertentu yang perlu kita ambil untuk pergi dari tempat kita ke tempat yang dibayangkan baharu ini.

Dalam peringkat tindakan, kemahiran teras ialah pemikiran proses. Memutuskan perubahan yang perlu berlaku bukanlah perkara yang sama dengan berjaya membuat perubahan itu. Untuk mengikutinya mungkin memerlukan mengetahui cara mencari usaha tambahan yang diperlukan, menggali sedikit lebih mendalam untuk mencari motivasi dan ketabahan untuk mengharungi ketidakselesaan, dan mengubah keutamaan dan nilai, jika perlu. Pemikiran proses adalah tentang bergerak dari pelakon kepada pemerhati kepada pengarah. Ia menjadi motivator, jurulatih, pemandu sorak dan peminat terbaik kami sendiri, semuanya digabungkan menjadi satu.

Peringkat dan Kitaran Perubahan

Model Transteoretikal atau Peringkat Perubahan pada asalnya berdasarkan hasil daripada penyelidikan berhenti merokok. Individu yang berhenti menghisap rokok sendiri telah ditemubual. Keputusan menunjukkan bahawa ia mengambil beberapa percubaan untuk berhenti merokok dan ini melalui enam peringkat perubahan. Kajian lanjut menunjukkan bahawa hampir semua orang yang terlibat dalam perubahan tingkah laku akan melalui peringkat ini.

Mana-mana daripada kita yang memutuskan untuk mengubah persepsi dan memecahkan corak akan melantun ke sana ke mari antara peringkat tindakan, kambuh semula dan renungan semasa kita berusaha ke arah perubahan. Apabila kemunduran berlaku, kita harus sedar dan menerima luput sebagai sebahagian daripada proses perubahan dan menganggapnya sebagai peluang pembelajaran dalam percubaan besar. Ini menggalakkan fleksibiliti dan belas kasihan diri, yang memudahkan penyelesaian masalah dan kembali ke peringkat tindakan dengan lebih cepat.

Tahap-tahap perubahan adalah:

1. Precontemplation - Belum lagi mengakui bahawa ada masalah yang perlu diubah.

2. Renungan - Mengakui bahawa ada masalah tetapi belum bersedia untuk melakukan perubahan.

3. Persediaan/Keazaman – Bersedia untuk berubah.

4. Tindakan/Kemahuan – Mengubah persepsi dan memecahkan corak.

5. Penyelenggaraan - Mengekalkan perubahan.

6. Relapse – Kembali ke tetapan lalai lama dan meninggalkan perubahan baharu.

Tahap Pertama: Prakontemplasi

Pada peringkat ini, orang ramai tidak berfikir secara serius tentang perubahan dan tidak berminat dengan sebarang bantuan. Mereka mempertahankan corak semasa mereka dan tidak merasakan ia satu masalah. Ia adalah peringkat penafian. Precontemplators dicirikan sebagai tahan atau tidak bermotivasi dan cenderung untuk mengelakkan maklumat atau perbincangan.

Peringkat Kedua: Renungan

Pada peringkat ini, orang ramai lebih menyedari akibat peribadi dari keadaan sedia ada persepsi dan corak mereka. Walaupun mereka boleh mempertimbangkan kemungkinan untuk berubah, mereka cenderung ambivalen mengenainya. Mereka berfikir tentang aspek negatif dan positif perubahan tetapi mungkin meragui faedah jangka panjang yang boleh berlaku. Ia mungkin mengambil masa beberapa minggu atau seumur hidup untuk melalui peringkat renungan. Orang yang berfikir dan berfikir dan berfikir dan mungkin mati tidak pernah melepasi peringkat ini. Tetapi mereka mungkin lebih terbuka untuk menerima bantuan dan bantuan. Pemikir sering dilihat sebagai orang yang suka berlengah-lengah.

Peringkat Tiga: Persediaan/Keazaman

Pada peringkat ini, orang ramai telah komited untuk membuat perubahan. Mereka kini mengorak langkah kecil. Mereka kini melayari internet, bercakap dengan orang ramai, dan membaca buku bantuan diri seperti ini, untuk mengumpulkan maklumat tentang perkara yang mereka perlukan untuk membuat perubahan itu. Selalunya, dalam tergesa-gesa semangat, orang melangkau peringkat ini dan bergerak terus dari renungan ke dalam tindakan. Tetapi mereka gagal kerana mereka tidak menerima secukupnya apa yang diperlukan untuk membuat perubahan ini. Peringkat ini dilihat sebagai peralihan dan bukannya peringkat yang stabil.

Peringkat Empat: Tindakan/Kemahuan

Ini adalah peringkat di mana orang percaya mereka boleh mengubah persepsi dan corak mereka dan terlibat secara aktif dalam mengambil langkah untuk berubah. Jumlah masa yang digunakan oleh orang untuk beraksi berbeza-beza. Ia biasanya berlangsung berbulan-bulan, tetapi boleh menjadi sesingkat sejam! Orang ramai bergantung pada kemahuan mereka dan melakukan usaha yang ikhlas dan tulen, tetapi menghadapi risiko paling besar untuk berulang. Mereka membangunkan rancangan. Mereka mungkin menggunakan ganjaran jangka pendek untuk mengekalkan motivasi mereka dan menganalisis usaha perubahan mereka dengan cara yang meningkatkan keyakinan diri mereka. Orang dalam peringkat ini juga cenderung terbuka untuk menerima bantuan dan juga berkemungkinan mendapatkan sokongan daripada orang lain.

Peringkat Lima: Penyelenggaraan

Penyelenggaraan melibatkan keupayaan untuk berjaya mengelakkan sebarang godaan untuk kembali kepada corak lalai yang lebih awal. Matlamat peringkat penyelenggaraan adalah untuk mengekalkan status quo baharu. Orang dalam peringkat ini cenderung untuk mengingatkan diri mereka tentang kemajuan yang telah mereka capai. Mereka sentiasa merumuskan semula peraturan hidup mereka dan memperoleh kemahiran baru untuk menangani masalah berulang. Mereka boleh menjangka situasi yang menghalang mereka dan menyediakan strategi menghadapi lebih awal. Mereka bersabar dengan diri mereka sendiri dan menyedari bahawa ia sering mengambil sedikit masa untuk melepaskan corak lama dan mengamalkan corak baharu. Mereka menentang godaan dan kekal di landasan yang betul. Walaupun dalam satu hari, kita mungkin melalui beberapa peringkat perubahan yang berbeza. Ia adalah normal dan semula jadi untuk mundur, untuk mencapai satu peringkat hanya untuk mundur ke peringkat sebelumnya. Ini adalah bahagian biasa dalam mengubah persepsi dan memecahkan corak.

Peringkat Enam: Kambuh

Kami mungkin berulang ke tetapan lalai kami yang terdahulu dan masuk ke kitaran sekali lagi. Kita mungkin terperangkap pada mana-mana peringkat.

Menyedari dan menerima bahawa kambuh semula adalah penting, ia membantu untuk mempunyai pendekatan untuk menguruskannya. Tanya:

Apakah yang saya pelajari daripada kemunduran ini?

Apa yang perlu berlaku untuk kembali beraksi?

Bagaimanakah saya mahu melayan diri saya semasa berusaha ke arah perubahan?

Adalah penting untuk menilai pencetus untuk berulang dan menilai semula motivasi untuk perubahan. Dan kita boleh mengulangi kitaran perubahan sehingga kita mencapai perubahan.

"Amalan menjadikan seseorang pelakon cemerlang. Ia seperti berbasikal dan memandu motor. Ia adalah seni, yang boleh dipelajari dan diamalkan."

— Anupam Kher

"Lakonan bukan sesuatu yang anda lakukan. Daripada melakukannya, ia berlaku."

"Lakonan adalah satu bentuk ekspresi diri, bukan menjadi orang lain, dan bukan main-main; ia mengenai menggunakan fiksyen menjadi orang lain untuk menyatakan sesuatu tentang diri anda."

"Alam semesta seperti yang kita ketahui adalah hasil gabungan pemerhati dan yang diperhatikan."

"Kami adalah pemerhati semula jadi, dan dengan itu pelajar. Itulah keadaan kekal kita."

— Ralph Waldo Emerson

"Apabila anda menyedari badan anda sendiri dan pergerakannya, anda akan terkejut bahawa anda bukan badan anda. Ini adalah sesuatu prinsip asas, bahawa jika anda boleh menonton sesuatu maka anda bukan itu. Anda adalah pemerhati, bukan pemerhati. Anda adalah pemerhati, bukan pemerhati. Bagaimana kamu boleh menjadi kedua-duanya?"

— Rajneesh

Kesedaran: Kehidupan dalam Nafas

"Bergembiralah pada masa ini, itu sudah cukup. Setiap saat adalah semua yang kita perlukan, bukan lebih."

— Ibu Teresa

"Tumpukan perhatian pada perasaan di dalam diri anda. Ketahuilah bahawa ia adalah badan yang sakit. Terimalah bahawa ia ada. Jangan fikirkan – jangan biarkan perasaan itu bertukar menjadi berfikir. Jangan menilai atau menganalisis. Jangan jadikan identiti untuk diri sendiri daripadanya. Kekal hadir, dan terus menjadi pemerhati apa yang berlaku dalam diri anda. Sedar bukan sahaja tentang kesakitan emosi tetapi juga 'orang yang memerhati', pemerhati senyap. Ini adalah kuasa Now, kuasa kehadiran sedar anda. Kemudian lihat apa yang berlaku."

— Eckhart Tolle

"Berada pada masa ini. Tempoh. Hanya berada di sana.

Kerana jika anda semua suka, 'Oh, saya perlu melakukan perkara besar ini.'

Ia tidak pernah berfungsi. Ia hanya tidak berfungsi. Anda hanya perlu melepaskan.

Jika ia berlaku, ia berlaku. Jika ia tidak, ia tidak. Apa sahaja yang anda lakukan adalah ok, cuma jujur, jujur, nyata, dan itu sahaja yang anda boleh minta."

-Robert De Niro

"Perhatian adalah kesedaran yang timbul melalui memberi perhatian, dengan sengaja; pada masa sekarang, tanpa menghakimi…

ia adalah mengenai mengetahui apa yang ada dalam fikiran kita."

Jon Kabat-Zinn

Apa itu Kesedaran

Kesedaran hidup pada masa kini. Ia adalah sengaja lebih sedar dan sedar setiap saat dan dihubungkan dengan apa yang berlaku di persekitaran kita, dengan penerimaan, dan tanpa pertimbangan.

Ia adalah amalan menyedari badan, minda, dan apa yang kita rasa pada masa sekarang, berniat untuk mewujudkan perasaan tenang.

Ia adalah kesedaran dari detik ke detik tentang pengalaman seseorang tanpa pertimbangan.

Jadi, Kesedaran adalah

-     Kesedaran
-     Memberi perhatian
-     Sengaja, dengan tujuan
-     Pada Masa Kini
-     Tanpa penghakiman

Jadi, apabila niat dan perhatian kita dengan penuh kesedaran berada pada masa kini, tanpa menilai pengalaman itu sebagai baik atau buruk, betul atau salah, sepatutnya ada atau tidak, keadaan yang terhasil adalah bebas daripada ketoksikan masa lalu dan jangkaan masa depan.

Kesedaran adalah Pemerkasaan Masa Kini!

Kita hidup kerana kita bernafas.

Apabila kita mengambil udara, ia dipanggil Inspirasi. Kami memberi inspirasi dengan nafas kami.

Apabila kita mengeluarkan udara, ia dipanggil Expiration. Kita tamat dengan hujung nafas.

Seluruh hidup kita dalam nafas.

Kami memberi inspirasi dengan setiap nafas dan kami tamat dengan setiap nafas.

Dengan kata mudah, *Kesedaran adalah Pemerkasaan nafas kita, dan oleh itu, kehidupan kita!*

Berapa banyak masa kini kita pada masa kini?

Jika kita menghabiskan masa ini untuk merenung masa lalu atau takut akan masa depan yang tidak diketahui, kita tidak meninggalkan sebarang ruang dan masa untuk masa kini, pada masa kini. Adalah sangat manusia untuk membiarkan fikiran melayang, kita kehilangan **sentuhan** dengan diri kita, dengan masa kini, dan melibatkan diri kita ke dalam perkara-perkara masa lalu atau masa depan. Kita menjadi taksub dengan apa yang telah berlaku atau apa yang belum berlaku dan bukannya apa yang berlaku sekarang. Oleh itu, Kesedaran adalah alat terbaik untuk menambat kita dalam keadaan kita berada di 'sekarang'.

Kesedaran adalah alat yang paling mudah dilakukan untuk 'mengubah persepsi dan memecahkan corak'.

Kesedaran ialah kualiti dan keupayaan manusia untuk hadir sepenuhnya, menyedari di mana kita berada dan apa yang kita lakukan, dan tidak tertekan dengan apa yang berlaku di sekeliling kita.

Tiga Aspek Kesedaran

Niat - Niat kita ialah apa yang kita harapkan dapat diperoleh daripada mengamalkan kesedaran. Kita mungkin mahu pengurangan tekanan, kestabilan emosi, atau menukar tetapan lalai kita terhadap persepsi dan corak atau sekadar berasa lebih sihat. Kekuatan niat kita membantu mendorong kita untuk mengamalkan kesedaran secara berkala dan membentuk kualiti kesedaran kesedaran kita.

Perhatian - Kesedaran adalah mengenai memberi perhatian kepada pengalaman dalaman atau luaran kita, hanya memerhati fikiran, perasaan dan sensasi apabila ia timbul.

Sikap - Kesedaran melibatkan memberi perhatian kepada sikap tertentu, seperti rasa ingin tahu, penerimaan, kebaikan dan yang paling penting adalah tidak menghakimi.

Memahami Kesedaran

Kesedaran adalah kualiti yang kita semua miliki; kita hanya perlu belajar bagaimana untuk mengaksesnya. Apabila kita berhati-hati, kita mengurangkan tekanan, meningkatkan prestasi, memperoleh wawasan dan kesedaran melalui pemerhatian minda kita, dan meningkatkan perhatian kita kepada kesejahteraan orang lain. Ia tidak sukar untuk difahami dan telah diamalkan sejak sekian lama.

Amalan kesedaran telah ditunjukkan secara saintifik untuk memberi manfaat. Ia berasaskan bukti. Kita tidak perlu mengambil perhatian terhadap iman. Sains dan pengalaman menunjukkan manfaat positifnya untuk kesihatan, kebahagiaan, kerja dan hubungan kita. Sesiapa sahaja boleh melakukannya.

Amalan kesedaran memupuk kualiti manusia sejagat dan tidak memerlukan sesiapa pun untuk mengubah kepercayaan mereka. Semua orang boleh mendapat manfaat dan mudah dipelajari. Ia lebih daripada sekadar amalan. Ia membawa kesedaran dan keprihatinan dalam semua yang kita lakukan dan ia mengurangkan tekanan yang tidak perlu. Ia adalah satu cara hidup.

Ia dinamik. Ia adalah perhatian sedar pada 'di sini, sekarang'. Ia adalah mengenai melatih diri kita untuk memberi perhatian dengan cara tertentu.

Apabila kita berhati-hati, kita: (1) fokus pada masa sekarang, (2) cuba untuk tidak memikirkan apa-apa yang berlaku pada masa lalu atau yang mungkin akan berlaku pada masa hadapan, (3) dengan sengaja menumpukan perhatian pada apa yang berlaku di sekeliling kita, (4) cuba untuk tidak menghakimi apa-apa yang kita perhatikan atau labelkan sesuatu sebagai 'baik' atau 'buruk'.

Kesedaran bukan sekadar mengetahui bahawa kita sedang mendengar sesuatu, melihat sesuatu, atau memerhatikan bahawa kita mempunyai perasaan tertentu. Ia adalah tentang berbuat demikian dengan keseimbangan dan keseimbangan, dan tanpa pertimbangan. Kesedaran ialah amalan memberi perhatian dengan cara yang mewujudkan ruang untuk wawasan. Kesedaran menunjukkan kepada kita apa yang berlaku dalam badan kita, emosi kita, minda kita, dan di dunia.

Kesedaran ialah penerimaan yang sedar dan seimbang terhadap pengalaman semasa. Ia membuka atau menerima saat sekarang, menyenangkan atau tidak menyenangkan, sebagaimana adanya, tanpa sama ada berpaut padanya atau menolaknya.

Kesedaran bermakna kembali ke masa sekarang.

Kesalahpahaman biasa tentang kesedaran ialah ia bermakna kekal pada masa sekarang.

Tetapi realitinya tiada fikiran seseorang kekal pada masa sekarang. Tetapi kami mempunyai kawalan ke atas pulangan. Kita sentiasa boleh mengembalikan fikiran kita ke masa sekarang, mengembalikannya kepada nafas kita atau deria kita yang boleh ditemui pada masa sekarang.

Mempraktikkan Kesedaran

Masa lalu anda adalah masa lalu untuk satu sebab Di situlah ia sepatutnya kekal

Tetapi jika anda tidak melepaskannya

Sejarah anda akan memakan masa depan anda!

Sehingga kisah masa kini anda menjadi Orang yang anda pernah menjadi

Kesuraman, keinsafan, kemarahan, rasa bersalah Oh, jika anda boleh melihat 'kabur'!

Anda tidak boleh mengubah apa yang berlaku Tidak kira seberapa keras anda mencuba

Tidak kira berapa banyak anda memikirkannya Tidak kira berapa banyak anda menangis!

Apa yang berlaku pada anda sekarang

Realiti ... bahawa nafas anda boleh mengawal Jalani kehidupan anda sepenuhnya dalam Nafas ini

Anda akan merasakan Keseluruhan harmoni bersepadu!

Kerana masa lalu adalah masa lalu kerana suatu sebab Ia dahulu dan kini ia hilang

Jadi berhenti cuba memikirkan cara untuk memperbaikinya. Sudah selesai, ia tidak boleh diubah, teruskan

Jangan terpengaruh dengan perkara negatif. Tenanglah dalam diri dan mulakan 'hidup'

Tukar Persepsi, Pecah Corak

Hidup anda akan mempunyai makna yang baharu!

Ini adalah cadangan tempat untuk bermula. Sebaik sahaja, kita berada dalam aliran, kita boleh mengamalkan kesedaran pada bila-bila masa.

Pernafasan Sedar

Hentikan apa yang kita lakukan dan tarik nafas. Luangkan masa untuk melihat sensasi nafas kita. Lakukan Pranayama. Rasa nafas masuk dan keluar. Lakukan ini apabila boleh. Fokus pada satu nafas itu akan membuatkan kita lebih tenang sepanjang hari. Pernafasan yang penuh perhatian boleh menjadi amalan yang menarik untuk masa-masa apabila kita mula berasa sedikit tertekan atau bertambah teruk.

Bangun Sedar

Menetapkan niat untuk membawa kesedaran ke saat-saat pertama hari kita ialah cara yang lembut untuk menetapkan nada untuk beberapa jam yang akan datang. Beri perhatian kepada: Adakah kita berasa berjaga-jaga atau letih? Adakah otot kita tegang? Perlahan-lahan regangkan anggota badan dan belakang, perhatikan sensasi setiap pergerakan. Cuba perhatikan apa yang terlintas di fikiran anda apabila anda membuka mata anda.

Makan Berfikir

Mengingatkan diri kita untuk kembali ke masa ini setiap kali kita makan adalah cara terbaik untuk menyelitkan kesedaran ke dalam hari kita dan ia akan membantu kita lebih sedar tentang makanan yang kita masukkan ke dalam badan kita. Beri perhatian kepada

- rasa, tekstur, bau. Selalu ada banyak perkara yang perlu diperhatikan dalam setiap suap makanan. Nikmati coklat dan nikmati buahnya. Ambil gigitan kecil dan kunyah perlahan-lahan.

Pembersihan Berfikiran

Mencuci pinggan mangkuk, menyapu lantai, atau mencuci pakaian, kerja harian ini memberikan peluang yang ideal untuk membawa kesedaran ke dalam kehidupan seharian. Beri perhatian kepada - apa sahaja yang dilakukan oleh tangan; perhatikan sentuhan dan suhu air; gerakan menggosok; rasa kain yang berbeza. Semasa menyapu, perhatikan pergerakan lengan.

Mandi Berhati-hati

Walaupun dikatakan bahawa idea terbaik kami datang kepada kami semasa mandi, mencuci juga boleh menjadi masa untuk menjauhkan diri daripada aliran pemikiran tanpa henti yang memenuhi hampir sepanjang hari. Beri perhatian kepada – rasa air. Perhatikan suhu dan perasaan setiap titisan apabila ia bersentuhan dengan kulit dan rasa sabun semasa ia menggosok kulit.

Berjalan Sengaja

Sama ada ia berjalan jauh ke tempat kerja atau rumah atau yang singkat di dalam rumah, setiap langkah membawa peluang untuk beringat. Beri perhatian kepada

- kaki dan kaki. Perhatikan bagaimana setiap kaki terasa apabila ia menyentuh tanah, berguling, dan kemudian menolak semula. Rasakan lenturan setiap kaki semasa ia bergerak ke hadapan, regangan otot betis dan paha. Terasa angin di muka.

Mendengar Secara Berhati-hati

Apabila mendengar orang lain kita sering berada di dalam badan, tetapi tidak hadir sepenuhnya. Selalunya, kita tidak memberi tumpuan kepada mendengar mereka; kita terperangkap dalam perbualan fikiran kita. Kami menilai apa yang mereka katakan, secara mental bersetuju atau tidak, atau kami memikirkan apa yang ingin kami katakan seterusnya. Benar-benar bersama orang di sekeliling kita adalah salah satu cara terbaik untuk menghubungkan dan mengeratkan hubungan kita - di rumah dan di tempat kerja. Beri perhatian kepada – segala-galanya tentang orang yang kita bercakap dan bukan hanya kata-kata mereka. Dengar, tetapi perhatikan juga bahasa badan mereka. Tahan keinginan untuk mula berfikir tentang apa yang perlu dikatakan seterusnya sebelum orang lain menghabiskan ayat mereka. Dengar sahaja.

Penantian yang Berhati-hati

Membawa kesedaran ke dalam masa menunggu kita boleh mengubah keluhan menjadi senyuman. Beri perhatian kepada – pemikiran pertama dan keseluruhan pengalaman. Rasakan perasaan jengkel atau marah. Perhatikan setiap pergerakan kecil.

Pergerakan Berfikiran

Terdapat banyak cara untuk mengamalkan kesedaran dengan pergerakan, dan kita boleh menjadikannya aktif seperti yang kita mahu. Berlari, menari atau bersenam boleh menjadi amalan kesedaran kita. Sebagai alternatif, amalan kita boleh semudah memberi perhatian kepada rasa kaki kita di atas lantai semasa kita menaiki tangga. Berjalan tanpa alas kaki di atas rumput, menikmati sensasi. Ia bukan tentang perkara yang kita tumpukan perhatian kita, tetapi lebih kepada kita meluangkan masa untuk berlatih secara konsisten mengekalkan kesedaran kita pada satu perkara dan melihat apa yang timbul.

Satu minit kesedaran

Kita boleh memperkenalkan 'minit kesedaran' pendek sepanjang hari kita. Pada masa ini, tugas kita adalah untuk menumpukan perhatian kita pada pernafasan kita, dan tidak ada yang lain. Kita mungkin berlatih dengan mata sama ada terbuka atau tertutup. Jika kita kehilangan sentuhan dengan nafas kita dan hilang dalam pemikiran pada masa ini, lepaskan sahaja pemikiran itu dan perlahan-lahan kembalikan perhatian kepada nafas. Bawa perhatian kembali seberapa banyak yang kita perlukan.

Perhatikan fikiran

Melalui pemerhatian kendiri, kesedaran secara automatik mengalir ke dalam kehidupan kita. Pada saat kita menyedari bahawa kita tidak berhati-hati - kita berhati-hati! Kita kini memerhati minda dan bukannya hanyut dalam arusnya. Bila-bila masa kita menonton fikiran, kita sedang berhati-hati. Kuncinya ialah – Jangan percaya fikiran anda. Jangan ambil serius tentang mereka semua. Perhatikan mereka, tanya mereka. Dengan cara ini, pemikiran dan cara hidup dan pemikiran yang terkondisi dan reaktif kehilangan pengaruhnya terhadap kita. Kita tidak perlu lagi mempermainkan mereka.

Dengan cara ini, setiap perbuatan kecil menjadi ritual yang suci. Ia memastikan kita sentiasa selaras dengan masa ini, dengan diri kita sendiri, ruang kita, dan juga dunia di sekeliling kita, semuanya berfungsi secara harmoni. Apabila kita 'melakukan', hanya berada di sana sepenuhnya, dengan semua perhatian, untuk setiap saat itu. Hidup bukan senarai tugasan. Ia bertujuan untuk dinikmati!

Amalkan Kesedaran dalam Perhubungan

Kesedaran memainkan peranan dalam membantu kita berkomunikasi secara berkesan antara satu sama lain tentang perasaan kita dalam perhubungan dan situasi interpersonal.

• Beri lebih perhatian - dengan menjadi lebih menyedari perasaan kita dan tidak bertindak balas secara naluri dan memberi perhatian yang lebih kepada apa yang orang lain katakan.

• Amalkan penerimaan yang lebih baik - terutamanya apabila berada dalam konflik. Menjadi lebih menerima daripada menentang membantu kita meningkatkan peluang kita mendapat respons positif dan produktif daripada orang lain.

• Menghargai orang lain – dalam perhubungan, yang menghasilkan ikatan yang lebih mendalam.

• Benarkan – diri kita menjadi diri kita sendiri, dan benarkan orang lain melakukan perkara yang sama. Ini menggalakkan ekspresi diri yang lebih besar.

Bagaimana Kesedaran bermanfaat untuk badan dan minda kita

1. Memori kerja yang lebih baik.

2. Mengurangkan Kebimbangan.

3. Mengurangkan Tekanan.

4. Meningkatkan kestabilan emosi.

5. Pengurusan kesakitan yang lebih baik.

6. Jauhkan fikiran negatif dengan lebih mudah.

7. Menghancurkan ruang minda kita.

8. Membantu kami mendengar dengan lebih baik, lebih menghargai orang lain dan bergaul di tempat kerja.

9. Membantu kita bertindak balas daripada bertindak balas.

10 Memperbaiki Tidur.

Masa lalu terus menghantui kita. Rasa bersalah dan bertaubat. *Boleh-mempunyai*

dan *tidak melakukan* . Menyalahkan didikan dan menyalahkan diri sendiri.

Masa depan terus membimbangkan kita. Adakah saya akan dapat? Apa yang saya buat?

Macam mana saya nak buat?

Kedua-dua masa lalu dan masa depan memakan masa kini kita. Kesedaran meletakkan kita pada masa kini.

Kewujudan-di-sekarang tidak membenarkan masa lalu yang menghantui dan masa depan yang membimbangkan.

Semakin kita beringat, semakin kita menjauhkan masa lalu dan masa depan.

Oleh itu, kesedaran adalah cara paling mudah untuk *mengubah persepsi dan memecahkan corak!*

"Berserah kepada apa yang ada. Lepaskan apa yang ada. Percayalah pada apa yang akan terjadi."

"Kita tidak boleh sentiasa mengubah peristiwa yang berlaku kepada kita dalam hidup, tetapi kita boleh memilih bagaimana kita bertindak balas terhadapnya."

"Lihatlah jauh dari pemikiran anda, supaya anda boleh meminum nektar tulen Saat Ini."

– Rumi

"Dalam tergesa-gesa hari ini, kita semua terlalu banyak berfikir, mencari terlalu banyak, mahu terlalu banyak dan melupakan kegembiraan hanya menjadi."

– Eckhart Tolle

"Berikan perhatian anda kepada pengalaman melihat dan bukannya objek yang dilihat dan anda akan mendapati diri anda di mana-mana."

Mengubah Persepsi dan Memecah Corak

Ini adalah penceritaan kehidupan sebenar seorang dewasa muda ... ia adalah kisahnya, kata-katanya, persepsinya, dan coraknya ... ia adalah kisah transformasinya.

Cerita saya

Hello, saya...

Saya adalah apa yang kita semua tahu sebagai 'terlalu tua untuk menjadi kanak-kanak dan terlalu muda untuk menjadi cukup tua'. Ya, anda meneka betul, saya adalah fasa kehidupan semua orang ' *Remaja Memasuki Kehidupan Dewasa* '.

Selain itu, saya mengenal pasti diri saya sebagai pelajar perubatan tahun akhir dengan banyak cerita dan pengajaran hidup untuk saya sepanjang hayat saya. Memandangkan saya akan memasuki dunia profesional yang berani dalam kira-kira setahun, kehidupan memutuskan untuk mengajar saya satu pelajaran yang sangat penting dan bagaimana! Biar saya bawa awak dalam perjalanan ini bersama saya.

Sebagai seorang kanak-kanak, saya mempunyai penyakit kulit yang bermula pada awal hidup saya. Ia tidak akan mengganggu saya pada mulanya, tetapi dengan masa keadaan menjadi lebih teruk dari segi fizikal dan emosi. Penyakit itu merebak, kulit saya berubah rupa, dan seiringan mengubah pandangan dan persepsi orang tentang saya. Daripada cinta dan sayang, ia beralih kepada simpati dan agak kasihan. Ia kadang-kadang meningkat sehingga ke tahap yang mana saya dianggap sebagai orang yang tidak boleh disentuh. *Hati anak kecil saya terluka. Saya mula menyalahkan diri sendiri. Saya fikir ini adalah salah saya, saya telah melakukan beberapa kesilapan bahawa saya telah dilayan secara berbeza. Saya mengidam untuk menjadi normal, untuk menjadi seperti orang lain, untuk dimasukkan. Tetapi saya tidak yakin lagi, seolah-olah saya tidak boleh menjadi diri saya sendiri, malah saya tidak tahu siapa diri saya lagi* .

Pada masa itu, saya kebetulan cemerlang dalam akademik saya dan seperti sihir, layanan semua orang terhadap saya berubah.

Saya bukan lagi 'gadis yang dikasihani' atau 'yang berkulit hodoh'. Semua perhatian, penghargaan, adrenalin itu... seperti sangat tinggi. Saya hidup dari adrenalin yang tinggi itu. *Saya menetapkan diri saya kepada sasaran untuk berada di kedudukan itu setiap masa dan semua ini hanya untuk perhatian seketika* . Saya menetapkan penanda aras dan matlamat untuk diri saya sendiri.

Apa-apa yang kurang daripada itu walaupun sebanyak 0.1% tidak boleh diterima oleh saya, ia hanya kegagalan. Saya meletakkan begitu banyak tekanan pada diri saya sendiri yang terasa seperti tinggal di dalam periuk tekanan hidup. Saya berlari di belakang sesuatu yang bukan milik saya tetapi yang biasa saya lakukan. *Saya telah menjadikannya 'corak' saya*. Persepsi saya tentang diri saya telah mengambil apa-apa tol sehingga saya mula percaya bahawa hanya penyakit saya dan akademik saya sahaja siapa saya dan tanpa ini, saya tidak wujud.

Semua ini berterusan sepanjang zaman persekolahan saya, malah kolej rendah. *Saya dibesarkan sebagai seorang pelajar yang cemerlang tetapi dengan harga diri yang sangat rendah, mempunyai keyakinan yang sangat rendah, dan hampir tidak mempunyai pendapat tentang diri saya sendiri*. Saya mempunyai sangat sedikit kawan kerana saya tidak boleh bergaul dengan mudah. Saya telah menghalang diri saya dari dunia untuk melindungi diri saya daripada dicederakan. Tetapi saya mengidam 'untuk disertakan'. Saya mengalami kes teruk yang dipanggil oleh golongan milenial 'FOMO – Takut Terlepas'. Ditambah dengan tekanan rakan sebaya untuk menjalani kehidupan yang 'bercahaya' dan ia adalah campuran sempurna dari kehidupan yang sengsara. *Saya tidak tahu bahawa saya melihat diri saya dari pandangan masyarakat tentang saya*.

Masuk kolej perubatan, saya terus bergelut. Ia memerlukan saya untuk yakin dan bersuara dan saya kurang pada asasnya. Saya takut untuk pergi ke kolej, meneka satu perkara yang saya fikir saya pasti 'pilihan saya untuk menjadi doktor'. Hasilnya ialah saya mengalami kemunduran dalam peperiksaan pertama saya. Dan saya tidak mengambilnya dengan baik. Semua neraka pecah selepas ini. Saya pergi ke mod di mana saya merasakan *'Saya gagal sepenuhnya, saya tidak berguna'*.

"Anda *tidak* akan dapat mencapai apa-apa dalam hidup anda. Kamu tidak akan berarti apa-apa"

Ini adalah pemikiran saya, saya takut dilabel sebagai 'kalah'. Saya berasa seolah-olah saya berhenti wujud kerana akademik saya telah diambil daripada saya. Lucu bagaimana saya menetapkan matlamat saya berdasarkan pandangan orang dan melihat kegagalan saya dari pandangan saya dan bukan mereka. Kerana saya melakukannya, saya akan melakukannya menyedari mereka tidak peduli sama sekali! Mereka tidak mengingatinya dalam kejadian seterusnya.

Ini adalah corak biasa saya. *Tetapkan sasaran dan matlamat dan walaupun saya tergelincir sedikit, berhenti mempercayai diri sendiri*. Saya tidak akan mempertimbangkan semua pencapaian dan kemenangan masa lalu saya. Satu kemunduran ialah definisi baru saya tentang siapa saya melihat diri saya. Saya telah menjadi kuda dengan penglihatan terhad, yang hanya melihat sesuatu dalam satu perspektif. Dan secara jujur, *saya tidak menikmati kejayaan saya kerana saya takut untuk gagal pada minit berikutnya, malah memikirkannya membawa kembali kenangan tentang tekanan dan keraguan* Kemudian bermulalah kitaran menguras diri saya sepenuhnya ke dalam buku. Saya perlu ... sebaliknya ... saya terpaksa kembali, naik semula. Saya perlu mengenal pasti diri saya semula.

Perlahan-lahan keadaan mula menanjak, saya baru belajar untuk mendapatkan keyakinan saya. Saya mula belajar tentang pemikiran saya dan kuasa minda. Saya mula belajar untuk hidup jujur dan kemudian ... BAM!

Kehidupan memutuskan untuk bermain jenaka kejam kepada saya. Saya jatuh sakit dan didiagnosis dengan sesuatu yang merupakan penyakit yang mengubah hidup, gangguan yang jarang berlaku. Saya masih ingat saat saya mendapat tahu, saya kebas, terkejut. Aku tak tahu nak cakap apa, nak rasa apa. Saya hanya bernafas tetapi saya tidak hidup. Saya baru belajar melebarkan sayap, membesar dan semuanya tercabut dari pangkalnya. Ia bermakna akhir dunia bagi saya.

Selepas ini datang gelombang tangisan dan menyalahkan. "Kenapa saya?" "Bukankah hidup sudah cukup kejam terhadap saya?" "KENAPA seluruh alam semesta menentang saya sepanjang masa?" "Saya hanya seorang yang malang dan saya tidak layak untuk bergembira" "Saya mesti membawa ini kepada diri saya sendiri" Ini adalah fikiran yang bermain di fikiran saya sepanjang hari. Saya marah, kecewa, kecewa, dan takut pada masa yang sama. Segala-galanya mengambil tempat duduk belakang dalam hidup saya dan saya mula berputar di sekitar ini sahaja. Saya takut bertemu orang kerana saya melihat diri saya dari kaca mata mereka. *Saya kembali kepada persepsi lama saya di mana saya mengenal pasti diri saya dengan ini sahaja. Ini adalah 'corak' saya.*

Tetapi selepas satu titik, saya menyedari bahawa saya tidak melakukan apa-apa kebaikan kepada diri sendiri. Semua proses pemikiran negatif ini, imej negatif saya hanya menahan saya. Saya sangat takut dengan masa depan kerana masa lalu saya yang buruk sehingga saya tidak ada di masa kini.

Ketika itulah saya memutuskan bahawa sayalah yang paling penting pada penghujung hari dan perkara itu hanya akan berubah apabila saya menerima diri saya akan termasuk semua barang dan kelemahan saya.

Kepada siapa saya buktikan?

Akhirnya, itu semua adalah persepsi saya dan yang penting adalah pandangan saya dan bagaimana saya melihat diri saya sendiri.

Saya terpaksa *'mengubah persepsi saya dan memecahkan corak saya'*.

Saya perlu mengakui bahawa 'Saya tidak sihat sekarang ... tetapi saya hanya akan membantu diri saya sampai ke sana tidak lama lagi'.

Saya jauh melebihi masalah saya dan juga lebih tinggi daripada akademik saya.

Saya telah belajar untuk menerima bahawa "Ya, sesuatu yang tidak baik telah berlaku dan saya perlu menanganinya secara langsung dan tidak melarikan diri dalam penafian".

Menyalahkan dan mengkritik, cuba untuk mengetahui mengapa keadaan menjadi seperti itu, tidak akan membantu ... tetapi yang pasti akan membantu adalah mengakui dan menerimanya bagaimana keadaannya dan merancang tindakan saya di sini ke hadapan.

Setiap kali saya berulang, ia menjadi sangat, sangat sukar untuk bangun. Dunia seolah-olah gelap tanpa harapan. Saya tidak mempunyai sebarang motivasi untuk memulakan hari atau melakukan apa-apa. Saya seperti sayur di rumah saya, hanya berbaring. Saya tidak mempunyai tujuan nampaknya. Saya tidak mempunyai makna hidup. Bukan mudah untuk keluar dari semua itu. Dan setiap kali ia menjadi lebih teruk, ia seolah-olah saya telah meletihkan semua kemungkinan dan kebolehan saya. Saya hanya merasakan bahawa ia tidak dimaksudkan untuk berlaku untuk saya atau saya tidak bersedia untuk itu. Tiada apa lagi yang boleh saya lakukan. Ia seolah-olah AKHIR!

Tiada Harapan, Tiada Skop!

Tetapi akhirnya, pemikiran ini membuat saya marah dengan diri saya sendiri. Saya mula berfikir "Apa yang saya lakukan? Saya benci tidak dapat melaksanakan rancangan saya dan sekarang saya melakukannya dengan sengaja. "Mengimbas kembali, saya sedar saya menjadi bodoh, saya tidak matang dan tidak bertanggungjawab. Bersedih untuk beberapa waktu tidak mengapa tetapi berpegang padanya dan menggunakannya sebagai alasan untuk mewajarkan tindakan saya adalah salah dan ia perlu diubah sekarang!

Saya mula sedar tentang persepsi dan corak saya. Saya sedar dan mula menerima.

Saya tidak akan mengatakan saya baik-baik saja sekarang. Sebaliknya saya jauh daripadanya. Ia akan menjadi jalan yang sukar dengan banyak halangan dan banyak detik yang lemah.

Tetapi saya tahu bahawa ini adalah permulaan saya.

Ini akan menjadi titik perubahan dalam hidup saya kerana *saya memilih untuk melakukannya* . Saya telah belajar ini dengan cara yang sukar tetapi itulah yang membuatkan saya, SAYA! Saya mula menemui semula diri saya dan menghidupkan semula nafsu saya. Saya telah mula melakukan perkara yang memberi keseronokan kepada saya seperti memasak, melukis, membaca. Tetapi di atas semua, saya mula menulis semula, menulis puisi menjadi lubang kreatif saya, ia menjadi diari emosi saya, dan ia menjadi pelipur lara saya. Saya telah menyedari bahawa jika saya melihat diri saya gembira dan berpuas hati, maka langit akan menjadi had saya, atau lebih tepatnya tiada had!

Saya harap saya telah belajar ini lebih awal. Saya harap *saya boleh membesar sekali lagi* . Tetapi masih belum terlambat. Anda boleh membaca seribu ucapan dan petikan motivasi dan cuba mendapatkan inspirasi tetapi inspirasi yang dipinjam itu tidak akan kekal sehingga ada suara dari dalam yang mengatakan "You Do You".

Saya memutuskan jalan saya dan memutuskan untuk memimpin, ke arah hidup saya.

Perjalanan yang saya mulakan hanya berlaku apabila saya memutuskan untuk mengubah persepsi saya terhadap diri saya sendiri. Setiap peringkat kehidupan membawa cabaran dan menguji anda dengan cara yang berbeza. Ia menguji kesabaran dan keyakinan anda. Anda mungkin mula meragui diri sendiri seperti yang telah anda lakukan dalam menghadapi setiap cabaran. *Tetapi cabaran terus mencabar hanya selagi anda menganggapnya begitu.*

Persepsi saya terhadap diri saya berkisar tentang penyakit saya dan tentang prestasi saya dalam peperiksaan. Perubahan berlaku hanya apabila saya memutuskan untuk melihat diri saya di luar itu. Saya adalah versi baharu diri saya setiap detik baharu, saya sentiasa berubah dan sentiasa berkembang dan itu sesuai untuk saya.

Penerimaan ini membawa kekuatan itu, kekuatan yang saya perlukan untuk keluar dari corak keraguan, kritikan diri, dan ingin menekan diri sendiri. Gelung saya pecah hanya selepas saya mengambil langkah pertama untuk mengakui dan menerima bahawa saya mempunyai persepsi tertentu tentang diri saya dan saya bertindak balas dalam corak tetap saya. Ini adalah langkah kecil yang saya lakukan tetapi ia memberi saya kepuasan yang luar biasa dan saya tidak tidur memikirkan bagaimana saya boleh berkelakuan berbeza sepanjang hari. Sebaliknya saya pergi tidur dengan senyuman dan harapan untuk hari berikutnya.

Perubahan itu sukar pada mulanya. Kucar-kacir dalam prosesnya. Tetapi cantik pada akhirnya!

Maka, pengembaraan saya bermula, berharap dapat bertemu anda di hujung yang lain tidak lama lagi!

Saya mengubah persepsi saya dan memecahkan corak saya . Saya sedang membesar ... sekali lagi.

Kini giliran anda.

Berpisah

Saya bermimpi untuk terbang jauh dan tinggi Ketakutan dan keraguan membuat saya berbohong

Masa saya sekarang, untuk bangkit dan bersinar Tidak masuk akal untuk menangis dan merengek Perhatikan saya bagaimana saya memutuskan rantai saya Bebaskan diri saya dari keraguan dan kesakitan Saya memilih untuk menjadi burung yang tidak dikurung Api dalam diri saya kini marah Jatuh dan tersandung di jalan saya Ini adalah penerbangan saya dan saya di atas kapal Tidak perlu lagi saya menahan diri

Saya akan menjadi pelangi saya apabila semuanya hitam Coz' saya adalah yang saya memutuskan untuk menjadi

Tiada siapa yang boleh memberitahu 'itu bukan saya'

Pada saat-saat ini saya membebaskan diri saya

Dari semua keraguan, ketakutan dan menjadi 'hanya saya'.

Semua OKEY!

Semuanya OK… Saya sedang melangkah ke penerimaan dan evolusi. Saya memilih untuk menyaksikan perjalanan transformasi saya.

Semuanya Ok … Saya adalah pembina dan pencipta hidup saya.

Saya memilih untuk menjadi pemerhati dan pengarah saya sendiri.

Semuanya OK… Saya pusat Alam Semesta saya.

Saya memilih untuk membiarkan kesakitan dan penderitaan saya tersebar.

Semuanya OK… Saya sanggup melepaskan dan membebaskan diri.

Saya memilih untuk tersenyum melihat pengalaman hidup yang ditawarkan kepada saya

Semuanya OK… Saya bersedia untuk hidup pada masa ini. Saya memilih untuk belajar mencintai diri sendiri dalam keseronokan.

Semuanya OK… Saya sedang menetapkan matlamat saya.

Saya memilih untuk mengubah persepsi saya dan memakai jiwa saya.

Semuanya OK… Saya seorang yang lebih kuat melalui renungan saya. Saya memilih untuk memecahkan corak saya dan menjalani transformasi.

Semuanya OK… Saya kini berada di lorong kanan

Saya memilih untuk sembuh dan membesar sekali lagi.

A Baru Permulaan

Saya Mahu Membesar ... Sekali Lagi!

Adakah saya benar-benar mahu membesar ... sekali lagi?

Saya mahu ... sepanjang hidup saya.

Tetapi sekarang ... saya rasa saya dilahirkan semula!

Adakah saya benar-benar mahu pergi ke masa lalu dan membetulkan keadaan? Sebenarnya tidak ... Saya berada dalam Sekarang ... dan ia adalah cerah!

Dikatakan bahawa - Menjadi tua adalah wajib, membesar adalah pilihan.

Dan membesar adalah pilihan yang saya pilih. Kerana ia adalah transformasi.

Saya sedang membesar *kerana saya kini menghargai bagaimana saya membesar!*

Saya membesar sekali lagi , *kerana saya percaya bahawa setiap saat dalam hidup saya boleh menjadi saat yang menentukan, dari mana permulaan baru berlaku.*

Raikan pengakhiran, kerana ia mendahului permulaan yang baru.

Mulakan dengan melakukan apa yang perlu; kemudian lakukan apa yang boleh, dan tiba-tiba anda melakukan perkara yang mustahil.

Di belakang awak, semua kenangan awak. Sebelum anda, semua impian anda. Di sekeliling anda, semua yang menyayangi anda. Dalam diri anda, yang baharu memperkasakan anda.

Setiap saat dalam hidup boleh 'berlaku'. Ia boleh berlaku untuk membuat kita atau menghancurkan kita. Pilihan ditangan kita. Dan setiap yang berlaku mengubah kita menjadi versi diri kita yang berbeza.

Bersedia untuk **"I ... versi n.0"** baharu

www.ingramcontent.com/pod-product-compliance
Lightning Source LLC
LaVergne TN
LVHW091631070526
838199LV00044B/1026